徐富敏◎著

谷文昌 人民至上

花山文艺出版社

河北·石家庄

图书在版编目（CIP）数据

谷文昌：人民至上 / 徐富敏著. -- 石家庄 ： 花山
文艺出版社，2022.7
ISBN 978-7-5511-5861-9

Ⅰ. ①谷… Ⅱ. ①徐… Ⅲ. ①报告文学－中国－当代
Ⅳ. ①I25

中国版本图书馆CIP数据核字(2021)第108773号

书　　名：谷文昌：人民至上
　　　　　Guwenchang Renmin Zhishang
著　　者：徐富敏
责任编辑：于怀新　林艳辉
责任校对：李　伟
装帧设计：陈　淼
美术编辑：胡彤亮
出版发行：花山文艺出版社（邮政编码：050061）
　　　　　（河北省石家庄市友谊北大街330号）
销售热线：0311-88643221/34/48
印　　刷：石家庄市西里印刷厂
经　　销：新华书店
开　　本：700毫米×1000毫米　1/16
印　　张：18.5
字　　数：280千字
版　　次：2022年7月第1版
　　　　　2022年7月第1次印刷
书　　号：ISBN 978-7-5511-5861-9
定　　价：59.00元

序

◎ 邢军纪

读完徐富敏的长篇报告文学《谷文昌：人民至上》，颇有感怀，浮想良多。笔者认为，这是作家的一次深情写作，是他由本土写作转向跨域写作的大胆尝试，更是他以谷文昌精神从事谷文昌报告文学创作的思想飞升和一次质的飞跃。

对谷文昌这个典型的了解，我要早富敏多年。二十年前，我受中宣部之邀撰写《中国精神》，在时任福建省委宣传部副部长、文明办主任朱清同志的陪伴下，去漳州、东山岛采访许多次。在《中国精神》这本书里，谷文昌的事迹单独占了一个章节。但如此完整、全面再现谷文昌事迹，并妙笔生花成一部报告文学作品，富敏的这个"升级版"，还是让我大开眼界，并为之振奋。

谷文昌（1915年10月—1981年1月），原名程栓，河南省林县石板岩乡郭家庄人。1943年加入中国共产党。任过家乡的区长、区委书记。1949年1月随军南下。1950年5月12日东山解放，谷文昌任中共东山县第一区工委书记，后任该县县长、县委书记。就这样，一个共产党员与东山岛不期而遇——

据当时史料记载，东山一年中刮6级以上大风的时间长达150多天。在全岛194平方公里的土地上森林覆盖率仅为0.12%。新中国成立前的近百年间，风沙吞没了13个村庄，1000多座房屋，3万多亩耕地。1949年全岛6万多人，有2000人死于天花，外出当苦力、当乞丐的占1/10。地处风口的山口村共 900 多人，讨饭的就有 600 多人。山口、湖塘两村的1600 人中因风沙为害而患红眼病、烂眼病的 400 多人，失明或半失明的 90 多人。海岛东南部横亘着 30 多公里长的沙滩，茫茫一片，寸草不生，还有 40 多个流动沙丘，沙随风势不断向人们进逼。有田无法种，种了无收成。粮囤空空，锅里煮着青菜，一年到头儿缺吃缺烧，东山人更多的时候是扶老携幼，拿着空篮破碗外出讨饭，乘船过海到大陆上割草砍柴。加之新中国成立之初，国民党特务潜伏在东山，残杀革命干部，发动武装暴乱，东山自然环境恶劣，且社会环境险恶，这就是谷文昌——一个共产党的县委书记所面临的真实处境。

东山解放后，谷文昌首先面临一个非常特殊的"壮丁"家属问题。蒋军溃退时从岛上抓走"壮丁" 4700 多人，其家属、姻亲关系遍及全岛。能不能为他们摘掉"敌伪家属"这顶帽子呢？谷文昌向县委提出建议："共产党人要敢于面对实际，对人民负责。国民党造灾，共产党要救灾。"于是县委决定：把"敌伪家属"改为"兵灾家属"。对他们政治上不歧视，经济上平等相待，困难户予以救济，孤寡老人由乡村照顾。这两个字的改变，是一项多么重大的政策调整！又需要多么大的勇气和胆量啊！一项德政，十万民心。这些家属由此对国民党恨之入骨，对共产党亲上加亲。1958 年，当外地"大办食堂敞开肚皮吃饱饭"的时候，东山的食堂大锅里却没有饭吃，有些人还得了水肿病。谷文昌面对现实，直言不讳："革命就是为了群众生活，如果我们不关心群众疾苦，就是没有群众观点，就无所谓革命。"他鲜明地提出，"抓生活就是抓政策，就是抓生产力"。他建议渔业部门向灾区群众每人出售几十斤杂鱼，盐业部门供应低价盐，向地委、专署报告实际情况……县委做出决定："不准在东山饿死一个人！"谷文昌和县委办公室、组织部的同志到困难较大的樟塘村蹲点，住在农民的柴草间里，一日三餐与群众吃在一起，白天和群众一起劳动，晚上与群众一起座谈，共商抗灾和恢复发展生产大计。当时谷文昌身患胃病、肺病，常常头昏、咳嗽、出冷汗。随行的同志找医生开了证明买来一斤饼干，他当即严肃批评并让退掉。他说："我们要和群众吃一样的饭，受一样的苦，干一样的活，群众才会信任我们。"在他的带领下，全县人民终于度过了那段最为困难的日子。在东山这样一个世代受苦的地方，谁不想改变面貌呢？但是，怎么改？怎么变？很多人感到无能为力。谷文昌动情地说："共产党人，不能做自然的奴隶，不能听天由命，不能在困难面前退缩！""要向风沙宣战，条件再差也要建设社会主义！"经过多次讨论，县委、县政府的思想统一了："挖掉东山穷根，必先治服风沙。"他们带领群众踏上了治理风沙的漫漫征途。在一个飞沙走石的冬天，谷文昌率领林业技术员吴志成等同志，探风口，查沙丘，在风沙肆虐中前进，用血肉之躯，感受狂风的力度、飞沙的流向。从苏峰山到澳角山，从亲营山到南门湾，谷文昌走遍了东山的大小山头，把一个个风口的风力，一座座沙丘的位置详细记录下来。他走村串户，和村干部、老农民促膝长谈，制定了"筑堤拦沙、种草固沙、造林防沙"的方案。从计划到实践、从实践到成功，是一个多么艰难的历程啊！县委、县政府统一指挥，万人上阵，花了几十万个劳动日，在风口地带筑起了2米高10米宽的拦沙堤39条，总长22000多米。但是，好景不长，仅仅过了一年，无情的风沙就摧垮了长堤。种草固沙，谈何容易！草籽播下，不是随风沙搬家就是被掩埋沙底，勉强出土的幼苗，一经风吹沙打便奄奄一息。县委、县政府领导群众植树造林，先后种过10多个树种，几十万株苗木，一次也没有成功，灾荒和贫困依然笼罩着东山。许多人摇头叹息："东山这个鬼地方，神仙也治不住风沙！"失败和挫折，没有压垮谷文昌。他指天发誓："不治服风沙，就让风沙把我埋掉！"他和县委的同志一道认真总结经验教训，重新制定方案。1958年，东山县第一届第二次党代会就全面实现绿化、根治风沙通过决议，号召全县人民："苦干几年，将荒岛勾销，把灾难埋葬海底！"谷文昌还向全县人民描绘了一幅宏伟蓝图："要把东山建设成美丽幸福富裕的海岛。"60多年过去了，经过全县人民的不懈努力，目前全县林地面积已达12万亩，森林覆盖率达36%，绿化率达96%。一个个荒沙村，彻底摆脱了风沙之苦，人们生活在枝繁叶茂、绿树成荫、花红草绿的优美环境中。人们面对蓝天碧波，无忧无虑。抚今追昔，人们怎能忘怀当年与他们同甘共苦的谷书记呢？

东山岛地处福建东南海域，与大陆的最近距离只不过五六百米，但水深浪高，给群众的生产生活带来很大困难。千百年来，舟覆人亡的惨剧时有发生。世世代代的海岛人，总想有一天奇迹出现，天上的玉皇或哪一路神仙能修一条海堤，架一座彩桥，把东山与大陆相接，使孤岛变成半岛。

千百年过去了，奇迹没有出现，人们面对滚滚怒涛，无不望而生畏，"精卫填海"只不过是千古神话。当时的东山，人力、财力都非常有限，修一条海堤谈何容易！"把海岛变半岛"是东山人时刻萦绕于怀的愿望。谷文昌说："人民的需要就是我们的工作。我们要敢闯新路，勇往直前！"他反复听取群众和技术人员的意见，与县委、县政府的同志酝酿讨论，毅然拍板：修一条海堤！谷文昌亲自担任建堤领导小组组长，老县长樊生林亲任指挥。经过勘察，设计了一条从东山县八尺门至云霄县的海堤。初步测算需投入普遍工、船工、技工 100 万个工日，土、石、沙料近 50 万立方米，总投资 200 万元，真可谓工程浩大！1960 年初工程动工，老县长樊生林吃住在工地，全力以赴，具体指挥。谷文昌经常到工地检查指导，参加劳动。经过一年多的艰苦奋战，1961 年 6 月海堤竣工，天堑变通途，海岛变半岛的美梦终于成了现实。习近平同志说："党的一切工作，必须以最广大人民根本利益为最高标准。检验我们一切工作的成效，最终都要看人民是否真正得到了实惠，人民生活是否真正得到了改善，人民权益是否真正得到了保障。"谷文昌就是一位带领人民群众不断推动历史前进的共产党人。

作品在对谷文昌人民至上的精神层面进行了深入刻画，可谓感人至深。"文革"期间，谷文昌遭受批斗，被下放到三明地区宁化县禾口公社红旗大队当社员。谷文昌千方百计帮助生产队发展生产，手不闲、腿不闲、口不闲，使红旗大队亩产跃上千斤。群众看着黄澄澄金灿灿的稻谷满囤满仓，把谷文昌亲切地称为"谷满仓"。1970 年，谷文昌被任命为隆陂水库总指挥，他和民工一起，吃住在工地。经过一年奋战，水库建成了，禾口人民结束了缺水缺电的时代。50 多年来，水库在防洪、抗旱、发电、改变生态环境、群众饮水等方面，发挥了重大效益，至今人们对他念念不忘。这一切都源于谷文昌早年入党时的坚定信念：人民至上——全心全意为人民服务、把人民放在心中最高位置，鞠躬尽瘁，死而后已。直到生命的最后一刻，谷文昌仍记挂着东山岛的一切，他深情地说："我真喜欢那个地方，我真想再看看那个地方……老家回不去了，东山就是我的家。我想到那里活几天，就死在那里，埋在那里。这样，我能够看到东山的人民、东山的土地、东山的大树……"

徐富敏是河北邢台人，擅长报告文学创作，以写本土英雄模范人物而饮誉文坛。而这次他把目光聚焦到了遥远的闽南,不遗余力地把一个"老典型"穷尽精微,大费周章,除了他写作意义上的突破、视域更加宏阔以外,我认为还有他的敏锐的判断力和作家的历史责任感。

东山岛是距台湾最近的大陆岛屿之一,在国民党统治时期,它是世人皆知的苦难岛,在共产党领导下,它是镶嵌在中国东南海域胸襟上的一颗璀璨的明珠。桃李不言,下自成蹊,这就是它的现实意义。而谷文昌精神则是我们永不过时无往不胜的精神渊薮。

2020年8月8日晨于北京

(作者系中国当代著名作家、首届鲁迅文学奖得主、中国作家协会报告文学委员会委员、解放军艺术学院教授、享受国务院政府特殊津贴专家)

目　录

引　子

清明，是中华民族敬宗祭祖的传统日子。

闽南边陲，四季花事不败。清明前后，又是花事最盛的时节。山上山下，路旁溪边，到处都是花儿绽蕾舒萼。风里飘着幽香，空气里含着甜汁。这天一大早，东山县一班人和几十个当年战天斗地的农民代表，迎着徐徐吹来的海风，穿过连绵起伏的木麻黄林，走进谷文昌纪念馆，郁郁苍苍的松林之间夹着一条洁净的石砌甬道，两旁苍松翠柏伸展出苍劲的枝丫，发出瑟瑟响声，仿佛在向苍天呼唤着谷文昌的英灵。松林里墓碑上镌刻着谷文昌的姓名。这座陵墓，经过21年的风吹雨淋，雪压日晒，更加倔强，巍巍屹立在山坡上。农民们一看到谷文昌的陵墓，就仿佛看见了当年的县委书记向他们健步走来，看见了他们永远也不会忘记的那个人。

60多年前，谷文昌南下福建，来到东山，同广大农民一起，日夜奔波在抗击百年不遇的特大台风的最前线，冒着瀑布飞泻的大雨，对着身边的工作人员喊道："让各个牵头的县领导、各个公社对口负责人，都再下去检查一遍，绝不能有一条船没进港，海边不能有一个人没转移，不能有一个水库没降水位！"人们怎么能忘记，在那苦难的海岛，他翻阅着东山的史料，一段段触目惊心的文字映入他的眼帘。海湾那边传来阵阵的涛声，那涛声如同东山百姓的呼唤，撞击着他的心。他脸像青石刻的一样，没有任何表情。他全身的血液，像是凝结不流了。蓦然，一种撕心裂肺的呐喊，从心底升腾起来了：不救民于苦难，要共产党人来干什么？于是，面对漫漫黄沙，这位来自太行山的"石匠"，把一个个问号拉直成一个个感叹号："历朝历代做不到的事，我们共产党人一定要做到！不治服风沙，就让风沙把我埋掉！"面对盛极一时的"浮夸风""共产风"造成最严重时期的粮食短缺和饥荒，他心如刀绞。在县委扩大会议上，他下了一道死命令："不准在东山饿死一个人！"在巍巍隆陂水库大坝上，围堰告急！合龙告急！大坝告急！他临危不惧，扶病沉着指挥……这一切，多么熟悉，多么亲切啊！谁能够想到，像他这样一个充满着革命活力的人，竟会在东山人民最需要他的时候，离开了东山的大地。

人们一个个含着热泪默立在他的墓前。山口村第一任党支部书记陈加福，再也无法压抑心中的悲痛，泣不成声地说出了 21 万东山人的心声：

"我们的好书记，你是活活地为俺东山人民，硬把自己给累死的呀！困难的时候你带领俺百姓在荒沙滩上植树造林，跟着俺们受罪，现在俺们过上了好日子，全东山翻身了，你却一个人在这里……"

是啊！好日子，这是一个让东山百姓奋争了多少年多少代，又失望了多少回多少遍的简单心愿。是谷文昌，让东山百姓再次看到希望；是谷文昌，让共产党在东山百姓心中扎了根！东山人由谷文昌认识了共产党，相信了共产党，从此风风雨雨，生死相随。

第一章　南下南下

一

1948年秋，中国共产党领导的伟大的解放战争进入了全面胜利的阶段。中国人民解放军在东北、中原、华北连续进行了辽沈、淮海、平津三大战役，在长江以北歼灭了国民党反动派的主要军事力量，国民党反动派已面临完全崩溃的局面。然而反动派仍不甘心失败，企图凭借长江天险，阻止人民解放军南进。党中央发出了"打过长江去，解放全中国"的号召，中国人民解放军从西起九江东北的湖口，东至江苏省的江阴长达千里沿线，成千上万只木船，以排山倒海之势，浩浩荡荡，横渡长江。全世界都在注视着东方大陆上发生的奇迹，人们没有想到，马克思主义的理论被中国共产党领导人运用后会产生如此惊人的效应。就连美帝国主义也没有想到，他们一手扶持的"蒋家王朝"竟如秋风扫落叶一般节节败退。

一位美联社记者从香港发出电讯说，这个国家太大了，又穷又乱，不会被一个集团统治太久，不管是天使、猴子，还是共产党人。

毛泽东却不这样认为，他满怀信心地说："我们不但善于破坏一个旧世界，我们还将善于建设一个新世界。"

历史向中国共产党提出了一个崭新的要求：要尽快建立基础政权。必须在中国巩固已经建立的新政权，而且还要随着革命武装力量的推进与发展，建立各地的新政权。因此，党中央决定从老解放区选调大批优秀干部随军南下，深入长江以南及大西南诸省区，迅速接管并建设新解放区。这是中国共产党革命史上的一件大事，深刻影响和决定了南方新解放区的时代轨迹与历史命运。

1948 年 12 月，根据党中央的统一部署，中共中央华北局决定，从太行和太岳两个老根据地选调一批得力干部，组成一支南下队伍。林县县委积极贯彻党中央和太行区党委的指示，动员全县干部积极报名到新解放区工作。今天我们说起南下似乎是轻松的一件事，可在 1948 年的河南省，在太行山的林县，对于这里的农民，却并非是件容易的事。在漫长的岁月里，旧中国农民祖祖辈辈在土里刨食，梦寐以求能够拥有一块属于自己的土地。然而，广大农村中 70%~80% 的土地掌握在占农村人口不过 10% 的地主、富农手里，贫雇农和大多数中农终年辛勤劳作仍难以维持生计。1947 年 9 月，中共中央在河北省平山县西柏坡村召开全国土地会议，通过具有划时代意义的《中国土地法大纲》。随即，一场消灭沿袭了两千多年的封建土地制度的暴风骤雨迅速席卷老解放区。到了 1948 年秋，拥有 1.4 亿人口的老区完成了这项消灭封建生产关系的伟大变革。摆脱了封建枷锁的翻身农民迸发出难以估量的革命热情，眼看着新的生活开始了，他们却要离开家乡，奔赴炮火纷飞的战场，去走一条前途未卜的道路。这不能不说是一个艰难的选择。

当时的情况清楚地摆在谷文昌的面前：是将革命进行到底，还是使革命半途而废呢？如果要使革命进行到底，那就是要用革命的方法，坚决彻底地消灭一切反动势力，不动摇地坚持打倒帝国主义，打倒封建主义，打倒官僚资本主义，在全国范围内推翻国民党的反动统治，在全国范围内建立无产阶级领导的以工农联盟为主体的人民民主专政的共和国……党在极其困难的时候，把这样一个艰巨而光荣的重担放在我们身上，可要万分珍惜这种信任啊！作为一个贫苦农民出身的共产党员、林县第七区区长，为了报答党对他的信任，为了支援全国的解放战争，为了拯救长江以南正在遭受着国民党反动派蹂躏的老百姓，前面就是刀山火海，他也决不退缩！

关键时刻，谷文昌依然像以往那样，坚决响应党的号召，他对村里的人说："我要参加'南下'，要去解放那些还没解放的群众，我希望我们区的同志也积极报名参加。"他像发动参加抗日队伍、参加解放大军那样，利用晚上或田间地头和许多进步青年交谈，动员他们报名。

"谷区长，你看，我家的蚕养得多好啊！白白胖胖的，好像穿上一件雪白的衣衫，漂亮极了。这都是你让我们养的。"

"共产党不仅要解放千千万万受苦的劳动人民，还要带领翻身农民进行土地改革，实现生产自救，拓宽致富门路，让老百姓都过上好日子。"

"今年我家好不容易按照区上的要求，上山采摘桑叶，费尽千辛万苦把蚕喂起来，眼看雪白发光的硬盘茧子要下来，可以换很多的钱啦！这都是你让我们养的，现在，你又让我们离开家乡……"

"我们要打到南京去活捉蒋介石，把全国人民解放出来……我们眼光不能只看着自己吧！你也要想想全中国还有多少人过着和我们过去一样的苦日子……"

"不是有刘邓大军在前线乘胜追击国民党反动派吗？还要我们报名参加南下干什么？"

"南下干部作用大着呢！"谷文昌虽然在全区干部动员会上强调讲了同样的问题，但此刻张经学提起这个问题，他还是注视着张经学那张闪着汗珠光亮的黝黑的脸庞，耐心细致地讲道，"虽然不是直接追击国民党反动派，但要配合刘邓大军主力作战，开展剿匪、反霸、土地改革、征粮征款、支援前线、建立政权、扩大革命武装。"

的确，养蚕是谷文昌在担任区长时，为了改变太行山下人们的贫苦日子而提出的致富之路。太行山下的河南林县，是连绵起伏的丘陵，虽说没有什么茂密的森林，但这里的村庄都有许多茂盛的桑树，这里的人都有养蚕织布的传统。早已解放的林县人，已经把斗争和生产自救结合在一起，成为当地政府的工作重点。担任区长的谷文昌深知这一点，要巩固新的政权，就必须让群众过上好日子，否则就无法证明新政权的伟大之处。但在林县，致富的突破口在哪里？一个严峻而富有挑战性的问号，在他的脑海里不时闪现。

在调查中，谷文昌发现，除了养蚕再无其他办法让群众尽快过上好日子，这是其一；其二，林县一直是革命的根据地，根据地有兵工厂，他可以把群众生产的蚕茧卖给兵工厂，制成军用服装。所以，他在任职期间，积极提倡群众养蚕。1947年，这里的蚕茧卖得很好，人民已经过上了温饱日子。

"你们都是进步青年，不能只想到自己啊！"谷文昌一字一句地说，"要有革命担当！经学，你想过没有，无数解放军战士为了解放全中国，流了多少鲜血。你说，无数解放军战士都豁出命地干，为什么呢？为的是推翻'蒋家王朝'的反动统治，使全国人民能够过上幸福生活。现在党需要我们年轻干部报名参加南征，我们可不能为了自家的利益，断送无数解放军战士用生命换来的革命成果。为了支援解放战争，打过长江去，解放全中国，我们难道不应该积极报名吗？只有这样，等全国人民都彻底解放了，革命政权巩固了，我们才能真正过上安宁日子，你说对吧？"

"好，谷区长。"张经学心里燃起了一团烈火。他紧紧握着拳头，激昂地说，"我一定响应党的革命号召，报名南下解放全中国。"

革命根据地是林县人的骄傲，太行山的确是中国革命的一面鲜艳的旗帜。1948年，太行山人确实为自己的荣誉感到自豪。这些质朴的农民被谷文昌说服了，他们毅然放下自家的农活，放弃已经过上的好日子，纷纷报名参加南征，把自己的申请书和决心书贴在主席台的旁边，像一面面锦旗，飘满了整个动员会场。人们拥过来挤过去，互相看着彼此的决心书，大声地提出挑战，在一片热烈的谈笑声中夹杂着几句俏皮话儿，那热烈的气氛，像一团燃烧得非常炽烈的火球在会场里滚动。

那时，谷文昌和本区6位南下人员更是饱蘸着年轻人火红的青春，奋笔在保证书中写道：

> 每人家庭早有准备，家庭不会拖（后）腿；阴历正月初九早饭集中十区署，保证当天下午报到平房庄。特此保证。组长谷文昌，副组长杨永修。申周朝，郭玉守，原维德……共六人。

在《南征政民工作人员登记表》上，其中一栏赫然写着是"有什么生活困难，本人对其困难解决意见"，谷文昌坚定不移地填写的是："没有困难。"在"本人对家庭照顾的依托人姓名"一栏中，谷文昌认真地填写道："依托兄弟谷文德。"

临行前，谷文昌烧好水，蹲在母亲跟前，默默地为母亲洗脚。豆油灯的昏黄的光亮，将她的身体涂上一层橘黄色。她那瘦削而有点儿驼的身影，被清晰地投射在低矮的黄土墙壁上。母亲把两只赤脚探进水中，裤筒卷在膝盖以上，裸露着一段瘦骨嶙峋的小腿。细腻、滑爽的温水在洗脚盆里，清澈见底。母亲那双因缠裹而伤残的小脚，是她苦难一生的象征。父亲去世早，母亲为了这个家含辛茹苦，60多岁已是满头白发。谷文昌微微张开着嘴唇，双手交替地、动作极轻缓地搓洗着母亲的脚，好像生怕将水搅浑，生怕将一滴水溅到盆外似的。他从容地、不断地朝母亲脚上撩泼着水。他不知道自己这次南下什么时候才能见到老母亲，也不知道能不能再见到老母亲。然而，忠孝不能两全啊！

这时候，夜色像阴霾一般迫近起来，浓重起来，仿佛黑暗随着夜气同时从各方面升起，甚至从高处流下来。四周的一切很快地黑暗下来，寂静起来。只有鹌鹑偶尔啼叫，一只小小的夜鸟展开柔软的翅膀，悄无声息地低低地飞翔着，几乎碰撞了人身上，又惊慌地潜向一旁去了。现在分辨起远近的事物来很困难了；四周的田野朦胧地发白；田野的那面，阴沉的黑暗形成的巨大的团块升起来，越来越迫近了。苍白的天空发出蓝色——但这回是夜天的蓝色了。星星在天空中闪动着。

这一夜，谷家人通宵未眠。

炕洞里烧着的柴火在爆裂着，发出轻微的噼啪声。那松木油的香味和烧上烘热的棉被絮所发出的干焦气息，飘荡在整个屋子里。

油灯下，母亲凝视儿子的脸，说一阵，哭一阵。"要勤捎信回来。自己一个人在外头，没个人照应，自个可要知冷知热，别忙起来饭都不吃。多年落下的老胃病，年纪不小了要在意点儿，别干太重的活儿。"母亲有满腹的话要嘱托，满腹的不放心要叮咛。

1949年1月，林县南湾村举行了隆重的欢送仪式。会场上已搭起临时性的主席台，中央挂着毛主席的彩色像。大幅红色横标上面写着："欢送文昌过长江，解放江南老百姓！"

广场上的锣鼓敲得震天响。欢送的人群沸腾起来，口号声此起彼伏。

"热烈欢送南下干部！"

"打倒蒋介石，解放全中国！"

"中国共产党万岁！"

"毛主席万岁！"

这震撼山岳的声响，把人们无形地但却紧紧地联结在一起。

在"母亲送儿赴江南，妻子送郎上前方"的情景中，整个南湾村的男男女女，老老少少，把大道都塞满了。他们是怀着难舍难分的惜别心情，来送谷文昌与160多名林县籍干部，告别家乡，告别亲人，踏上南下征程的。人们送了一程又一程，现在谷文昌已经第三次停下来，劝着大家回去了。

"乡亲们，你们别送了！我们一定多杀国民党反动派，来报答你们的恩情！"

"走吧！走吧！让俺们跟你们再在一起多待一会儿，心里舒坦！"人们说着，掉下了眼泪。

1949年2月15日，谷文昌和南下的战友们先到曲山村集结。3月22日，太行、太岳两区选调的干部会聚河北武安，进行了一个多月的学习培训。4月25日凌晨，密雨下黑了天地。队伍从河北武安县城冒雨出发。雨下得越发大了，闪电在黑暗的空中刚刚划过，沉重的雷声便跟着发出惊人的巨响。这支南下的队伍对外番号为"中国人民解放军长江支队"。各地级班子为一个大队，各县级班子为一个中队，各区级班子为一个小队。谷文昌担任五大队三中队第五小队队长。

在向南挺进途中，不断传来捷报：南京解放了，上海解放了，武汉解放了。向南，向南，还要向南。

队伍过了黄河，渡过长江，继续向南挺进。

忽然，有一股很大的力量，像电流一样，通过部队行列，通过每一个人的心。疲劳被赶跑了，战士们的面孔生动了，紧张了，也格外严肃了。每一个战士都挺起胸膛，放大了脚步，眼睛一眨也不眨地盯着前方。

"快到苏州了！"

"快到苏州了！"这五个字像闪电般地从一个口里传到另一个口里，从一个心里传到另一个心里；眨眼，就传到后边的部队行列里了。

按压不住的激动，在部队行列里膨胀着。欢呼声立刻要爆发，可是现在正是紧张的战争时期，为了保守秘密，战士们不能喊。但是他们举起拳头，似乎在摇天动地地呼喊："苏州快到了……苏州快到了！"巨大的兴奋激荡着天空，无数火热的眼盯着前方；无数的臂膀摇动，像风吹动大森林一样。

其实，早在部队出发前就得到指示，这次南下是接管苏沪杭，"上有天堂，下有苏杭"。当时大家听了都很高兴。

此时此刻，他们想着苏州水网密布，物产众多，生活富庶，素有"鱼米之乡"的美誉，又怎能不激动万分？！

可是，当他们千里迢迢来到苏州时，由于渡江后形势发展比原来预想快得多，现在苏南、皖南、浙江、上海已被先行到达的干部接管了。上级决定长江支队随三野十兵团入闽，接管福建。

一场"梦想"被突如其来的现实击碎了。就像秋日葱绿活泼的庄稼，突然遭到可怕的冰雹之后，密密的玉米林消失了，墨绿的棉田消失了，天空不见苍鹰飞旋，树头不闻燕雀鸣叫，田野里，也瞧不见野兔奔跑了，一切有生命的东西，一瞬间，仿佛全从地面上消失了。大地脱去浓艳的绿袍，换了一副坚硬的银色甲胄。南下支队的战士们坐在泥泞的江岸边，脸上没有表情，凝神俯视着波涛滚滚浩渺无涯的长江。

这时，有人思想发生波动，福建是个什么样的地方？听说福建是"荒蛮之地""没有铁路，交通不便""水咸、水苦，不长庄稼，更栽不活树""气候湿热，毒蛇多，蚊子大，会得粗腿病""天无三日晴，地无三尺平，人无三分银""海风大得把人刮跑""说话听不懂，老婆找不到"。自古有多少人想在那儿落脚，后来被东海发水淹了，被风沙和盐碱撵跑了。多少年代，只好听任赖草和芦苇蔓延，听任狐、兔、蛇、獭盘踞，听任沙鸥和野雁作窠，没有一个人能在那里落户。难道注定就在旷寂沙漠上了，没有音乐，没有花朵，没有甘泉和绿荫……前途就像那单调的漠原般莽莽苍苍，混沌一片，直到地平线——生命的尽头。少数意志不坚定的人逃回家去了。革命在考验着这支队伍中的每一个人。

6月12日，华东局组织部部长张鼎丞给长江支队县团级以上干部作报告。张部长向前走了两步，他那身躯——那充满顽强力量的钢骨铁架似的身躯，立刻使干部们更加振奋了，生动了。像过去常有的情形一样，张部长一看见干部们，他就觉着浑身汹涌着不能遏制的力量。他觉着每一个干部都是顶天立地的人，都是翻天覆地的英雄。

张部长用手把脸上的雨水擦了擦，又把手上的水擦在身边的树干上。

他说："福建虽穷，却山清水秀，有林有鱼，是个好地方。福建有红旗不倒的苏维埃老区，现在要解放，欢迎大家去！我们要求每个共产党员、革命干部都要充分发挥模范带头作用，一切听从党的调遣，党指向哪里就到哪里。"

接着，五大队队长李伟向全体干部进行了传达。各中队、小队又进行了热烈讨论。谷文昌带头发言："我们既然要解放全中国，就不能计较去哪里。"他一字一顿地说，"同志们，世界上没有什么人比我们共产党人更热爱自己出生的土地，更热爱自己的人民。有人说：'福建有什么好呀！'可是我们要为了那里每一寸土地拼命。有人说沙漠荒凉，可是我们愿意在沙漠里奋战。我们知道，中国每一寸土地都是我们英雄的祖先流血流汗，拼命开辟出来的。福建是中国的土地，共产党员有责任去解放、去建设。我们绝不能做革命的逃兵，党说要去哪里就去哪里。"

谷文昌浑身都是忠诚的烈火。他那一双顽强的眼中，射出了刚强坚毅的光芒。

会散了，谷文昌头一个走出会场。他急急忙忙地走着，胸中似有千重浪花在翻腾。在不辨天地的夜色中，他把跟随自己一道出来的同乡叫到身边，态度坚决地说："逃跑是耻辱，革命怎么能逃跑呢？我告诉你们，既然我们已经参加革命了，我们就要把革命进行到底。希望你们不要给我们林县革命根据地的人民丢脸。"

"谷区长，我们还要走多久？你看，我家今年的收成还要请人帮忙呢！"

"是啊，地里的活儿那么多，还有养得那么多的蚕怎么办？就靠我父母他们……"

"大家都一样。"谷文昌严肃而郑重地说，"要革命就要牺牲个人的利益，甚至生命，哪里还想着自己家的那点儿事，还想着你家里那几亩地？革命成功了，全中国都是我们的家，你还怕回不了家？"

大家从心底里喜欢自己的小队长，特别喜欢听他讲话。因为谷文昌讲话不光头头是道，句句占理，而且生动有趣。他好像带了好多适合每一个人的钥匙，他会巧妙地用这钥匙去打开每一个人的心窍。不管在什么场合，当他看着人们的时候，大伙都觉得他的眼光，又透进人的心里啦！的确，在小队长谷文昌眼里，每一个人的心都是一个小小的世界。他像一个科学家一样，时常在这个小小世界的各个角落里，仔细地考察各种闪动着的思想和心理活动。

这天夜晚，谷文昌面对长江，呼吸到这夜间的江边特有的芳香的空气，看到了广阔无垠、万籁俱寂的夜空，他似乎轻快了许多。也只有这时，在这静静的田野边，在这悄悄的江水旁，谷文昌才听见自己的心跳得那么响，好像旁边有人用小鼓槌在不断地敲打着。

谷文昌 1915 年 10 月出生于林县南湾村一户贫苦家庭。南湾村地处太行山脉林虑山，水土流失严重，土地十分贫瘠。农民一年四季辛勤劳作，却不得温饱，一遇干旱绝收，就得吃"观音土"、野菜、树皮、草根、粗糠，不少人卖儿鬻女，逃荒要饭，背井离乡。谷文昌就在这浸满穷人血泪的土地上度过了他苦难的童年。人生为什么发生了这么可怕的事？他家和许多农民为什么这么悲惨？赵四奶奶的房子为什么被恶霸地主一把火就化为灰烬？凌花婶婶那样善心的人为什么叫人家吊死在大树上？振平、振山兄弟成年累月累断腰筋受苦，为什么这世界偏不容他们？这些血海深仇的根源，他还不十分清楚。他只恨那帮杀人凶手。15 岁那年，谷文昌想着多学点儿农活，多学一门手艺，帮助父亲还债。很快，他学会了犁田、耙地，使用各种农具，并学会了掌握农时，成了一名种田好手。太行山峡谷石头多，当地的建筑和生活用具多离不开石头。谷文昌拜村里一位有名的石匠为师。这是一个粗线条的汉子，浓眉大眼，皮肤黝黑，身材高大。师傅告诉谷文昌，石匠有五项基本功，起石板、切料石、凿器具、搞石雕，还要懂得砌石头。师傅眼里闪闪发光，特别叮嘱，石头是有灵气的，咱祖先传下来，建房的时候，在小石碑上刻上"泰山石敢当"立于墙根用于避邪保平安。咱打石匠做人就要像这"泰山石敢当"，不怕邪，敢镇邪，有一股正气。师傅的话，谷文昌一一铭刻在心。

1938 年 6 月，为开辟林县抗日根据地，129 师 386 旅旅长陈赓率部由磁县南渡漳河进驻林县，积极采取军事行动，镇压地方反动武装，扩大抗日武装。那时穿行于河南、山西之间当长工、做石匠活的谷文昌接触到了共产党宣传的革命道理，谷文昌的心中涌起一股从未有过的暖流。1942 年夏，谷文昌回到南湾村，他利用为乡亲们做石匠活的机会，把他看到的听到的关于八路军的新鲜事儿传播给南湾一带的农民。听了谷文昌的话，大家充满惊奇地问："文昌哥，共产党到底是些什么人？真有这么好的队伍？""共产党嘛，就是早些年的红军，是些打土豪的穷人。听见过他们的人说，当年的红军都是梭镖长枪宽大刀，红旗红缨枣红马，好不威风啊！现如今，他们是打日本鬼子和汉奸的八路军。""他们敢打大恶霸地主不？""当然敢！""那不怕了。"大家心里全明白了。"他们啥时候会到咱这儿？"谷文昌肯定地说："会的，共产党、八路军一定会到咱这儿来的。"共产党、八路军真的来了。这一年，中共林县县委派共产党员郭勋到西乡坪开展工作，谷文昌鼓起勇气，问道："你，你是八路军？是共产党？""是啊，"郭勋笑呵呵地回答说，"我叫郭勋，是共产党，是毛主席派来的。""你们真的能掐会算，晓得我们在遭难哪？"谷文昌站在原地没动。"我们不会掐也不会算。是毛主席晓得太行山区的人民在遭难，是他老人家叫我们赶来的。"共产党真的来到了身边，谷文昌心里千言万语不知从何说起。他想问，是谁救的西乡坪村穷苦人家的火，他想知道是哪个把赵海明儿子从火里抱出来的。看了看眼前的共产党员郭勋，觉得这一切都不用问了。他迈开双腿，张开手臂猛地一下扑到了郭勋的身上，张了张嘴，喉咙里像被什么东西哽住了，话没说出口，眼泪却涌了出来……1943年6月，中共林县县委在西乡坪村建立了党支部。是年8月，又在西乡坪村建立了中共林县第七分区区委。党组织建立后，先后在各村建立了农会、民兵、妇救会、儿童团群众组织。这时，谷文昌很快与党组织接近，并参加了村农民抗日救国会。在党的领导下，他积极团结群众，开展了反奸清算、破除封建迷信等工作。不久，谷文昌被推举为村农会主席。他带领农民点起了"三把火"：动员青壮年参加民兵组织，壮大抗日力量；开展减租减息；教育妇女放脚，指导儿童站岗放哨。由于他威信高，工作做得有声有色。1944年3月，这位打石匠举起了布满老茧的"骨朵"在党旗下庄严宣誓，成为一名中共林县第七区早期党员。从那一年起，他的理想之火，开始燃烧起来。他决心在中国共产党和毛主席的领导下，和受苦受难的阶级兄弟们团结在一起，把旧世界打个落花流水，把那些吃人血肉的毒蛇猛兽消灭干净。他坚信革命事业会成功，鲜红的太阳要照遍全球，共产主义的崇高理想一定能够在全世界实现。1944年秋季，日伪军向革命根据地发动了"大扫荡"。在豫北，日军15旅团和伪军1000余人，由安阳出发，分三路西犯我林县、辉县地区。9月20日上午10点多钟，驻姚村的100多名日伪军向西乡坪进发。鬼子来了！一片黄煞煞的敌人拥进了山沟：前面是尖兵，后边是大队人马。当官的骑在马上，腰杆子挺得笔直，望着前方，看起来蛮威武。西乡坪区委正在召开肃清伪匪迎接全县解放的紧急会议。区公所东屋挤满了人，不但椅子上坐满了人，连炕上、地下都坐满了人。人们用力地抽烟，屋里满是浓沉的烟雾。刘玉芬、韩秀梅被烟呛得睁不开眼，直淌清泪。不顾冷了，刘玉芬把西窗打开一扇，一股西北风冲进来，她长长喘口大气，觉得清凉多了。区委书记刚从县上回来，他询问着每个部门的情况。时而点头，时而摇头，接着讲出自己的意见。众人再讨论一回，一般的事情商量得差不多了，然后他又提出开明绅士的问题："从表现来看，胡西玉还很开明，咱们是欢迎开明绅士参加抗日的。上级说，知识分子往往很明理，有些气节，咱们应该好好团结他们抗日。团结一切力量嘛，只要是中国人，他不当汉奸，咱们都应当团结他们打日本。不过有团结也要有斗争，他在外面多年，说是教书，可也很难实信。他父亲被打死，两个兄弟还在外当伪军，说不定他安的什么心，咱们要防备些才是……"区委书记正讲得火热，突然，轰隆隆，刘家梯山崖方向响起了手榴弹的爆炸声。黑烟越来越浓，越升越高，不一时滚滚的黑烟笼罩了东山头的半面天空，随着风滚这边来了。刚才还是碧澄澄的河水，也被照得黑乌乌的。

　　主持会议的区委书记警觉地问："发生了什么情况？"谷文昌神情严肃地说："有敌情，一定是我们在刘家梯路上放哨的民兵发出的紧急信号，我们应立即组织群众转移。"区委书记果断决定："会议开到这里，情况紧急，共产党员立刻回到各自分管的村子里去，迅速组织群众撤离。"谷文昌镇定地发表自己的意见："我认为，西乡坪是区公所所在地，是这次敌人进攻的重点。请书记、区长带领西乡坪的干部群众转移，我对这一带情况熟悉，由我负责带领民兵断后，阻击敌人。"区委书记同意了谷文昌的建议。这时，在刘家梯马鞍垴站岗的民兵王天熬气喘吁吁跑回西乡坪区公所，报告了敌情。谷文昌立即带领武委会人员和几十个民兵占据西乡坪村南的有利地形，在山沿上一个隐蔽的地方观察。他那钢板似的胸脯贴在掩体的胸墙上，用两个铁一样的拳头支住下巴，紧盯着沟里的敌人。这就是偷袭西乡坪的日伪军！谷文昌牙咬得咯吱响，脸色通红，鼻翼翕动，眉头拧成一条绳。敌人残暴可恨，他们飞扬跋扈的样子更可恨！"用刺刀挑，才解恨！"王有的声音。"用手榴弹，把这群疯狗捣成肉饼！"杨永修答话了。郭玉守怯生生的声音有点儿发抖："谷……主席……"谷文昌刺溜地缩下身子，说："不准吱声！"来犯的日伪军听到手榴弹响声，知道他们的行动已经被发现，偷袭不成，正迅速扑向西乡坪。很快，日伪军窜进西乡坪，见干部群众已经转移，于是追向山里。谷文昌带领民兵凭着对山势地形的熟悉，巧妙地与敌人展开周旋，掩护区、村干部和群众向西山沟撤退。区委书记向隐蔽的男女群众低声鼓励道："老乡们，敌人被打退了，咱们快顺西南小沟，爬上西山，不要害怕，有小谷他们挡住敌人。走的时候，弯着腰，快跑！"区委书记他们从排头到排尾，把群众安慰鼓励了一遍，当群众鼓起了勇气时，谷文昌叫张经学在前头顺着选好的小沟领着群众快跑，自己和民兵们伏在沟沿上，一面鼓励群众的勇气，指挥他们放低姿势快跑；一面瞄准敌人，准备迎击日伪军再来做冲锋。群众的队伍突出沟口，在小山包下的一段开阔地上暴露了，狡猾的敌人，就地转了个九十度，向群众的行列开始射击。谷文昌和民兵们集中火力向敌人更加猛烈地射击。"杨永修，"谷文昌向正在射击的杨永修命令道，"快，快到群众中去，协助区委书记指挥群众，快突！越快越好！"杨永修率领两个民兵，奔进群众的行列，协助区委书记指挥群众猛跑过这段开阔地，钻入灌木丛，奔上小山包。谷文昌看看突围的群众，已全部奔到西山顶，正向山后退去。他内心发出一阵胜利的欢笑，"群众进入安全地带，敌人打不着了！现在我们可以再来狠狠痛击敌人。"经过两个多小时的战斗，日伪军意识到区公所已有准备，担心被八路军截断退路，只好从原路撤走。敌人的这次偷袭，以失败告终。这是谷文昌亲自参加并指挥的第一次战斗。危急关头，这位石匠铭记着师傅的一句话——泰山石敢当。通过西乡坪战斗，他表现出勇敢机智、临危不惧、不怕牺牲的可贵精神，赢得了组织上和干部群众的赞扬。很快，他被调任中共林县第七区区公所农会干事，不久，提任第七区副区长、区长。

这时，谷文昌站在滚滚的长江边上，他想起他在林县做石匠时，看到手执旗子的男女学生，激昂地走在街头，在国民党军警枪棍下，他们高呼着"打倒日本帝国主义！""反对内战！"的口号，高唱着《国际歌》这首令他热血沸腾的歌曲。这首无产阶级的战歌，激励过多少为共产主义事业奋斗的战士啊！在冲锋陷阵的时刻，在敌人的屠刀面前，在任何艰难困苦的环境中，它都能燃起我们心中的熊熊烈火，鼓起我们向旧世界斗争的必胜信心！伟大的巴黎公社被镇压了，我们的先驱——公社战士，在五月流尽了最后一滴血。可是战斗的《国际歌》，却成为全世界无产者向旧世界发起最后总攻的冲锋号声。这歌曲一直回荡在他的心里，不论他身处何方，这首歌曲就像是誓言。他宣誓，一定要用自己的生命来实践这誓言。

谷文昌借着江岸的灯火，蹲在石头上，聚精会神地在笔记本第一页上，默写出他最喜爱的《国际歌》的歌词，并在歌词的后面写下这样一段话："共产党员要胸怀大目标，四海为家，时刻想着人民，想着全人类。我们是为人民服务的，不论在什么情况下，不论在什么地方，也不论职务高低，都要在那里生根开花！"

长江之夜，在南下的支队中，广大指战员都坚定了革命的信念，但也有人悄悄地离开了革命的队伍。谷文昌和他的战友们依然走在队伍中。刮风了。下雨了。电在闪。雷在响。雨乘着风，威风劲更大，喷得人连气都喘不上来，一股一股的冷气，钻到肚子里，传到周身去。狂风吹，大雨浇，战士们的单衣贴在身上冻得打哆嗦！

谷文昌在泥中走着，尽力地想着战士们。前边是黑乌乌雾腾腾的一片。闪光又划破漆黑的天，雷声震得人脑子麻木。他趁闪光又看到前面五大队队长李伟来回跑着，还兴致勃勃地向战士们喊："同志们，风雨、饥饿、敌人，都吓不到我们！不怕热、不怕冷，能走、能饿、能打，这是我们的传统作风！同志们！什么高山我们没有上过！什么大江我们没有过过！什么艰难我们没有经过！我们是共产党的队伍，眼前这点儿困难算得了什么！我们要随时准备战斗。"

谷文昌带领战士们激昂、自豪地高唱着《国际歌》：

············

从来就没有什么救世主，

也不靠神仙皇帝，

要创造人类的幸福，

全靠我们自己。

我们要夺回劳动果实，

让思想冲破牢笼，

快把那炉火烧得通红，

趁热打铁才能成功。

这是最后的斗争，

团结起来到明天，

英特纳雄耐尔就一定要实现。

歌声给了战士们力量，他们反复地唱着。

电一闪，又显示出那站在急雨泥浆中唱歌的战士们，显示了那站在战士们面前的谷文昌和李伟。

走了十几里路，战士们的唱歌声变成热烈的议论声。战士们问谷文昌："英特纳雄耐尔是什么意思？"

"共产主义，翻译出来的。"

"共产主义是什么样的？"

"是我们人民的国家，是无产阶级的国家，是有房子住，有好衣服穿，有汽车，有电话，有飞机和轮船……"

"那这共产主义什么时候能有呢？"

"我们大家一起努力，把中国建设成社会主义社会的国家。"

谷文昌豪情满怀地说："来，让我们宣誓，只要是中国的土地，革命战士都有责任去解放，去建设！"

不知什么时候雨住了。天空上，成群的鸟雀，忽上忽下欢乐地飞舞着。阵阵凉风吹来，山沟上沟渠里的高粱、玉米叶子沙沙作响，像是这些庄稼在经过一阵大的激动以后，也亲密而急切地议论什么。

随着中国革命的节节胜利，一个个乡镇、一座座城市从国民党的手中接管过来，这支向南的队伍也在不断地扩大，除了来自农村的农民干部外，还增加了南京、上海、杭州等地的学生干部。他们白天休息，夜晚行军，为了避免敌人空袭和不必要的牺牲，南下支队只好趁着夜色，向着江西和福建等地进发。迷蒙的月色笼罩着村庄、树丛、水田和茅封草长的田塍路；也照出了映在田边移动的人影。历经九个月行军，越过崇山峻岭，跨过黄河长江，穿过枪林弹雨，1949 年 8 月，谷文昌跟随南下支队终于从中原腹地来到祖国的东南海疆。

二

1949 年 10 月 1 日，毛泽东主席站在雄伟壮丽的天安门城楼上，向全世界庄严宣告：“中华人民共和国中央人民政府今天成立了！”

雄壮的《义勇军进行曲》中，新中国的第一面五星红旗冉冉升起。

广场上，54 门礼炮齐鸣 28 响，象征着中国共产党领导中国各族人民艰苦奋斗的 28 年历程。

30 万群众的欢呼声和飞机马达的轰鸣声汇成一片，天安门广场变成了沸腾的海洋。“中华人民共和国万岁！”“毛主席万岁！”的口号声响彻云霄……

中华人民共和国的成立，宣告了一个旧时代的终结和一个新时代的开端，正是从这一时刻开始，中国人民真正成为国家的主人，中国的历史从此翻开了崭新的篇章。

然而，当崭新的五星红旗在天安门城楼前冉冉升起时，共和国的曙光还没有照耀到东山岛上。

那是黎明前的黑暗。淮海战场溃败，国民党第一战区第 10 军军长方先觉纠合残兵败将一路南逃，就像抽开闸门的大水一样。他们不久以前还是有组织的军、旅、团、营，如今差不多是乌合之众。他们没命地呼吼着乱窜，人踏人马踏马，互相冲撞，互相射击，咒骂，厮打，抢劫……有人跌倒了，呼喊救命，但是无数的脚踩过跌倒的人，直到踩成肉酱。有时候，人员骡马在山沟里拥挤得不透风，就有一帮人用冲锋枪扫射给自己开辟逃跑道路。步兵把炮兵驮炮的牲口推到沟里，夺路而走。有些军官骑着马横冲直撞，抢起手枪，想维持秩序，但是像洪水一样的人群把那些军官裹起来，向前流去。

逃跑，逃跑，不管逃到哪里，能逃掉就好。逃跑，逃跑，哪怕心脏爆裂了。

昨天夜晚的东山岛，还是天空晴朗鲜明，众星齐现，周围的沙滩村落是那样的宁静。突然从西南的小山丘上，升起了一颗信号弹，随着它降落的残辉，一阵凶狂的吼叫和砸门声，出现在东山岛的各个角落。夹杂着拼命的厮打声和妇女孩子们的号哭声。

在不长的时间里，人烟稀少的沙滩上升起了一堆大火，东山岛惊慌了。

蒋军押着被成串地捆绑的渔民们，从四面八方向火堆走来。在火光的照射下，人们看清了这群人的面孔。

国民党残部新整编为陆军第 58 师，师长洪伟达在火堆旁瞪着阴险毒辣的眼睛，双手叉腰，肥胖的身体在火光闪照下一晃一晃的像个凶神。他咬着牙根向被捆绑的渔民们狰狞地冷笑了两声道：

"还想逃跑，我看你们跑！……"

"呸！"站在最前面的胡大江厉声骂道，"你们这帮杀人的恶魔……"不等他骂下去，一个士兵用一条毛巾狠狠地堵在他嘴里。

洪伟达嘿嘿一笑，上前走一步："看看你的嘴硬，还是我洪某的刀硬！"

…………

东山岛人称蝶岛，面积 194 平方公里，位于我国东南沿海，西与诏安县隔海相望，东北与漳浦县古雷半岛相对，北面是云霄县，东面遥望台湾岛。东山岛与云霄县连接处有一个名叫八尺门的海峡，通常所有人员与物资都是通过八尺门上岛的。

此时，蒋介石正盘踞在台湾岛上，期盼着东山岛上的溃军能为他创造"奇迹"，让他在世界舞台上挽回点儿面子。

被人民解放军击溃的国民党军残兵败将麇集在这座孤岛上，他们疯狂地烧杀抢掠后，又封锁了八尺门海峡，收缴了渡船。男人被抓走了，妇老幼小依靠谁养活？没有渔船，怎能打鱼糊口？蒋军抢走的是荒滩村落上千口人的生命，这是多大的灾难啊！

家家户户都感到塌了天，倒了梁，没有活路了。妇女领着孩子，老人拄着拐棍，呼天喊地地拥上街头，冲向村口前面的渔港。这一切对岛上的老百姓是雪上加霜。一时间，东山岛成为一座兵岛。

国民党溃军在东山岛所做的是砍树和抓壮丁，强征无名税。砍树，为了补充他们驻军的燃料。抓壮丁，为了补充兵源，抵抗共产党军队的进攻。

强征无名税，是为填满他们的腰包，向东山老百姓派款43种，搜刮银圆75万。

东山岛，缺少森林，是一座沙岛。四面八方眼睛望得到的地方，都布满沙漠的深灰色沙子，它们像铜板被强烈的光线照射，发出耀眼的光芒。人们竟弄不清楚面前到底是一片镜子的海洋，还是无数湖沼结合而成的一面镜子。一股火的蒸气，被一阵阵的浪潮推动，在这块不停地晃动着的大地上旋转。天空明亮、洁净得叫人失望，因为它不留下任何可以产生幻想的余地。天上和地下都是一团火，叫人不得不感到害怕。

在遭受2700多个匪兵几个月残暴的砍伐后，原本就无法提供木材燃料的东山岛，环境更加恶化了，来自太平洋的海风裹挟着细沙长驱直入，岛上到处是白茫茫的一片，阴风不住呼啸，方向变化不定，好像尖石子似的刮着人脸，叫人透不过气，说不出话。在这日夜不休的狂风的怒号和呼啸声中，只听得一阵阵凄苦的声音，像狼嚎，又像远处的马嘶，有时又像人们在大难之中的呼救声。

老百姓的日子几乎是在火炕上煎熬。他们在风中挣扎，沙中刨食。燥热的风挟着沙砾，在无边无际的沙滩上横冲直撞，卷来一阵阵炙人的风沙劈头盖脸，直朝人眼睛、鼻孔、嘴巴和衣领里灌。人们揉坏了眼睛。

解放时，地处风口的山口、湖塘两村1600多村民中，有400多人患红眼病和烂眼病，40多人成了盲人和半盲。"这不是住人的地方呀！"老辈人说。据刚解放时的统计，东山百姓逃亡到海外谋生的占了1/10，出外乞讨的不计其数。"大风起兮沙飞扬，民生苦兮号凄凉。"漫天风沙，世世代代为一首悲怆的民谣伴奏："夏天出门沙烫脚，走起路来三七抽。秋冬风沙难睁眼，无处倾吐苦和仇……"

1950年的春节，东山人按照古老的习惯，在自家门前贴上大红的春联。在这一年的春联里，东山人多了对自家亲人的盼望。诸如"山与山虽不会相会，但我与你总会重逢""无论命运把我们带到何方，思念总是把我们紧紧相连""人生脚步又跨过一道门槛，我们离再见日子又近几天"，等等。

在他们的团圆饭桌上早摆好了一桌丰盛的酒菜。自然少不了东山里的鱼，自家养的鸡，和他爱吃的家乡辣子……他们坐在一旁，没有吃饭。仿佛都知道他一定会回来的，在一起静静地等待着他。桌上的菜正热，香味飘飘,弥漫了整间小屋,充满着年节家庭暖融融的氛围。家! 这本应该成为他自己的家呀! 啊,要是他,也正坐在这里,不被国民党军抓丁,那该多好! 一家人围坐在一起……啊,他曾经是多么盼望着这一天的到来。这一天来了。可惜,他不在。——只在他们的团圆饭桌上多了些为没有回家的亲人留下的碗筷和酒杯,还有空位。大家相互敬酒祝愿时,也都要向这没有到场的亲人表示祝愿,希望他能早日归来。"快坐下端起酒杯吧! 就等着你呢! "妻子热情地招呼着他。在他家,他用不着客气。菜夹过来了,酒递过来了,饭端上来了。他的面前雾气缭绕。

"金和……"妻子握着筷子,想给男人说些什么。说什么呢? 她找不出一句合适的话来。

"孩子! "母亲先开了腔,"这么些年,我们一家人都全靠你了。要说,你的确是个好儿子。我们也不能责怪你,也不是你不愿意和我们过大年初一,完全是国民党反动派制造的呀! ……"老太太说着,抹起眼角来了。

这个春节,东山不少家庭就是这样过了个凄凉的节日。因为他们家中的男人都被国民党抓了壮丁。

这仅仅是序幕。国民党的一位师长,向部队发布奖赏办法是,凡抓到10人者,升为班长;抓到30人以上者,升为排长;抓到百人以上者,升为连长。此外还另加奖金。

于是,他们对整个东山岛进行暗查,将每家每户的男人登记造册,为最后的逃窜做准备。

正月十五元宵节,东山岛人原本要举行传统的习俗"看新娘"。"看新娘"是让这年的新婚夫妻穿上新装,聚集在宗庙祠堂里顶礼相拜,让人们观赏新娘的美丽。但这年元宵节,全岛各村宗庙祠堂前,只有零星观看者,大家只是走过场似的,很快就消失在各家的门前,人们很难看到美丽的新娘,更难看到新郎的身影。

春节过后,春播前的耕耘开始了,大东山又显示出一派繁忙的气势。杏陈村的农妇林梅花这两天出来进去不安生。她在屋子里,听到外边的脚步响,当是男人转回来,忙不迭地往外跑。街上很热闹。人群里的男人、女人、老的、少的、扛犁子、拉牲口,有说又有笑,一个个都显得特别精神。

一伙子大姑娘叽叽喳喳地走过来。打头的那个胡春景,朝这边喊了一声："喂，林梅花，你在这儿站着干什么呢？"

林梅花在故意笑笑："没事，凉快凉快。"

胡春景认真地说："别凉快了，赶快把你们家的地收拾收拾吧，要不然就撂荒啦！"

林梅花轻轻地一晃脑袋："没事儿。那么一丁点儿地还不容易对付。"

胡春景说："你还不着急哪？昨个我和贵娥从你们西边那块地边走一趟，地硬得当当响，不犁怎么下种呀？"

林梅花抿嘴一笑："谢谢你费心啦。"

胡春景皱皱眉头，"我可是跟你说正经话，你别当闹着玩儿呀！"她说着，就追上人群，迈着大步，朝村外的田野走去。

林梅花呆呆地望着人群的背影，深深地叹口气。别看她在别人面前摆出一副安然自得的样子，实际上，这个并不缺心少肺的人，早已经有后顾之忧了。眼见着别人家的地，东一块，西一块，都收拾得停停当当，唯有他们家的一犁未动，因为他男人被国民党军抓了壮丁，地里的活一个女人干不了。人误地一时，地误人一季。误了农时，收不上粮食，一家人的日子可怎么过呀？

她看着下地的人群渐渐地走远，街上变得空空荡荡，觉着胡春景说的那句话有点儿道理，不能这样傻等着了。当务之急是把丈夫从蒋军营里弄回家。想到这里，林梅花回到屋里，先换了一双旧鞋，带着四个儿子，大的 14 岁，小的不满周岁，锁了屋门，把钥匙放在门框上边，就来到国民党军营前乞求，想让她丈夫回家。林梅花以为她的不幸会得到哪位长官同情，可她怎么也没想到，一位披着国民党部队军上衣的长官竟然将目光落在她大儿子身上。

"好啊！日子过不下去了，那我替你减轻负担。来人啦，把这个小孩也带去，跟他爸一起当兵。"说完，这位长官威风凛凛地一挥手，转身走回兵营。

几个士兵一拥而上，他们强行把林梅花的大儿子拉进兵营。林梅花几次扑了上去，都被士兵抓着头发甩回来。她再也忍不住胸中的仇恨，便拼命地扑向士兵，双手一抓，把一个胖乎乎士兵的大长脸，抓了十个血指印。她正要再掐那个士兵的脖子，却被另一个瘦长士兵抓住了她的乱发，抽出了鞭子打在她的身上。她浑身是血地倒在身旁的一位老妈妈的脚旁，把70多岁的老人吓呆了。那老人稍一愣神，便弯腰去抱地上不满周岁的小儿子。小儿子哇的一声惨叫，叫声未落，矮墩墩士兵飞起一脚，踢在老妈妈的怀中。那老妈妈不知哪来的力气，忽地站起来，左手紧抱着不满周岁的小孩子，右手狠狠地抓撕着满头白发。疯了！老人疯了！她盯了一眼被打昏过去的林梅花，便抓起一根木棍，朝着瘦长士兵冲去。不幸被矮墩墩的士兵从旁一脚，把老人踢倒在地上……

可怜的林梅花并不明白这些国民党军的狼心狗肺，一连几天，她忍着无比的疼痛，在军营前苦苦哀求，但都遭到国民党军的毒打和严厉的警告：

"你再来，我就把你的丈夫和儿子关禁闭。你来一次，我就关他们三天。"

林梅花不得不悄悄地躲在家中，暗暗用眼泪来祈祷丈夫和儿子平安。

林梅花的不幸遭遇无声地告诉人们，要想躲过这场灾难，就要尽快离开村庄。怎么离开呢？春节过后不久，国民党军队再次将八尺门封锁了，沿海所有的渔船被扣押，所有的人不得下海。

东山岛沿岸有许许多多光怪陆离的礁石，有的礁石看上去温顺而柔和，像是悠然自得睡至天明的鲸鱼；有些礁石又像刀削斧劈鲜红一片，宛如岩石的内脏在滴血；还有的礁石，阶梯分明，直入海中，宛如一座宽大的石阶，那汹涌澎湃的海浪欲冲刷其顶端而不达，便绝望地退却，化为阵阵泡沫；另有些礁石像被黑而油亮的海水舔得油光铮亮，微微泛红，好似刚出炉的一堆紫铜；更有些礁石，其斜坡宛如堞形，好似一堵已拆毁了的瞭望塔的断墙残垣，又像是一座哥特式尖顶的钟楼。一些东山人想出个办法，他们利用海边的地形，将自家的男人藏在海边的礁石群中，尤其是那些有洞的地方都藏着男人。但并不是整个东山岛的男人都知道把自己隐藏在礁石群中。

这时候，共产党地下组织已经在东山岛做好迎接解放军的准备，他们在敌人的封锁下，巧妙地组织一支86人、48只帆船的队伍暗渡海峡，来到云霄县，准备和已经在云霄县的中共东山县委领导班子一起参加解放东山岛的渡海战斗。

在历史上饱受风沙、水旱、兵匪、官绅蹂躏的东山岛，如今正遭受一场浩劫，一个一个的村庄都被推倒了，穷苦的渔民们世世代代在这些被烟熏黑了的屋子里生儿育女，养老送终，如今只好扶老携幼，流落在城关镇的街头。成串的劳工——蒋军从东山沿海抓来的渔民，在刺刀的威逼下，正在搬运从房上拆下来的木料。他们就像囚徒，衣服上带着号码，脚上套着沉重的铁镣。铁镣的摩擦声伴着痛苦的呻吟，在坎坷不平的小道上空响着。他们的眼睛，表现出被剥夺尊严的那种愤怒和迟滞，重负、疲惫、鞭挞、饥饿，在残酷地折磨着他们。

1950 年 3 月 23 日，这是东山县一个最黑暗的日子。国民党溃军实施一次大抓壮丁的疯狂行动。他们借着黑暗而森严的夜色，将一个个村庄包围起来，冲进老百姓家中，把看到的男性成年人全部抓走，成为他们撤往台湾的士兵。

1950 年 5 月 10 日深夜两点，人民解放军开始向退居在东山岛的国民党军队发起猛烈进攻。也就在此时，穷凶极恶的洪伟达部突然包围了位于东山岛东北隅的铜钵村。他们把一挺马克沁重机枪架在村口，黑黝黝的枪管对向人群。他们以查户口为名掳走 147 名壮丁，其中年幼者仅 17 岁，年长者 55 岁，已婚者 91 人。而当时的铜钵村只有 298 户 1334 人。国民党反动派把这些青壮年捆绑成串，押上军舰。妇女们承受不了这沉重打击，忍受不了这生离死别，她们怒火在心里燃烧，什么都不顾地拼命追着、喊着，冲向军舰。哭声、喊声、海涛拍岸声，汇成强大的声浪，震动着人心，气氛更加紧张了。

"阿爸，海全，你们不能走啊！"一位年轻的母亲背着两三岁的女孩在齐腰深的水里向前奔跑，两手伸向大海，透过模糊的泪水，望着站在船上、反绑双手的父亲和丈夫，泣不成声地喊。

她的丈夫赵海全是个二十几岁的渔民。他看着跑进深水的媳妇，挣扎着从船上向水里扑去，但背后的绳索立即把他拉回去，枪托重重地砸在他的肩头上。五十多岁的老父亲，看着就要分离的亲骨肉，悲愤交加，声泪俱下，大声说道：

"孩子，回去吧，好好活着……"

赵海全哽咽着，站住了脚，咬着下唇，默默地点着头。

一位满头白发的老婆子用干枯的双手抓住船帮，朝军舰上的士兵喊着：

"把我们一起抓走！一起抓走！"枪托砸在瘦骨嶙峋的手指上，老人惨叫一声，掉进被船卷起的浪花里……

"疯子！一群疯子！"一个凶残狠毒的中校军官看着迎面扑来的女人、老人和孩子，一边骂着，一边命令士兵，用刺刀在他们的面前隔出一条道。这是一条生离死别的路，这是一条灭绝人性的路。这些别去的男人们，有的是一家兄弟，有的是父子，有的还没有度完婚期，有的还未尝试婚姻的幸福，有的还没有来得及看一眼自己的骨肉……

怒火满腔的群众，面对着机枪，面对着刺刀，面对着死亡，没有退缩。孩子们停止了抽泣，趴在阿妈的脊背上瞪着仇恨的小眼睛。

整个滩头，空气凝固了，好像划根火柴就要燃烧……

留下的这些女人们有的还缠着小脚，就要担负起一家数口人的生活；有的刚刚把一生的希望寄托在男人的身上；有的带着嗷嗷待哺的婴儿；有的还怀着他们的后代；有的正等待着儿子尽孝；有的正准备为儿子娶媳妇……此刻，希望全都破灭了。

遭此浩劫的铜钵村，三日不见炊烟，成了一个没有男人的村庄，从此成为远近闻名的"寡妇村"。

这一天，东山县许许多多老百姓家中已经看不到青壮年了。他们不是被国民党反动派抓了壮丁，就是逃到海边的礁石丛中躲起来，只有那些女人和孩子在家中祈祷和盼望着国民党反动派早日撤离东山，盼望着亲人早日回家。

这是离村不远的一片礁石，森然林立，湍急的海流奔涌到这里时激起无数朵浪花，如开锅的水一样翻腾不已。林九生他们的洞，是顺着礁石缝挖进去的，有块大青石，刚好遮住洞口。不知道的人，走到跟前也看不出破绽来。

林九生悄悄地离开礁石群，他担心家中的母亲，想趁着夜色回家看看。当时和他一起躲在礁石群里的人还有十几个，他对众人说："我想回家看看，母亲孤身一人在家，没人照顾，我不放心。"

大家都劝他说："九生，你可不能回家，这是啥时候，敌人重兵把守，连一只苍蝇也不放过。"

"哪有那么严重。"林九生笑笑说，"再说了，我趁黑夜去去就回，没有那么怕人的。"林九生放松警觉说。

"九生叔，虽说是这个理，可你还是不能回家。前两天，咱村里不是有人不听劝回的家，被抓了壮丁，这个教训还不深刻？"林九生自家一个侄子说。

"我还是要回家。"林九生斩钉截铁地朝着众人说，"我已经拿定主意了，就是钢刀搁在脖颈上，也绝不能缩脖子。"

大家看他这么固执，也就再没说什么。就这么一走，林九生再也没有回到礁石中，直到40年后，才从台湾老兵那儿传来消息，说林九生已经离开人世。

冯马顺也想家，但他知道，只要在村子里一出现，不仅见不到自己的亲人，连性命都难保。

他和十几个苦难兄弟，在阴暗、潮湿的礁洞里，既没得吃，又没得喝。饥饿又在严重地威胁着他们。肚子整天在咕噜地响着。一出洞口，眼前金星乱飞，腿有千百斤重。大家勉强地挣扎着去喝两口水提提精神，可是等不到回洞肚子又响起来了。他们就是这样忍着饥饿和寒冷，在呼啸的海风中，一直坚持到最后。

至此，整个东山岛被掳青壮年4792人，不仅给家庭造成历史性的悲剧，而且还使东山岛失去了许多强壮的劳动力。

三

5月11日傍晚，中国人民解放军第三野战军某部兵分五路，在东山岛船工的帮助下，向岛内的国民党反动派发起猛烈进攻。

整个东山岛激烈地动摇起来，枪弹和炮声的凶猛、密集，恰像是疾雷狂雨卷带着暴风倾盖下来。地堡炸翻，房屋倒塌，土地、砖头、石块、树木、牲畜和人……地面上的万物，都颠簸、颤抖起来，红的绿的曳光弹流星般地狂飞乱舞，烟雾连着烟雾，火焰接着火焰，飞腾在雨后的海风里，障蔽了人们的眼睛。东山岛战斗的热度，达到了沸点。经过一夜的激烈战斗，盘踞在东山岛上的国民党反动派全线溃败，逃往台湾。

12日的黎明到来之前，谷文昌和战友们开始启航，向目的地东山岛进发。

这真是一个叫人看了又畏又奇的场面！浪涛滚滚的、具有无限威力的海洋，发出澎湃空泛的号啸，冲激着进军的船舷，像是在一望无际的草地上滚着的大木球；小船给荡得挂在浪峰上发出的呻吟声，仿佛是一时间擦在浪潮的锋利刀刃上，简直就要被割成两段；突然间又急落进了溪谷和洼地似的海里——所有这一切，加上指挥人的叫喊声，桨手们哆嗦的喘气声——这一切都是教人惊心动魄的，更别说没有经历过大海生活的人，本来就对大海有一种恐惧感。

南下支队的战士们绝大多数没有乘船渡海的经历，还要当船工。他们在船老大的指令下，用尽全身的力气，迎着呼啸的海风划动手中的桨，海风吹来的鱼腥味让这些在中原生长的人无法呼吸，海浪把帆船高高地抛向暮色的夜空，似乎要给他们一个下马威。

谷文昌，还有被他动员南下的王有、张经学——受到突然袭击的胃，一攮劲，把积存的食物，全给他们倒了出来。哗——一声爆响，浪峰打上船头。王有和张经学的脸霎时苍白了，一种无可名状的恐惧，紧紧、紧紧地攫住了他俩的心。他俩明白了，晕船并非人们编出来骗人的神话，而是实实在在的现实。谷文昌算是个经常在外生活的人，他从打石头那时就学会了适应各种生活环境，他咬着牙，扶着他的警卫员王有，随着翻滚的巨浪起伏，拼命划着桨。

"咳！第一次遇到这样的经历，真是终生难忘，那时的谷文昌要比我们这些人勇敢，他在渡海的整个过程中，都走在我们前头，当时枪声还在不停地响，我军的炮兵还在向溃逃的敌人开炮……"张经学回忆说，"我是第一次听到这样激烈的枪炮声，第一次看到解放军一个连队的战士们，跃出战壕，像出膛的子弹一样，猛然地飞蹦出去，完全忘却了上空的敌机正在号叫着扔下雨点般的炸弹，他们疾风骤雨似的扑向了蒋军。蒋军从地面上慌张地爬起来，有的回头就跑，有的爬起来又扑倒下去，有的对着向他们反击的队伍，颤抖着身子胡乱射击。连长和指导员冲在最前面。非常激动人心，开始有些怕，后来就不怕了……那时，大家都很勇敢，因为我们要把国民党统治的东山岛解放出来。"

躲藏在海边礁石群的冯马顺，虽然听到枪炮声，目睹了欺压他们的国民党反动派兵败如山倒，但他还是不敢走出海边的礁洞。

冯马顺的母亲跪在自己破旧的家中不停地向神明祈求儿子平安，那喃喃的语声好像一个大蜂子绕着人的耳朵，嗡嗡的，分不清她在嘟囔些什么。一阵阵急促的脚步声，一声声震耳欲聋的口号把她唤醒。接着，锣鼓的咚咚声在各个角落里响起，屋顶上站着举着大喇叭筒的人，向村里、村外、田野高声大叫，虽然听不清他们喊的什么，他们声音里欢乐和愉快的情绪，是谁都能够感觉得到的。多年没有出现的牛角号的吼啸声出现了，它是那样深沉、粗犷而又具有动人心魄的力量！

冯妈妈睁着熬红的两眼，打开家门，看到阳光仿佛在大捷以后今天的这个时候，才真正地来到了人间。碧蓝无际的天空里，翱翔着在这儿少见的羽毛光泽多彩的鸣禽，它们发出娇脆的叫声，好像是从远远的海上赶来参与盛会似的……一支军队从门前走过，军队里的每一个战士都在向她微笑，向她招手。

这是一支什么样的军队，他们怎么都这样亲切？冯妈妈和所有东山老百姓一样在思索着自己该怎么办？她小心翼翼地注视着门外，看到一个外地人在向大家讲话，双手叉着腰，眼睛里迸射着一簇一簇的火花。讲完了，另一个年轻人用东山话对大家说：

"乡亲们，今天是我们东山人民的大喜日子。国民党反动派逃跑了，东山解放了。现在的东山是我们人民的东山，不再是蒋介石的东山了！大家放心，解放军是我们老百姓的子弟兵，不拿群众一针一线。我们还要成立人民政府，专门为人民服务……"

年轻人的讲话，声音洪亮，充满了激情，充满了奋发向上的豪气，给予了刚刚解放的东山渔民，特别是冯妈妈，一种极大的鼓舞力量。

国民党反动派逃跑了，是的，东山人看到了。共产党来了，东山人也看到了。

谷文昌带着向导沈玉生满腹心事地走进被蒋军洗劫后的渔村。

他们走上布满海蛎壳的街头，昔日的旧貌依稀可见：几百栋房子是一色的薄瓦，怕台风吹跑，屋顶和瓦沟都压着密密麻麻的青砖。山墙一律抹着白灰，特别醒目。一片低矮的房舍中央，高耸蹲着石头狮子的大门楼和双屋脊的大瓦房，这是渔霸的宅院，也是渔民的血和泪。渔村四周，立着带枪眼的双层炮楼，它是多年来械斗的遗痕。有些墙头上还模糊地残留着红军时代的标语，显然用力刮过，黑色字迹没了，但刮出的黄道道，还能让人辨出标语内容。

一家一家的院子里满地都是摔碎的木桶，蒋军抓鸡捋掉的鸡毛随着海风在院里旋转，不少屋里传出女人凄凄切切的哭声。

就在解放军进入东山岛的那个夜晚，冯妈妈没有带任何食物来到海边的礁石群，她坐在儿子面前，说："看来啊，我们的好日子来了，那些解放军不抓人，也不打人，还帮我扫院子。我想你今晚就回家，明天看看，再没抓人，那我们就熬到头了，我们就不怕了……"

5月12日，刚刚进入东山岛的谷文昌和同志们走进一个又一个小院子，向还躲在家中不敢出来的群众做宣传工作，安慰那些心灵上遭到严重创伤的乡亲们。多少双眼睛，失神地望着他们，但更多的眼睛欢迎着他们，期待着他们，盼望大军打过台湾去，救回亲人。谷文昌十分清楚这一带乡亲们的坚强性格。红军初创时，他们高举红旗，在共产党的领导下，打土豪，分田地，历尽千般艰难，万般辛苦，敌人使出各种手段也没能使他们退却半步。多少父母献出儿子，多少妻子献出丈夫，多少村庄被敌人血腥的黑手抹掉了，但这里的人民，从来没有屈服过。

他拧着双眉，紧闭着嘴唇，额上显出深深的皱纹，似乎在思考着什么问题。是啊，国民党反动派撤退后，东山是一个什么样的岛屿？东山岛自然环境恶劣，东山人民依然生活在绝望之中。它在告诉共产党人，要在东山岛站住脚，就要让东山岛旧貌换新颜，就要改造自然，就要赋予人民新的生活希望。不仅仅是这些，东山岛还有它极其特殊的地理位置和历史背景。潜伏下来的敌特分子还在虎视眈眈地注视着共产党的新政权。还有逃到台湾的蒋介石依然在做着"反攻大陆"的美梦。他还在磨刀霍霍……建设东山岛的历史重任落在共产党人的肩上。

谷文昌想到这里，心情开朗起来。他情不自禁地伸手向上衣的口袋摸了摸他花了几个夜晚向东山县委写成的请战报告书。他满怀信心和力量，昂首挺胸，迈开坚实的脚步，走出了农家小院。

东山县解放之处，分为四个行政区，谷文昌任一区区委书记。他把自己放在老百姓中，他做的第一件事是了解真实的群众生活。

"小林、小沈，你们来教我说东山话。"谷文昌想自己尽快进入工作，尽快为老百姓解决生活上的困难。

6月的东山岛，如同一座火山，它喷出炽热的浓烟和奔流一般的褐色火焰。四周的峰峦都仿佛着了火。白热的石雹、暗红的烟云、火箭般的熔岩，交织成一个硕大无比的万花筒。一阵强似一阵的闪光和耀眼的火焰，射得那一望无际的沙滩到处是强烈的反光，而那远处的简陋民房像是要被蒸发。

谷文昌带领一班人，向后姚村走去。他身穿蓝色带补丁的中山装，脚蹬一双旧军鞋，身上挎着军包、手枪和军用水壶。军包里装着区政府的公章和一个笔记本，还有两块馒头。他走起路来略显向右倾斜，这是他打石头那时留下的习惯。

在那激情如火的岁月，东山紧追全国的革命形势，迅速展开清匪反霸、镇压反革命运动和土改革命，为恢复社会生产奠定基础。在斗争会上，后姚村的翻身农民纷纷上台诉苦申冤，国民党统治下饥寒交迫的痛苦记忆，让台上台下哭成一片。

…………

在向台湾溃逃的蒋军实施的一场疯狂浩劫中，一位中年妇女背着六七岁的女孩，同乡亲们一起，大哭大喊地追赶着敌人的军舰，溅起的水珠湿透她的全身。她的两只眼睛直直盯着渐渐离去的军舰，她头发披散，满脸愤怒，一步一步向深水走着。海水没腰，她没有停脚；海水快没到背上孩子的脖颈，她似乎没有听到孩子惊恐的哭声，仍然往前走着。幸亏有人拉住她，并劝阻她说：

"振江嫂，回去吧，追也没有用！"

"他们把振江抓走，我们母女怎么活啊？"

…………

呼喊和眼泪并没有讨回亲人。她们的骨肉，她们的希望，她们的寄托，被一阵邪恶的旋风卷走了。在漫长岁月里，他们相依为命，共度艰危。多少个早晨，她们送亲人出港，望断征帆；多少个黄昏，她们迎亲人归港，一起把渔筐抬进敲骨吸髓的渔伢行；多少个风啸浪吼的日子，她们怀着深深的忧虑和殷切的期待，呆望着天水相连的汹涌波涛……今天，苦日子要熬出头了，万恶的蒋军却给他们带来了灾难，带来了毁灭。她们再也抑制不住怒火，擦干了眼泪，紧攥着拳头，向还没有上船的蒋军扑过去！

此刻，就是这位振江嫂跌跌撞撞地扑向谷文昌，一把抓住他的胳膊，泣不成声："亲人啊，你们为什么不早来一天，救救我的丈夫？"

农民出身的谷文昌，最懂得农民的苦，赶紧扶住她："大嫂，别难过，我们一定救出你的亲人！还要救出上千万同胞。冤有头，债有主，敌人欠下的债都要叫他们偿还！"

一名当地干部急忙把谷文昌拉开，低声说："老谷，不要理她！这是个'敌伪家属'。"

谷文昌心头一震，要是这样就算"敌伪家属"，在东山岛，和她一样的"敌伪家属"实在太多了！部队开进来那一天，东山哭声一片，到处是找亲人的群众。父亲找儿子、妻子找丈夫、儿子找父亲。

他望着一大片愁苦的脸，望着孩子们含着泪珠的大眼睛，望着恨不能立即投入越海作战的战士们，他能说什么呢！

谷文昌离开后姚村，心情变得非常沉重。他感到自己的肩上担负着一副沉重的担子，他必须去战胜重重困难。

本来，对到东山县这个区所能遇到的困难，他是有思想准备的，然而，确乎没有料到是如此尖锐复杂，如此障碍重重。——这个村庄有不少家庭深受国民党反动派的迫害，许多家里，看不到一个男人，这该怎么办？要给这些遭受国民党反动派强制抓走壮丁的家属定什么政治成分？

不但谷文昌在思考这个问题，其他三个区的领导都在思考这个问题：谁是革命的对象？如果这些人都是我们革命的对象，那么我们的人民群众在哪里？

这里是东山人说的山口村。二三百户的人家，家家户户长短不齐的烟囱，静静地站在弥漫着轻纱似的薄雾里，指着高远的清冷的天空。在这个时候，倘在平常，每根烟囱都会往外蹿着火苗子，冒出一缕一缕炊烟的。那烟袅袅升起，在空中连成一片片、一层层乳白色的云，长久地飘荡着。可现在蒋军盗劫后的痛苦在折磨每一家人，没有一家起火，没有一家想到要吃东西，人们的心被亲人带走了。

看着那冷落的烟囱，谷文昌的心收紧了。海滩上，有几个小孩子，有的穿着单衣，有的光着身子，迎着海风，提着小篮子，瑟缩着身子，在水边和浅水里捡海菜。父兄被抓走了，他们挑起了生活担子。敌人留下的灾难，使他们不能像老解放区的孩子那样，在明朗的天空下上学、玩耍。

谷文昌刚刚进村，就看见几十个衣衫褴褛的村民挥舞铁耙，正在为一户农家扒去沙堆。人们热火朝天地挖着。不少农民已解开了衣服的扣子，敞开了像手风琴键似的胸膛。在一耙一耙中间短暂的间歇里，偶尔也有人摸摸这两排汗湿的琴键。

"这是严重的。"林周发告诉谷文昌，"一般情况下，都是第二天一早起来把家门口的沙堆扒去。今天，这家不扒去沙堆，明天一早就出不了门……"

海风吹着谷文昌粗硬的头发，他用手轻轻揉一揉被风沙眯住的眼睛。他的心里啊，却像茫茫的大海，滚滚向前奔流着。他思潮起伏着，驰骋着，思考建设东山岛是一场艰苦卓绝的斗争，使他进一步认识到：东山县不是河南的林县，它是个很特殊的地方。要在东山县建立政权并不难，但要把政权建在人民的心里却非易事，必须改变东山的现状。而改变东山的现状，最重要的是要把环境彻底改变。东山有两个环境：一是政治环境，就是那些被国民党反动派抓去当壮丁的家属该给予什么样的政治地位；二是自然环境，就是要从治沙着手，从根本上解决东山人民的生存问题。

湖塘村在东山岛东面，是一个依傍着西浦港湾的小村庄。这个村庄前后是沙滩，左右是沙滩，村与村连接的是沙滩，户与户挨着的也是沙滩。老远一看，细沙湾黄澄澄的，白眼沙明亮亮的，瞧不见一棵树，瞧不见一片草，就连鸟雀都不敢从无边无际的沙滩上空飞过来，怕渴死怕晒死呢。响晴的天，你会突然听着呜隆隆的响，哪儿打雷呢？不是打雷，那叫作"响沙"，是大沙滩在吼叫。大沙滩没长着嘴，可是会叫唤，你说奇怪不？刮风天，那就更坏了，一个一个的大旋风，上触天，下触地，搋成团儿，拧成绳，铺天盖地卷过来。天，不蓝了，是黄澄澄的。人们躲进房舍里去还得点上油灯。就是这个死沙滩，每年往前滚，像豹子蹿进羊群那样，一口咬一只，一口咬一只……

此时，谷文昌和大家走进一户名叫蔡海福的人家。院墙有很多地方坍塌了，没有修整。一个年迈缠脚的母亲，一个30多岁的妻子，他们的女儿，还有一张床落在沙土搅拌在一起的地上，没有床脚。在他母亲的那个房间里，一样的床，一张没有床脚的床，其他什么也看不见了。在蔡海福的厨房里，是几块还没晒干的牛粪和几根还没有烧完的床脚。

谷文昌到这儿看蔡海福一家时，蔡海福正在屋子里摸黑做着什么。女儿在门外一喊："阿爸，区委书记来啦！"他赶紧把一箩长了绿毛的地瓜干往炕下面推。他转过身子，见一位身材瘦高的中年人站在自己跟前。屋外透进来一缕光亮，照在那人那热诚而亲切的脸上。

这就是区委书记吗？这就是管着俺整个东山县一区的区委书记吗？蔡海福脸上的每一条皱纹都在颤抖，他把就要涌出眼窝的泪水往肚子里咽了又咽。

"区委书记……"他迈开双脚，走上前，紧紧抓住谷文昌的手。

"海福，来看你们啦！"谷文昌亲切地说。

"谢谢区委书记！谢谢大伙儿！"蔡海福激动地说。

屋里很黑，但蔡海福早已习惯了，他摸索着端过了油灯，几支点燃了的火柴一齐凑上来，只剩下一根干巴透了的线绳。立即几双眼睛惊愕了！

谷文昌对蔡海福说："咱上院子里拉拉？"

"好，好。"

谷文昌站着跟蔡海福说话时，他从蔡海福那张黑红的脸上，那被海风和生活焦虑刻出的一道道皱纹里，看出这个人不屈不挠的性格。蔡海福和谷文昌年龄相仿，是个受苦受难的人，而且他对改变东山的面貌有自己独到的想法，两人一见如故。蔡海福对谷文昌那种平易近人的作风倍感亲切，但他还是有些战战兢兢，不管怎么说，谷文昌是个国家干部。

"我也是农民啊！蔡海福……"谷文昌生怕群众把他当成官，微笑着看着眼前这位海边的农民，"我和你恐怕一样，小的时候，常常在山上打橡子呢。"

"也挖野菜吗？"

"也挖。刺刺芽、马兰头、马齿苋、小蒜，都挖，连观音树我都吃过。"

"观音树？"蔡海福傻眼了。

"哈！你不懂了吧？观音树叶子滤出汁来，用青灰一滤，像凉粉一样呢！要不怎么叫观音树呢？"

蔡海福木然地望着谷文昌，心里暗想：怎么会有这样的官呢？在他的经历中，那些官们，不是呵斥老百姓，就是叫老百姓缴钱纳税，就是抓人、打人。

"我们是共产党，和国民党不一样，是为了受苦的老百姓。我们成立人民政府，是为人民服务的，农民需要什么，政府就要想办法为农民做什么。"谷文昌把自己来的目的完全告诉蔡海福。

谷文昌话语里充满了亲切，充满了热情。在蔡海福看来，现在站在他面前的，不只是一个值得尊敬的南下干部，更主要的，这是大家走社会主义道路的带路人。今后他要带领着乡亲们，在东山县第一区创一番社会主义的大业啊！因此，在敬仰和亲切之外，他还从心底对谷文昌流露出一种特别而朴素的，只有在真正同呼吸共命运的人们之间，才会有的亲密的感情。

这是渴望社会主义的贫雇农们对一个共产党员的感情！谷文昌立即就感觉到了，顿时十分激动。你刚来到东山县，还没有正式摸上事情，乡亲们就这样看待你，得要加倍地工作哩！谷文昌啊！要知道这不是对你个人的信赖，而是贫雇农们对我们亲爱的党、对我们党的伟大的社会主义革命和建设的信赖，可要万分珍惜这种信赖呢！

谷文昌走了。他在走之前紧紧握着蔡海福的手。蔡海福从未这样被一个当官的握过手，一股暖流从心底往上直涌，他的两眼满含热泪。

"你需要我做什么，我一定把它做好……"蔡海福留给谷文昌的这句话，成为以后他们之间崇高友谊的开始。谷文昌把这位农民看成自己的兄弟，在后来的日子里，他们携手为东山人民创造出了奇迹。

"谷书记！"这时，蔡海福妻子连声说，"真对不住，我家这个蠢人，眼睛不知长哪去了！让你白白在院子里站了半天，水也没给你喝一口。"

"不喝，不喝。"谷文昌连连笑着摆手说。

蔡海福望着谷文昌一行人远去的背影消失在白茫茫的沙丘上，他开始准备做些力所能及的事情，他相信这个名叫谷文昌的人。因为他说的话是农民心里的话，他想做的事是整个东山人民希望做的事。

谷文昌一行人往前走不上十里，就刮起大风沙来。这风最先穿过什么地方的远远的峡谷，好像千千万万的野兽在那里咆哮，往后它就拥进平地，像拖着一里长的尾巴的列车，在平地里用最高的速度碾过。呼呼的声音像闪电那么快地飞远了。山上、沟里、平地上，冒起一股股的烟柱，你会疑心什么地方着了火。这些烟柱立刻又你卷着我、我卷着你地变成黄色的沙尘，像海似的，像雾似的，弥漫了山谷，弥漫了天空。这样的风一阵一阵地吹过。黄色的沙尘就包围了一座接连一座、一座高过一座的山，包围了山脚下纵横交错的河沟，包围了疏疏落落的村庄。正值中午，沙砾把大家的脸打得睁不开眼，迎头风顶住，衣服被吹得鼓胀胀的。人们定定地站稳，像是脚一动，就会被风卷到天空去。

谷文昌满脸是沙土，对大家说："我们边走边吃吧，这样既节省时间，又能快点儿离开沙丘。"

于是，大家边走边将馒头放进嘴里，可那狂风夹带的沙子紧跟着窜进人们的嘴里，大家只好侧着身躯，斜走在沙滩上，用自己的身体挡住风沙。

在他们边吃边走的过程中，老百姓都看在眼里，把他们的一举一动记在心里。人们开始向自己发问："这是些什么人，他们为什么这样做？他们手中都有枪有权，他们想得到什么就可以得到什么，为什么要冒这么大的风沙到我们村里来谈什么解放和革命，谈什么成立农会？他们这样做又为了谁？他们千里迢迢抛家舍业，从北方来到东山岛又为了谁？"

谷文昌带给人们的，是清凉、湿润、对于焦渴的心灵的慰藉。永远不老的春天，永远新鲜的绿叶，永远不会凝固、不会僵硬、不会冻结的雨丝！人们目不转睛地看着谷文昌，看着像谷文昌一样的一行共产党人，好像在看着那大自然的奇观，到处悬挂着亮晶晶的雨丝，新鲜、好奇、迷恋而又困惑。

谷文昌他们离开湖塘村，一口气又跑了几个村庄，访问了几十户村民，都没有在他们家里喝一口水。因为他知道，这里的群众不仅缺水，而且没有柴烧，缺少燃料。

谷文昌一行要离开最后一个村庄了，乡亲们像送亲人一样，围在他们周围。谷文昌紧紧地握着大家的手，激动万分地说："受到你们这样热情的送行，真给我们鼓励呀！"

他们离开村庄后的这个夜晚，山口、湖塘等村庄的农民开始传播一个信息：共产党是我们自己人，他们把农民放在比他们自己更重要的位置上。

天真的变了。这天是新东山的天，是明朗的天，是人民政府为人民，是我们农民自己的天啦!

当时,东山岛虽然解放了,共产党领导的工作组进驻各区,一区区长是张金川,谷文昌任书记兼指导员,但国民党在岭南潜伏下来的特务却没有被一网打尽,梦想卷土重来,他们将谷文昌、张金川、沈玉生、林周发等人列为暗杀对象,制订了一套完整的计划:杀死一个村干部赏200块大洋,杀死一个区干部赏300块大洋。

1950 年 8 月 15 日那天,国民党特务林平海表面上假装积极向刚刚成立的农会靠拢,暗地里却在执行国民党特务的暗杀计划。

一区的区公所设在游村的祠堂里。前一天,林平海就借群众之口来找谷文昌,说第二天村民要敬奉祖先,要求区公所开放祠堂。实际上背后却是兵分三路,一路发动受蒙蔽的群众向祠堂集中;另一路是他们暗杀团的杀手,埋伏在谷文昌等干部经常路过的地方;第三路是暗杀团专门阻击前来救援的解放军和农会民兵。

林平海早在暗中向群众散布谣言,说:"什么共产党,共产党不就是共产共妻嘛!我们要趁共产党还没站稳脚跟,赶快把他们赶走……"

这天早上,正当闷热时,忽然,从西北角压过来一大片乌云,使原来瓦蓝瓦蓝的天空变得昏暗一片,好像用一块黑布把天空遮起来一样。

区委书记谷文昌和区长张金川前去龙口村调研,留下沈玉生和四个农会干部。到了 8 点多钟,就听祠堂外锣声大起,沈玉生隔着门缝朝外看,不禁打了个冷战,四周全是人,就听有人高喊:"共产党搬出去,这里是我们的祠堂,我们要祭拜祖先!"

沈玉生没有让人群进祠堂,因为他还没有弄明白外面聚众闹什么事,只见个个杀气腾腾,手里拿着锄头和棍棒,根本不像是来祭拜先人的。他觉得形势十分危急,一面立刻派人从后门出去,通知农会的武装和驻军前来解救。一面出门挥舞着双手,声嘶力竭地在拼命叫喊:"乡亲们,静一静!静一静啊!乡亲们……"沈玉生满头大汗,有气无力地劝说着,"乡亲们,祭拜祖先,是民情风俗,我们共产党一贯非常支持,但是你们绝不能就因此手持锄头和棍棒,聚众生事啊!对不对?"

"手持锄头和棍棒又怎么样?我们就是要进祠堂祭拜祖先!"

"你甭给我们扣大帽子,敬奉祖先,也是聚众生事?"

一阵乱哄哄的吵闹声，把沈玉生的话打断。

区政府干事赵黎明端着枪，站在沈玉生前边，挡住拥挤的人群，涨红了脸，喊着："不要吵啦！不要吵啦！听沈科长说下去。"

一阵嘈杂声过去，沈玉生又继续说道："乡亲们，现在有人打着祭拜祖先的旗号，逼迫区政府机关搬出祠堂，这是违法行为！乡亲们，可不能受坏人的调拨离间，上当受骗呀！"

人群里霎时又好像起了一阵旋风，叫喊道："你干脆点，谁强迫区政府机关啦？谁上当受骗啦？我们心甘情愿！"七嘴八舌，吵得天翻地覆。

沈玉生仍是劝说道："乡亲们，你们就听我这一次，赶快解散回家，不会上当的。你们手摸胸口想一想，我沈玉生骗过你们谁呢？我沈玉生在一区三个多月，所做的一切，哪一件事情不是为着你们大家的呢？"

一个名叫胡阿强的背着笆斗，从人群里挤到前边，指着沈玉生说："我们敬奉祖先是不是上当受骗，用不着你来操这份闲心，赶快让人打开祠堂大门，别耽误我们的祭拜……"

赵黎明一见煽风点火的胡阿强指手画脚，直冲着沈玉生大喊大叫，心里实在忍不住了，走上前去，推开胡阿强说："你干吗？你要造反？往后站……"

另一个名叫李三果的在人群里冲出，把赵黎明推开，质问沈玉生："喂！我问你，你们讲不讲理啊！祭拜祖先是天经地义的事，还说别人要造反，你们到底是开不开门……"

赵黎明早就看出李三果混在人群里领头吵闹，心里气得怦怦乱跳。这时，一见李三果奔着沈玉生扑过来，更是火上浇油，伸手抓住李三果的后衣领，使劲往后一拖道："你走开，少在这里胡闹……"

李三果是有心想闹事的人，正是捧着豆子找锅炒，便趁势往地上一瘫，拍手打掌，又喊又叫。"天有眼，地有眼，你们大家都有眼啦！我要进祠堂敬奉祖先，犯了啥的王法！就这样欺侮我哪，张口便骂，举手便打……"

胡阿强更是一蹦三尺高，摩拳擦掌："干部还能打人啊！你们就是这样欺压老百姓……"

外面人喊声更凶了："大家不要理他们，不要怕他们，我们已经把两个外地人杀了，一个叫谷文昌，一个叫张金川。这两人不是我们本地人，是他们把共产党引来的，要和我们共产共妻。怕什么！难道我们就让他们把我们的妻子'共'了？难道我们还让他们把我们的渔船和房子'共'了吗？打死他俩！"

经过这些不明身份的人挑拨，气氛越发紧张，愤怒的人群宛如汹涌的海涛，又似拔地而起的强劲台风，尘土冲天，气浪滚滚，猛烈地冲击着祠堂。沈玉生从没有遇过这样紧急的场面，开始紧张。但他坚持一条，决不向群众开枪。

沈玉生没想到，人群在林平海的挑拨下开始疯狂地向祠堂扔起石头，继而围攻祠堂的区公所，企图把共产党在祠堂的机关逼出去。

就在沈玉生坚守阵地时，一只黑手将他强拉进人群中，这时不知从何处飞来一块坚硬的石头砸在他的头上，鲜血蒙住他的眼睛……

突然，仿佛在离人群五六丈高的上空，发出一声可怕的霹雳，闪电像利剑一样直插下来，天空被彻底砍裂了，震碎了！人们急忙蹲下，捂起嗡嗡作响的耳朵，屏住呼吸，仿佛感觉到天空的碎片，纷纷落在他们的头上、肩上。

在龙头村调研的谷文昌和张金川，还不知道区公所发生了如此重大的恶性事件，他俩因临时改变工作计划而没有离开村子，那些在村外埋伏的暗杀团杀手，没有等到谷文昌和张金川，却将游村前来开会的两名村干部杀害了。

而在祠堂外闹事的大部分是渔民。刚巧在沈玉生被打之后，雷雨大作，一阵猛似一阵地倾注着，像是在狂吻大地。沉雷像猛烈的山崩似的隆隆滚动，斜着穿过整个天空。群山之上闪耀着远方闪电明亮的火花，就像春天火红的郁金香。疾风在深谷里呼啸，如癫如狂。

渔民们惊慌失措，纷纷扛着锄头，夹着木棍，跑回家去收拾晾在外面的海产品。这场经过周密策划的"祭拜祖先"的事件因此宣告结束了。当救援的部队赶到时，沈玉生才从血泊中醒来……

这天晚上，谷文昌紧急召开了区委会议，同时将一区发生的重大恶性事件，及时向东山县委做了汇报。就是在这次会议上，一区区委加紧了战斗的部署和研究。最后，谷文昌一口气部署抓紧"土改"，深挖隐藏的阶级敌人，在人民群众中牢固树立党和政府的威信，巩固和发展新建立的红色政权。他顿一顿，略微提高了嗓门，显得更加沉着有力地继续说："同志们！过去我们搞减租退压，主要是和封建地主阶级斗争。现在我们的敌人，不只是地主恶霸、渔霸，还有隐藏的敌特分子，以及个别被敌人收买利用的旧社会留下来的渣滓。他们因为害怕社会主义，妄图以沿海岛屿为屏障，伺机反扑，便纠聚在一杆黑旗下，联合向我们展开进攻。在这场斗争中，既有外部的敌人，也有暗藏在我们内部的敌人，还有本来是我们的朋友，而今暂时叫人家拉过去的人，掺杂在里头。因此，这场斗争十分严重，比过去的任何斗争，都要复杂，都要尖锐。在这场斗争中，我们必须步步小心，既要把敌人打准打狠，又要防止伤了自己人。

"这场斗争，是我们一区迈步踏上社会主义道路，和敌人决一死战的斗争。没有这场斗争，群众不能受到锻炼，我们红色政权建起来也不会巩固。同志们，这场斗争我们已经等待很久啦！勇敢地行动起来吧！胜利是属于我们的。"

谷文昌极少有长篇大论的，今天来了个例外。他这番富有鼓动力量的话讲完后，在场的三十多个人，一个个都兴奋得耳烧面热，心头激荡着要求立即投入战斗的热情。

随着"土改"斗争的深入，谷文昌在公安部门的密切配合下，终于挖出了长期隐藏的敌特分子林平海和暗杀团的所有成员，并将其就地正法。

公开审判那天，谷文昌将地点设在事件发生的祠堂前。林周发打头，民兵们平端着步枪，押着敌特分子林平海、暗杀团的所有成员和罪大恶极的地主恶霸、渔霸走上土台：五花大绑，反剪双手。

"林平海！"人们咬牙切齿地叫一声。

"林平海！"人们攥紧拳头喊着！

"反革命分子，你们这些挨千刀的！"

谷文昌站在一条凳子上，迎着阳光，他那坚毅的脸上有一种愤激的神情。两眼射出两道火的光芒。他对全区干部群众高亢激昂地说："乡亲们，今天我们一区人民政府在这里严正地宣布敌特分子林平海、暗杀团的所有成员和长期欺压人民的地主恶霸、渔霸的罪恶，宣判他们的死刑，是因为他们企图反对共产党，颠覆人民政府的红色政权，以达到他们反攻大陆的狼子野心。只有严惩这些十恶不赦的反革命分子，我们才能巩固和发展新建立的红色政权！希望乡亲们今后提高警惕，遇到坏蛋，就向人民政府报告，抓住他们，坚决为人民除害！"

民兵喊起口号，立时带动了全场，那呼声好似洪水奔腾：

"打倒国民党反动派！"

"铲除反革命分子！"

"保卫红色政权！"

…………

这场公审大会在东山县产生了巨大影响，让广大人民看到了新政府的权威和希望，同时彻底粉碎了妄图与人民为敌的国民党反动派的嚣张气焰。

第二章　得民心者得天下

一

东山人开始把自己的眼泪擦干，把对亲人的思念留在每个夜晚的海边。在这之后，东山人渐渐地从接近共产党，到接受共产党的领导。

这天，当谷文昌推开门，走进东山学校教室里来的时候，开会的人已把教室挤得满满登登，加上一人一个"烟囱"，满屋子烟雾，热气腾腾。在一片热烈的掌声中，谷文昌向东山人做了一次激动人心的演讲："今天我们没有地主、没有恶霸欺压的日子是哪里来的？是无数革命先烈用鲜血和生命换来的！有谁能把我们穷苦人从火坑里解救出来？乡亲们，不就是共产党嘛！毛主席说：'成千上万的先烈，为着人民的利益，在我们前头英勇地牺牲了，让我们高举起他们的旗帜，踏着他们的血迹前进吧！'眼下，日本鬼子被赶跑了，国民党反动派被打倒了，政权我们夺到手了。今天，在座的所有穷苦百姓都当家做主人了。那么，我们应该怎样高举起先烈的旗帜，按照党中央和毛主席的指示，组织起来，大办农业，搞好社会主义呢？我们要互相帮助……用辛勤的集体劳动，创立社会主义的大家业！那种孤孤单单，谁也不顾谁的日子一去不复返了！当然，目前，摆在我们面前的问题的确是很严重的。"

人群活跃起来了。

谷文昌的讲话停顿了一下，随即又精神振奋地说："只要我们大家团结起来，什么困难都不可怕。国民党反动派八百万军队，拿着美国人给的那么先进的武器，我们不是也把他们打败了吗？还有什么比这更可怕的呢？没有！人民的力量是不可战胜的！……"

20世纪50年代，伴随着中国革命的日益深入发展，中国人民的意识开始觉醒。中国革命几十年的艰苦奋斗，证明一个颠扑不破的真理——没有共产党就没有新中国。

东山人一边听着，一边品味着，心里翻江滚浪，仿佛有一只水鸟，展开了翅膀，从水面上飘飘飞起，登临了一个崇高的、崭新的境界。他们忽然明白了，说："咱农村要搞社会主义，就是把一家一户的庄稼人，集合到一块儿，一起扛祸，一起挖穷根，一起闹增产。这一步，不光是为了种地，不光是为了解决眼前的临时困难，是为了一步一步地往前跑，越跑人越多，越有力量，就奔到社会主义了。对不对呀？"

1951年中秋之夜，月儿很圆，是一轮容易让人魂牵梦萦的圆月，是一轮让人思绪万千的圆月。

微微的清风中，妇女们敬跪在海岸边上，更是一个思念远方亲人的圆月。晃晃波动的海面上，模糊地、曲折地映着一个个颀长的身影，隐隐地浮着一串劳作后的悲痛的沉默。她们的丈夫就在这海的对岸，她们的丈夫也在那对岸的海边眺望着海的这边。

谷文昌此时是东山县委组织部部长兼一区区委书记。一区所辖的康美乡和城关镇都是1950年国民党反动派抓壮丁的重灾乡镇。被人们冠名为"寡妇村"的铜钵村就在城关镇。那时，谷文昌来到这个灾难深重的小村庄。

夕阳如火，整个东山海面像一片无边的熊熊燃烧的烈焰，直上天边，天水一色，全被烧红了。波浪前推，海面上像翻腾着万条金龙。海鸥也变成了红色，穿波逐浪，忽上忽下，像在火海中翱翔，翅膀上抖落着一串红色的珍珠。一座座露出水面的小岛和礁石，也都披上了红铜色。一眼看出，就觉得这是战斗的海，是战火映红的海。他知道，这个海，如果遇上大风，它马上就会换成另个面孔。那时，山呼海啸，大浪滔滔，一道道，一重重，从天水相连的远方滚向海岸，如同移动着的群峰，向悬崖峭壁撞击。每次接触都激起百米高的水柱，雾气冲天，泡沫横空；一下跌落下来，又像排山倒海、金玉皆碎一样四散了。在长长的马銮湾，淡绿的波浪跑到黄沙上来，抛掷着雪白的泡沫。

谷文昌看到铜钵村的妇女们正汗水夹着泪水，艰难地拉着网绳，唱着以前男人们拉网时唱的号子歌：

> 搬网真艰苦，行是倒退步，食是番薯箍（块），配是鳁仔涂（一
> 种小鱼），穿是布袋布，困是珍珠铺（沙滩），透风甲（加）落雨，
> 裳裤渗糊糊（湿漉漉），天光搬到日落埠，实在饿死某（妻）团路。

号子声声，撕人心肺……

榕树下，铜钵村的妇女们一边织着渔网，一边唱着满含渔民血泪的歌册调：

> 门前海水平波波，哪知人间有银河？多少年来断七夕，何时
> 鹊桥接阿哥？

歌声如泣如诉，催人泪下……池塘边，铜钵村的妇女为了给庄稼戽水，把扁担插在一头，将戽桶一端的绳子系在扁担上，自己背着孩子拽着戽桶另一端的绳子，一桶一桶地从池塘往庄稼地里戽水。过去夫妻俩一起戽水变成了单人戽水。戽着戽着，扁担倒下了，戽桶撞碎了，女人的心也随之碎了……谷文昌走访了这些苦命女人的家。举目四下观看，她们的房脊斑驳了，看上去像掉了毛的秃尾巴鸡似的。上面长着枯死的蒿草，发着白色，在阳光照耀下，宛如老妪的白发。院墙有很多地方坍塌了，没有修整。打坏的玻璃窗上，横七竖八地贴着让水污沤黄了的纸条和不方不圆的红纸块块……女人和孩子们的衣服，穿戴得也不很整齐，有的衣着还不干净，有的却显得非常破烂。李学信的女人身上穿得还是土改时分陆西玉家那件绿直贡呢的夹袄。谷文昌一看就认出这件衣服。在分浮产的时候，他们根据上级照顾贫困户的指示，特别挑一些好的衣服，分给她家……现在，这件夹袄的前大襟已经穿得油脂麻花，有的地方补得补丁摞补丁，可是李大嫂还像她刚分到这件衣服时一样爱惜地穿着。谷文昌看看这些，不由得感慨万分，他心里暗想着说："穷是挡在农民面前的一座大山哪！挖掉这座大

山可真不容易啊！"

在她们屋里，谷文昌发现，这些女人吃饭的时候，饭桌上总是多摆着一副碗筷，那是特地为离别的亲人摆下的。再看锅里，是稀得可以照见人影的地瓜丝汤。他还看到了这些女人用心收藏的一把手电筒、一块银元、一只布鞋……这是她们的丈夫被抓壮丁时留下的。现在，见物不见人，女人的心在流泪、在淌血。此时，她们并不知道面前这位脸庞黝黑，穿着一身褪色军装的中年人就是谷文昌，但直觉告诉她们，这是一位古道热肠、可以倾诉心声的好人。面对铜钵村妇女那无助和痛楚的目光，谷文昌的心阵阵颤动，这些无辜的、苦命的女人，正直、善良，却被当作"敌伪家属"对待，她们承受着亲人分离的苦痛和精神上的煎熬，她们的命运是如此严酷和凄惨！

这一夜，映入谷文昌眼帘的是一幕人间悲剧。他原想望月思母，遥祝在河南林县的母亲过上好日子。通信员跟着他来到马銮湾，因为马銮湾离月亮最近，马銮湾的海最美。

四周天籁中，八面幽风里，突然的，如有所使，妇女们停了手中的供品，缓缓转过身来——呀，一轮金辉四泻的明月升起在她们面前！金灿灿，明晃晃，犹如磅礴初生的朝阳！——妇女们惊讶、惶恐得不知所措了。这是怎样亲近、怎样金碧辉煌的明月啊！她低低地浮在澄净如洗的空中，离她们那么近，仿佛一伸手便可以摘下。她又是那么圆，圆得似乎要凸出来、蹦出来了。她的金色的柔光滟滟地泻在广袤的大地上，远近的房檐、树梢、山影、水痕，全都泛出了浅金色的光芒，一阵微风吹过，四野的金光便闪闪地流动起来！——妇女们凝望着这神奇的月色，一切都是闪闪烁烁的。然而，月光下的马銮湾是一泓碧水，天上有一轮月，人间也有一轮月。落在人间的那轮月，却游离着，在水面上浮沉，摆晃着忧伤，时而被微微动荡的水波弄成椭圆形……

月色溶溶。灰色的沙滩上，蒙着一层惨白的月光，没有一点儿活动的影子，全现出了可怕的寂静，罩在头顶的天空，有着稀稀疏疏的星星，亮亮的，仿佛光明的泪珠，就要坠落的一样。渔村那边没有一点儿灯火，土墙和一些村宅，则朦胧地现在天空的那面。为灰色的大路，所划开的两片沙滩，在月光下显出一堆一堆青黑的阴影。间或可以看见三两点萤火虫，

在悠悠缓缓地浮游着，有时又为耸起的沙滩遮去，一点儿也看不见了，俄
而又现了出来。沙滩的乱石里，有许多小虫在凄凄地叫着，把夜显得更加
冷落、凄凉。

在空寂中，不知从哪家忽然传出一个女人的歌唱声。那是用闽南语在
歌唱。那歌声委婉凄凉，令人心碎：

　　　　站在风中的沙滩
　　　　思念心里的阿兄
　　　　望着茫茫海水
　　　　等待心里的阿兄
　　　　无情的海水
　　　　甲阮隔开
　　　　放阮孤单
　　　　阿兄——阿兄——
　　　　你甲听着　阮的心声
　　　　阿兄——阿兄——
　　　　何时返来　阮的阿兄

　　　　等待风平涌静
　　　　鹊桥接阮阿兄
　　　　相依相偎　毋再分离
　　　　月圆梦圆　家也团圆

这是断肠人的歌唱。谷文昌的心在颤动。钻心的疼痛一次又一次向他
袭来，像是刀子在一片一片割他身上的肉。他两眼直冒金星，浑身战抖。
疼痛要冲开他的喉咙，撬开他的牙关和嘴唇。他两手紧紧攥住，屏住了呼吸。
他脸色白得不成样子。汗水把额发、鬓发都湿透了。紧闭的双眼已满含泪
水，以致瑟瑟抖动的黑睫毛像在水里浸泡着一样。紧紧咬着的下唇渗出一
缕血丝……

他竭力站在海边，望着敬跪在海边的人群，她们一排排扑地而跪，忽

而叩头，忽而祈祷。就在这时，不知从何处突然发出哀怨的哭泣。顷刻间，一个个老妈妈和媳妇无不悲痛欲绝。长长的美丽的马銮湾成了哭泣湾，连满满的圆月都洒下悲凉的光，似乎也跟着流泪。

"儿啊！妈妈好想你哟，妈求妈祖去台湾保佑你，盼望你早点儿回来。我给你煮一碗白米饭，现在我们家有白米饭吃啦，儿……"

"儿啊！我把你爱吃的东西都放这儿，让海浪把它送过去，你慢慢地吃，这是妈妈专门给你做的。你媳妇对我很好，我想吃什么，她就给我做什么……"

"你听，你能听到吗？你的儿子在我的怀里吃着我的奶呢，明年这时候，我让他喊'爸爸'，让这喊爸爸的声音传到你身边去……"

"你放心，爸爸妈妈交给我了，千万别担心，你要相信我，我一定让他们老人家吃好穿好，我一定会孝敬他们，直到你回来……"

"什么国民党，就是一个'刮民党'，我恨他们……"

"伤天害理的'刮民党'，我们要打到台湾去……"

望着匍匐在沙滩上的白发苍苍的妇女和年轻的媳妇，聆听着她们的哭泣，谷文昌的心在感受这个思念的场面，感受这里的每一位老妈妈的心，感受每一个做媳妇的心。这片海，此刻在谷文昌的眼前是哭泣的海，是悲伤的海。他把这场面铭刻在心头，他的眼前仿佛出现母亲在哀泣。多少年之前，也是在这样的黑夜，母亲赤着脚，被恶霸地主逼得从家里逃出来，走的不就是这样艰辛的路吗？在那太行山下的大青石上哭的，不也是她吗？谷文昌在思索着自己的经历，自己的一生。这些在中国苦难的大地上生活过来战斗过来的人们，每个人都不缺少苦难的过去。这些苦难，就像地下深厚的炭层一般埋藏在他们内心深处。没有人能够说出这些炭层的蓄量和它的深度。

跟随在谷文昌身边的通信员林清很是自责地自言自语地说："我真的不该让你来这儿，让你难过……"

"我不是在为自己难过，是在为她们……"谷文昌说，"那些妇女的丈夫都被国民党反动派强迫抓了壮丁，她们怎能承受了那沉重打击，忍受了那生离死别？"

"你讲得太对了。那些被抓壮丁的家属，过去她们一家的繁重劳动都是夫妇两个人扛着，现在完全都落在妻子一个人身上。"林清心情也沉重起来了，说。

谷文昌接着说："这只是问题的一方面。另一方面更为严重。我们政府因为种种原因，导致现在还没有给她们解决好政治成分，无形中又给她们增加了政治负担和精神压力……当然了，小林，我们一定要把她们从苦难中解救出来。也包括要解决好她们的政治成分。你要知道，人民就是我们的母亲。"

渐渐地，月华褪去那罕见的金色，慢慢白炽起来。同时，她徐徐地，几乎让人们感觉不到地上升了。如同正午的太阳，又像银光乍开的新镜！她款款地洒下水银般的光芒，洒下白玉般的清辉，四野立时亮得如同白昼了。——远处明礁暗岩的海岸，身旁连绵起伏的沙丘，一齐楚楚地向人们伸展过来……

谷文昌悄悄地向海边走去，走到一个裹脚的老妈妈跟前，亲手把她扶起来，叫了一声："老妈妈！"

那位老妈妈抬起头，紧紧抓住谷文昌宽厚温暖的大手，眼泪扑簌簌地落下来。停了好一阵子，她才说："孩子，救救我儿子呀！"

谷文昌十分激动地说："别难过，我们一定会把你儿子从国民党反动派的手里救回来，所有台湾同胞都要回到新中国的怀抱。"

此刻，在谷文昌心里，把人民放在至高无上的位置上，把自己全部的爱凝聚在人民的事业上，把为社会主义新中国、为党和人民奋斗终生作为自己的目标。

在全县人民摧心裂魄陷入极大痛苦的日子，谷文昌忧心如焚。他在思考祖国的命运、党的命运、人民的命运和如何帮助东山县被迫成为国民党壮丁的家属解决生活上和政治上的问题……

"我们要尽快地把党组织建立到人民群众中去，发挥党在人民群众中的先锋模范作用。"就在那次调研之后，谷文昌把这一计划向县委做了详尽的汇报，他说："群众开始觉悟了，我们的任务是和人民一道为建设新的东山县而努力工作，那么，我们必须尽快在乡村建立基层政权和党支部，让人民群众依靠党的领导，发展生产，摆脱穷困。"

二

1951 年，新中国第一部《土地法大纲》颁布后，东山县也和全国各地一样，立即派出土改工作队，纷纷深入农村，其势如暴风骤雨，迅猛异常地投入到这场轰轰烈烈的伟大土改运动中。然而，在土地改革划分成分时，被迫成为国民党"壮丁"的家属成分的认定，很是让谷文昌为难。

浓重的烟雾之流，从他嘴角喷出。烟雾固执地翻腾着，飘在脑额四周，但立刻又变淡飞逝了，他接续地又喷吐出了一口。

焦躁和烦恼，扰乱了他的心神。他不宁地辗转反侧着。眼瞳已枯酸得胀痛了，但他还在翻身。

残烟尾夹在指间，闪着红星，他凝视着，像是在这火星里，他能见到饱受兵灾之苦家属成分的划分。火红的烟尾，依旧显得极其赋闲的样子，一层层增加着细密的烟灰。

东山岛人口只有 83000 多人，而国民党撤离东山前，先后三次抓丁就抓走 4700 多人，一个人被抓走，他的家庭，加上社会关系至少涉及十个人，这样，兵灾涉及的人数接近全县总人口的一半，怎么可以把这些老百姓推到对立面呢？还有，如果把她们定性为"敌伪家属"，那么，以后即使表现再好、再积极，入党、当村干部也都成了问题，这是不切实际也不利于党的事业的。作为东山县委组织部长的他不能不面对这个严肃而敏感的问题。

谷文昌思索着，党的七届三中全会不是强调实事求是吗？我们共产党人，首先要尊重客观事实，要正视矛盾，要关心人民疾苦，这是最起码的要求。客观事实是什么？是国民党反动派给受害家属造成的巨大灾难。受害家属要求党和政府解决她们的政治问题，要求改变现在不公正的对待，我们为什么不能正视它呢？扣帽子是容易的，解决受害家属的成分划分就不是那么容易了。多年来，我们因为"左"的政策吃的苦头还不够吗？这种情况能允许继续存在下去吗？能抱着这一套死死不放吗？不，不行了！群众不会答应了。因为，对这些饱受兵灾之苦群体的定性是否准确，关系到是否坚持党的实事求是原则，关系到新生政权能否得到最广大人民群众的支持，关系到东山稳定和发展的全局。这是谷文昌当时的想法。

在那段时间里，谷文昌把主要工作放在贯彻落实互助合作政策上。他在自己任职的一区区委书记兼县委组织部部长位置上，经常在夜晚如饥似渴地学习中央的决议，这个政策，立足于中国农村的现状，让广大农民通过互助合作解决农业生产问题。这是中国共产党在农村实行土改政策后又一利国利民的政策，它把农民所分得的土地、耕牛和农具，再加上农民自己的劳动力，进行自愿的合理的组合，来发展农业生产。

红亮的灯光侧射着这个区委书记兼县委组织部部长的脸。高高的鼻梁，紧闭着的嘴，挑着红光的剑眉，一对凝聚着智慧和勇气的目光。此刻，这个区委书记兼县委组织部部长的心和毛主席、党中央的指示完全合拍了，像种子落土，鱼儿入水，他用心地从中央决议中源源不断地吸取着无产阶级的营养和毛泽东思想的巨大力量。越学，腰板越挺；越学，眼睛越亮；越学，对党对人民对毛主席的一颗心就越红！

谷文昌在区委工作会议上，反复给农村干部讲："同志们，毛主席、党中央在文件中给我们指出，在农民群众方面，几千年来都是个体经济，一家一户就是一个生产单位，这种分散的个体生产，就是封建统治的经济基础，而使农民自己陷于永远的穷苦。克服这种状况的唯一办法，就是逐渐地集体化；而要达到集体化的唯一道路，就是第一步经过互助组，接着再迈第二步……毛主席说'这是人民群众得到解放的必由之路，由穷苦变富裕的必由之路'……"

大家一边听着，一边思索着，被深深地感动了，是啊！毛主席、党中央的指示是最合贫雇农心意的啊！贫雇农只要听到了毛主席、党中央的声音，朝毛主席指引的道路去走，就会变得力量无穷的啊！

谷文昌在两个地方进行试点，一个是康美村，另一个是铜钵村。他想要解决两个方面的问题：一是劳动力强的互助组；二是劳动力差的互助组。康美村虽说也受国民党强抓壮丁之害，但比起铜钵村，毕竟康美村多了些男性的青壮年。而铜钵村就有所不同，它必须依靠妇女组成互助组，解决生产与生活困难。只要在这两个村解决了农民的生产和生活问题，那么在整个东山县就有了一定的代表性。

初冬，东山岛的气候开始转凉，连刮了几阵西北风，远处的树枝都变成光胳膊，小河边的衰草也由金黄转为灰黄。

谷文昌和几个区干部下到康美村。谷文昌边走边看，当他发现东山农民翻耕土地，习惯翻一道盖一道。就对身边的工作人员说："你们这里怎么翻耕得这么粗，这样不行啊，会误了播种。"

走了一段路，谷文昌看到林守道正在拽着缰绳，驱赶着牲口，在那硬板板的泛着白碱的地上耙地。谷文昌肚子里的怒火一下子冒出来了。他丢开身边的工作人员，横跨着耕地，急匆匆地朝着林守道一边跑，一边可着嗓子喊："站住！站住！"

因为逆着风，林守道耳朵有点儿聋，又加上他大声吆喝牲口，所以没有听到谷文昌的喊声。他还是那么用劲地认真地拽着缰绳往前移动。

谷文昌"呼哧呼哧"地喘着气，跑到林守道后边了，一个箭步跃到他的前边，猛一下子从他手里夺过鞭子甩到地下。同时，另一只大手已经抓住了缰绳，用劲一拉，拉住了牲口，也把那个丝毫没有精神准备的林守道拉了个大趔趄。

谷文昌眼睛瞪得圆圆的逼视着林守道，吼吼地喊着："你，你是不是庄稼人哪？你这样耙地，它能长粮食吗？"

黑牛被喊声吓得往前一蹿，支棱着大耳朵，夹着细尾巴，弯起后腿，准备再跑，被谷文昌使劲儿抓着缰绳不松手。

林守道也愣住了。他一时没有转过弯来，不明白发生了什么事情。谷文昌上前卷起裤管和袖筒，一脚就落在地里，走到林守道跟前，接过赶牛鞭，熟练地把耙从牛脖子上取下，再把犁套上，把牛赶到田头，把没有被翻耕的那一道翻开。谷文昌整整翻耕了三道后才停在林守道的身边，指着土地说："你知道不知道，党和政府把土地分给贫雇农，是想叫农民过上幸福生活，你咋能这样糟蹋土地？还没有把地全翻一遍，就去耙，要你这样误作土地，地板硬得当当响，虫害也杀不死，哪来明年的粮食大丰收啊？这不是给翻身农民的脸上抹黑吗？"

在场的人目瞪口呆，他们怎么也没想到作为区委书记谷文昌对农活是这么熟练，这么精通。谷文昌告诉他们："你们知道嘛，我也是农民……"

他说完这话，对身边的人说："要检查一遍，全区都要检查一遍，看看大家是否都像林守道这样耕作的。如果都这样，那要求大家立刻改过来。

耙地还不是时候嘛！"他转向林守道，"你不是在为播种耙的地吧？"

林守道点点头。他没想到能从谷文昌这里学到与本地不同的农业耕种技术："谷书记，我们这里的人都这样做的呀！"

"那怎么行？"谷文昌强调说，"地是母亲，我们要好好关照她，她才有丰收的成果来回报我们。什么叫精耕细作？就是要把农活细作了。我们要争取明年上半年粮食大丰收，就先要在今年的秋收后把土地深翻一遍，才能保证第二年插下去的秧苗能够长好，不受虫害。"

这是谷文昌的作风，不管他走到哪里，都会把先进的农业技术带到了哪里。而每项技术他都会做一遍甚至几遍给农民看，让他们接受。

"守道啊，你不是想把田里的活做好吗？"

"是啊，谷书记。"

"那靠你一家是不够的，我知道，你家的地是四亩，你没有牛吧？"谷文昌对自己区里的情况的确是了如指掌，这些农民在刚刚进行的土改运动中，谁家分到什么，谁家有多少劳动力谷文昌都知道。他记得，在分地分物时，林守道提出少要农具，多要土地。他知道，这个人有头脑，知道土地多了，粮食自然多，劳动力不够，可以想办法，而土地是想不到办法让它多的。

"现在，区政府为了鼓励农民发展生产，提出搞互助组，今晚上我们就要开这个会。"

"那敢情好啦。"林守道说，"我相信毛主席，相信共产党，也就相信互助组。毛主席领导我们减租、退押、土改，镇压了恶霸，打垮了地主，件件都是天大的好事，一件比一件办得美满。而今这互助组，未必会害忌我们庄稼人吧？谷书记，你说呢？"

听到林守道这番质朴的话，谷文昌心头顿时暖烘烘的。是的，他相信许多农民，正因为有这样的经历和这样的感情，才很快就信任互助组这个新生事物。他笑道："当然不会害忌庄稼人，只会给庄稼人带来幸福。尤其是像你这样的家庭……"

"谷书记，有哪些好处？你先给我讲吧，我可以向大家讲。"

"互助组，就是大家自愿结合。一根线容易断，几根拧成绳就有力量。把有牲口的跟没有牲口的，劳力多和劳力少的搭配开，强组带个弱户。这样，全村100多户，就不会有一家雇套的，也不会有一家为种地抓瞎的。比如，你家有4亩，他家有1亩，我家有2亩，我家和他家各闲着一个身强力壮的儿子，我把这两个儿子算劳力，除了在自家地里干活外，还可以到你家干活，你算工分给他们，或者到了收成后算粮食给他们，你的问题解决了，他们家的问题也解决了。你没有牛耕地，别人家的耕牛闲着……"

林守道问："要真这样，我们是几家搭股子呀？"

"这不叫搭股子，也不叫搭帮、搭伙，叫临时互助组。"谷文昌说，"都是因为闹土改分到的土地，力量单薄，不少人家耕种起来有困难，需要互相帮助。"

林守道听得最入神，眨巴着眼睛琢磨了一阵儿，猛然拍着手说："这个办法好极啦！我记得，县委书记也讲过类似这样的事。他说，老解放区闹大生产，就搞变工队，穷人一块儿干。当时村里正急着分房分地分东西，这些话没有用心细想。眼下，我们翻身户还很困难，如果自己动手，众人合成一股劲儿，就能对付种地，有点儿天灾人祸也能顶得住。我们就照这个样子先办起来吧。"林守道边说边笑了，笑得非常惬意。

一项深入民心的政策，不需要太多的解释，只要符合民意，它就会像风一样飞快地到处传播，得到积极响应。

就在这天晚上，在康美村会议室里，陆续来了不少人，正等着开会。人们有的坐在炕上，有的坐在椅子上、箱子上、长条凳上，有的甚至坐在门槛上，三三两两地交谈着各家的收成，以及下一步的想法和打算……谷文昌没有参加人们的谈话，他的心情是很不平静的，在今天这个会议上，要传达贯彻中央精神；要根据区党委、政府会议的内容，在康美村讨论试办互助组的安排。

林守道趁会议尚未召开，带着好几个人来见谷文昌："谷书记，我们三户组成一个互助组。"

谷文昌抬头一看，倒真是很好的合作者。林守道显得非常激动："谷书记，我家的情况你知道了，他们两家的情况……"

"我也知道，你们三户很好，有地有牛有农具有劳力……"谷文昌略有所思地望着他们。林守道急了，他生怕谷文昌不同意："谷书记，有什么不行的吗？"

谷文昌点点头，说："行倒是行，守道啊，你能不能再增加一户？"

林守道不解："谷书记，是不是规定要四户才能成为互助组？"

"那倒没有，我是在想，你们这3户身强力壮，条件都很好，能不能帮一户差的？"

林守道有些犹豫，吸收困难户参加他的互助组吧，怕户数太多弄不好；而且最重要的是，新收的户没有牲口，畜力又成了大问题。不成，万万不成。他想互助组要小，最好开头要小。他不能冒冒失失，办出没底的事。但是另一方面，他又从心底里深深地同情那些没牲口或牲口弱的妇女家、非和旁人联络在一块不能耕种的困难户。如果真的这样，困难户就永远摘不掉困难帽子，年年有春荒。谷文昌的要求不仅引起林守道的同情，而且引起一个先进村民对一般群众的困难要帮助的那种责任感。他回头看看其他人，他们却看着谷文昌。

谷文昌说："都是穷人过来的，大家帮，总比他一家熬着好吧，多一户妇女家的。你们也别看人家是女的，说不准，人家要比你们这些大男人都强呢。守道，你在村里是有影响的，你带个头……"

这是谷文昌的党性原则。中国农民几千年受压迫、受剥削，劳动最重、生活最苦，这就造成他们革命的一面。但是，当革命革到要对小农经济进行社会主义改造的阶段，农民小私有者和小生产者的一面，又变成矛盾的一个方面。这是应该引起我们注意的。谷文昌想毛主席那句"教育农民是严重的任务"的话的意思，就在这里。我们对革命的阶级，绝不能强迫命令。我们要坚持自愿的原则，采取群众自己教育自己的方式方法：重点试办、典型示范、评比参观……逐步地引导农民克服小私有者和小生产者的一面。

他更加清醒地意识到，一项好政策，还必须有个好的执行人。这个好的执行人，就必须把政策运用好，要把政策所带来的好处落实到每一个人，不能只想到一部分人，而应该是所有的人。只是强强联手，那弱者怎么办？因此，他要求林守道要拉弱者一把，不能把条件差的农户留在互助组的外面。

"行！谷书记，你说得有道理，今天是共产党说的，我们听共产党的，穷人帮穷人。"林守道激动地率先表态，其他几个人，也表示愿意接纳一户条件差的人家成立康美村第一个互助组。

谷文昌擦着火柴，给林守道点烟。林守道推让，要谷文昌先吸。当谷文昌吸烟的时候，林守道用那么尊敬和佩服的眼光，看他那聪明、理智和有力的面部表情。

"哎呀！"林守道在心里惊讶，"有文化、有经验的领导同志，懂得这么多道理！"

林守道吸着烟时，心里想：这是他一生中很值得珍惜的一次会见。要是他单独见区委书记兼县委组织部部长，他不会听见这些高深理论的。只有区委领导同志与农民心交心，他才能听到这些宝贵的话语。这些话语，比金子还要有珍贵千倍哩！

会议开始了，谷文昌讲话很简短，他拉着林守道说："大家都看到了，党的政策，大家也都听了。现在，我把林守道和他们四户要成立第一个互助组的情况介绍一下，大家就都明白了。这个林守道，大家都认识，他家的情况大家都知道，那么……"

"互助组？啥叫互助组？"

"就是你一户，我一户，凑到一块儿种地；谁有了困难，大伙儿一齐动手，帮着扶着，不让他摔倒。"

"哦，这不是修好组吗？"

人们对这样一个新事物产生了非常浓厚的兴趣。没等谷文昌说完，他们把林守道围上，刨根问底；一直把林守道"追查"得没法回答了，大家才相互交换意见，相互提出各自的条件，相互制定了规矩。谷文昌离开了那充满了热气腾腾气息的会场，打着手电筒，走在乡间的小路上。天上高悬着一轮银光灿烂的月亮。人们三个一帮，两个一伙，踏着街道上交错的宅影，缕缕行行地一路说笑着走过去。夜潮湿而润凉，风顺着小河沟流动，悄悄地吹拂着人们滚热的脸颊。谷文昌的脸上带着欣喜的神情，留在他身后的是一群对生活充满希望的农民，而留在他心里的是对党的信仰和忠诚。

这一年，康美村的田野上充满了生产的热情。

这一年，康美村的所有互助组都丰收了。

这一年，康美村的农民从贫困中解脱出来了。

从1950年5月11日东山县解放到1951年春节，谷文昌从区长到县委组织部部长。这期间，已经有三任县委书记因工作需要，离开东山岛。

而他没有想过要离开东山岛，他一直在思考东山县的问题。他殚精竭虑把全县的组织工作做好，不论是抓互助组发展生产，还是建设基层党组织，他们的工作都走在前面。他成为一架辉煌的、巨大的机器的一部分，在这机器的运转中，他感受到自己的觉悟、智慧、精力和责任心，感受到自己的分量，他的生存的意义。

在这一年的工作中，他与东山县的广大群众有了深厚感情。他在心里做出一个重大决定，要把东山作为自己的故乡，要和东山群众一起改变东山的面貌。在春节到来之前，他几乎每天都在乡村视察，他目睹了那场灾难之后"寡妇"家庭的凄凉情景。

过了春节，时刻牵挂着农业生产的谷文昌和林周发，还有铜钵村的驻队干部郑伟山、蔡维名沿着田野走向铜钵村。

天上没有云，蓝色的穹隆覆盖着一望无际的田野。而天的蓝色又极有层次，从头顶开始，逐渐淡下来，淡下来，到天边与地平线接壤的部分，就成了一片淡淡的青烟。在天底下，裸露的田野黄得耀眼。

这时，谷文昌一脸沉重，他没有看到多少人在地里春耕，只有零零星星几个年纪大的男人在耕地播种。他非常清楚铜钵村的情况，他在这里分过土地。他和区长张金川研究决定，要在铜钵村发动妇女参加农业劳动。在谷文昌看来，这有许多好处，一能解决铜钵村的农业生产；二能把妇女彻底从传统的封建意识中解放出来，给全县妇女树立榜样，使广大妇女成为一支发展农业生产的生力军。

谷文昌在大家的陪同下来到贫农谢连春的家。

两边屋檐上吊满了用篾条穿的红萝卜干，一串串向下垂着，密密实实，活像体面人家挂的帘子。透过"帘子"，可以看见堂屋门楣上悬的一个避邪的大鬼面。那是普通舀水的木瓢画的，五颜六色，巨眼獠牙。

尽管有这个灵物，但院子里并不兴旺。除早已变成菜园的右厢房外，剩下的房子都很破烂：顶子起码有三四年没翻盖过，上面的草已经朽成一包糟，长着几棵小榆树，竹桷大部分已腐了。

谷文昌说："为啥不叫阿美帮你弄一弄啦？"

"她顶啥事啊！一个女孩子家。"谢连春深深叹口气。

谷文昌默默想："他们家日子是艰难。"

谢连春和妻子黄阿香有两个男孩子和一个女孩子。出现在谷文昌面前的一家人只穿着破烂的薄衣。寒冷和饥饿的孩子围在炉火旁吃饭。粥锅摆在地下，碗碟放在满是油污的破圆桌上。他们有的站着，有的蹲着，正在捧着碗吃粥。粥锅盖着，从破盖缝间冒出热腾腾的蒸气。摆在桌上的碟子，盛着一些发黑的咸萝卜片。

郑伟山悄悄地告诉谷文昌："这家人，大儿子被国民党抓壮丁到台湾，这女孩阿美是他们家的童养媳，是我们村的积极分子，工作很出色。"

"阿美！"外面有人喊，"谢阿溪来了。"

谢阿美抬头看见农会主席，知道要谈问题，于是连忙收拾了碗筷，抹净桌子床铺，就带着谦谨的笑容，站起来打招呼。她长得不高，但身材匀称，留着两条随便扭成的短辫，带着少女般的羞涩。两手瘦削，但手掌却很大，血管有力地露了出来。她精明勤快在村里是有名的，在互助组也是一个大家公认的好组员。她能让人，能吃亏，从来没有和人争吵过。她是谦谨的，忍从的。生活虽然很艰难，却是很少诉苦。谢阿溪知道，国民党反动派把她未婚的男人抓了壮丁的时候，她曾有几夜睡不着觉，哭过。她家地多，劳动力少，就不容易过日子。但后来她还是参加了互助组。最近听说她又想退出去了，谢阿溪现在就要问她，而且要设法安定她。

谷文昌对铜钵村的几个主要人物十分熟悉，便起身迎接。

"谷书记在这啊。"谢阿溪看着谷文昌，叹气道，"谷书记，你来了，太好啦，我这农会主席不好当啊……"

谷文昌静静地听着谢阿溪这个老贫农诉苦："这国民党真坏透了……"

"老话啦。"谷文昌说，"阿溪，我知道你想说什么，你是说，你们铜钵村没有劳动力。"

谢阿溪点点头："春耕就要开始了，我们怎么办？田都分到各家各户了……"

"你这是大男子主义。"谷文昌说话有点儿艺术，他没有把话挑明说，而是把目光落在谢阿美的脸上。他看谢阿美一脸的刚毅，两眼的光芒显示了她不屈的精神。

谢阿溪明白，60多岁的连春伯对这事还是有所顾忌的。他咳嗽了两声，说："我们这里的人，有个习惯，女人不能下地，更不能耕地，不能碰牛，否则转世来不了人间。再说了，妇女的生理特点，我们得照顾。对年轻姑娘我们更需要照顾。"

谢阿溪说完之后，谷文昌从人堆里抬起头，说："我们老喊村里没有劳动力，难道会从半天空里掉下一批劳动力吗？我们放着身边年轻妇女不支持，壮年男子又被国民党反动派强迫抓了壮丁，我们就不生活了吗？谢阿溪主席！你的意见我要反对！好像只有男性壮年，才是顶天立地的劳动力，才配在农田驾驭牲口，抢耕抢种；谢阿美年轻姑娘她们，最好都不要沾边儿，免得坏了老祖宗的规矩……你的意思，难道不是这样吗？"

谢阿溪望着谷文昌炯炯的目光，苦笑了一下，说："谷书记！你……"

"不是我故意揭你的疮疤，老实说，你高傲的眼睛，就是有点儿轻视妇女！'照顾妇女的生理特点'，我不反对；就是不要口里说是'照顾'，心里却是'轻视'。我们从千百年的繁重的劳动中滚过来的妇女，不会是不能干活，只想坐在家里吃现成饭的吧？"

郑伟山和蔡维名在一旁连忙解释道："我们今天让谷书记来，就是为了这个问题，谷书记不来我们也要找阿美。阿美，你想想，现在是新社会了，那些老观念就别管它了……"

人们的目光，立刻向谢阿美身上射来。姑娘的脸庞上，不觉飞起一抹红晕。她有些难为情地微笑着，把目光转到自己的养父母身上，而后离去："阿爸，我去买点儿东西。"

"阿香嫂。"谷文昌接着做工作，"你想，这政府把地分给你们了，你们靠谁来种？不种，你们今年靠什么生活？靠连春伯一个人，那怎么行？政府把地分给你们，是想让你们过上好日子，你们的力量是不够，你们男孩还这么小……"

蔡维名悄悄地贴着谢连春的耳根低声说："谷书记经常和大家下地干活。"

其实，谢连春早有耳闻。去年5月区里旱情严重，谷文昌亲自带领机关干部下到山后村，每天绝早，他挑着水桶参加抗旱。谷文昌的到来，无疑是一种很大的推动力量。大家精神加倍振奋，有些想躲懒的人也觉得不好意思不出勤了。人越聚越多，男女老少一大群。谷文昌跟着第四互助组，挑着水桶走在大家中间。他总是浑身精力，挑起水桶，健步如飞。脸孔晒得又红又黑，浑身冒着太阳的焦灼味，两脚沾满泥污。起先他还引起大家的注意；但慢慢地，大家也就不大注意他了，因为他已经和一般的互助组员几乎没有什么两样了。他似乎存在而又不存在，似乎不存在而又存在。一种火辣辣的劳动热情，在大家中间互相激励着。谷文昌在劳动中，时时刻刻注意着自己。他不只卖力，而且要选重活。下河挑水有两条路，一条就沿着河边下去上来，容易走；一条要从河边下去，从木梯上来，比较难走。他选后一条路走，带着满脚泥泞，梯子又滑又陡，可是他非常熟练，一次都没有摔倒过，使得有些互助组员也不禁当面夸奖他道："谷书记，你真行呀！"……想到这些，谢连春说了一句话："谷书记，他是共产党啊！"

"共产党怎么啦？"

"那不一样，共产党有神力。"

蔡维名笑着说："话到你嘴里就厉害了。谷书记是人也不是神，有哪样的神力？"

谢连春说："看你，俺说的是实话。那么多的国民党，那么好的枪炮见到他都吓跑啦，你知道吗？"

谷文昌在旁听着，看到群众情绪这么高昂，乐了。大家都笑了。

"那你就跟着我吧！我下地，你家闺女也下地，我会保佑你家闺女的。"谷文昌接过谢连春的话，"我让你家过上好日子。到时，你过上好日子，别忘了共产党哟！"

"如果真的过上好日子，让我们老百姓有吃有穿，那我就要给共产党烧炷高香了。"谢连春眼里闪着兴奋的光芒，笑着说，"共产党让我每年都过上有粮吃有衣穿的日子，我连春就每年正月给共产党烧三炷高香。"

"那好，就这么说定了！"谷文昌激动地抓住了谢连春的手，"今天哪，我们就不在你家吃饭啦。"

"不能！不能！"谢连春在炕沿上磕掉了灭了很久的烟灰，又重新装上了一锅烟，一边吸着，一边非要留下谷文昌他们吃午饭。

这一年春天降临得很早，刚有一丝春意，气候马上就变暖了。一条条浑浊的小溪闪着亮光，沿着村里的街道向前奔流，遇到小石块阻拦，便发起怒来，喷出一团团的白沫，把木屑和鹅毛冲得滴溜溜直打转儿。在大水洼里，倒映着蔚蓝的天空，蓝天上飘着仿佛不断翻卷的团团白云。雪水从屋檐上像珠帘似的滴落下来，在地上叩出清脆的音响。一群群麻雀散落在路旁的乱石丛中，它们叫得那样响亮，那样激昂，以至在这一片叽叽喳喳声中，其他什么声音也听不清了。处处都能感到生命的骚动和欢乐。

谷文昌说完就往外走，因为还有一件重要的事情要办。他刚刚迈出门，遇到谢阿美从外面回来，红扑扑的脸上含着笑。原来谢阿美一路早想好了，她到供销店买下大米，立即返回家去给谷文昌他们做大米饭，也不辜负了区委带领群众过关斩将。尤其是谷书记把党的事业看得比生命还重，他希望能把农村在一天里改造好和建设好，希望能把富有思想、自发势力、本位主义和个人主义立刻全部消灭干净。

但当谷文昌一看她手里的袋子装的是大米，心里一阵不悦："阿美同志，你去买大米啦？"

阿美不回答，晃着两只向外翘的小辫子，一个箭步就往门里闯。谷文昌回过头对身边的郑伟山说："小郑，你去跟谢连春说，如果我们在他家吃的是大米饭，那我们就不来了。如果吃地瓜稀粥，那我办完事就来。下午，我跟阿美下地……"他交代完，又对谢阿溪说："你这农会主席，下午帮我做一件事，让村里妇女积极分子都到阿美家地里去，我们来发动一场妇女参加农业劳动的竞赛，让妇女们挺直腰板，鼓起勇气下田，先用你家分的那头牛。谢阿溪，你的任务非常重，你一定要把妇女带起来，要教她们农业技术，发挥她们的作用。要不，你们铜钵村的问题就大了。"

谢阿溪听着谷文昌的话，心里很是激动，坚定地说："谷书记，你交给的任务，我会尽力去完成……"

谷文昌沉思了一下，然后又郑重地说："妇女的作用非常大，你们不要小看她们，要把她们从封建思想中真正解放出来，要让她们成为我们新中国建设的一支重要力量。"

1951年初春。太阳暖融融的。西山脚下又像往日好天气时一样，升腾起一片雾霭，把锯齿形的山峦抹上异常柔和的乳白色。阳光落在铜钵村流淌着悲伤的田野上。谷文昌他们都在谢阿美家的地里。谷文昌和谢阿溪手把手地教谢阿美耕地。妇女们都来了。她们三三两两聚集在一起，你推我，我推你，叽叽咕咕，哧哧地偷笑。

黄阿香和几个小脚女人站在远处，望着女儿，吆喝耕牛，扬起鞭子，慢慢地划开一道道黄黑色的土地。

谢阿美从来没有犁过地，两手扶着犁，感到很吃力。一会儿犁头扎到地下去，犁不动了。一会儿犁头又飘到上边，犁了一层薄土皮，向前滑去了。可是她已经累得汗水哗哗地向下流了。

谷文昌跟在谢阿美旁边，看着新犁开的犁沟弯弯曲曲，犁不成直线。这样怎能长庄稼呢？他心里这么念叨着，就朝着谢阿美一边跑，一边喊："快停住！快停住！"

谢阿美当时愣住了，等她转过弯来，谷文昌要伸手去接她手中的犁杖，说："阿美，你歇歇，让我来犁吧！"

"不！还是我来犁！"谢阿美是个倔脾气的人，她越不会，就越想要做好。她问谷文昌："您说扶犁最要紧的是什么？"

谷文昌告诉她："上身要直，眼向前看，手要稳，力要使匀……"

谢阿美按着谷文昌的教法两手扶着犁，来回耕了两遭地，渐渐地顺手了，犁得也深了，沟也直了。当她看着开着小花的野草，被翻进湿润乌黑的泥土下边的时候，心里有一股子说不出的兴奋。

田头上站着的妇女，她们腼腆地看着谢阿美从不会到有所领悟，她们笑了，笑得跟阳光一样灿烂。

谢连春也笑了，尽管他满脸的皱纹。谷文昌和在场的干部也跟着大家笑了。谢阿美笑得最美，她不会想到自己开创了东山岛上的先例，第一个为东山县妇女树立了自强不息的形象。

笑容很快从谷文昌脸上消失了。他多年来一直处在实际工作中，因此非常清楚国民党反动派强抓壮丁造成的灾难性破坏是多方面的，不可能在朝夕就消除。他常想，作为一个基层干部，必须在他的工作范围内既要埋头苦干，又要动脑筋想新办法。当然，眼下他要面对的不只是一个问题，他要把铜钵村以及东山县被抓壮丁家属的问题彻底解决。他要向县委提出这个问题的解决办法，要让这些深受国民党反动派之害的家属得到公平的政治待遇。

新中国成立之初，一大批国民党特务、反动党团骨干分子及土匪、恶霸、反动会道门头子潜伏在我国沿海地区。他们破坏工厂、铁路，烧毁民房，抢劫财物，散布谣言；袭击、围攻基层政府，残杀革命干部和群众积极分子，甚至发动武装暴乱。特别是在抗美援朝爆发后，他们的破坏活动更加猖獗。那时，东山县的基本任务一是对敌斗争，二是生产建设。结合镇反、土改、组织互助组，大力发展民兵，建立民兵组织，召开群众大会控诉美蒋罪行，进行阶级教育。谷文昌根据党中央和毛主席的指示，号召岛上渔民拿起武器，保卫海岛，保卫生产建设。他说："我们广大劳苦人民靠枪杆子打天下，还要靠枪杆子保天下。毛主席说：'在中国，离开武装斗争，就没有无产阶级的地位，就没有人民的地位，就没有共产党的地位，就没有革命的胜利。'"

就在这天，与谷文昌同时走进老百姓中的，还有那些潜伏下来的敌对势力的代表和国民党派遣来的特务。他们假扮成老百姓，走进了集市中心最热闹的那片小广场。那里的地摊、菜担比别处更多，还有走街串巷的剃头挑子，卖糖人儿泥人儿的，卖字画代写书信的，担筐提篮卖柿饼木瓜的，还有不少张着布篷卖吃食的坐摊：卖蒸糕、煎饼、芝麻酥饼、烧鸡、煎肉、水煮丸子，应有尽有。吆喝声、叫卖声在集市上空喧嚣。那些假装看热闹的国民党特务、土匪、恶霸，混杂其中，四处造谣：

"共产党是待不长的，蒋介石很快要反攻大陆，你们的丈夫和儿子马上就要回家了。只要你们跟国军一心，那他们回来就会有县长、乡长的官当了。到时候，你们的日子要比现在好过。"

"你们千万不要听共产党的，他们会把你们定成反革命家属。你们要和我们联起手来，把共产党赶出东山岛……"

"要是你们哪个敢和国军作对，敢替共产党通风报信，我们杀他满门！"他们咬牙切齿地说，"我们从来就说话算话。不怕死的，你们就试试看！"

在这些潜伏敌人蠢蠢欲动时，盘踞在台湾、金门岛上的国民党反动派正加紧军事演练，以配合美帝国主义的侵朝战争，企图对大陆举行武装反攻。他们已经把目标集中在东山岛。

谷文昌离开谢阿美家。当天下午，他又来到蔡海福家。蔡海福门前有一小块平滩，本来并不是土地，除了石头就是荒沙，不长树木。快过年了，蔡海福把沙滩的石头拣出来，正在挖一个个坑里的沙子；随后，从东坡上刨黄土，一担一担挑到坑里，把它垫成土，然后栽树。

谷文昌看了蔡海福的干劲，不禁夸道："嘀，真有精神！"

蔡海福听到称赞，一边用毛巾擦着汗，一边笑着对谷文昌说："我想春节期间会下雨……"

"哦！我明白了，蔡海福，你怎么想的和我一样啊！"谷文昌看到这情景，很高兴，他在一年前把种树的愿望说给这位农民朋友，没想到，他真的根据谷文昌的想法进行尝试了。

"你这部长都想种树，我这土地上的农民还不来做，哪有什么用……"蔡海福说的是农民语言，他所说的"有什么用"不过是鞭策自己而已。谷文昌听明白了蔡海福的话，脸上立刻现出微笑。

谷文昌说："有你这股革命精神，我们东山县一定能够在荒滩上种成树！"

蔡海福高兴地说："全指望你们给东山老百姓造福了。"

"党把我们这些人安排在区里带头人的位置上，就应该把自己当作一条拉车的老黄牛。大伙要瞅见松套了，就甩两鞭子；要瞅着道走歪斜了，就吆喝两声。咱们一起使出最大的劲儿来拉这个革命的车。"

谷文昌说完种树的事情，心中还是有些忧虑。蔡海福看出他有心事，问："谷部长，你在想什么？"

"我在想，我们要把东山县建成什么样的县，让老百姓过上好日子。"

"是因为最近听到些什么？"

"你知道啦？"

"我能不知道吗，群众都跟我说了。国民党想回来，做梦去吧！你放心……"没等蔡海福说完，谷文昌就接过他的话，"这倒没什么可怕的，国民党反动派在中国大陆已经失去民心，他们把老百姓害苦了，东山县老百姓不会相信他们。问题是我们共产党要做什么才能让一些群众不再害怕国民党……"

是啊，去年东山岛刚解放的那会儿，东山人民笑得发疯，乐得发狂，以为这回天可真变了，地也真变了，往后没有愁事了。一年多过去了，天上没往下掉馅儿饼，地上也没有往外长金子，东山岛还是穷得滴溜甩挂，破破烂烂。农民们醒了，又蔫了，脑袋又耷拉下来了，路在哪儿？

"谷部长，你放心吧，不管国民党使尽啥手腕，不管遇到什么样的波折，我们都会永远跟着共产党走。我们心里都很明白，没有共产党，就没有今天的东山县。共产党恩比天大。你看，我们村吧，几十户人家，过去地主恶霸把我们都害苦了，连饭都吃不上，老百姓能跟着蒋介石跑吗？他们恨死蒋介石那帮人了……"

谷文昌望着蔡海福那诚挚的神情，深深地被感动了。一个在毛泽东思想教育下觉悟了的老贫农，对国民党反动派是多么憎恨，对社会主义是多么热爱，对党和毛主席是多么忠诚！他爱憎分明。他宁愿自己经受最大的考验，也不给社会主义事业增加一丝一毫负担。蔡海福的话，说出了东山县农民的心愿。不，岂止一个东山县，他说出了全国亿万农民的心愿。

"海福呀，你说得对。可是，说一千道一万，没有生产发展东山岛变不了样儿。要想生产发展，如果不能战胜这严重的风沙是不行的！今年这样，明年呢？在这靠海的平滩上，风沙现象是经常的，不从根本上来解决它，就无法改变这种靠天吃饭的局面。难道要兄弟地区来养活我们？老让国家来帮补我们？不，绝对不能这样！我在想，怎么才能奋发图强，治沙造林，发展生产，让群众脱贫致富，真正吃上饱饭，一辈子也不会挨饿，子子孙孙都过上吃饱穿暖的日子。"

"你们共产党真是好人！"

"这是我们共产党的责任！"

这次谈话，谈的是许许多多关于未来东山县的理想。其中，特别是怎样才能把东山岛建成祖国东南边疆的一个大森林。对不起，现在该伸手向茫茫荒滩要绿树了。难吗？艰苦吗？当然啦，在世界上想要办成一件事，怕苦怕难是不行的。一切胜利、成功，一切美好的事物出现，都是从斗争中取得的。我们要战斗，要像一把尖刀刺进敌人的心脏！

谈呀，说呀，谈到激动处手心直冒汗，心里像擂鼓似的怦怦跳。谷文昌是不太会把理想说给别人的，但他和蔡海福却畅所欲言。他和蔡海福一起吃番薯稀饭，一起睡在破旧的土屋里。就在1951年的春节。

正在他俩谈论得非常热烈的时候，蔡海福的妻子和女儿端上饭来。蔡大嫂端来了一大盆热气腾腾的番薯，笑着对谷文昌："俺说没啥好吃的吧，给你尝个新鲜。"

谷文昌高兴地说："大嫂，这比给我吃山珍海味还强！"他拿起一个红黄红黄的番薯，惊奇地说："你这番薯怎么保存得这么好？该推广推广！"

蔡大嫂说："没啥特殊的法子，就是放在窖里，不过窖得深一点儿。"

他们说着，吃着。蔡海福的妻子和女儿从未见过这样大的官和蔡海福如此情真意切地谈笑，也从未见过蔡海福如此高兴。她们从蔡海福和谷文昌的交谈中，感受到新生活的气息在渐渐向她们吹来。

谷文昌在和蔡海福交谈中，把村级党组织建设的任务交给了蔡海福："海福啊！我想在你们村成立党支部，你看怎样？"

谷文昌早在第一次到湖塘村调研时，就认为蔡海福英勇、坚决和果断，是村里最有出息的老贫农。他预料只有这个踏实、肯干，又有头脑的积极分子，才能够带领乡亲们真正发扬艰苦奋斗的革命精神，在东山岛茫茫沙海里植树造林！

"你想让我参加共产党？"

"是啊。"

"哎呀！我可不行，我是个土农民。"

"你怎么啦？共产党是人民的党，是为人民谋利益的党。"

"我知道。我觉得我不够格，我这样的人怎么能加入共产党呢，共产党里都是很优秀的……"

谷文昌一边听着，一边连连点头。他怀着敬佩的心情，注视着坐在自己身旁的这个质朴的老贫农。他用简短的话，说明了一个很深的道理，使自己更加明白了中国共产党在人民心目中的崇高而伟大的位置。

谷文昌激动地对蔡海福说："我没有说，你现在就可以加入共产党。共产党员是非常严格要求自己的，哪怕说的每句话，做的每件事，都要根据党的要求。记住，一个共产党员每时每刻都应该是这样：活着，为了党的事业战斗；死，为了党的事业献身。我们这个时代充满了尖锐复杂的斗争，农村建设和保卫需要我们这样。我们前头的红军战士、八路军战士，整整战斗了一生。我们这一辈，我们的下一辈，下十辈人，还要继续建设和保卫下去。那些什么名誉、地位、安逸、享受，任何时候都不是我们个人所要考虑的。一个共产党员，不能只看见自己，要眼观全国，胸怀世界。无产阶级的解放事业，需要千千万万个这样的人。只有有了这样的抱负，才能称他为共产党员，他们也才能成为全人类的希望。今天世界上出现的那些怕死鬼们，他们是不配称作为共产党员。"说着，谷文昌从自己的包里拿出一个红色的小本子，翻开读给蔡海福："这是对每一个共产党员的要求。你看，这本是《党章》。什么是《党章》？《党章》就是党的纲领，党的章程。我读给你听：'共产党员必须随时随地听党的召唤，为无产阶级革命事业献身，必须带领广大人民群众……必须保守党的秘密……'"

蔡海福很兴奋："原来是这样的啊，难怪你们都是穷人盼望的好人，你们真心实意地为群众好，我们过去信的都是关公，现在我明白了，我愿意相信共产主义，相信共产党……"

"光相信还不够，要按照《党章》上讲的去做，还要接受党组织的长期考验，才能成为共产党员。一旦入了党，你就要随时随地准备把自己的生命献给党的事业，要不怕牺牲。"

在明亮的灯光中，蔡海福看着眼前的组织部部长，听着谷文昌这些发自肺腑的话，心里产生了一种非常奇特的感觉。他似乎从谷文昌的身上，看到了一种非常宝贵的东西。这种东西究竟是什么，他还一时闹不清楚。他只是隐隐约约地感到，谷文昌那宽阔的胸膛里，装着一个非常广大的世界；谷文昌那深邃的目光，认准了一个非常远大的目标。现在，他正迈开大步，向着这个目标，无所畏惧地前进，无论什么样的难关都不能把他拦住。蔡海福到这个时候已经完全憧憬着战斗生活的愉快、幸福，蔑视那顶风劈浪的艰辛……

"太好啦！谷书记，我一定积极申请加入共产党，无论何时何地都要服从革命需要，听从党的指挥。"蔡海福愉快地用他那大巴掌狠劲地拍在谷文昌的肩膀上，又深有感触地说，"谷书记，跟你在一起，我感到浑身都是劲！"

谷文昌也激动地说："海福，跟你在一起，我感到我的心里很踏实，思想上很愉快。"接着他挥动臂膀做了一个手势，风趣地说，"不是吗？争就争个痛快，两个人面红耳赤。可是好呢？好得就像两个亲密的战友，一时也离不开！"

说得蔡海福哈哈大笑，重重地在谷文昌的肩窝上捅了一拳："你这书记！"

谷文昌也痛快地哈哈大笑起来，两人把眼泪都笑出来了。

这一夜，东山岛上的人已经进入了梦乡。人们怎会想到，在这个春寒之夜的农民家里，有这样两个人却在热气腾腾、激情洋溢地为东山岛设计着绚丽的未来。

这是使命，在谷文昌的工作中，他把建立村级党组织摆在第一位。他认为，要巩固共产党的领导地位，必须尽快建立基层党组织，在党和群众中架起一座桥梁。特别是在东山县，大批遗留下来的国民党特务和反动分子，严重威胁着新生人民政权，人们还未从国民党统治时期的畏惧中摆脱出来。

就在这年的 9 月，东山岛上的三个村——位于东山岛与外界相近，处于战略要地八尺门的后林村、深受国民党欺压的康美村和位于东山县中心地带的宅山村相继成立了党支部。

这是一个个非常粗糙的胚胎，这是一棵棵十分稚嫩的幼芽。然而，尽管连参与这伟大事业的人们自己还没有来得及准确、深刻地认识到它的意义，它却是万分珍贵，特别有生命力的。因为它是翻身农民用自己对新中国的深厚感情，对美妙未来的坚定信心凝结的胚胎，因为它是在一颗颗火热的、旺盛的心田土壤上扎下根子的红色幼芽。人们将用生命培育它，将用心血灌溉它。

共产党在东山岛的第一批基层党组织的成立，对于贯彻和执行党和国家的农村政策起着决定性的作用。尤其在 1951 年的东山岛，这些基层党组织发挥了巨大的先锋模范作用。

三

1952 年 5 月，中共龙溪地委任命张治宏为东山县委书记，同年 12 月任命谷文昌为东山县委副书记、东山县县长。

1953 年 3 月初的南方夜晚，是最清新、最美好的时刻。缥缈的月光，静静地倾泻在金沙碧波上，好像把一切都溶解在乳白色的月光中。山间的溪流淙淙直响，好像一个有生命的东西在歌唱。浓雾降着，并不使人感到春夜的寒冷。

谷文昌在灯光明亮的办公室里，摊开了几本饶有兴味的资料——是国内对林木栽培研究的最新成果，一位在农学院工作的朋友寄给他的。但他却怎么也学习不下去，谷文昌用了最大的毅力控制住自己，但面前一个字也反映不进他的视网膜里去。要知道，今天，就在今天，被国民党反动派强迫抓了壮丁的家属，再一次引起了他的反思，他们就在眼前，近在咫尺。谷文昌全身心，他的每一根神经，每一颗细胞都感觉到：他们就在眼前，他们就在眼前！——他们那一双双眼睛老在他面前晃动。他们是用什么样的眼神看着他啊！是双目失神而痛苦的眼睛！是如怨如诉的眼睛！是惴惴不安带着问号的眼睛！谷文昌心情异常沉重。他想，一定要把那些被抓壮丁家属的问题解决了。因为，群众的利益涉及政治利益和经济利益，这两者密切相关，不解决还待何时？

在这之前，尽管谷文昌与县有关领导交流过自己的想法。然而，把"敌伪家属"改为"兵灾家属"，这个问题实在太敏感了。大家对那些饱受兵灾之苦的人们深表同情，同时，更多的是表示担心。这些担心是有其历史背景的。据档案记载：

> 国民党在撤出东山之前，留下一部分特工人员长期潜伏，以便伺机卷土重来。东山解放后，古雷半岛东面的菜屿岛还盘踞着国民党的一个连队，与金门的国民党军队遥相呼应，经常在东山附近海面上抢劫渔船和商船，搜刮财物，向渔民或船民盘问东山县军政情报，并利用东山海岸线长而曲折的特点，派遣特务在偏僻海边登陆，然后潜入东山县，勾结地方残余反动势力，进行各种破坏活动，扰乱社会治安。
>
> 朝鲜战争爆发后，盘踞台湾的国民党当局认为这是"反攻大陆"的良机，委任胡琏为"福建游击军区司令"，在金门设立"敌后工作指挥室"，受台湾"敌后工作委员会"领导。同时，不断对福建沿海地区尤其是东山实施军事骚扰，出动飞机低空侦察、轰炸、扫射，派遣特务潜入大陆，进行破坏活动，搜集我方军事情报，以多条路线、多种形式向东山县派遣潜伏特务。这些潜入的特务分子，有的是在金门训练过的，有的是由敌漳厦地区游击队头目指派潜入的，有的是受国民党海防部队指派潜入的。

潜入东山境内的敌特分子，有化装为卖药变把戏的，有假装为外来船只的船员的。他们潜入全县各个角落，搜集驻岛解放军驻防地点、兵力分布、武器配备等情况，搜集我党政机关的情况和民兵组织情况；有的联系过去的一些军政人员，策动他们进行破坏活动；有的破坏通信设施、投毒、暗杀等；还有的妄图收买流氓地痞上山为匪，暗中探访国民党58师洪伟达余部的军政人员，准备把他们带到漳浦灶山当反人民政权的骨干。

龟缩在菜屿岛的王盛传残部，更是组织"平海会暗杀团"，杀害乡干部两名；指使古雷东林村外号"古雷皇帝"的土豪劣绅林玉玺，借口四区干部阻止他们拜"祖公"，煽动一百多名不明真相的落后群众，包围了四区区公所，用石头砸破门窗，打伤副区长傅四有和其他区干部。

从以上史料记载可以看出，东山岛解放初期面临的复杂形势。诚然，被抓壮丁家属的问题是应该解决，但在当时的情况下，一方面国民党反攻大陆，叫嚣推翻共产党，并派遣大批特务，潜入东山岛，对"兵灾家属"做反共宣传，企图联合他们推翻革命政权；另一方面，毛主席在中国共产党七届二中全会上讲了人民民主专政，对于一切反动派和反动阶级实行无产阶级专政，防止他们颠覆和破坏革命政权。因此，如何处理被抓壮丁家属问题，就上升到是人民内部矛盾还是敌我矛盾的问题。如按以往的定性，是"敌伪家属"。很显然，是属于敌我矛盾，要处理的办法，只有实行无产阶级专政，在政治上永远不得让她们翻身。现在要讲实事求是，因为她们是被国民党反动派用刺刀强迫抓了壮丁的家属，理应纳入人民内部矛盾，受到党和政府的保护。两种不同性质的矛盾，必然产生两种截然不同的结果。如纳入敌我矛盾，正中了国民党反动派的离间计，甚至被敌人利用，构成一股力量，那将给革命事业造成巨大的灾难，后果不堪设想。而要当成人民内部矛盾，理所当然要承担巨大的风险。正因为此，历届县委主要领导只是一拖再拖。

但谷文昌毕竟是真正的共产党人，他绝不能置人民于水火而不顾，这是党性不容，职责不容，一个共产党员对党的赤胆忠心所不容的。想到这里，谷文昌毅然下定决心要把这些国民党兵的家属由"敌伪家属"改为"兵灾家属"。

谷文昌走出办公室。他倒背双手，咬着嘴唇，低着头在县委大院里走来走去。夜晚的凉风在脸上轻轻掠过，他全然没有感觉到。他一步一步地踱着，沉思着："怎么办呢？找县委书记去！我绝不能眼看着饱受兵灾之苦的妇女问题一拖再拖……"

"对！找张书记去！"当谷文昌在院内走了十多个来回的时候，终于这么决定了。

谷文昌抬头看到张治宏办公室的灯光还亮着，便急匆匆地走进他的办公室。就见张治宏捧着一本《毛泽东著作选读》在默读。谷文昌笑着说："你学习的精神真好！"

张治宏放下书，也笑笑说："晚上脑子清醒，学东西记得牢一些。不争取多学一点儿东西，那就要落后喽！"

"我来向你汇报一个情况。"谷文昌说。

"什么情况？"张治宏问。

于是，谷文昌就把那些被抓壮丁家属的政治成分问题对张治宏说了。

张治宏是山西人，他和谷文昌的革命道路有所不同，他是从学校直接参加革命的，因此他在文化水平上要比谷文昌高些。而谷文昌在革命的实践中，要比张治宏多走一些路，两人在县委的工作中配合得很默契。他俩的这次谈话，决定了铜钵村和全县所有被抓壮丁的那些家属的命运。

张治宏很清楚，谷文昌提出的问题是关系到共产党在东山县的政权能否巩固的问题。因为，我们的革命工作还没有完结，人民解放战争和人民革命运动正在向前发展。美帝国主义和国内反动派决不甘心于他们的失败，他们还要做最后的挣扎。在全国平定以后，他们还会以各种方式在东山岛从事破坏和捣乱，他们每时每刻都企图在中国复辟。这是必然的，毫无疑义的，我们绝不能松懈自己的警惕性。当前，如果没有认真地思考和提出解决这个问题的方案，那么就有可能给台湾的国民党与潜伏在东山岛的敌人以可乘之机。

"张书记，你看，这些被抓壮丁的家属，我们要怎么看待她们？"谷文昌在担任区委书记时就提到过。今天，他要专门与县委书记交换意见。

张治宏不假思索地说："老谷，这事你提得好，该到解决的时候了，至少说我们能为这些家属做点儿什么，我们尽力做，这是全县的事，4700多人，近5000人，牵连在一起那就不止5000人，很可能有两万人。郭丹书记离任时也和我谈过这事，但一直没有给这些家属的政治地位定个准。"

他说得很坦率，很客观，没有回避矛盾，也没有强加于人的思想，这使谷文昌有点儿感动。他原以为，他要不是慷慨激昂就是按报纸口径转弯子，谁知两者都不是。他仍旧是平时的样子，平心静气，实事求是。

"我是想，共产党是人民的党，我们要为群众着想。在解决这个问题上，同志们主要还是怕，怕为解决这件事挨批，怕被追查责任。我今天向县委表个态，在解决被抓壮丁家属问题上，我愿意承担一切责任，地委要处分就处分我，要撤职就撤我的职。我只向县委提一个请求，要实事求是地给被抓壮丁家属的政治地位定个准。"谷文昌一双明亮的眸子闪着智慧的光，郑重地谈了自己的看法，"诚然，对于敌特活动，我们必须保持高度警惕，采取严密的防范措施，一经发现坚决予以打击。然而，斗争的形势越是复杂，我们越要保持清醒。我认为，壮丁家属和敌特活动并没有必然的联系，如果一定要联系起来看的话，只能说明做好壮丁家属工作，才不会给敌人以可乘之机。我们要看到，那些被国民党抓走的壮丁，出身和我们一样，都是本分的、穷苦的农民，他们是被国民党用刺刀强行掳走的。离开父母，抛妻别子，并非他们所愿，他们是受害者呀！他们的家人正承受着常人难以理解的痛苦。国民党给她们带来了灾难，我们共产党人必须救他们于苦难。他们生活在冰雪之中，我们不能雪上加霜，而应该雪中送炭！相信，只要把他们当亲人对待，他们会和我们党、政府一条心的。"谷文昌把自己的想法和盘托出，"本质上看，他们应该都是好百姓，不是阶级敌人，而是人民群众。"

谷文昌讲到这里动了真情，他几乎快要流泪了。因为激动，喉咙有点儿发痒了，他用手帕捂着嘴咳嗽了几声，又用手帕拭了拭眼睛。

张治宏想了想说："老谷，我俩先想出个名称，这名称必须符合他们的特征，然后把理由说清，打个报告给地委，让上级来批。这事我俩谁说了也不算，而且得拿着我俩的乌纱帽……"张治宏一开口，就一发不可收，而且精神振奋地一口气说了二十多分钟，谈话层次分明、逻辑清晰，显然是有备而来，只不过未必会想到在此处开口，是谷文昌提出兵灾家属的政治成分问题，激起了他的谈兴。"不敢冒点儿风险，办什么事情都有百分之百的把握，万无一失，谁敢说这样的话？一开始就自以为是，以为百分之百正确，没那回事，我就从来没那么认为。只是我们要尽量把事情考虑周全。"

"是啊，阶级斗争，敌我阵线……"谷文昌神色变得严峻了，"毛主席早就讲过，一个共产党员，应该是襟怀坦白。对党的组织，要忠诚老实；在党的会议上讲话，应该有啥说啥，而不应该有所保留。不论怎么说，我们还是要说真话，不能让老百姓再吃苦了。"

"我相信上级领导会理解的，只要我们把情况说清楚。"张治宏也下了决心，"因为，没有实事求是，就不是马克思主义。我们搞农村建设，不是靠本本，而是靠实践，靠实事求是。我读的书不多，就是信一条，相信毛主席讲的实事求是。过去我们打仗靠这个，现在搞农村建设，也靠这个。相信上级领导更是讲实事求是的表率。"

"敌伪，兵……兵……"谷文昌在苦思冥想着怎样为这几千户孤儿寡母的政治成分定个名称。

"兵灾，怎么样？"张治宏突然间来了灵感，充满激情地说，"你听，兵，是改不了的，她们的丈夫和儿子是兵，对吧，那'灾'字……"

"太好了！太准确了！'兵灾'家属，是受灾户，受国民党兵的灾害。"谷文昌激动地站起来，不禁合着双手兴奋地说。

在 20 世纪 50 年代初期荒凉的东山岛上，没有人知道，在这个寂静的新春之夜，还有这样两个东山县的领导，正在脸对脸、心碰心地彻夜交谈着。他们正为东山县的前途与希望深谋远虑，正凭着对党和人民的无限热爱，创造性地解决一个棘手的政治历史难题。

翌日，谷文昌在县委常委会上将"壮丁"家属的问题提出来。此言一出，像往热油锅里扔了把盐，立即有人质疑他的政治立场。

虽说全国解放了，新生的人民政权得到进一步巩固，但当时中央执行的政治路线，要求严格坚持对国内反动派和反动阶级实行无产阶级专政。谁敢反其道而行之？谁有胆量和勇气逆水行舟？历史上的悲惨教训历历在目：上至中央，下到地方，多少企图在农民问题上做文章的人士折戟沉沙。

他们被撤职的撤职，挨批的挨批。更别说谷文昌提出的由"敌伪家属"改为"兵灾家属"是涉及农民的政治问题。

但谷文昌却有如此的胆量与气魄！他以过人的胆识，坦荡地回答："七届二中全会精神是强调实事求是。我刚刚听了一些同志的发言，这些发言的出发点当然都是对的，维护党的方针政策嘛！同志们的论点也不是没有根据的，遗憾的是同志们讲的都是一般的道理，是和现实不怎么合拍的道理。同志们恰恰没有引用七届二中全会公报的道理，这是指导我们行动的党中央精神嘛，是不是这样？"

谷文昌说到这里，声调渐渐高起来，也做起手势来了。他的眼睛变得特别有神采，虽然脸上还带着笑，可口气却不怎么客气了。

"我要和一些同志唱一唱反调了。"他说，"我们共产党员，无论何时何地都要坚持党的原则，尊重客观事实，正视矛盾，要关心人民疾苦，这是最起码的要求。目前，我们东山县的客观事实是什么？是那些壮丁不是心甘情愿为国民党效劳，而是被国民党反动派拿着刺刀强行抓走的，他们的家属都是穷苦老百姓，不能将这些受害人当成'敌伪家属'。"

谷文昌用手擂了一下桌子，又用手抹了一下头发。他这种多少有点儿演说家的姿态，使张治宏赶忙闭上了眼睛。天！这个老谷真做得出，这哪里像是负责同志在讲话，怎么这样没修养。都三十七八了，激动起来就像个中学生，太……没有领导风度了。

"国民党抓壮丁制造了一场灾难，我们共产党应该救灾！"谷文昌继续说，"共产党要敢于正视现实，敢于对人民负责！"

在谷文昌的推动下，东山县委迈出了审慎而又勇敢的一步。他们从实际出发，从民心这个最大的政治出发，创造了一个前所未有的名词！

"敌伪""兵灾"两字之差，天壤之别。

于是东山县的受害家属有了一个公平和公正的政治待遇，于是"兵灾家属"这充满人性、人情的政策，把绝大多数人凝聚在党的周围，巩固了新生的人民政权。

地还是那些地，人也还是那些人，就是把这个"敌伪家属"改变了，改成了"兵灾家属"之后，极大地调动了广大群众的生产积极性，极大地解放了农村生产力。那些原本挣扎在社会最底层的妇女，犹如枯木逢春，政治上有了地位，生活上得到照顾，她们有了做人的尊严，有了活下去的信心。她们终于抬起头来。她们忽然感到，周围是这样鲜绿，而又生意盎然，阳光是这样明亮，而又艳丽灿烂，泥土正在喷着芬芳，空气里充满了甜蜜。在她们面前，展开了一个前所未有的闪闪发光的世界。而过去的一切，就在这一瞬间像梦一样消失了，并且再不会有了。她们于是迸发出难以估量的革命热情，自觉自愿一心跟定共产党，踊跃投身生产劳动、建设美好家园的滚滚洪流中。

在东山县这些共产党人把人民的利益放在至高无上的地位，因此，共产党在东山县拥有广大的群众基础。人民拥护共产党，人民心甘情愿地跟着共产党。这印证了中国那句老话：得民心者得天下。

"党始终同人民想在一起、干在一起"，建设就有了战无不胜的力量，就能不断从胜利走向新的胜利。

由"敌伪家属"改为"兵灾家属"，是以实事求是的科学态度来解决社会矛盾的创举，体现了谷文昌这一代共产党人的政治智慧和实事求是的勇气。直到现在，它仍然深深地刻在县委所有同志的心上，成为鞭策他们前进的力量。

第三章　血与火的考验

一

东山县从互助组到合作社经过短短一年，经济开始走向繁荣。

1953年元旦即将来临，谷文昌第二次走进宫前和澳角两个海洋渔业村。

狂风从村巷里穿过，扬起一阵一阵的尘沙，打在脸上生疼。有几只鸡被风吹得羽毛夶开像刺猬一般。不时有狗从一个个院门中扑出来叫上两声，又钻进院子里去了。有些院落房屋塌了，显得黑乌乌的，院墙倒了，就像一个风烛残年的老人脱落了牙齿。院子里长满了干枯的荒草，在风中瑟缩呜咽。宫前和澳角的村巷是简陋的，破败的，尽管鸡鸣狗叫，但掩盖不住这两个村庄的破落与贫寒。

"看起来，从土改到互助组，要把贫穷撵走，还得一番艰苦斗争哪！"谷文昌边走边想，他又一次体验到党号召农民走合作化道路的重大意义。他深切地感觉党真正了解农民的生活和农民的心。党的关心无所不在，如同此刻高悬在头顶上的明朗的太阳一样，把春风的温暖——合作化的曙光——照进这些渔村，一定会使破落的村庄充满欢笑，变得生气勃勃……

当时，四面环海的东山岛，除了农业，渔业也是主要产业。1950年，中国共产党从国民党手中接管东山县时，已有渔船780艘。国民党反动派强征暴敛、封海到最后逃亡，使全县的渔业遭受到极大的破坏。

金顺来互助组是东山县渔业生产的第一个互助组。为了成立这个互助组，渔民出身的刘龙做了许多工作，他是谷文昌在担任一区区委书记时被推选担任村党支部书记的。那时谷文昌把基层党组织建立在渔民中间，以此巩固和发展党在群众中的力量。东山县有海防的重任，在渔村建立党支部刻不容缓。

刘龙，黑红宽脸，身材不高，非常壮实，两眼闪着正气的光。这年轻人，头上戴一顶破烂的斗笠，上身穿一件补丁摞补丁的坎肩，那上面，补着各种颜色各种式样的补丁，有黑布、灰布和格子布。因为连补太多了，不容易看出他的坎肩原来是用什么布做的。他出现在谷文昌眼前时，是在斗争渔霸的现场。

乡亲们扶老携幼地来了。谁也不和谁说话，就连孩子们惯常的嬉闹也绝迹了。人人的脸上像罩着一层乌云，阴沉沉的；眼睛像下上一层露水，湿漉漉的。

林周发宣布斗争大会开始。民兵队长领着民兵队伍站在最里圈，一个个怒目圆睁，把手里的木头棒棒捏得紧紧的。渔霸黑风弯着腰，低着头站在台前，肿眼泡包着的那对细小眼睛还在滴溜乱转。当时大家还有些畏惧，生怕没有斗倒渔霸会给自己带来恶果，整个会场出现了沉默。大家相互观望，妇女们大都悄悄地以目光阻止着自家的男人率先说话。

谷文昌在人群中看到满脸怒气、目光深沉的刘龙。凭着谷文昌的经验，他意识到这个人有一肚子的话想说，谷文昌就把目光落在刘龙脸上，鼓励说："大家不要怕，大家都吃了很多很多的苦，有些人怕国民党回来，到时候跟大家算账。我说啊，大家可以放心，共产党不会走，整个中国大陆都解放了，东山岛也解放了，国民党还回得来吗？中国的命运操在人民自己的手里，那么中国就将迅速建设起一个崭新的强盛的名副其实的新中国。"

会场气氛更加沉重悲怆，令人窒息。

"乡亲们……"谷文昌被沉痛的情绪控制着全身。他真想为受剥削、受残害的渔民痛哭一场。但他明白，这么多眼睛在看着他，是多么信任、渴求和希望的眼光啊！难道这些人希求的是自己的眼泪吗？他们需要的是他的悲哀的恸哭吗？不，不是！他们不需要他的眼泪，他们需要的是力量，是希望他告诉他们眼下怎么走，将来怎么过！

谷文昌吞回从心底渗出来的泪水，他充满着满腔的勇气和力量，大声地说："退一步讲，国民党反动派要是真的敢回来，我们照样把他们打跑。大家都知道，我们解放军只用了一个晚上就把这里的国民党反动派给打跑了。你们不想为自己说几句话？我看，你们肚子里的苦水比海水还要多！"

"我来说。"谷文昌的话还没说完，从黑压压的人群中跳起一个人来，他像是一头困守洞穴、陷于绝境的雄狮，准备把他碰上的任何东西都撕成碎片。他心中燃烧着最为强烈的憎恨，愤怒达到了顶点，如疯如狂。

这个人就是刘龙。他袒露着宽厚的胸膛，先是抹去额前的汗，看着大家，一句句话从他的嘴里迸发出来，就像一下又一下的鞭打似的，他说："你们怕恶霸黑风他们，我刘龙不怕。我没有什么怕的，除了下海打鱼的东西，我家的房子里什么也没有了，我和我妈每天吃不上饭，共产党来了，他们对我们好，关心我们渔民，我们还怕什么？怕国民党来？我们应该明白，你越是怕他们，他们就越大胆地害我们。大家想想，我们的日子是怎么过来的？国民党把我们的亲人都抓到台湾去了，共产党不来，我们还在苦海里熬着。那年，我们出海，在海上遇见强盗，我们什么都被抢走了，回来怎么办呢？没人管我们，黑风还要向我们要税，没钱交税，他叫人把我们所有的工具全拿走了不算，还逼我们跪碗碴子，跪得我们血流一地……我们……"

刘龙哭了，眼里莹莹地闪着泪光。在他说话的过程，先是妇女伤心地哭出声来，接着是老人们开始擦眼泪，再后来就听到男人们哽咽的声音，低低的啜泣。

"打倒国民党反动派！"林周发猛地从座位上站起来，高举着拳头，大喊一声。台下依然沉默，但谷文昌看到一双双含泪的眼睛在发出亮光。

"打倒渔霸！"刘龙跟着高喊一声，大家把目光落在谷文昌的脸上。

谷文昌一脸的激愤，眼睛瞪得圆圆的。头和四肢不住抽动，牙齿也磨得嘎吱嘎吱响。他站起来用拳头往桌子上一砸："大家别怕，我们共产党来，就是为大家做主的，大家有仇的报仇，有冤的申冤……"

"是黑风他们逼得我们无法过下去，我家的女儿就是让他们给逼得卖出去的……"

"共产党，"有人不知道谷文昌的名字，干脆就这么喊他，"还有人被逼得逃走了，现在还看不见人影，不知是死是活……"

工作队的同志搀扶着一个双目失明的老婆婆站在台上。她手里拿着一条绳子，指着黑风，边哭边诉："……我男人是被你活埋的，你一边叫人往坑里填土，一边叫我们全家人在旁边看。我儿是你叫人绑在柱子上用乱棒打死的。剩我一个孤老婆子，无依无靠哭瞎了眼，讨米要饭，苦撑苦熬十七年哪！"老婆婆哭着哭着昏过去了。

台下的男人们叹息、愤怒，姑娘、媳妇们有的想起了自己的伤心事，也跟着抽泣起来。

贫农赵青山一步蹿上台，指着黑风说："你这狗娘养的，把全村人害得好惨啊！我娘是你叫人用小刀先割下耳朵后割鼻子。张锁大叔、春生大哥他们是你叫人用吊打、剜心、活埋种种残酷手段害死的。"他摘掉头上的毡帽，露出斑斑白发，"还有的整家整家被你活活折磨死……"

赵青山说不下去了，气得浑身直颤。

渔民胡春岗跳上台，一把抓住瘫倒在台上的黑风后襟，把他提了起来："你高利贷盘剥，硬逼着我爷爷还债，这回该还清了吧！"胡春岗一松手，黑风倒在台上缩成一团，脖子藏在衣领里边，再也不敢抬头。

"打呀！打呀！"群众愤怒地吼着。耳边响起了林周发的口号声：

"打倒恶霸黑风！"

"向黑风讨还血债！"

民兵们呼应着，群众呼应着，几百个古铜色的拳头，攥得紧紧的，忽地一下从台下举了起来。

"我们去，把黑风他们渔霸的船烧了。"有人开始喊，要冲到那些曾经欺压他们的渔霸们的家里。

"大家别动，我们要严惩这些坏人，但我们更重要的是要听共产党的话，把这些人揪出来，我们还要把他们从你们手里抢走的东西追回来分给大家。"谷文昌和林周发立刻对大家做解释，要求大家安静下来。人们听说共产党要把渔霸家里那些曾经属于他们的东西还给他们，脸颊显出了严肃，眼里注满了兴奋，情绪更加激动。他们有力地握着拳头，粗硬的筋肉，凸起了棱角。他们纷纷要求加入农会，并一致推选刘龙作为农会主席。

谷文昌第二次找刘龙，正好刘龙准备出海。

轻纱般的晨雾，从大海深处扯上岸来；又像缕缕云烟，铺到东山峰下。渔村，港湾，码头，海面，全隐进半明半暗的晨雾里，变得迷迷离离，缥缥缈缈，像海市中的蜃景，若隐若现，充满神话般色彩。晨雾下，人欢马叫，汇成嘈杂热烈的声浪，把人们带进火热的现实生活中来。在这股嘈杂的声浪里，谷文昌又一次登上渔船，踏上跳板，摇摇晃晃向前迈步。由于紧张，心弦绷紧得快要断了，他特别用劲，这一用劲，跳板的弹性产生作用，险些把他反弹到海里，刘龙一把拉住他，把他拽到船上。

"无风三尺浪，有风浪千重"，风无遮无拦，暗暗增强了。海面从水天相连处绽开一朵朵白花，越开越快，越开越密，转眼光景，整个大海上卷起千万堆雪浪，简直就像那刚刚裂桃的大片棉花田，白花花的，一望无际。

"看来，我要适应海边生活，要不我很难工作呀！"谷文昌站在船上，刘龙让他到船舱里坐，谷文昌硬是要坐在船头上，他发狠地咬着牙，身子挺得绷直。他要呼吸海上的空气。

实际上，内地的干部来东山岛工作，最怕的是海腥味，只要一闻到这味道，立刻头晕呕吐。谷文昌虽说没那么严重，但他还是畏惧这腥味，除了这腥味，再加上海浪此起彼伏。他眼前一黑，险些摔倒在地，他赶紧攀着舱边，倔强地站直身。船时起时落，使谷文昌感到自己一会儿在空中，一会儿在地下。

晕船，是渔家必闯的第一道难关。更何况是一县之长了。有多少人，在这道关口面前败下阵来，一辈子只能踏旱崖，永远出不了海。这样的事，在海岛屡见不鲜！所以，刘龙感到肩上的担子更重。因为他知道谷文昌出海非同一般，他负有重大的使命。

"放松，别管它。"刘龙教给他的办法是心理战术。谷文昌先把自己的眼闭上。浑浊的海面，风扯着浪，浪裹着风，哗啦哗啦地撞击船舷，搅得天昏地暗。巨大的浪峰，像海底伸出条条魔舌，舔着低垂的海空。如果说，深夜时分，大海像敦厚温柔的少女，那么此时，大海变成暴烈的醉汉，狂呼乱叫，喜怒无常。谷文昌心里想着和刘龙要说的话，稍过片刻，很快就适应了在船上工作。

谷文昌在林周发和刘龙的陪同下，看了船上的各个部位和渔民的作业岗位，偶尔还尝试一下舵手和水手的工作程序。一支大橹的吱嘎声，显得格外深沉有力。渐渐地，一只舢板从晨雾中露出它的轮廓，露出了谷文昌高瘦的身影。他，站在船上，戴一顶斗笠，敞胸露怀，嘴里仍然吸着那支早已掐灭的烟。两支瘦而有力的胳膊，暴着青筋，奋力地晃着一支大橹。黑黑的眉毛上，结了一层盐花，每晃一下大橹，便簌簌往下落盐粒。脚下，大概负荷太重，海水漫上舱口，蹿跳的浪花，不时泼进舱来。谷文昌似乎没有察觉，依然有力地晃着大橹，鬓角上那黑发，每一根都缀满丰收的欢乐。渔民们看着这位河南来的县长第一次掌舵，心里都非常敬佩。

最后，他们在船舱里坐下来，谷文昌把来意告诉刘龙："我们希望你能尽快把互助组成立起来，这样能恢复正常的生产，把大家的长处发挥出来，大家的日子就好过了。"

"什么叫互助组？"

"互助组，就是渔民各自拿出自己的优势，组成生产小组。"谷文昌说。

刘龙推心置腹地说："说实在的，成立互助组我们都乐意，可愁的是生产。"

谷文昌听了刘龙的话，就直截了当地说："生产的事儿，我看用不着顾虑。成立互助组是毛主席给咱们指出的离开穷窝的好道，咱可别想错了。咱们啊，还不是因为生产不足，才组织起来互助的。咱们没别的，就是人多。俗话说，大家拾柴火焰高，只要组织起来，大伙想办法，就连山也能铲平。"他充满信心地望了望刘龙，说，"咱把架子搭起来，马上就动手搞生产，这一点儿困难算不了什么。"

刘龙听他这么一说，精神很振奋。他熟悉谷文昌，知道他说到哪，做到哪。就说："这难不倒咱，人多出韩信。有上级领导，一定能行！问题是，大伙都在一起生产，报酬怎么分？"

"这个好办。"谷文昌说，"比如，你家现在有艘船，但捕鱼的工具没有。而另一家有，他拿工具来算工分。还有的人家里有劳力，用劳力来算工分，大家一起劳动，按劳取酬。"

"好，太好了！"刘龙显得有些激动，"我也在想，我们的日子怎么过，劳动自然是头一条，但这劳动是怎么分报酬的，我还没想过呢……你们想出来的？"

"不是我们想出来的，那是共产党领导想出来的。这个办法在我们河南林县做过，这一做，很快，老百姓的日子真的好过了。"

"县长啊。"刘龙突发奇想，"能不能，这样做……比如说，不是我刘龙，而是其他人，他们条件好，他们先组织起来。"

谷文昌和林周发相视一眼，点点头说："行！只要大家可以做到，几户人家没有不同意见，当然可以。"

"你觉得谁比较成熟？"林周发问。

"我觉得金顺来他们几家有点儿像你们说的互助组……"

刘龙望着港湾，大小船只还安然停泊在岸边，偶尔有一两艘早起的机帆船嘟嘟地划破海面疾驶而过，留下清脆的马达声，算是给海上一天的生活奏响了序曲。码头上的吊车，在"吐吐吐"地吼叫，钢臂在淡淡的晨雾中晃动。在生铁、焦炭堆得像小山似的场地上，机车头拖着运料在尖叫，从人们身旁开过。正好金顺来的船也停泊在岸边，正准备出海，他指着"金"字幡的船，"就是他们。"

谷文昌远远地望见金顺来结实地站在船头上。海风吹动着他乌黑的头发，朝后飘散着。他脸色严肃，心情激动，那双明亮的大眼，刚毅地眺望着前方。海阔天空，水天一色，大自然在他面前，展开一幅多么绚丽、宏伟的画卷。

谷文昌当即就决定去找金顺来谈谈。谷文昌的作风就是这样，一向勇往直前，不害怕困难，不悲观失望。什么事都想马上办，什么情况都想自己亲自过问，自己了解的事，自己心里有数，不易犯官僚主义。

在刘龙的引导下，他沿着停泊在港湾的船，一艘接一艘地走过去。这是谷文昌第一次走这样的船。

海天上的雀鸟似乎在用鸣叫表示欢迎，连渔船也仿佛在他的豪迈的步伐下，愉快地微微地颤动哩！……啊！啊！你看他满脸堆笑地在跟刘龙谦虚地说了几句什么话。每走过一艘船，渔民们都会亲切地向他微微一笑，惊叹道："这个官是个好官！"

"我们这些海上人家，几时才能见到这样的官啊！"

"我们让他走，我们的船就有福气啦。"

谷文昌听得似懂非懂，他问林周发："他们怎么这样看着我们？是不是不喜欢我们从他们船上过？是不是渔民有什么忌讳？"

"没呢，正好相反，他们说你给他们带来好运气，他们这次出海会有大收获。"

在林周发走过的渔船上，身后有人问："你们是干什么的？"

刘龙解释道："他们是县里的领导，来帮助咱们解决生产问题的……"

听说县长来解决生产问题，渔民们兴奋极了："快，大嫂子，去听听这个县里来的领导说些啥！"正洗衣服的妇女把水淋淋的衣服往盆里一撂，从船舱里跑了出来。

"喂，哥们儿，看来这县里的领导有一套！走，听听去！"正打扑克的小伙子把牌往船上一摔，也跑了出来。

"我听听去，这新来的县领导要谈咱们的事哩！"长脸渔民把渔具往媳妇手里一塞，也跑来了。

顿时，渔船上像闹地震一样，人们几乎都悄悄地跟着他们向金顺来的船走去。

"喂，喂！快去听去，冲这县里来的领导到咱渔船上来，也值得听一下！"一个黑脸年轻人从船舱里跑出来，边跑边喊叫。

…………

远处的金顺来敞开衣襟，露着厚实的胸脯，他看到一群人正朝着他的船而来。为首的是刘龙，后面跟着的人，越来越多，他心里正纳闷着，不知出了什么事。

金顺来家里几代都是渔民，到了他这一代日子过得苦不堪言。东山一解放，他就积极协助工作组搞"土改"。一件东西在他前面闪耀：那就是社会主义。什么时候能走到，他不知道。他知道这是很遥远的，无论如何是能走到的。他是一个有理想的人，但也是一个务实的人。

在"土改"中他的影响很大，很有凝聚力。同时他和几个渔民共同分得渔船和渔具，于是就成立了互助似的生产小组。这个小组由金顺来牵头，他说怎么做，大家就怎么做。金顺来根据渔业生产的特点，集体作业，但有些关系没有弄清楚，他自己也不知怎么弄，靠的是大家对他的信任。

这是渔民自发组织的互助组的雏形。

谷文昌走上金顺来的船，金顺来喜出望外，他认得谷文昌和随行的几个人，"土改"时，就是他们把船和渔具分到他手里。

金顺来带着兄弟看见亲哥似的情感，紧走几步，把渔民粗硬的大手，交到县长手里。如像某种物质的东西一样，这位"土改"积极分子的精神，立刻和中共东山县委副书记、县长的精神，融在一起去了。弟兄之间，有时有这个现象，有时并不是这样。就是这位外表似乎很笨，而内心雪亮的县长，前年冬天在"土改"中，给金顺来平凡的渔民身体，注入了伟大的精神力量。"土改"以后，金顺来隐约觉得，生命似乎获得了新的意义，简直变了性质——即从直接为自己间接为社会的人，变成直接为社会间接为自己的人了。他感谢他的启蒙人谷县长。

这时，谷文昌拉住金顺来的渔民硬手，和大家坐在帆船上。他们迎着海风，点着谷文昌分发的纸烟卷，听着谷文昌讲如何搞互助组。"你们已经像互助组了，但是，你们没有计算工分。"谷文昌一边吸着烟，一边慢慢地说，"按照劳动和渔具、船来计算各自的收入，这样大家就不会有意见。我看，你们这互助组现在就可以成立了。"他停下来，吸了一口烟，然后又接着说，"还有，大家应该团结，出海就像今天这样，一起出海船多人多，现在大家手里有枪，有民兵组织，有什么事，只要大家团结，我看坏人和敌人也不敢怎么样。"

县长说到这里，把抽了半截的纸烟卷掐灭了。接着，他就讲起这两三年农村经济的变化，有的渔民如何雇人放债，进行剥削，成为新富农；有的渔民因为天灾病害，小门小户，经不起风吹雨打，又受了穷，不得不去给人打工。他概括地说明这些情况以后，望了金顺来一眼，又接下去说："我们办互助组，就是要发展农业生产，扶助贫困渔民。"

县长生动的谈话和他那种坦白直率的态度，深深地刻在金顺来心里。他听着谷文昌对农村实际情况的分析——这些都是他所不熟悉的——那许多明确的观点，就好像一颗颗明亮的星星，把它们的光线投射在他的心上，给了他很大的启发和鼓舞。"好，我想了老半天了，就是没想出个办法来，大家信任我，我也会有失误的时候，时间久了，意见就多了。你这一说，我就明白了。"金顺来恍然大悟。

掌声像风一样刮了起来。

刘龙拍得最响，两只手掌都拍红了。

谷文昌和工作组的同事离开渔船，在阵阵鞭炮声中目送着一艘艘渔船扬帆起航，推波拥浪地直扑滚滚中流。在浪涛猛打过来的时候，船头傲然地高高地昂起，像一匹匹脱缰的野马似的冲击过去，豁开一条条深沟，雪白的浪涛翻卷着，蹿跳着。他们互不相让，各显神通。躲暗礁，穿激流。中流一过，便像马踏平川一般直向东海疾驶飞驰。刘龙和金顺来这次出海，遇到了海盗船只，并与海盗进行了激烈交战，大获全胜。从此，东山海域再也没有海盗出现。

今天，谷文昌再次来到渔村和刘龙交谈，他的话题是合作社。

近处，海面那么明净透彻。轻轻的微波渐渐地向岸边移来，越来越近，冲在沙滩上、岩石上，泛出层层白花，溅起颗颗银珠，又悄悄地消失在海滩上。远望，海水和天空似乎一样颜色，海天仿佛连在一起。天边飘浮着几朵白云，恰如出海捕鱼的船帆，缓缓地向远方飘去。

海风吹过帆船，吹过海岸织网妇女的头巾，把女人们的笑声传到远处的校园，校园里孩子们的读书声随着风一起传遍整个东山县。

谷文昌脸上现出少有的微笑，他的这张一直留给人们严肃印象的脸，今天带着欣喜。他依然卷着纸烟，卷完后还是把烟盒子递给刘龙和其他渔民，大家略显得拘谨，谷文昌以真诚的语气说："抽吧，不就是一根儿纸烟嘛。"

谷文昌笑呵呵的。刘龙紧张的心情，被县长这一句笑谈，一下子冲得烟消云散了。

"谷县长，今天来又有什么新政策，是不是合作社的事情？"刘龙看着谷文昌，他知道东山县要搞合作社。

尝到互助组甜头的渔民们，已经听到要从互助组向合作社发展的传言，但究竟什么叫合作社，合作社对他们意味着什么，虽然，他们还不太明白，却隐隐约约地感到那轰轰烈烈的土改的日子又要回来了。回想起土改那时候，渔船也像现在这样在岸边连成一片！连一个渔具都没有过的贫雇农，分得了土地和渔船。那可真是亘古未有、翻天覆地的大事啊！从那以后，大家就又都过起小门小户的日子了。虽然组织了互助组，但生活却仍像跋涉在沙滩上一样，步履艰难。他们想：既然大伙能团结在一起打倒封建地主、渔霸，为什么不能在一块奔向那摆脱贫困的光明大道呢？他们感到自己势单力薄，不可能过好日子。他们从心里怀恋那种叱咤风云的日子。他们该多么渴望那种大伙同心协力、气吞山河的劲头再来呀！

　　"你的消息真灵啊，是啊，今天我来就是为了这合作社的事。昨天县里开了会，今天县里的干部都下到工作点上去了，就是要大家走合作社的路。这合作社嘛，就是在大家搞的互助组的基础上向前再走一步。合作社，是要把大家组织起来，把大家各方面的能力充分调动起来。具体地说吧，在合作两个字上，大家按照党的政策，把各家的优势集中在一起，用集体的力量，这力量要比互助组的力量更强大、更集中，它能把生产搞得更好，让大家的生活过得更好。政府制定了一系列的政策，我来是和大家商量的，看我们应该怎么做。"谷文昌继续说，"党的政策是要贯彻自愿两利的原则，反对强迫命令。要在土地入股、渔船作价上，做到公平合理。党在农村工作的方针是依靠贫农，团结中农。过去如此，现在仍然是这样……"

　　谷文昌把合作社的有关事宜和大家讲了一遍。这时，谷文昌已经开始用半普通话半闽南话和大家直接沟通，并听取大家的意见。

　　合作社，对大多数的农民和渔民来说，是个未知的概念。经过谷文昌的详细解释，大家在经历互助组的基础上理解了这一政策。在场的渔民开始明白自己将要走的路。

　　几年来的生活已经向他们证明，唯一摆脱贫困的希望是集体劳动，这是他们从亲身经历里寻得的一条真理。他们也早已把自己的一切都看清楚了……他们，几辈子都受穷，能有今天，多亏了共产党和毛主席啊！就是在充满欢乐的日子里，他们只要一闭上眼睛，他们的过去，便像一只黑影似的追随在他们身后，使他们无论如何也不能忘记。他们越是过得好，越是过得舒服，就越发不能忘记过去的痛苦生活。这就像一个人越是站在太阳光强烈的地方，自己的影子就越真切一样。他们每往前迈一步，就总不由得回过头来看看自己的影子。想想自己的过去。他们从心里拥护共产党和毛主席。从他们自己几十年的生活经验里，他们没有找到，也没有看出有别的什么路可走。他们已经完全把自己的心，把自己的生命，和创造新生活的力量紧紧地连在一起。他们相信毛主席的号召，决心走共产党所指出的道路了。

　　"过去，我们从没有这么好过。"渔民的话就是质朴，没有太多的修饰。

　　"这样，我们这里的单身汉就有钱找老婆啊！"

"劳动光荣啊！"

"谷县长，您说，这合作社这么好，我们真该感谢新社会啊！"

但，他们也不是没有犹豫，没有考虑："参加农业社将来到底会咋样呢？真的能像谷县长说的那样吗？能办得好吗？这么几十户在一块，要是也像互助组一样打起叽叽来，有的闹着要退社，那可怎么办呢？"

但，当他们想到党的领导，想到刘龙、金顺来和村子里一些主张办社的党团员、贫农积极分子时，他们的思想立刻又坚定起来了。他们相信在党支部的领导下，又有这些骨干，就是有困难，也一定能克服。互助组都坚持下来了，农业社办起来就是用膀子扛，也要把它扛住，绝不能让它垮呀！

这时，刘龙高兴地站起来大声地对大家说："我们新生活越来越好了，大家好好听政府的话，政府给我们指出了一条光明的路，我们的船可以张开帆，起航出海啦。"

"谷县长，请您给我们的船升帆吧。"

谷文昌的脸上露出了微笑。笑得多么天真、开朗，而又多么纯朴、自然哪！人们，生活在这样的日子里，又怎能不意气风发、精神振奋、斗志昂扬呢！

他在刘龙的引导下，来到桅杆下，和大家一起拉开帆绳，船帆徐徐升起……

1953 年一年时间，东山县的海洋渔业发展速度加快，出现了东山县历史上从未有过的丰收景象。合作社仅仅走过半年多的时间，渔民的人均收入是国民党统治时期的数十倍，人们可以看到不少的渔村新房层层叠叠地出现了。人们身上穿的衣服已经变了，渔民学着穿中山装了。

说也奇怪，有时候大自然的辽阔会使人的心情也不由自主开阔起来。谷文昌平常脑子里可真是不爱想事情。可这一瞬间，历史长河、革命事业、人类理想……这些字眼不知怎么全跳出来，涌满了脑子。他站了半天，看了半天，想了半天，这都是祖国的江海土地呀！

在这些江海土地上，此时，整个中国都蕴藏着一股不可阻挡的力量，这力量来自共产党与人民之间和谐的关系。人民自发地在家中挂起领袖的像，人们在任何场合都在维护着这个代表着人民利益的政党和政党的领袖。

人们开始向这个代表着自己利益的政党表示自己的忠诚。永远跟着共产党，永远跟着毛主席。

二

1953 年 7 月 16 日，是历史对东山人民的一个考验，也是历史对共产党在东山县执政两年来的一次考验。

7 月 14 日，谷文昌下乡。

那天，还下着雨，像用筛子筛过的一样，又细又密，下个不停。谷文昌穿着雨衣，和新来的通信员陈掌国，还有林周发，踩着泥泞的小路，边走边说着互助组的事。

谷文昌心情很好，在他眼前出现的是一片丰收的景象。金黄色的稻穗，颗粒饱满，沉甸甸的把稻秆压弯了腰，总也直不起来。往远望去，整个稻田就像是一张美丽的黄色地毯。一阵风吹过，稻穗被风吹得左右摇摆，就像是金色大海中的波浪，一浪推着一浪。村民们正在稻田里收割，每个人的脸上都挂满了汗珠子，稻个儿也倒了一大片，一垄一排，齐齐整整。

随着雨过天晴阳光升起，年轻人唱起欢乐的歌子，这边那边，一边刚落下去，一边又响了起来：

> 七月东山好风光，
> 风吹稻谷十里香。
> 忙收割呀收割忙，
> 快收快打快入仓。
> …………

在歌声中，人们更加飞快地挥动着镰刀，在他们行走之间，那稻海的波涛没影儿了；身后却出现了一个挨着一个的稻个儿，静静地躺在垄沟里，好似为铺铁轨摆下的枕木，又整齐，又壮观……

这时，收割的村民们看见谷文昌和林周发来了，都直起腰来，一边解下脖子上的手巾擦汗，一边亲热地和他们打招呼。村党支部书记韩光强离老远便看见了谷文昌。他仰起那张汗湿的闪着亮光的黑脸，大声地说："谷县长，你和林科长上哪去呀？"

谷文昌笑呵呵地冲着韩光强和村民们喊道："我俩要到樟塘乡开会。今天没有时间跟大家一块收割了。"

在谷文昌心里，想的事很多，互助组搞起来了，合作社正在实践中，有些问题需要解决。手工业合作社刚刚建立。盐业合作社很重要，它能解决就业问题，而且还可以增加财政收入。县长，一县之长，要为全县的老百姓解决生活问题，他无法让笑容在自己脸上停留太久。是啊，摆脱贫困的迫切需求和强烈的愿望，使谷文昌的心变得像铁石一般的坚定，他同广大农民一样，在生活的风浪里经受着磨炼，经受着自己心灵的斗争，才变得这样顽强，这样坚决，勇往直前！

他看陈掌国走在自己前面，他矮矮的个头儿，那杆长枪的枪托子一直顶着他的后脚跟。谷文昌心里暗暗在笑："谁把这孩子安排到县里来，还当通信员？"在他想象当中，通信员该是高挑挑的个子，块头不大，但是个挺棒的小伙。于是便问："小陈，你是怎么来的？"

陈掌国头也不回地回答谷文昌："我没想来，他们说，县里要人，看我家庭出身没问题，就让我来了。我来了县里才知道有饭吃，这就是革命工作，服务好领导，保证领导安全。"

革命，对于贫穷的人，也许早期不过是为了生存，只有在革命的实践中，才能找到革命的真正意义。

这天上午，谷文昌在樟塘乡召开了全县防洪抗灾会议。他在传达县委指示中，结合本县的实际情况，做了一个激动人心的动员报告。他号召大家放手发动群众、依靠群众，以革命者勇往直前的精神，以"土改"的群众气势来搞好防洪抗灾工作。东山县的地理位置决定了全县的防洪抗灾工作的事关群众的生产与生活，甚至是事关生命的大事。"我在这里，还要跟大家说，要种树！"谷文昌走到哪儿，就把种树的事说到哪儿，他把抗洪的工作说完后，又提出种树的事。没有惊人之语，也不哗众取宠，不像过去的县长，满嘴政治术语，为什么什么而"斗争""坚决打击""严加取缔"，等等。大家听到的都是日常生活中的小事，然而，衣、食、住、行几方面都包括了进去。基层干部的要求并不高，多年的经验使他们也不敢想象有多大的变化。"只要把这事办到就行啦！""要是这个能实现就可以啦！"……基层干部第一次听到这不是政治而又是最严肃的政治报告，满意的笑容在黑里透红、敦厚老实的脸上绽开来。

"大家应该知道，有树，灾害就会减少。为什么我们东山县灾害这么多，这么严重，我来了三年，每年都有灾害，不是风就是沙，不是旱就是涝，还有海风带来的海潮。我不是说大话，我们共产党干什么的？共产党是来改变这里的面貌，给群众带来好的生活。不做这些事，就没有资格说，我们是共产党员。"

谷文昌的语气是富有鼓动性的，他时常挥舞着的手势，显示了他的果断、坚决和冲刺精神。这是一种力的表现，一种强者的表现。

"这个谷文昌说大话了……"台下有人在低声地嘀咕着。还有人在嘲笑着："种树，东山能种树，我把姓改成'谷'。"

"我知道，这是件难事，我不怕，希望大家也别怕，哪件事不是人做出来的！"谷文昌冷冷地看着怪声怪气、又说又笑的几个人，抽着他的纸烟。

下面有人说："那就请谷文昌先种种树吧！"

这话被谷文昌听到了，他坚定地回了一句："是的，我一定先种给大家看。"

下午，谷文昌和林周发离开樟塘乡，一口气跑了四个乡镇，了解了生产和夏收的具体情况。在东沈乡，他们穿过一段庄稼地中间的小路，火似的太阳蒸出闷热的湿气。路到头，一大片河滩稻田开阔地展现在下面。河滩最宽的地方总有几百米，只在中间流着湍急浑黄的河水；两边是铺满鹅卵石的湿软沙滩；再两边，垒着一道道石堰，上边是一层层越来越高的稻田，黄灿灿地沿着河道延展下去望不到头。

谷文昌和林周发沿着清静干净的田间小路，从高岸走下去，和十几个在稻田边的农民，一谈起生产和夏收，大伙就你一言，我一语，七嘴八舌唠开了。他们异口同声地称赞村干部，说他们很能照顾贫困户，每年都帮助没有牲口的人家按时把秧苗插上。村民李建平去年开春插秧的时候，碰巧得了伤寒病，村干部领着小组的人，首先把他的田给插上了。秋天，李建平比前一年打得稻谷都多。李建平眼泪汪汪地说："去年要不是互助组，我就完了，连请医生带吃药，破了家也还不起债呀，更别说吃稻谷了。"

可是一唠起夏收，农民们告诉他的都是又喜又忧的事。喜的是，农民的收成很好，粮食比往年多；忧的是，他已经看出东山的部分土地"劳累了"，而且插下的秧苗，品种低劣。如果这样发展下去，只顾当年和眼下两三年的增产效益，耗尽地力，不考虑长远的土壤改良，用个科学的术语来说：这叫对土地掠夺式的经营，是不是？

谷文昌认真地思索着，这样重要的农业动态为什么没引起我们重视呢？它是由什么深刻的原因造成的呢？……绝大多数同志都没有注意到这个问题，这就是我们的失职。只有一个同志例外，那就是小徐同志。他在一个关于铜陵镇的调查报告中提出了这个问题，而且很尖锐……谷文昌继续思考着，在如何改良土壤的同时，还要特别选好秆高、穗大、产量高的品种。想到这里，他把这事记在本子上，他希望明年一定要把这个问题解决好，否则，明年的粮食就有可能欠产。

"周发，你一定记住，我们明年开春时，要到地区去要水稻的良种。东山这地方，长期没有把品种的事做好，要推广良种，才会有丰收。"

谷文昌和林周发走了几个乡镇后，天色向晚，那片被落日染得血红的天空，在水里扔下了绯霞的侧影，染红了海，地平线上像是着了火，热风里微动的绿叶像是镀了金。

他们开始向县委的方向返回。不过这时，在他们三人的身后盯着一双阴森森的眼睛。在县委办公楼的附近，同样也有一双眼睛注视着张治宏的办公室。

这是台湾派遣的特务在对目标做最后的核对。他们的眼红了，红得像一对恶狼的眼睛；他们的脸青了，青得像破庙里的恶魔。他们面对着谷文昌和张治宏，像是对着东山县委、县政府，像是对着全东山岛的人民，像是对着刚刚解放的新中国。他们咆哮起来："不让我们活，我们就让你们不得好死，这个世界上有我们没你们，有你们没我们，我们、我们要把这个天都绞碎了才能解恨哪！"不过，他们并没有想在这时候把张治宏和谷文昌等人杀死，他们把共产党在东山县的领导人作为反攻后的目标，甚至还把这些领导人的家属——列入他们占领东山县后清算的名单。

谷文昌的妻子史英萍被召到学校。一大群人围在那里，史英萍和李老师朝他们跑过去。史英萍不由得大吃一惊，一个男生细高的个儿，脸色煞白地站在那里。他衣衫凌乱，鼻子淌着血，他正用手绢狠劲地擦拭着。史英萍简直不敢相信自己的眼睛，站在这个学生面前，被两个高年级学生紧紧揪住，还在朝这个学生跳着脚大骂的不是别人，竟是她的儿子谷豫闽！

"你小子敢撒野打人？"一个高年级学生气得跺着脚，声音嘶哑地朝谷豫闽喊。

"小闽！"史英萍惊恐的喊声淹没在嘈杂的喧哗里，"小闽！"史英萍推开众人扑了上去。与此同时，响起一声炸雷似的断喝：

"你们这是干什么？"

学生们见史英萍和李老师来了，一个个松开手站下了。

"小闽，你，你怎么能这样呢？……"史英萍用轻得连自己也听不见的声音，有气无力地对儿子说。

史英萍是个知书达理的人。她一家四个兄妹都参加了河南的中共地下组织，她在当地的女子学校里，是个进步的学生。鉴于自己成长的道路，她对子女花了不少时间来教育。就在前不久，她还和刚从河南来的儿子说，要尊敬老师，要待同学像朋友一样。她怎么也没想到，这个谷豫闽竟如此捣乱，上学不到一个星期就和同学发生争执，发展到打人！这对于史英萍来说简直不可容忍。史英萍气得浑身战抖，她想：革命到了今天，连自己的儿子都教育不好，怎么有脸面对东山县的群众？

"他活该！"谷豫闽还处在亢奋状态，脸涨得通红，眼里像要冒出火来。

"住口！"史英萍立刻喝住他，"你凭什么打人，现在，我要你当着学校老师和同学的面，向这位被打的同学检讨道歉，听见没有？回家我再和你算账。"

夕阳渐渐收起了昏暗的微光，像一颗阴星在天边的阴影里消失了。谷文昌和林周发向县委大门走来，他们听到史英萍在大声地批评谷豫闽："你怎能动手打人呢？你知道吗？在新中国成立前，只有那些地主恶霸才打人的？我们是什么人，我们是人民的勤务员，是为老百姓工作的人。你看你爸爸，起早摸黑地工作，是为了什么？就是为了老百姓过上好日子，你倒好，打老百姓的孩子……"女儿谷哲慧两眼直愣愣地望着母亲。史英萍说完这番话，看着女儿畏惧地躲在一旁，心里不由得生出一种对他们的深深的内疚和愧意。

她想，这些孩子从河南来到东山，到现在都两个月了，她一直没有和他们多说些话，从早到晚，她和谷文昌一直都在办公室里，这让孩子怎么想。——这种负罪感竟折磨了她的心灵很久。虽然她的任何一个儿女都没有在她面前提起过此事。也许大家都忘记了，也许谁也没有忘记，而是有意不提。但她自己却时常想在某一种场合，某一种时机，重提此事。目的只有一个，希望大家狠狠责怪她一顿。

史英萍知道丈夫爱子心切，把两个孩子从河南带来，可他真正能和孩子在一起的时间有多少？等他有时间了，孩子早已沉入梦乡。史英萍在孩子来到东山岛后，唯一看到谷文昌和孩子在一起是一天夜里。

办完公，谷文昌想站起来。可是，只觉得双腿发麻，站不起来。他停了停，又试图站起来，这样好几次，才站了起来。一阵腰部的酸痛突然向他袭来，他反过一只手按住腰。这在他也是常有的事。每当他聚精会神地在这张办公桌前坐了几个小时，全部智慧与力量都集中在起草讲话稿时，他丝毫也不觉得身体的劳累。可是，当办公一结束，他就觉得浑身像散了架，连迈步都很困难。

这时，谷文昌从自己的办公室回到房间，他忽然想起什么，回过头向孩子的房间走去，他看着两个孩子酣睡的样子，脸上露出甜甜的笑意。谷豫闽尿急，翻身起床，径直地朝门外走去，谷文昌急忙把他拉住，端起身边的尿盆子让孩子尿，嘴里还和谷豫闽说："要听话，学会容人，跟大家团结，把书念好。当然，这个容人不是指逆来顺受，而是说一个人要有气度，能宽容。因为在一个集体中总免不了发生一些矛盾，舌头牙齿还常'打架'呢，何况人？问题是怎样去处理这些矛盾，解决这些问题。有些人遇事不肯忍让，斤斤计较，凡事都不能吃亏，那么到头来，他就会渐渐地与他所处的那个群体格格不入，最后成了孤孤单单的一个人，失却集体的温暖和关怀。而有些人则不同，他们懂得谦让，凡事能为他人着想，他们把自己的爱心无私地奉献给他人，他们宽容别人并给予热情的帮助，从不苛求什么。因而他们能够赢得大家的尊重和热爱，自然而然地成了这个集体不可缺少的一员。孩子，学会容人，严以律己，宽以待人吧，这将使你赢得别人的尊重和信任，你才会得到许多朋友，倍感集体、友情的温馨。"

谷豫闽在河南林县生活惯了，他对东山岛的环境十分陌生，尤其是闽南话他一句也听不懂，这使他无法与同学交流，而产生许多误解，造成今天这样的局面。

"你来。"谷文昌把儿子叫到自己的房间。他没有大发雷霆，只用深邃的目光看着儿子，问："你为什么和同学打架？"

"老百姓的孩子，说我坏话。"谷豫闽低着头。

"孩子啊！你怎么知道他们在说你坏话？你怎么能把自己和老百姓分开来？爸爸也是老百姓啊！"

这时，谷文昌想起了不知是哪个歌唱家唱红的一句歌词：老百姓是天，老百姓是地，老百姓是共产党的命根子。

是啊，党中央一再强调，在社会主义革命和建设中，我们的党，一定要保持同人民群众的血肉联系。我们必须看到，在目前的工作中，特别是在干部问题上，我们执政党现在最大的危险就是脱离群众。在部分干部身上，群众观点越来越淡薄，心中没有群众利益，那就只有个人利益、小团体利益，跟人民利益完全背道而驰的既得利益。这样，一旦脱离了群众，一旦背离了群众利益，我们的执政基础就会倾斜，甚至垮塌，人民赋予我们的权力就会完全丧失。

谷豫闽抬起头，茫然地看着父亲。他不知道父亲这个一县之长为什么要和老百姓摆在一起。

"你记住，我们都是老百姓。因为老百姓和共产党是同呼吸共命运，血肉相连的。当年，在抗日战争和解放战争时期，是千千万万个老百姓，养育了人民子弟兵。而且，今天还是老百姓种地养我们，有一天老百姓不养我们了，那就是说，我们没有给老百姓做好事。老百姓可以不养我们，你长大以后，就明白爸爸今天跟你说的话理在哪里。"

"爸爸，不是我要把自己和他们分开，是他们一直把我和他们分开，他们从开始就说我是外地人，是县委里干部的孩子……"

"你去告诉他们，就说，我也是老百姓的孩子，大家都一样……"

史英萍在他们交谈时一直站在房门口，听着丈夫和儿子的对话。他没有大声地呵斥，没有动手狠狠地给儿子几个耳光，而是严厉中带着柔和。

她从这天的谈话中，分明看见，一颗燃得通红的心。丈夫的心一直在燃烧，鲜红、透明、光芒四射。史英萍望着这颗心，她浑身的血都烧起来，她觉得她需要把她身上的热发散出去，她感到一种关心爱护下一代和献身人民的欲望。这不是第一次了。过去跟丈夫生活在一起的时候，她接触到这颗燃烧的心，她常常有这样一种感觉。

第二天清晨，谷文昌一早来到谷豫闽房间，看着还在熟睡的儿子，便转身拉开门，到厨房去。这时，厨房里的烟雾，好似云海一般，笼罩着整个屋子，什么也看不见，只有从那烟雾中，透出摇曳昏黄的灯光。谷文昌走到门口，头刚往屋里一伸，一股青烟呛得他双手捂着鼻子，抿着嘴，喘不出气来，说："英萍，我不想让豫闽变成坏孩子，你要教育好他，平时多花点儿心思在他身上。"

史英萍在灶门口烧火，听他说话，默默地点点头。她要操心的事的确很多，每次谷文昌下乡，她都要问他今天到哪个乡镇，到哪个村，她知道谷文昌的行程难料，只要他觉得需要到哪个村，他就会往那个村走。这几天，公安局的几位领导经常来到张治宏和谷文昌的办公室，他们夜晚在一起谈话，一谈就谈到深夜。当地驻军的领导也经常来，这说明台湾方面有情况。史英萍没有多问，她没有太长时间和丈夫谈话，她自己也忙得连煮饭的时间都没有。

多年的共同生活，史英萍对丈夫有着深切的了解。在漫漫的岁月里，不知不觉中她习惯于他的思想、他的性格。现在呢，谷文昌那火热的心，摆在史英萍面前，跟一面镜子似的，有什么看不见的呢！为党和人民的事业而工作，是他生活的全部需要，也使他的生命充满了活力。离开了工作，他的眼睛不会再有光彩，他的生活不会再有乐趣。让他在工作里过吧！

史英萍问丈夫："你今天去哪儿？"她不等谷文昌回话，接着说，"我一直想给你做些你爱吃的河南老家菜。"

"不用啦。"谷文昌接过话，"现在还没那时间享受。当前最要紧的是成立合作社，我常常因此整夜整夜睡不着觉。心头老问自己：谷文昌！你算毛主席的战士吗？你算共产党人吗？可你革的什么命啊？难道听任何增耀那班家伙一辈子都喝人血吗？一遇到天灾人祸就只好乖乖地让富农、高利贷卡住颈项吸脑髓吗？不！不！我们要彻底打倒剥削，要彻底消灭私有制度，要办好合作社，要建立社会主义！……今天，我先到盐场去看看生产情况，看看合作社的工作怎么样了，还有民兵组织的事……"谷文昌习惯把自己的行程和妻子做个交代，一是免去妻子的担忧，二是为县里留个自己的去向，万一有什么紧急的事发生，大家可以找到他。

史英萍此时担任县人事科科长，她要负责全县干部的管理与协调。她目送丈夫和通信员走出县委大门，看着他坐上通信员的自行车，就回到自己办公室。她知道，谷豫闽醒来会找她。

谷文昌走了。张治宏在办公室看着谷文昌离开县委。他今天的工作也是下乡。在他和谷文昌一道工作期间，他从这位工农干部身上学到许多东西，尤其是谷文昌深入基层，掌握第一手情况做出准确的分析与判断，使全县的工作有条不紊地开展起来。特别是在发展农村经济中，谷文昌几乎天天跑乡进村，和基层干部一起研究工作。谷文昌的面容明显地消瘦了。他不休息，更很少说笑。他所看到的一些落后乡镇情形，超出了他的预料，他的心在受着煎熬，好几次喃喃地自语说："我们应该早点儿来啊！我只顾抓先进乡镇的经济发展，我们来得太晚了。"

这天，他来到东沈乡，一位四十多岁的乡长迎接了他们。他们顺着山梁，一直走到山冈顶上，谷文昌一边走一边说：

"这真是一片好农场，你们乡有发展牲畜业的好条件哪！可以养牛，养羊，养蜂；你们乡里有不少老年人，要很好组织这些半劳力。在这方面，县政府还可以帮助你们，你们要挑选好放牧人，过一两年，可以在朝阳的山坡上，"说着，他用手指指那满山坡的矮树丛和伸着大刺的酸枣树，接下去说，"把这些啥也不结的没用处的酸枣树都刨掉，栽上些果木树，开辟个果木园子。管理好了，每年可以有很大收入。将来还可以试栽核桃，在山脚下打口井，再栽上些桃树。这样长期打算，有计划地建设，才能使村民一年比一年富裕起来，摆脱贫困！当然，要实现这样的计划，绝不是轻而易举的事情。在你们面前，还存在着种种困难和阻碍，是需要经过自力更生，艰苦奋斗的。"说到这里，他回过头去朝那乡长说，"你们的家务是个大家务，不但要了解村干部，还要了解村民，很好地组织他们进行生产，而且要了解每一块土地，这是件不容易的事情。过去谁也没办过合作社，谁也没有当过这么大个家。但是，我们一定要学会管理和经营的方法；要发挥青年团员敢闯、敢干的创造性和积极性；也要虚心向老农学习，那种把老农都当成落后和保守的看法是错误的。……"

谷文昌在政策和实际工作结合上的独到之处，尽管有些问题还和张治宏存在着分歧，但两人总能在最后的目标上达成共识。

在1953年的东山县，大家都知道谷文昌的工作作风。谷文昌是一个不到第一线调查就不对问题做出任何决定的领导，只要谷文昌一到现场，问题就很快得到解决。因此，东山县的农民、渔民、盐场的工人都希望看到谷文昌的身影。这对张治宏影响很大，渐渐地他从县委大院走到农民家中的次数比往常多了许多。而谷文昌也常常从张治宏的不少工作经验中得到许多启迪。

谷文昌离开县委后不久，张治宏也带着一班人出了县委大门，大家都为了落实合作社的事到各自包点的乡镇去。

此时，谷豫闽从睡梦中醒来了。他那调皮灵活的大眼睛，这时候又开始向那艳阳高照的明媚世界放射着不可思议的光泽。显然，从他那疑惑的神情看来，他一定没有弄清楚他的生命里面发生了一些什么样的变化。他看着窗外的蓝天白云，听着远处传来的海涛声，觉得这东山没他可玩的，不如老家的山村，驴拉着石磨，奶奶还教他唱儿歌。谷豫闽最喜欢紧靠着村边的那条河。每到夏天，谷豫闽和春海、三喜儿，还有很多光屁股的小朋友，好像一群鱼，在河里钻上钻下，藏猫猫，狗刨，立浮，仰浮。谷豫闽仰浮的本领最高，能够脸朝天在水里躺着，不但不沉底，还能把小肚子露在水面上。

现在，出现在他眼前的是海，是船，是荒沙，是鱼腥，是忙碌的父亲和母亲，是那成天说着他听不懂的闽南话。谷豫闽觉得胸膛里塞满了橡皮胶似的，一颗心只是黏糊糊地摆布不开；又觉得身边全长满了无形的刺棘似的，没有他的路。他没有看到父亲，跑到母亲办公室看到的是母亲和一些大人们正说着话，那些话，自然对他毫无意义。他只听见母亲对他说："你把桌上的饭吃掉。"他跑回家，把母亲为他准备的两大碗面疙瘩汤稀里呼噜地喝完了，用手抹了抹嘴，然后就溜出县委大院向远处的码头走去。就在这同一时间，台湾金门的国民党防卫部上将司令胡琏已经下达命令：进攻东山岛。

三

张治宏在陈城乡后姚村检查互助组的收成情况。太阳快要落山了，山峦上已经蒙起一片晚霞，林丛的阴影也开始扩大加深。他还和几个乡镇干部站在田头，看着群众播种，分析着今年秋收可能会出现的问题。这一点，张治宏是向谷文昌学来的，他把谷文昌这套方法用到实际工作中体会很深。用他的话说，又实际，又管用。

谷文昌和林周发已经回到西铺，听完公安局同志汇报一些赌博成性的家伙，严重违犯社会治安之后，他们正与公安局的同志商量如何处理那些不法分子，对那些赌博成性的人做出严厉管制的决定。

这时，谷文昌激愤地站了起来，指着公安局负责同志说："你们抓紧起草个文件，把这个问题通报全县，让全县干部群众也要提高革命警惕。同志们，国民党统治中国这么多年，他们的政府和军队残余部分虽然逃到台湾，大陆上的几亿人口里头，不是有千百万他们的残渣余孽吗？人民要走社会主义道路，不能不让他们也一起走吧？可是他们不会像人民那样认真走的，他们总是会搞些不三不四的名堂。这样，咱们就不能不分出一部分心来，提防他们搞阴谋破坏。"谷文昌讲得掷地有声，发人深思。最后，他强调指出，要从根本上解决那些人存在的问题，不能让他们一再重犯。处理完公安局的事，他们离开公安局。林周发是县委组织部的干部，分片工作点在西铺，谷文昌也就要和他一道去西铺。

他们刚刚走出公安局的大门，县委通信员就气喘吁吁地跑来，说是有紧急电话，需要谷县长立刻回县委。

谷文昌跑步到县委，他刚一进办公室，电话铃响了。谷文昌急忙抓起电话耳机。电话是东山守备部队公安 80 团团长游梅耀打来的："老谷，我们召开一个紧急会议，请你速到我们指挥部来。"

谷文昌接完电话，立刻前往。指挥部内，气氛凝重。这是三间大堂屋，墙壁正面挂着毛主席的画像，其他全是军用地图，上边标着红线。游梅耀通报了福建省军区紧急电报的内容："今晚，敌舰艇 12 艘、机帆船数十艘，载兵万余从金门出发，有对我行大规模袭扰之企图。根据判断，国民党军队大约出动了一个加强师，目标很可能就是东山岛。由于我守岛部队只有1200人，与进犯之敌力量对比悬殊，军区叶飞司令员电示，守岛部队可作机动防御，于16日晨4时以前撤出东山岛，然后组织力量，准备反击。"

在游梅耀讲话的时候，我们有足够的时间来端详这位具有传奇色彩的团长了。他五十岁左右年纪，粗硬的头发上，攒聚着几星白霜，两道很黑的浓眉，在宽阔的前额上向两边平射出去，眉下掩着一对明亮的眼睛。他坐在长长的会议桌顶端，在指挥丛中，他是活力之所在，他是希望之所在。他讲话的声音极其洪亮，含着金属的铿锵。

游梅耀环视了四周，语气坚定地说："我的意见是守岛部队节节阻击进犯的国民党军队，然后向纵深后撤，坚守410高地（牛犊山）、425高地（王爷山）、200高地（公云山）三个核心阵地，等待大部队的增援。地方党政机关干部连同家属，在天亮以前全部撤出东山岛，撤出时我派部队负责掩护！"接着，他陈述坚守东山岛的理由，"如果守岛部队撤出，国民党军队登陆后就会利用我们挖好的坑道、修好的工事，给我们实施反击造成很大麻烦。现在，我们进入坑道、工事，就能有效阻击进犯之敌，为增援部队赢得时间。"

谷文昌不停地吸着烟，静静地听完游梅耀的分析，他忍不住心的跳动，掐灭烟头，从桌边站起来，在屋里踱着。国民党反动派对东山岛将要大规模袭扰，使他的脑子里马上映出东山岛反击国民党反动派的情景：稠密的枪炮声，燃烧的村庄的火光，逃难的老百姓在国民党反动派刺刀下的嚎叫声，守岛部队以少量的兵力在抗击着敌人，夜里，守岛部队在起伏的山冈上转移。这些都是他过去在太行山上所熟悉的，不过现在比过去更残酷了。愤怒使他的眼睛又发亮了。他很快地走到桌子面前，捶着桌面说：

"是的！我们应该马上行动起来，进行战斗。"

"对！要干，快干！"与谷文昌一起前来参加会议的县委书记张治宏也以谷文昌同样的心情，皱着眉头说："如果你们战斗有需要的话，我们县委、县政府可以配合你们。"其他同志在旁边也发表了意见。

大家的眼睛都不约而同地望着谷文昌，都在等候他的发言。这时，谷文昌与县委书记迅速形成一致意见，然后看了一下大家紧张的面孔以后，以一种确定战斗行动之前应有的冷静，沉着地说："我们完全赞同游团长的分析。但是，我们除机关干部家属全部撤离东山，转移到云霄县外，东山县委、县政府、东山的地方干部将会与守岛部队战斗在一起，决不撤出东山！"谷文昌把最后一句提得特别响，仿佛要把这一句的每个字，都在口气上说出他们的分量。接着他又说下去："如果我们撤了，将会带来两个严重后果：一是翻身得解放的东山百姓将会遭受很大损失，新生的政权将失去群众的信赖和支持。二是守岛部队将缺乏地方的有力支援，陷入孤立作战的境地。可是从我们的有利条件上看，如果在战斗上兵民很好运用和发挥这些有利条件的话，我们战斗的胜利，就很可能得到超过成千上万队伍所得到的胜利。因此，我们这次战斗应该是：第一要打得巧。第二要打得狠，向敌人痛处打。第三是打得影响大。只有这样，才能彻底粉碎国民党反动派对东山岛的大规模袭扰。在考虑这次战斗前，我们只原则上提这些意见，至于怎样打法，如何利用和发挥我们的有利条件，请军区首长定夺。会后我们马上做部署，各乡镇自卫队、救护队在执勤地区集合待命。机关干部、武工队、民兵立即进入岗位，担任战勤和作战任务，全力支援守岛部队。"

谷文昌关于对东山岛形势的进一步分析及地方武装积极参加的发言，使游梅耀这位身经百战的老红军信服地点着头。他在谷文昌严肃冷静的言谈中，头脑更加清醒了。他认识到作为一个指挥员，在带领守岛部队投入激烈的战斗之前，应该保持高度的冷静和清醒的头脑。他深深地感到谷县长的作战经验是丰富的，能力是很强的。有了谷县长的策划，他更增强了这次战斗的胜利信心，高兴地说："好！虽然我只有1200名战斗人员，可背后有83000多东山人民的支持。我立即向军区首长报告。"

谷文昌和张治宏一同走出指挥部，他们下意识地朝东海的方向望去，只见远处天空上闪烁着稀疏的星斗。风从黑云下面挣扎出来。一股雾气在大海上空升腾起来，移动着，顺着白石灰岩山峰的斜坡铺展开去，像一条灰色的没有脑袋的毒蛇一样钻进悬崖。眼前的村庄则显得特别寂静，仿佛一个在摇篮中熟睡的婴儿。只有村里偶尔的小孩梦醒时发出的轻哭以及母亲边哼着摇篮曲边拍着孩子的声音……没有一处不渗出村庄的安谧、恬静与温馨。劳作了一天的村民们还沉浸在睡梦中。

撤离的工作井然有序。低狭的平房，在秋风中战栗着。机关科室的窗口，都射出昏黄的灯光。很寂静，没有了惯常的狗叫声。办公室的同志把该烧的文件烧毁，该随身携带的全部带走。县委和县政府的同志，在张治宏和谷文昌的指挥下，乘着苍茫的暮色迅速向驻军营地公云山方向出发。

林周发带领一支民兵队伍向牛牸山方向出发，准备配合武装部的作战部队，抵御来犯之敌。大家精神抖擞，个个义愤填膺，沿着公路急急地向前走去。他们边走边看那小庙墙壁上、石崖上写的战斗动员标语："全东山人民紧急动员起来！保卫新中国！保卫东山！保卫丰衣足食的生活！"

谷文昌看到民兵和群众的激情，没有人畏惧，按照县委的要求，该上战场的排成队伍，该撤离的依序向外撤离。谷文昌和民兵们一样，滚沸的血在全身冲激，就像看到当年在林县支前时的情景，仿佛看到大家冒着枪林弹雨英勇向前。此时全部想法、情绪都拧在一件事上，立刻前去，用刺刀捅死敢于来犯的一切国民党反动派！他一脸的英雄气概，他毕竟经历过那战火纷飞的年代，而且他是从那个年代走向革命的，他是用自己的生命来证实自己的信仰的。

谷文昌与妻子，以及他的两个孩子就要分手了，就在县委的院里，就在谷文昌的办公室前。史英萍经历过战争的风雨，她没有太多的话，只是默默地注视着丈夫。她想要说的很多，从他俩相识到今天，第一次分手，第一次面对谁也说不明白是生是死的分手。也许，史英萍借着暮色，把隐含的热泪遮掩；也许，史英萍已经为自己的命运做好了准备。

"英萍！要不是这场罪恶的战火，我真舍不得离开你，离开孩子，但既然蒋介石在美帝国主义的唆使下，把战火再次烧到我们头上，我们就必须坚决、彻底地把他们消灭干净，让他们有来无回。"谷文昌激动地望着妻子说。

史英萍那双细眉下的黑亮大眼睛，妩媚地脉脉含情地凝视着丈夫。她深情地说："是呀，国民党反动派给东山县造成多大的灾难！党中央派我们来东山，才帮这里的人民恢复生产，还没有来得及从根本上帮助人民摆脱贫困，他们又丧心病狂地要把战火再次强加于我们，我们只有动员东山人民积极参加这场保卫战。"

谷文昌说："目前，守岛部队人员偏少，我们的大部队一时还不能赶到，在敌众我寡的情况下，我们必须充分发挥地方武装优势，动员更多的老百姓支援前方，打一场人民战争。我作为一县之长，自然要站在头里！"

史英萍没有说话。过了一会儿，她才说："战斗是无情的。我盼望你们打胜仗，但我更希望你和同志们平安回来，因为战斗的目的是，保存自己，消灭敌人。说到这儿，其实我留下，可以帮你们很多的忙。"这话说得并不是没有道理，史英萍参加革命，经历的战斗也不算少，她的确是有一定的经验。至少说，她曾经组织过不少的妇女救护队，抢救过不少的伤员。她也想和丈夫一道参加战斗，但她没有被批准，像她这样希望参加战斗的妇女不少，她们个个英姿飒爽，积极请缨。但张治宏一声令下，她们不得不全部撤离，她们中有的含泪离去，有的满腹"怨气"，她们想要告诉人们：我们也是无畏的战士！

谷文昌想要安慰妻子。因为要考虑准备的事情太多，他只说了两句："战事有分工，既然县委决定了让你们妇女全部撤离，就要坚决执行。这也是从大局出发。"

"高安"驱逐舰指挥舱内，胡琏在海军司令黄震白、陆战队司令周雨寰、游击副总指挥柯远芬、参谋长萧锐的陪同下坐镇指挥。此时，他的目光死死盯着军用地图。胡琏旁边的人，都尊敬而有趣地望着他。萧锐从正面提起了话头："我军在海空火力掩护之下，分三路进攻东山岛，定会使共军措手不及而上崩瓦解。这简直是反共战争的创举，范例！"

黄震白、周雨寰和柯远芬一齐附和："胡司令高明的指挥和铁的决心，是这次进攻成功的关键。"

在任何人面前，在任何时候和任何场合，胡琏都显示着他有着饱满的乐观情绪，有着豪迈的气度和坚强的信心。这是他这位二级上将司令受到同僚和部属赞佩、信服、崇仰的特质。他的同僚们、部属们常常这样说：

"我们司令的气色、风度，就是金门防卫的灵魂，就是天下无双的标志。"

这种说法，没有谁反对过和怀疑过，胡琏也自当无愧。为了保持这个灵魂和标志的尊严，他的脸色从来就严峻得像一片青石一样，他的眼光总是仰视和平视走路，哪怕是坐在指挥舱里，也是挺直宽阔的胸脯，显出威严的令人敬畏的神态。

然而，和共产党军队打了多年交道的胡琏，此刻他却不敢掉以轻心。他还清晰地记得，1948年11月18日，双堆集战役打响了。炮弹张起翅膀，从四面八方飞向高空，又从高空扑向国民党第12兵团阵地。它们首先发出战马嘶鸣般的、深山虎啸般的嗥叫，然后炸裂开来，再发出山摇地动的怒吼，矗起腾空的烟柱，吐出嫣红的火舌。地堡群跳舞了，毁灭了。石块、泥土、铁丝网被炸得粉碎、狂飞。仅仅28天，解放军经过阻击、包围、围歼三个阶段，就消灭了国民党4个军11个师，号称王牌的第12兵团顷刻间覆灭了。作为第12兵团副司令的他乘着一辆坦克，在弥漫的黑烟里、熊熊的火光中，四处奔窜，侥幸从解放军眼皮底下逃走了。现在想起来，他还心有余悸。这回奉命攻打东山，他煞费苦心，美国的"西方公司"也不遗余力。

"西方公司"是何角色？1952年2月，美国中央情报局在美国匹兹堡市注册成立了一家以新中国为对手的"公司"，直属于中央情报局内的"政策协调处"。1953年，"西方公司"的雇佣人员到达台湾，将总部设在台北市中山北路，靠近圆山饭店。首任"老板"是二战期间曾派到中国，在戴笠主持的中美合作所内工作的皮尔斯中校，其主将是1939年毕业于西点学校的汉密尔顿。"西方公司"还招募了包括游击战术、爆破、密码破译、伞兵训练、心理战等方面专家。

这次攻打东山的作战计划，就是出自汉密尔顿之手。计划拟订前期，美国"西方公司"召集有关部门专门开了协调会议，对"反攻大陆"的整体计划中可能出现的问题，对台湾当局提出的战略设想以及中国人民解放军可能做出的守岛战术，切断他们的退路，堵截大陆部队增援等，都做了认真研究。在此基础上，形成了一个可供最后实施的文本。在这个文本背后，还得到了台湾当局的一些新授权。当然，这些授权是在最关键的时刻才能打出的牌。根据计划需要，汉密尔顿还会及时向台北提出新的请求。台湾当局不希望看到整体计划发生意外，也不希望看到"反攻大陆"为此而出现新的麻烦。计划拟出后，汉密尔顿特地飞往金门和胡琏面商。而后飞抵台湾亲自为国民党相关高级领导做了一场简要汇报。

此次攻打东山岛的作战意图是，配合朝鲜战场，对解放军实行军事上的牵制，同时也是"反攻大陆"的一次前哨战。作战计划是，用舰炮火力和航空火力掩护部队登陆，在岛之东南侧分三路向北推进；同时空降一个支队于岛之北侧，迅速占领东山岛与大陆联系的唯一通道——八尺门渡口，切断守岛部队的退路和堵截大陆部队对东山岛的增援；以突击大队突破解放军守岛部队的前沿阵地，攻下 200 高地，然后插入纵深与伞兵会合，在四至八个小时内占领全岛。进攻东山岛之前，国民党空军还对福建沿海公路上许多桥梁实施轰炸，其中也炸断了解放军增援东山岛的必经之路——九龙江桥。胡琏估计此桥一周内无法修好，解放军在泉州的主力部队徒步增援东山至少需要 3 天，他有足够的时间消灭岛上驻军。

胡琏坐在指挥部，手托下巴思量了一阵，长出了一口气，说："咦！我部是以大胆进攻而为人所惊服。但是他人惊服之余，岂知我们花费的心血？我们任何疏忽大意，都可能被敌人利用。这样沉痛的教训是很多的。和共军作战，要勇猛大胆，也要万分小心。因此，我军在攻打东山之前，除重点轰炸九龙江桥，还炸断福建沿海公路上的桥梁。诸位曾提出过异议：何必这样绕圈子？其实，这是以防万一，不得已的！和共军作战大不易！共军，简直是世界上最凶顽、最狡猾的敌人。有时候，你清清楚楚地看到他们被消灭了，可是他们突然又扑上来扼住你的脖子。你简直说不清他们是一种什么部队！"他猛地站起来，说，"有我无敌，我们是和共军势不两立的。为此，我要求我的部下，扫除对共军的任何恐惧观念！我也要求我的部下铭记：勇于进攻，胆大心细，使人无隙可乘，作战则万无一失！"

1953 年 7 月 16 日凌晨，东山岛的海面上隐隐约约出现了敌人的舰艇。国民党 19 军 45 师，18 师 53 团，75 师一个无后坐力炮连、一个运输连，海军陆战队第 1 支队一个中队，海上突击队第 2 大队，南海纵队第 8 中队等，共 13000 多人，分乘舰船，在空军支援下，离开金门码头。

夜幕沉沉，大海如墨。平静的海面突然露出狰狞的嘴脸，像一锅烧滚的开水，猛烈地沸腾起来。各舰关闭灯火并保持无线电静默，在黑暗中呈一字形向东南方向行进，欲造成"驶航台湾"的错觉，然后突然西折……

这时，史英萍带着两个孩子随撤离的队伍在部队的掩护下，登上渔船驶离八尺门，向对岸撤离。张治宏和谷文昌在县委撤离队伍离开后，分头前往前何村和建宅村发动群众参加支前工作。

谷文昌很少这么激动，他的手在空中不停地挥动着，他的声音要比以往响亮，他站在村民中，大声地说："我们打下了东山岛，但国民党不甘心，在美帝国主义的支持下，他们要'回来'，想要重新骑在我们头上作威作福，我看，今天我们这里的每一个人都是不答应的。"

成百上千个村民凝神细听着谷文昌激情澎湃的演讲，仿佛三年前国民党反动派杀害建宅村人的悲惨情景又一次出现在眼前：那是一个漆黑的夜晚，敌人从四面八方，用棍棒、枪托子驱打着男女老少，赶往刑场。村长李德生的妻子，抱着吃奶的孩子，哭成个泪人，披头散发，被驱赶着来了。身后跟着一对双生的小儿子，没穿裤子，露着四条干瘦的小腿，"妈呀！妈呀！"哭着拉着妈妈的衣襟。敌人一切准备好了，把火堆上再加了些柴草，火焰熊熊，照得那些士兵龇牙咧嘴，像些恶鬼在凶狂地狞笑。敌人一声鬼叫，举起棍棒，向着被绑在十字架上的村干部，没头没脑地一阵乱打，边打边吼："再叫你们翻身！再叫你们穷鬼翻身！……"村民们忍不住一片号哭。农会主席孙国平的媳妇，不顾一切地扑上去，想用自己的身体掩护亲人，替亲人受苦，不幸却被敌连长，抽出战刀砍破了肚子……大家怒火冲天，义愤填膺。

谷文昌越说越激动，越说声音越高。他那带着河南口音的语调震得村庄嗡嗡直响：

"我们好不容易建立起来的新政权，这个新政权是我们多少人用生命换来的，现在大家的生活刚刚过好，难道还要回到过去的日子吗？！我们大家要行动起来，团结起来，一起把国民党反动派打回台湾去！"

"打回台湾去！"群众的声音很大，把海风淹没了。

"打倒国民党反动派，我们一定要收复台湾！"群众的热情像火焰在燃烧。

谷文昌看着村民们个个踊跃报名参加支前队伍，看着大家拆下自家门板做担架，拿起枪杆排成队，脸上露出了一丝胜利的微笑。这笑里，莫不是想起了太行山，那个当年被称之为后方大粮仓的老根据地？人们都记得，在抗日战争和解放战争时期，太行山不仅以博大坦荡的胸襟哺育了太行儿女，而且还养育了上百万人民子弟兵。震惊中外的百团大战中，那些打着太行山区印记的布鞋、衣服、担架……源源不竭地送到了前线。

张治宏和谷文昌做完动员工作从村里回到县委，两个人还站在办公楼顶上密切注视着海面上的情况。不知啥时，一股狂风在前面卷起风沙。远处已经传来依稀的枪声，他们身边跟着的两个警卫员都急出一身的冷汗。

"这仗打完后，我要做一件事。"谷文昌说着，望着海岸。

"什么事？"张治宏问。

"种树。"谷文昌回答张治宏，但他没有把目光从海岸方向移向身边。

"好啊！我跟你一起种。"张治宏听着枪声，没有想离开，他还在观察敌人。

"我们撤吧，赶到团部去，把我们的队伍拉过去，尽快投入战斗。"

谷文昌和张治宏率领民兵和支前队伍精神焕发地向敌人主攻的公云山出发。

时值盛夏的山间夜晚，含着香气的凉爽的风，从山峡口吹拂过来，在山谷里留恋地回旋着。山间的野花野草摆动着强劲的身姿，发出窸窸窣窣的有节奏的声音。民兵和支前队伍的心，像火一样的热烈。

16日拂晓，国民党军在舰艇和飞机的掩护下，向东山岛发起攻击。10架、20架，一批一批的飞机，从黎明到黄昏，不停地在东山岛和它的四周的上空盘旋、轰鸣。炸弹成串地朝山野里、房屋集中的所在地投掷，一个烟柱接着一个烟柱，从地面上腾起，卷挟着泥土，扬到半空。大炮的轰击，比飞机的轰炸还要猛烈。炮弹像暴风雨般地倾泻下来。顿时，平静的东山岛上的一切，都在发着颤抖。在激烈的守岛阻击战中，刚刚解放三年的东山人民用英勇的行动保卫新生的政权，支援解放军守岛部队。

公云山，是国民党军队进攻的主要目标之一。公安80团1营的全体官兵在公云山高地与敌人恶战苦斗了27个小时，枪声短促密集，手榴弹接连不断地爆炸着。其中二连依托一条长不到百米的坑道，连续打退了敌人49次冲锋。

谷文昌组织成千上万的村民往阵地上运送弹药，给负伤的战士包扎伤口。许多人是第一次身临战场，第一次在激烈的枪炮声中参加支前工作，第一次目睹战士们英勇杀敌，他们从畏惧紧张，到愤慨无畏。青壮年上前线抬担架，担架不够，村民们二话不说卸下自己家里的门板。天气炎热，老人妇女忙着烧水送水。坑北村妇女杨亚来在送水途中腿部中弹，她忍着剧痛坚持将开水送上阵地。吃饭时间到了，妇女黄莲香拿出亲戚送的大米，熬好粥送上前线，而她全家人喝的是地瓜汤……

谷文昌虽说经历过南下战斗，但参加如此激烈的战斗还是第一次，他面对东山保卫战，表现出特别的沉着和冷静。谷文昌身先士卒，扛起30多公斤的子弹箱，冲向3000米外的阵地。敌人的枪炮，好似狂风暴雨一般，呼呼呼，不停地在他头上飞过，震得地都抖动。

正在指挥战斗的东山县人武部部长崔天恒突然发现，在崎岖的山路上，谷文昌肩扛子弹箱，冒着炮火，气喘吁吁地往阵地上赶。他焦急地喊道："你不在指挥部待着，上来干吗？"

他命人把谷文昌送下山。但护送的干部刚离开，谷文昌又来到弹药仓库，扛起子弹箱朝另一个阵地冲去……

这场战斗，是新中国成立后东山岛的第一次战斗，打得非常残酷。许多"兵灾家属"冒着枪林弹雨，为坚守阵地的部队源源不断地送上弹药，挑来一担担开水、一桶桶地瓜粥，用担架抬下一个个受伤的战士，成了东山保卫战的英雄模范。

距离200高地不远的石坛村，守岛战士倚着村口一道围墙，与国民党军展开了激烈的战斗。激战中，一颗重炮弹在副班长陈良顺身边爆炸，他被埋在炸起的土里，头上擦伤，昏晕过去。这时，有位中年妇女不顾危险冲了上来，背起陈良顺往家里跑，她将浑身是血的陈良顺放在床上，流血和过度疲劳，使他昏迷不醒，脸色煞白。缓歇了一阵儿，陈良顺慢慢地醒了。他觉得天也转地也动，眼发黑心发烧，七窍像是冒火生烟。过了一阵儿，他又感到透进骨头的湿冷，全身发抖，活像打摆子，脑子里乱滋滋的；各种奇怪的形样，片段的回想，互相矛盾而又不分明的感觉。这位中年妇女急急忙忙地为他擦去身上的鲜血，帮他换上干净的旧衣服，又找来消炎的中草药熬水，用调羹一勺一勺地喂着陈良顺。陈良顺几次要冲出去继续战斗，说："我怎么能躺在这里？……我班里的战士多么需要我呀……"

这位中年妇女着急得眼里直冒火，说："你这班长，你看，现在情况这么紧急，你又成了这个样子……我简直想不通，你——"

陈良顺打断她的话，艰难地说："这里是阵地。这里的群众，是从我们身上来看党和毛主席的。你这人……"他闭着眼，呼吸急促。他自己的话使自己感情激动。

中年妇女急躁地说："只要青山在，不怕没柴烧。眼前，只要你好好的，那天塌下来也不怕。可是你总不顾自己——"

陈良顺冒火了："想自己？值不得。……你……"他咬紧牙，摆过头去，像是对中年妇女生气，像是满肚子的话无从说起，也像咬牙忍受伤口的刺痛。

中年妇女呆呆地望着陈良顺，眼泪潸潸的。过了一阵儿，她用衣服擦着眼睛，说："你受了这么重的伤，还惦念阵地，还怕我们受扰害。唉！世界上总有好人！从古到今，谁替我们的穷日子下泪呢！"说完，这位中年妇女让侄女找来救援的担架队，把陈良顺抬往医院。

送走陈良顺后，这位中年妇女又冲到村口三连阵地，发现两位受伤的战士躺在血泊中，身子下边的血水把土和成了泥，黏糊糊的又湿又潮。头上渗出了冷汗，汗水冲着脸上的泥土，流到眼里流到口内。他们想用手擦汗，但是，两条胳膊像两根木头，一个个手指都像粗棒，全身都是迟钝、机械、麻木的。这位中年妇女先后把两位战士背到家里。这时，国民党军队已在村里挨家挨户搜查，两位战士怕连累这位中年妇女，挣扎着想拧开手榴弹后盖，准备冲出去和敌人拼命。一动，身上像被千百条绳子捆着，每一个汗毛眼都扎着一根钢针。胸部压着很沉重的东西，透不过气来。千奇百怪的裂痛，反倒使他们清醒。他们感到一种难受的血的压迫，真想把胸膛撕开。有一种什么东西在全身回荡、燃烧，接着来的是麻木而持续的疼痛。他们被中年妇女劝阻了。她关上门，用珍藏了多年的嫁妆红布给伤员包扎伤口。

院外传来一阵杂乱的砸门声和吆喝声，是国民党军队在搜查。中年妇女屏住呼吸，听到敌人的脚步声渐渐远去，中年妇女把一个伤员藏在房顶上，把另一个伤员藏在屋旁，盖上茅草，把他们安置好，她沉着地离开房屋，把门锁上，到隔壁观察动静。不一会儿，搜索的国民党兵端着枪，再次来打这位中年妇女的家门，砰砰砰，并不住地叫喊着："快开门，不开门，进去杀了你们！"被砸得大门在吱吱地响。

中年妇女若无其事地走到国民党兵跟前，一个当官的提着短枪，点着中年妇女的头，问道："这家里有人吗？"

中年妇女淡淡地说："这家只有夫妻两个人，丈夫到台湾当兵没有回来，妻子到云霄去购买夏收农具，家里面没有人。"国民党兵信以为真，到别处搜查去了。

此后，中年妇女又几次机智地与前来搜查的国民党兵周旋，保护了两位战士的生命。战后，这位勇敢机智的中年妇女被解放军战士亲切地称为"海防战士的妈妈"，被评为东山战斗一等功臣。她叫刘杏，丈夫被国民党抓壮丁去了台湾。

16日晨，阴风怒号，浊浪排空。一股国民党部队在东沈海滩登陆后，杀气腾腾直接窜入了东沈村。硝烟弥漫，瓦砾横飞。人们像一窝被搅动的蜜蜂，向四面八方乱跑。

这时，乡长和几位干部因忙于安排支前，来不及转移，在一位村妇的帮助下，隐蔽在民兵队部隔壁的几间草房里。这股国民党部队立刻包围了这位村妇的院子。他们架起四挺机枪堵住大门，一个个瞪着凶恶的眼睛，枪上的刺刀闪出冷森森的寒光，虽然这是七月的天气，可让人感到阴冷得可怕。因为这栋房子墙壁上写着"民兵队部"的字样。

两个国民党兵端着刺刀在屋外叫喊："里面有人吗？快出来，不然要开枪了！"

村妇带着5个孩子从屋子里走了出来，镇定地说："只有俺母子6人，再没有什么人了。"

国民党兵眯起眼睛扫视这位村妇一阵，声音像哑嗓子公鸡一样破沙，冲着她吆喝着："里面有民兵吗？民兵队长是什么人？快说！"

村妇沉着地说："我不知道，我是个守寡的人，自己都顾不了，还顾得上什么民兵？"

哗啦一声，敌人的枪顶上火，刺刀尖都触到村妇的衣服上。5个孩子见母亲被逼住，扯着她的衣服哇哇哭叫起来。一个国民党兵冷笑一声，疯狂地威胁道："这墙上明明写的是'民兵队部'，你还不讲，你再装傻，就毙了你。"

村妇忽然想起那年东沈村突然被国民党溃兵包围了，他们挨家挨船点名，把全村男劳力全部上绑，连她15岁的儿子也被反绑双手押上船，眼看着亲生骨肉被活活拆散。顿时，仇恨满腔，狠狠瞪了敌人一眼，说："我不识字，谁在这里涂写什么我也不懂。"

国民党兵把村妇带到祠堂里，继续恫吓审问，得到的回答始终是"我不知道"。国民党兵在军官的指使下，又将村妇押到山坡上，那里摆着一口鲜血染红的大铡刀，血块凝结在刀床上。敌人指着被杀害的群众尸体，用枪对准她的胸膛，再次威逼："最后给你一次机会，再不说出来就枪毙你。"

面对死亡的威胁，村妇面不改色："我是个寡妇，我真的什么也不知道。我的儿子跟你们一样，也在台湾当兵，他的名字叫沈周发，小名叫'阔嘴'，你们可认得他？"

一个国民党军官听了，口气缓和了下来，用潮州话说："老姆，我们是要长久驻在这里的，你不用怕，乡里的民兵队长是谁？乡长是谁？你尽管说，说了，我马上从船上给你大米。"

村妇坚决地说："我不知道就是不知道，你再给我多少大米也没用。"

国民党军官认为她是"国军家属"，又是寡妇，再问也问不出什么名堂，只好放了她。这位冒着生命危险掩护干部的村妇，名字叫叶明花，她的儿子被国民党抓了壮丁去台湾，杳无音信。

钱岗村一位名叫林保桃的"兵灾家属"，丈夫孙罗仔1950年被国民党抓壮丁，这次也随国民党部队登上东山岛。行进中，正好经过钱岗村，不知怎的，心里突然感觉一阵热乎乎的，就像喝了酒似的，血涌上了他的脑袋。他望着熟悉的家乡熟悉的房屋，想到日夜思念的妻子和年幼的女儿就在眼前，恨不得立刻跑进家和亲人团聚，可又担心回家后有生命危险，还会连累家人。回，还是不回？他思想激烈地斗争着，痛苦地挣扎着。终于，他决定豁出去了。等到天黑，田野没有一点儿亮光。他利用夜幕做掩护，顺着水沟悄悄潜回家。

黑天白日怀念孙罗仔的林保桃，总算把孙罗仔盼回来了：门吱扭一声，闪进孙罗仔的身影。

林保桃正在做饭，被突然归来的丈夫惊呆了，她手里的竹瓢哐啷一声掉在地上，两只又黑又大清澈如水的眸子停滞了几秒钟，然后跑来，伏在丈夫的肩上呜呜地哭起来，用高八度的大嗓门数落着：

"你可跑回来了，罗仔！"

"是，我……跑回来了。"

"这不是做梦？这两夜，我一闭眼就梦到你，梦到你提着鱼篓进了门……可我醒来一看，只有妞妞在死睡，哪有你的影啊！这回不是做梦吧，啊？"

"真的真的，你别……粗喉大嗓的。"孙罗仔惊慌地小声制止地说。

林保桃没注意到丈夫的表现，她只怕她的亲人、她的希望又突然从她的身边跑掉，两手紧紧扳住丈夫的肩头，直盯盯地瞅着丈夫的脸盘。真的，是她的罗仔回来了，是妞妞的阿爸回来了，这间土打墙、薄瓦顶的简陋屋子又有热气了！这个家又是个家了！塌了的天又撑起来了！她那古铜色的端端庄庄的脸庞上，她那两只显得稍稍大了的眼睛里，立刻燃烧起兴奋的光彩。

孙罗仔本想和妻子、女儿见上一面就走，可是，"相见时难别亦难"，久别重逢的夫妻相拥痛哭了。孙罗仔向妻子讲述了被国民党抓丁到金门后的痛苦经历，焦急地向妻子询问离别后家里的情况。林保桃看到孙罗仔急着要离开的样子，她想起漫长的艰苦生活。幼时，寡母拖带着女儿，经历着凄风苦雨，几个月不见一粒粮，孙罗仔把血汗换来的一点儿粮食，分成两半，两家度饥荒。他俩患难与共，凝成了火一般的感情，七年前，在这个简陋的屋子里，结合在一起。婚后彼此知冷知热，没红过一次脸。可是如今丈夫死里逃生回来又急着要走，搅动她的九曲衷肠，哭着央求："罗仔，你好不容易回来了，就别走了。"

孙罗仔心如刀绞："保桃，我也舍不得离开你和孩子啊，可是，在金门的时候听长官说，如果跑回家被共产党抓住了，会被关到集中营，是要杀头的。你们也要受牵连。我还得走啊！"

林保桃说："罗仔，你受骗了。你听我说，东山解放以后，咱家里没有因为你被国民党抓壮丁受到牵连，而是作为'兵灾家属'得到人民政府照顾。咱家不仅分到了土地，我还当上了村长。"

孙罗仔愣住了，他简直不敢相信自己的耳朵："咱家分了土地？你还当上了村长？保桃，这是真的吗？"

林保桃说："是真的，罗仔，你难道还不相信我吗？"她见丈夫踌躇不决，就又劝他说，"共产党的政策，历来是坦白从宽，抗拒从严，将功赎罪，立功受奖。"林保桃说得很慢，生怕把党的政策说走了样儿。孙罗仔听来，每个字都像大锤砸铁砧似的敲到心头。

"再说了，你这次随国民党反动派登上东山岛，又没有干任何伤天害理的事。你马上找解放军去说，我陪你去！子午卯酉一五一十地全说清楚，解放军愿意怎样发落怎样发落。你知道吗，他们是我们的亲人啊！人总得有个良心。你不能反对他们，不能骗他们。我们就去说，解放军不会难为你，一定会给你立功赎罪的机会。"林保桃连珠炮似的，一口气说出憋了半宿的心头话。

孙罗仔轻轻地叹了口气，感到妻子的话都对，但一个无形的钩子把他死死地钩住，要脱钩实在太难了。

林保桃说："咱们不能把仇人当恩人，把恩人当仇人。只要你改邪归正，就是坐牢、发配，我也等你，以后的时光长哩！"

孙罗仔久久没有说话。

"哎呀，你倒说一句响话呀！"

"好，我说。"孙罗仔终于轻轻抹掉妻子眼角的泪水，紧紧搂着她，"保桃，我不走了，咱们一家团团圆圆，再也不分离了。"孙罗仔鼻子一酸，禁不住滚下泪来。

再回到停泊在海上的"高安"舰。军事地图上的攻防标示发生了戏剧性的变化。掷弹筒弹、六〇炮弹、迫击炮弹纷纷击落在海上的"高安"舰。好几具敌军士兵的尸体，躺倒在支离破碎的甲板上。本来就阴暗的胡琏的这个藏身之所，现在变成了烟窟。胡琏，他的参谋长萧锐和黄震白、周雨寰、柯远芬，正挤塞在这个烟窟里，遭受炮火的袭击。这样的逼到面前的突然袭击，使胡琏不能不感到严重的威胁，不能不感到灾星已经降落到他的头上。让胡琏万万没有想到，在东山百姓的支持下，装备简陋的守岛部队始终像钉子一样牢牢钉在岛上核心阵地上，一直坚守到援军的到来。空降到八尺门的伞兵，也大部分被分割包围歼灭，他的"切断共军守岛部队退路和堵截大陆部队对东山岛增援"的计划破产了。胡琏更没有想到，被炸毁的九龙江大桥15日即被修复。16日上午11时，解放军31军91师272团3营就渡过八尺门海峡登岛作战。17日凌晨，增援的大部队已像潮水般涌上海岛。这个善于装腔作势、用虚假的外形掩饰内心活动的将军，丑恶的原形终于暴露出来。他恐惧了，他慌乱了。"难道我跟我的舰队就这样完结了？"他从来不曾想到也从来不愿意想到的问题，终于在这个时候，搔进了他的脑子。恐惧阻挡不住地浮现到他的满堆肥肉的脸上来。

"撤，快撤！"胡琏无奈地命令部下向海滩撤退。

17日晚上7时，胡琏的舰队带着退下来的登岛部队仓皇撤离东山，来不及上船的数千名"弟兄"在湖尾海滩全部被解放军"缴枪不杀"。经历36个小时的激烈战斗，胜利的红旗在东山岛高峰上飘扬起来。

第四章　无悔的誓言

一

解放了的东山人民，还没完全从苦难中走出来。特别是"四座大山"，依然压在他们头上。这就是"风、沙、干旱和海潮"。东山民谣唱道："春夏苦旱灾，秋冬风沙害。一年四季里，季季都有灾。"

东山四面环海，一年刮6级以上大风的时间超过150天。而194平方公里的土地上，仅有林木147亩，森林覆盖率仅为0.12%。海岛西北部是荒山秃岭，东南面绵亘30公里、面积3.5万亩的沙滩上，则茫茫一片，寸草不长，夏天地表温度接近50摄氏度，强烈的阳光像是喷焰吐火，秋冬两季，则沙尘滚滚，遮天蔽日。

更可怕的还在于飞沙聚拢成沙丘。它从苍凉的远处，席卷而来，浩荡而来。它削着山梁，刮着沟洼，腾腾落落，直驰横卷，奏出一首恐怖的乐曲。它把成吨成吨的土和沙，扬得四处都是。天空登时晦暗起来。人们抬头看太阳，太阳失去了光辉，变得就像泡在黄河水里的一只破盆儿。它尖厉地号叫着，狂暴地撕扯着。

那沙丘，最高可达十几米，如同流动的坟墓，顺着风势向田园村舍步步进逼。本来世界是和平的、宁静的：禾苗上滚着露珠，花瓣上颤着蜂翅；可是，它一来这些景象都不复存在了。大片大片的庄稼，倒伏于地。飞鸟撞死在山岩上。鸡飞狗跳墙。本来那边刚刚栽下一片树苗，树苗都扎下了根，长出了嫩绿的叶片，可是转瞬间，这些树苗被连根拔起，和枯草、羽毛、纸片、干粪一起，全被旋上了高空。它肆虐着，破坏着，所到之处，万物皆被侵吞！

地处风口的山口村，是全县土地最贫瘠、风沙最严重的贫穷村庄。一年三百六十五天，几乎多半的时间就是风沙，他们已经习惯了。风沙来了，照样该干啥就干啥，从不误工。山口村的人管风沙不叫风沙，叫风。风从级别上、色彩上细化为大风、老风、黄风。他们一看这阵势，知道这是一场老黄风，应该避一避了。男人们急忙收拾着工具，女人们却扯着嗓子在喊自家的孩子。于是，沙坡上就飘荡起了长长短短的叫喊声："大柱哎""屎包哎"。那喊声，仿佛一支迎风而响的唢呐，拖着一条长长的尾声，在沙窝上空飘荡着。

解放前，山口村就流传着一首令人心酸的民谣：

沙滩无草光溜溜，风沙无情田屋休。春旱无雨粮草绝，作物十种九无收。夏天出门走"火路"，走起路来三七抽（行走沙中十步退三步）。秋冬风沙扑目晭（眼睛），何时能解苦和愁。

年复一年，村民们"春搬沙，夏种地，秋抢收，冬又埋"。为了活命，只好踏上逃荒之路，谁能知道这是一条死道，还是活道呢？一群一伙儿的人，被灾难从家乡热土中赶了出来，在那泥泞的路上跋涉着，背包的，挑担的，推车的，挂棍的，一个个面黄肌瘦，破衣烂衫。那一张张没有表情的脸，一双双无神的眼，好像有千愁万苦无处诉说……全村900多人，常年流落他乡讨饭的就有600多人，山口村因此成了远近闻名的"乞丐村"。

1954年暮秋的一天，时任东山县县长的谷文昌带着通信员陈掌国一道下乡，途经白埕村附近一个破旧雨亭时，迎面走来了一群衣衫褴褛的村民。

为首的是一个六七十岁的高大汉子，穿着多年没拆洗过的衣服，袖口上，吊着破布条。他头上包着一条毛巾，脚上蹬着一双露着脚后腿的布鞋。肩上的扁担一头挑着一个大荆筐，一头的荆筐里是破衣乱裳和裂了纹的锅，几只有缺口的碗；另一头的荆筐里是仅有的半小袋玉米等杂七杂八的东西，一个老镢头横着绑在扁担上。身边，一个老阿婆拄着棍子，挎着篮子，口里微微地喘气，目不转睛地凝望，好像在期待着什么。看她站立在那里的样子，显然身体非常衰弱；脸上堆满了皱纹，露出很高的颧骨。她手里还拉着十来岁的儿子。

谷文昌上前问那老阿婆是哪个村的，要到哪里去。阿婆告诉谷文昌，她叫沈万岱，来自山口村，是去赶集的。经再三询问，阿婆才支支吾吾地说是去讨饭的。谷文昌问道："不是已经分了田地了吗？"

老阿婆喃喃地说："地是分了，可都被风沙给埋了，村里的后生前些年都被国民党抓丁了，剩下我们这些老老少少、孤儿寡母只能外出讨饭，待在家里只能被饿死。"

老阿婆的话，深深刺痛了谷文昌的心。沉默了好一阵，才又望望老阿婆那张瘦黄的脸，那脸上的皱纹，像刀子刻的字儿，清清楚楚记着她劳苦的一生。有着苦难童年的谷文昌深知逃荒的凄苦与悲凉。一阵刀剜，一阵发热，两只眼睛立刻被一层雾似的东西蒙住了。他说不出话来，胸膛的热血翻滚着，打着浪头——就在不久前的东山保卫战中，人民冒着枪林弹雨支援解放军英勇抗敌，持菜刀勇夺敌人机枪！人民为什么支持共产党？是因为把希望寄托在共产党身上，希望共产党为他们带来幸福生活。可眼前，这一方百姓还要背井离乡去逃荒，作为县长问心有愧呀！想着，激荡着，他在质问自己：谷文昌哪，你是一个共产党员，一个县委副书记，一个县的县长，你的工作做到哪里去了？你在让全县许多农民逃荒要饭呀……

想到这里，他含着热泪，动情地对逃荒的村民说："乡亲们，我是县长谷文昌，我对不住你们呀！刚才沈万岱阿婆说的话，我都记住了……"说到这里，他哽咽得说不下去了。他回味着方才沈万岱说的话，心上一震。他向前走了一步，摸了一把脸上的沙尘和泪水，等呜咽声从喉咙里咽下去以后，才继续说："乡亲们回去吧，请相信我，我们有县委，有县政府，有两万双手，什么困难也挡不住我们！日本鬼子那么凶恶，我们把他们赶跑了。蒋介石八百万大军那么厉害，都让我们消灭了。眼下这点儿小小的困难，就把我们吓住啦？……我们要做硬骨头，咬紧牙关狠狠地干他一年、两年，八年，十年，我们一定要把风沙治住，日子会好起来的。"

那天晚上，没有星星也没有月亮，一切都像是在梦幻中，那么幽静，那么神秘。

谷文昌彻夜不眠，在忽明忽暗的灯光下，翻阅着办公室送来的东山史料，顿时，他眼前展开了一幅幅东山人民奋起抗击外国侵略者残害无辜百姓的场景：

明代中期以后，倭寇猖獗，海盗啸聚，葡萄牙、荷兰侵略者亦相继入侵，致东南沿海一带人民生命财产遭到严重损失。铜山（东山旧称）处于闽粤沿海要塞，深受祸害。英勇的铜山人民，不断与入侵来犯的寇盗展开殊死的抗击。

嘉靖二十八年（1549年）二月十一日，葡萄牙海盗船队进入宫前湾，在宫前、山东、下垵等地登陆，肆行奸淫掳掠，铜山军民诱敌深入，在走马溪沉重地打击了来犯之敌。

嘉靖三十七年（1558年）五月，倭寇劫掠五都东坑口，杀死男女五十余人；十月，贼突至铜山水寨东坑一带，焚掠尤惨。十二月，在诏安四都至县治四关外烧杀后，又连劫港西（村）土楼，杀掠五十余口。

嘉靖四十三年（1564年），福建沿海倭寇再度猖獗，参将戚继光率领义乌兵入闽征剿，戍守陈平古渡（即今八尺门），岛内遂得安宁。

崇祯六年（1633年），入据台湾的荷兰侵略者窜犯铜山，福建巡抚邹维琏出兵还击，历战八昼夜，荷兰侵略者从铜钵败退至东赤港一带。东沈村民唐加春率乡勇和康美村民，与之激战三昼夜，终于把侵略者赶下海。翌年，荷兰侵略者再次从台湾入侵铜山。宫前湾海面，铜山军民水陆并进，将其船舰焚毁，于台湾海峡全歼侵略者。

崇祯七年（1634年），倭寇进犯铜山，南屿渔民陈焯带领民众，布设"暗鼎阵"，把铁锅埋遍沙滩，敌寇登岸后纷纷滑倒，此时民众举桨挥锄冲杀而上，打得倭寇鬼哭狼嚎。

明末清初，铜山水寨大山是郑成功收复台湾的重要屯兵据点。清顺治十八年（1661年）四月二十一日，郑成功率领二万五千大军、二百余艘战舰由金门料罗湾出发，其中一路水师从铜山启征。

铜山有上千子弟随郑成功收复、开发台湾。

读着，读着，谷文昌胸中怒潮陡涨，他强忍住万箭穿心似的剧痛，牙齿用力咬着嘴唇，直到出血……接下来的字里行间，更是展现了抗战期间苦难挣扎的东山军民奋起抗击日寇的悲壮画面。

1939年7月12日、8月23日和1940年2月12日，以"台湾日军司令部"参谋兼华南特务机关长山本募为首的日本海军陆战队与盘踞于粤东地区的伪和平建国军先后三次进犯东山岛，犯下罄竹难书的罪行。据统计，日伪兵舰炮艇及各种船只来犯17批148艘，击炮1000余发；飞机127批356架次，投弹1361枚；我军民死亡892人，被炸毁民房2456间，公共场所100余处，民船237艘，受破坏田园7000多亩，财产损失800万银元以上，直接受害37个乡村。城关（今铜陵）下街朱糊的房子被炸，全家七尸八命，血肉横飞。

日军进岛后进行惨无人道的烧杀抢掠和奸淫。1939年9月1日，日军入西埔纵火烧毁87间房屋，财物抢劫一空。白埕村有47个妇女惨遭日军强奸；官路尾临产孕妇朱亚笑被日军绑在树下，用刺刀插入肚皮，母子立即毙命。探石村老人林文丁被分尸四段抛入池中。梧龙村林大顺被日军用刺刀刺死于田间。澳角村17个渔民出海，一齐被日军用机枪扫射而死。日军还在海上布设水雷，炸死东山多名渔民。据当时福建《大成晚报》载：自民国二十六年（1937年）至二十八年（1939年）10月止，全省各县遭日寇蹂躏最惨烈者为闽南之东山。

面对凶残的日本侵略者，东山军民为保家卫国，同仇敌忾，浴血奋战，三次击退日本侵略者。抗战期间，苦难深重的东山人民还捐款15万元，购置了一架支援抗战的飞机，命名为"东山号"。

"苦难的海岛，英雄的人民啊！"谷文昌热泪盈眶——在东山战场上，愚蠢的敌人，以为用他们的铁和火可以征服这个岛屿的人民。但他们不知道，他们扔下的每一颗炸弹，从他们的弹片上滴落的每一滴血，都变成了无边的仇恨。东山人民心里的仇恨的火焰，比侵略者的炸弹更要强烈得多。就是这种火，推动着每一个东山人民，不顾生死地前进。就是这种火，使得无数的东山妇女和老人，穿着单薄的衣服和草鞋，在冰天雪地里修路、抬担架，来支援人民军队，歼灭日本侵略者。就是这种火，使得成千上万东山的母亲们，献出她们的儿子。就是这种火，一直把侵略的强盗们烧死为止。这不是星星之火，这是无边的火，排山倒海的火，任何力量都不能扑灭的火。

他用手帕擦干泪水，一段段触目惊心的文字映入他的眼帘。

解放前近百年间，东山被风沙埋没了13个村庄，3万多亩耕地，毁掉1000多幢民房，东山原有7个蔡姓村庄，被风沙埋得只剩4个。由于风沙干旱，老百姓烧柴火都成问题。1948年，有7个妇女摇了一条小船过海去打柴，遇到大风，海浪把船给掀翻了，7个打柴的妇女全部葬身大海。其中一个妇女还怀着4个月的身孕。风沙灾害给东山人民带来了深重的苦难。

明万历三十八年（1610年）立于东山湖塘村的邑侯郑公封沙惠农功德颂碑写道："诏之为邑，东南皆薄海间，环海而都者五都为甚。环海之都屯，靡所不受风沙，而独当风沙所冲吃者，碧浦为甚。每高飙四起，沙砾俱飞，俄顷之间，桑陵易向，而竟尺寸者，又扬其尘而鼓之，方垦者未收耕获之利，而垂穰者已蒙飞沙之害。盖都民之罗久矣……"时任诏安知县的郑化麟亲临指导封沙（当时，东山岛除铜山城外，其余地区属诏安县），"令民用草安沙，并禁其开掘"。然而，植草根本挡不住风沙，况且当沙坡上好不容易长出青草的时候，便被连根刨掉当柴火烧了。于是，有了第二块石碑。诏安县正堂立于清乾隆四十七年（1782年）的告示碑《诏安县正堂郭示》，严禁任何人在一些有草的地方挖草，并颁布一条法令："妇女有犯，坐夫；男幼童有犯，罪及家长，决不宽待。"虽护住几棵可怜的青草，但天地间依旧还是黄尘漫漫，老百姓还是艰难地走过了风沙蔽日的历史长路。两座石碑见证了古代一些地方官吏也想过治服风沙灾害，也做过一些努力，但均以失败告终。

谷文昌不停地吸着烟，不停地咳嗽着。不错，目前的东山，固然是飞沙走石，山荒民穷，但谁能断言，东山没有一个光明的前途呢！不，决不会的，我们相信，东山一定有个可赞美的光明前途。东山在改造之中一旦治服了黄沙，得到了自由和解放，将会发挥出无限的创造力。到那时，东山的面貌将会被广大干部群众改造一新。所有贫穷和灾荒、饥饿和寒冷、迷信和愚昧，等等，这些都是大自然带给东山可憎的赠品，将来也要随着漫漫黄沙被治服而离去东山。我们相信，到那时，到处都是活跃的创造，到处都是日新月异的进步，欢歌将代替了悲叹，笑脸将代替了哭脸，富裕将代替了贫穷，明媚的花园，将代替了凄凉的荒滩！这么光荣的一天，绝不在遥远的将来，而在很近的将来。

妻子史英萍端了一杯水，走了进来："老谷，歇歇吧，这么晚了，有事明天再办吧。"

谷文昌接过史英萍手中的杯子，喝了一口水，说："英萍哪，今天我在白埕遇到了从山口村出来逃荒的村民，感觉就像见到老家当年逃荒的乡亲，心里难受啊！今晚，我看了办公室同志送来的东山史料，东山百姓和咱家乡父老乡亲一样，深受日本鬼子的蹂躏。老家乡亲因严重干旱四处逃荒，东山百姓因风沙和干旱背井离乡。老家有两块记载干旱的石碑，东山也有两块记载风沙灾害的石碑，这碑文行行带泪，字字带血呀！"

一席话，勾起了妻子对家乡辛酸往事的回忆。

晋、冀、豫三省交界的林州，地处太行山腹地，山多水少，石厚土薄，远近闻名的"特产"是旱！《林州县志》载，这里自明朝建县始便"旱、大旱、连旱、凶旱、元旱……"老天不公，没有给林州安排一条像样的河。那时候，林州有些人家会有这样一口水井：井口非圆非方——为的是只有自家自制的水桶，才能伸进水井。因为干旱缺水，林州人苦啊，苦难的人们祖祖辈辈生活在这深山里，用双手在乱石荆棘中开拓求生的每一寸土地。父亲折断了腰，流尽了最后一滴血汗，儿子从那双干瘪如柴的手中，接过残缺的镢头，继续着前辈的事业。这样一代一代经过了许多年岁，才在巉岩上，开垦出和螺丝纹似的一块一垄的土地。这土地是人们的血汗浸泡而成的！这堤堰是人们的骨头堆砌起来的！人们像牛马一样地劳动着。赤着双脚，在荒芜嶙峋的山峦上，日复一日，艰难地跋涉着……

史英萍感叹道："是啊，记得小时候家乡有首民谣：'光岭秃头山，水缺贵如油。豪门逼租债，穷人日夜愁。'和东山那首有名的'春夏苦旱灾，秋冬风沙害'民谣，有多么相似的命运啊！都说太行山的百姓苦，可东山百姓更苦。太行山干旱缺水，粮食绝收可以挖野菜充饥，可东山是风沙加干旱，这里'三日无雨火烧埔，一场大雨水成湖'，粮食绝收，连野菜都没得挖，只有沙子，沙子能吃吗？我最近下乡，看到村里姑娘出嫁，陪嫁的竟然是几担井水。我还看到大人们用麻绳绑着孩童，吊到黑咕隆咚的井底下去掏一点儿救命水。虽然东山解放了，但东山人民还没有完全摆脱苦难哪！"

谷文昌起身走出家门，胸中似有万把烈火在燃烧。他解开衣扣，敞开衣襟，让夜风尽情吹拂。

忽然，他面前闪烁着数不尽的光点，不知不觉已到了门前的河边上。今夜是大潮，海湾那边也传来了深沉的涛声，这涛声如同东山百姓的呼唤，一阵一阵撞击着他的心："不救民于苦难，要共产党人来干啥？"

一个从根本上改变东山人民生存环境的想法，在谷文昌脑海中形成。

谷文昌了解到，有一座苏峰山，是东山岛的最高峰，被称为"苏柱擎天"。这是一座十分陡峭的山峰，高耸入云，四周怪石林立，巉石突兀，环绕着隐没在一片荆棘丛中的万丈深壑，构成一道天然的屏障。

《东山县志》载："昔江夏侯以此山不减西蜀峨眉山，故名苏峰山。"明朝巡海道蔡潮于嘉靖五年（1526年）到山东，《铜山志》载："巡海道蔡潮称此山为漳郡第一文峰。"因苏峰山雄峙于海岛东部，《读史方舆纪要》载："苏峰山亦名东山。"

谷文昌想会会这座东山的"珠穆朗玛"，更想从最高处看看东山的全貌。

这一天，他带上通信员向苏峰山攀登。他们从山下往上爬，山上除了零星的杂草和灌木，更多的是裸露的岩石和黄土，没有多少植被。而山势，却越来越险恶，路，越来越难走了，窄得像一根羊肠，盘盘曲曲，铺满了落叶，而且时不时遇到漫流的山泉，湿漉漉的，脚底下直打滑。抬头向上望望，那耸立着的岩石，高高地悬在头顶上，就好像随时要掉下来似的。低头向下看看，那绝陡的石壁，像刀子削的，又高又深，使人觉得仿佛是走在半天空里。

他们在不知不觉中，从下坡路转到上坡路，山势陡峭，上升的坡度越来越大。路一直是荒僻的，只有探出身子的时候，才知道自己站在深不可测的山沟边，明明有水流，却听不见水声。仰起头来朝西望，半空挂着一条两尺来宽的白带子，随风摆动，想凑近了看，隔着辽阔的山沟，走不过去。他们正在赞不绝口，发现已经来到一座石桥跟前，自己还不清楚怎么一回事，细雨打湿了浑身上下。

谷文昌爬到半山腰时有些累了，他停下来休息，卷了根喇叭烟，向通信员请教闽南话："到东山后，我常听人说要'来去'什么地方，这到底是'来'还是'去'呀？"

通信员解释道："在我们这儿'来去'就是'去'的意思。"

谷文昌点点头："我明白了。那'心肺头痛'到底是指心痛，还是肺痛，还是头痛？"

通信员乐了："'心肺头痛'就是指胸口痛。"

谷文昌说："看来以后要多学本地方言，才好和群众沟通啊。"接着，他想了想，又对通信员说，"来，我们继续登山，'来去'山顶。你再教我一段东山的民谣，要鼓劲的。你说一句，我跟着学一句。"

通信员抹了一下汗水，说："好，我就教你一段《讨海兄》。"

谷文昌和通信员一边登山，一边用朗诵般的声调，铿锵有力地念着：

讨海兄，大股件（健壮的意思），一落海，出力拼，风涌大，
伊毋惊，掠来大鱼满海坪，人人呵咾（赞扬）好名声……

登上了苏峰山，谷文昌眼前豁然开朗，他俯瞰东山海岛，整个海岛就像一只蝴蝶，紧贴在碧波万顷的海面上。

啊！祖国的南疆多么美丽、富饶啊！奇伟的山，广阔的原野，无边的海，构成了一幅雄浑、壮丽的图画。眼时正值春末夏初，海，是那样气象

万千；原野，吐出泥土的芬芳；山，以它那庄严的雄姿耸立在高邈的天空中，赋予人一种刚毅、坚实的英雄气质。

再看那蝴蝶，更是绚丽无比，它的前两翼狭长突出，面对东海，后两翼面向大陆，中间隔着八尺门海峡。只可惜，这是一只缺少生气的土黄色蝴蝶，因为岛上没有植被，也没有了生机。

茫茫。茫茫。无涯而沉重的茫茫。历史被掩埋了，现实被淹没了，人间万象都被掩埋了。天地间一片沉默，一片空白，一片荒凉。漫漫沙砾书写着褐黄色的天文数字，字迹布满了东南西北，直到天的尽头。十里三十里，三十里六十里，一样的地貌，一样的颜色，一样的单调荒寂。野兽们没有，连个兔子也看不到，奇怪的是，却有那么多的久违了的乌鸦。与记忆中的不同，这儿的乌鸦肥大一些，又长着绯红的喙。乌鸦在世界上大部地区已看不到了，却在这严酷的自然环境中生存着。它们乌黑闪亮的羽毛，还有那绯红的喙，比植物的色彩更加生动。

谷文昌坐在火海一样的太阳下，坐在几乎能烫焦了裤子的石头上，迎着海风，吸着烟，攒着眉头，静静地思索着。一定要让这只蝴蝶变成一只绿色蝴蝶，飞翔在祖国的东海上。然而，绿化海岛，治理风沙，应该从哪里入手？

他的两眼死盯在眼前的那段石崖上，好像想用他的眼光把这段石崖熔化了一样，大约有点把钟没有转眼睛，他想起了当年在林北解放区工作时总结的一句话：一定要把工作搞熟，把情况搞透，要开动脑瓜子。

二

"沙滩无草光溜溜，风沙无情田屋休，春雨来临柴草绝，作物有种多无收……"东山岛东南部，绵亘30多公里的沙滩。前不见田园，后不见村舍。茫茫一片。大漠祖露出来的，只是人们目力所及的地方。大漠好像有意创造着东山腹地的神秘气氛。

忽然，一个沙尘的圆锥体，旋转着，挪动着，发育着，最后长得很高，又忽然消失了，那是旋风。接着，在另外的地方，又一股旋风出现了，仍然走过这样的历程。有时候，同时崛起三四股旋风，各旋各的，各走各的，有的两股又并成一股，仍然在旋，仍然在走，闹腾出一个充满技巧而且好像充满欲望和嫉妒的世界，而不待结果出来，它们忽然又不知去向。有时候，又往往几十座大大小小的流动沙丘顺着风势步步进逼。滚到哪里，哪里就变成废墟。

岛上有多少沙丘？沙丘有多大？沙荒面积有多少？更甭说，世界是物质的，物质是运动的，运动是有规律的。东山岛风沙运动的规律是什么？虽然大家说起沙荒的危害三天三夜讲不完，但因为解放时国民党政府没留下任何资料，说起沙荒的具体情况，都是"大概""差不多"，没有准确的统计资料。

治理沙灾，先要了解沙灾；战胜沙荒，必须摸清底数。1957 年东山召开了全县干部扩大会议，开展全县沙荒调查工作，成立"沙荒调研队"，谷文昌亲自任队长。当时刚刚从大学分配到东山县林业科的林嫩惠也参与了这个队。他和不少人都觉得，谷书记"大概"也就是提提要求，定期督查听听汇报就"差不多"了。哪想到，第二天一大早，谷文昌就穿着一身泛白的旧军装，头戴着斗笠来到了林业科。

大家见他来了，也拿着牛绳、竹竿和红旗，于是兴高采烈地打招呼："谷书记，你也去勘察测量吗？"

"谷书记来参加我们第二组吧！"

"不，要参加我们第三组！"

"人都到齐了吗？"谷文昌问，"吴志成呢？"

吴志成走了进来说："快到齐了。"

"到齐了？还有人在家里睡大觉呢！"一个人抗议地大声说。

谷文昌定睛看时，这是一个牛高马大的汉子，打着赤膊，露出浑身强壮的黑色肌肉，很觉面善，却喊不出名字来。

"这是郭平。"旁边有人告诉他。

"谁？还有谁在家里睡大觉？"谷文昌问。

"我呀！"郭平断然说，"测量这么苦，我也很想回家睡觉啊！"

大家都笑了，而且笑开了。谷文昌弄不清这是什么意思，正想再问。只见吴志成已经起步走出人群，回头说道："我去叫他们去！"

"对了！这就对了！"大家嘻嘻哈哈地笑起来。

　　谷文昌的到来，无疑地是一种极大的推动力量。大家精神加倍振奋，有些想躲懒的人也觉得不好意思不出勤了。不一会儿，人越聚越多了。谷文昌就带领着林业技术人员，到海岛东南部风沙弥漫的沙丘上，跟着第三组，沿着山冈呼啦啦地干起来。大家知道，他勘察测量起来是非常认真的，并不比一个强劳力差。

　　谷文昌站在高高的沙丘上，像一个测绘队员那样，弯着腰操纵着土水平仪，嘴里的哨子嘟嘟地吹个不停，手里的指挥旗上下左右地挥动着。身边，林业技术员林嫩惠捧着一个硬纸夹子，把谷文昌测好的数字和标记记录下来；远处，杜风海拿着红白相间的竹竿，随着谷文昌的指挥，上下左右地移动着。蔡海福和另一个青年拽着百米牛绳一下一下地丈量着。

　　在此后的一个多月里，除了上级重要领导来县里，谷文昌每天都带队出去测量。天寒地冻，风狂沙飞。谷文昌率领林业科的同志，一步一个脚印，逆着风向探风口，顺着风向查沙丘。凛冽的风沙打在脸上，扑进眼里。谷文昌眯着眼睛，捂着脸，侧着身子，顽强地走在队伍前头，用血肉之躯，去感受狂风的力度、飞沙的流向。渴了，沾一沾行军壶里的冷水；饿了，啃一啃冰凉的干粮。

　　测量沙荒是一件苦差事，哪怕对于刚刚参加革命、20多岁的林嫩惠来说。每天一大早从县城出发，背着水壶、干粮，一天要步行几十里路，爬沙丘、测数据。他那黑瘦的脸膛上，眼窝里，耳朵里，嘴唇上，都是厚厚的一层沙土；两腿沉重得像灌满了铅。但是，他挺起胸脯仰起头，一直向前勘察。晚上回家天都黑透了。扒拉几口冷饭，还要登记数据、计算统计、绘制地图。

　　野外沙丘测绘，没有专用装备，大家发扬小米加步枪的精神，自己动手勉强凑起来"四件套"。包括一条当尺子用的牛绳，一根用来测量基点还能当手杖用的竹竿，一面用以相互联络的红旗，最专业的就数那个遮挡风沙的风镜了。就这样，谷文昌带领大家，每天早出晚归，从苏峰山到澳角村，从亲营山到南门湾，踏遍了东山的412个山头，把一个个风口的风力、一座座沙丘的位置详细地记录下来。

　　一个阴湿寒冷的大风天，在亲营山风口，六七级的大风一刮，眼前完全黑了，仿佛有人从后面猛推了一把，把人们推了一个跟头。大家则爬起来，沙子就像无数条鞭子，一齐向他们抽打了过来。沙子打在脸上疼得发木，眼睛睁不开，海风吹在身上浑身骨头缝都痛。海风越来越大，挟带着沙石怒吼着，那声音，仿佛千万头猛兽在奔驰，从人们的身边掠过时，发出啾啾啾的声音，像子弹擦过他们的耳边，人们的行进速度越来越慢，一直到一步都迈不动了。

林嫩惠的脸被风沙打得发红发疼，他感觉到人与自然之间竟然存在着如此之大的对抗。在他出生的地方是满目青翠，这里却风沙肆虐。他顶着迎面袭来的沙尘，抬不起脚跟，两脚被沉重的沙堆埋着提不起来。他的身子便摇摆了起来，如伏在大海中的舢板上。不一会儿，他觉得整个身子，仿佛被风穿透了，嗖嗖嗖的冷风挟着沙石，从他的后背穿过来，又从他的前胸而过。他实在有些力不从心了，他觉得他的身子好像成了一块蜂窝煤，骨头都酥软了。他没有想到这次风沙这么厉害，他更没有想到他的身体这么经不起风沙。

蔡海福和吴志成见大家都像被钉住一样，没等谷文昌的同意就大声喊道："回去吧，大家回去吧。"

大家都没动，都把目光投向远处的谷文昌。谷文昌把帽子压下来，竖起大衣领子裹着脸，顶着狂风，整个人爬着向前，他还回过头向身后的人招手示意，让大家跟着向前。吴志成和蔡海福只好领着大家跟着谷文昌向上爬。

这个沙丘经过测量，高度为15米。这15米让大家爬了整整两小时。大家还在沙堆后面爬时，谷文昌已经接近山口，他光着脚，和农民一样。身子刚刚稳了一会儿，却又不由得战栗起来。突然，他觉得身体变轻了，一个趔趄，他就被狂风卷着滚了几下。他想爬起来，却怎么也站不直，站起来，被卷倒，又站起来，又被卷倒。他的脸上不知被什么东西划破了，风沙吹打在那里，就像刀子在割，一阵火辣辣地疼。狂风又卷着他，连着滚了几下。他的心这才慌了起来，一不小心滑倒，从四丈多高的半空摔了下去……

"哎呀！不好！"

"摔着人啦！"

在场的人们惊叫了起来。喊声像晴天霹雳，震动了工地上所有的人，大伙急忙放下自己手里的活计，潮水般地涌了过来。

林嫩惠第一个不顾一切地从沙滩后面冲到谷文昌跟前。蔡海福、吴志成等几个人也随着冲了过去。

谷文昌摔倒在沙丘底下，帽子也丢了，水壶重重打在头上，幸亏里面没有多少水，才没受伤。林嫩惠他们赶紧上前，扶起谷文昌。谷文昌捡起帽子拍拍身上的沙子，用水壶的水漱漱口，不顾大家的劝告，又向上爬。

林业科的同志都劝谷文昌："谷书记，你有那么多重要的工作，就别每天都来了，我们按照你的要求认真测量就行了。"

谷文昌满脸是沙土，说："治理风沙是当前最重要的工作，治穷先治旱，治旱先治沙，这是咱们县里最要紧的事，我就应该和你们一起干！"

大家爬上风口。风力好像越来越大了。他们想把身子贴在沙坡上，但是，却怎么也贴不着。身子好像失去了重量，被狂风一捞，滚了几下。他们第一次感到了他们的身子是这般的轻，轻得就像一片随风而舞的落叶。"这风沙，难道真的要把我们活吃了不成？"他们想挣扎一下，忽觉得自己的身子骨已经散架了，真的散架了，根本不听话了。

人是站不住了，大家只好蹲着，有的拿竹竿量，有的拿打好结的绳子量。他们在沙丘上冒着大风，测量了50多分钟，脸都冻成了紫黑色。直到有人说该吃饭了，大家才把带来的干粮拿出来，躲着风，旋转着把馒头吃下，因为风不定向，所以吃饭的人只能根据风的方向来决定位置。到了喝水的时候，大家先要把口腔里的沙粒给漱掉，要不一口水咽下去就会把沾在口腔里的沙粒带到肚子里。

谷文昌没有太多的话，他在这一天里，在与狂风搏斗测量荒沙的大多数时间里一直保持着沉默。潜意识告诉他，完了，今天是走不出去了。他的心里不由得掠过了一丝哀伤，那哀伤很快就过去了，代之而起的却是一种欣慰。"我已经是四十多了，埋就埋吧。大风沙，算你恶魔厉害，你埋了老子的躯体，却埋不了老子的豪气，你埋了一个谷文昌，却埋不了一代又一代的东山人。就是死了，我的灵魂也要昂首挺立在这里，坚守在这道风沙线上。"

谷文昌在沉默中行动，他的行动总是走在所有人的前头。林嫩惠至今还常常提起："谷书记的脚印都被风沙掩埋了，我们的脚印才出现在风沙中。他用自己的行动来告诉我们，没有战胜不了的困难，只有战胜不了的自己……"

谷文昌第一次带领这么多的人向风沙进军，第一次用自己的行动向风沙宣战：共产党和他的人民是坚强的，是有智慧的，任何困难也阻挡不了我们前进。

在如此巨大的风沙面前，谷文昌和吴志成、蔡海福、林嫩惠，还有那些遭受灾难之苦的老百姓仅凭几十根竹竿，几捆草绳和一把皮尺，就敢向肆虐上百年的风沙挑战。这在人类历史上应该是奇迹，是前所未有的。

12世纪中叶，日内瓦湖畔，瑞士西都会教士们从山坡最为陡峭的德萨雷开始，背石垒墙，堆土引水，开垦了最古老最壮观的葡萄园梯田。诗人们对着前人留下的美丽吟唱：德萨雷有三个太阳照耀着，一个在天上，一个在湖面，一个在古老的石墙上——那是石墙闪烁着的精神之光。东山岛，不止三个太阳，那里有无数个太阳在照耀，那是东山人自强不息、奋斗不止的精神之光。

夜晚，谷文昌还发动县委一班人深入农村，和老农促膝长谈。他自己更是经常住在老贫农的草庵子里，蹲在牛棚里，和群众一起吃饭，一起劳动。他带着高昂的革命激情和对群众的无限信任，在广大村民中间询问着、倾听着。他听取了许多村民和治理风沙的意见。终于，弄清楚位于海岛东南部的"风口""沙喉"，要战胜风沙，必须先扼住它。

县委常委会上，班子成员和列席会议的有关人员纷纷发表治沙意见。有人提出"应该先筑一条拦沙堤把风沙给拦住，否则什么也种不起来"，有人提出"用耕地的土，压住沙子，既治了沙又扩大了耕地面积"，还有人提出"要多撒些草种，形成绿色的植被，固住沙子"。

谷文昌笑着说："大家再往深里讨论讨论！"

赵志英皱着眉头沉思了一会儿说："我倒有一个想法，不太成熟，谈出来给大家提供一个思路。"

谷文昌说："说说看。"

赵志英说："我觉得单种草可能会形成一些植被，但难成气候，大风一刮，很快就会被沙子埋掉。明朝、清朝那姓郑和姓郭的两位知县围绕植草做文章，不都失败了吗？关键还是要种树，只有树才能拦住风沙。"赵志英的发言，引起了大家的深思。

谷文昌一边吸着烟，一边赞许地点着头。他注视着赵志英那剪着短发、晒得红黑而显得有些消瘦的面孔，觉得这个女同志看问题比较深刻，有自己的独特见解，给了他很大的启发。最后他综合了大家的意见，坚定有力地提出了一套三管齐下的治理方案，并雷厉风行地干起来。

一场声势浩大的搬土压沙战斗打响了。半个月以来，在天寒地冻的压沙工地上，战斗的烈火越烧越旺。这天早晨，谷文昌来到沿海沙区，他骑着自行车，在白埕村口遇到了妇女主任宋月华。宋月华披着垫肩，扎着裤腿，挑着一副沙筐从村里走出来。

谷文昌笑着说："我看了半天，以为从村里出来的是一员虎将呢，闹了半天是你这个老将呀！"

宋月华放下担子，撩了一下花白的短发，说："你看，我这把老骨头还能折腾折腾吧！"

"嘿，你可得注意！"

"没那么娇气。咦，你不是去地区开会了吗？"

"昨天晚上散的会。"

宋月华这才发现，谷文昌自行车上系着行李卷。她关切地说："噢，你这是连夜赶回乡里蹲点的呀！快家去我给你弄点儿吃的吧。"

谷文昌说："不用，咱先到工地看看，上午我还要赶回县政府呢。"

宋月华挑着担子，谷文昌推着自行车一起来到压沙工地上。一场动人心弦的战斗场面在他们眼前展开了：推车的小伙子们展开了竞赛，你追我赶；挑担的姑娘们像飞燕一样，来往穿梭。眼前这战斗的场面、革命的激情，使谷文昌再也抑制不住内心的激动。他脱下棉衣，放在自行车的车架上，招呼一下宋月华，大踏步朝工地上走去……就这样，成千上万个东山"愚公"挥汗如雨苦干两三年，把耕地里的土挑过来，压在沙滩埋住了沙子。可是，大风一起，沙尘铺天盖地，又是厚厚几层沙子，泥土不见了踪迹。

接着，他们又开始植草种树。那时，人们顶着大太阳在沙滩上一株株栽种。一到中午，日悬高天，前后左右不见人影，但见沙滩无边！谁也接应不了谁。手握铁锹机械地栽种，腰，弯得酸了，疼了，麻木了。然而谁也不敢直起腰歇一会儿，都怕成为落在最后的一个。一旦落在最后，那你就会面对沙滩，产生绝望，甚至产生恐惧。你会觉得被沙滩所吞。尽管你不停地栽种、栽种，尽管一株又一株的小树在你眼前闪过、闪过，但沙滩仍然是无边无际的。你别指望有人接应你。谁也顾不了你。谁都在拼命地栽种。即使有人只超你 10 米，你也休想赶上！你始终在栽种。你始终在追赶别人。一天下来，累得连饭都不想吃。但第二天，还要接着栽种。日复一日，他们硬是在沙滩上栽种下刺槐、榕树、荔枝等 20 多个树种，10 多万株苗木。刚种下时生机勃勃，青翠欲滴。可是风沙一来，绿色的希望又被埋没。从山上山下移植草皮，但不久又被沙丘埋得干干净净。

最后，实在没了办法，他们只好筑堤挡沙。明知道是个笨办法，也只能试一试。花了几十万个劳动日，在风口地带、沙丘前进的路上，筑起 2 米高、10 米宽的挡沙堤 39 条，共 22000 米。可是风沙无情，仅过一年，挡沙堤就崩垮得七零八落。

找路子——失败——再找路子——再失败……

太阳啊！你怎么不露出脸来看看这世界？！难道说破碎的乌云就会永远把你挡住吗？风沙，只有它横扫山野，像山洪暴发一样，翻着滔天骇浪，铺天盖地席卷而来。

立在风沙中的东山人，心里、眼里流着血，人们痛哭失声。三年间，谷文昌和县委一班人不气馁，连续八次组织全县人民与风沙搏斗：一次次努力，一次次失败，一次次心血付之东流。在严酷的大自然面前，人显得那么渺小无力。灾荒和贫困依然笼罩着东山。他们在默默地思索：东山岛明天的出路何在？

不少人的信心发生动摇，干部中也出现了不同声音，千百年来，东山的风沙从来没有被治服过，现在就能治服得了吗？屡战屡败，不知还会有多少失败在等待着，东山这样贫穷，财力和人力能承受得了吗？

面对漫漫黄沙，这位来自太行山的"石匠"，他那黝黑清瘦的脸膛上，渐渐蒙上一层悲戚的颜色。他的心头，仿佛有一汪热泪向上涌升。他说不出话来。他也想哭……

他默默无言地望着被风沙肆虐的山野。忽然间，谷文昌想起了党和人民的嘱托，打他走进东山岛那一天起，他的心就铁了——"坚决治服黄沙，造福人民，什么困难都甭想把我动摇！金钱买不了，刀枪吓不倒，刀搁脖子不变颜色，永远当革命的硬骨头，不干到底不罢休！"

时间不知过了多久。最后，他仰起头来说："历朝历代做不到的事，我们共产党人一定要做到！不治服风沙，就让风沙把我埋掉！"

这不是空泛的豪言壮语，这是一个共产党人对人民的庄严承诺，不留任何余地和退路的承诺。

南风被感动，不吹了；树木被感动，不摇了；小鸟被感动，不飞了；东山河水被感动，闪着金色的波纹，低声地唱着赞美之歌……

所有东山干部群众的目光，都凝望在一个人民县委书记的身上。这个普通的共产党员，通身放射着耀眼的光芒。

这天傍晚，谷文昌回到家里，一夜还为着治理风沙的问题，睡不着觉。他脑袋发胀，仿佛塞着一团乱麻。他辗转反侧……屡次失败的原因是什么，下一步采取何种措施治理风沙在他的思想中活动着，在他的梦境中活动着，像一条绳索似的纠缠着他。他蒙蒙眬眬地要睡去了，却又霍地醒来：摆在他面前的还是这措施……谷文昌想来想去，想得头都痛了。

失眠、劳累使得谷文昌的胃病、肺病一起发作，他不停地咳嗽着。

"你还没有睡吗？"史英萍在里屋里低声问。她听见他不断咳嗽，而且嘴里咕哝着什么。

"没有……"谷文昌说。

"为什么还不睡？"史英萍埋怨道，"已经两点半了！有事明天再想吧！"

"睡不着有什么办法？"谷文昌生气地说。

史英萍不作声了。

谷文昌完全清醒了。他估量再也睡不着，于是索性起来，点上灯，坐在床边抽烟。他想了一会儿，就熄了灯，走进里屋去。史英萍让开小半边床给他，他在她身边躺下来。房里非常闷热，蚊子在帐外嗡嗡地叫。帐内响着孩子均匀的呼吸声。月色从小方窗照了进来，可以看见外间天空挂着一弯亮闪闪的月牙儿。田野上一片热闹的虫声。蝈蝈、蟋蟀和没有睡觉的青蛙，在草丛中、池塘边发出悦耳的鸣叫。这是一个安静而又热闹的月夜。谷文昌和史英萍在共同生活中，曾经度过了多少这样的月夜啊！

"你瘦了！……"史英萍摸着丈夫的面颊，心疼地劝道，"老谷，你是不是还在想治沙的事，这事你要不先放一放，不要给自己压力太大。"

"放一放，能放得下吗？"谷文昌凝视着帐顶，说，"英萍我问你，我的家乡在哪里？"

"你的家不就在林县的南湾村吗？"史英萍有些诧异。

"那你知道南湾村有座什么山吗？"

"太行山呀，"史英萍撒娇地一推他的肩膀，"这还用问，南湾村不就在太行山峡谷里吗？"谷文昌翻身坐起来，盘膝坐在床上。趁着淡淡的月色，看见史英萍歪枕着枕头，一头茂密的黑发散在枕边，眼睛闪着幽暗的光。他又问道："英萍我再问你，你的家在哪里呢？"

"老谷，你今天怎么啦？我家在济源县啊。"

"那济源县有座什么山？"

"王屋山呀。"

"这就对了。毛主席在《愚公移山》里讲到传说中愚公要带领子子孙孙移走的两座大山，就是咱老家的太行山和王屋山呀！这愚公有咱太行人的性格——历尽艰难险阻，忍受常人难以承受的巨大痛苦——明知力不能支而殊死搏击，直到最后一息。今天，我们就是要用愚公自强不息、奋斗不止的精神，来移掉至今仍然压在东山百姓头上的风沙灾害。现在，我们是遇到了困难和挫折，如果选择了放弃，东山百姓将继续饱受风沙干旱之苦，旧社会村民外出逃荒的情景就会重演，我这个县委书记怎么面对东山的父老乡亲呢？不，决不放弃。要放弃有一百条理由，要坚持下去，只有一条理由——对人民负责。"

谷文昌一方面抓紧与班子成员沟通，取得共识，坚定大家战胜风沙灾害的信心，一方面与林业技术人员一起分析失败的原因，探讨治服风沙的有效途径。

这一天，谷文昌得到消息，白埕村有位农民在沙地里挖出了能燃烧的泥炭土。泥土竟然可以燃烧？谷文昌怀着急切的心情，在老乡的陪同下，匆匆赶到现场，挖出几锹黑黄相间的泥炭土，只见泥炭土中木质纤维还清晰可见。

他将泥炭土带回家，晒干后放进灶膛，"噗"的一声，灿烂的火花从泥土中喷吐而起，谷文昌的心里也燃起一团熊熊的希望之火，这说明远古的东山是浩瀚林海覆盖的绿洲。

渐渐地，谷文昌的眼前浮现出像历史教科书讲的那样，在遥远的年代，那时候这里也许是一片雄伟壮丽的森林，也许是水草丰美的湖沼，美丽的大自然，万物鼎盛。可是突然一次巨大的火山爆发，瞬息间改变了一切。狂风呼啸，气浪灼人，沙石飞腾，岩浆横溢，霎时天昏地暗，山崩地裂，好像到了世界的末日……人们不知道地球为什么要发那么大的脾气。或许仅仅是因为它喜欢运动。嗬，听苍郁的巨木在风暴中折断，见地心的"热血"喷射上天，气势之宏伟壮观，连太阳都要肃然起敬。然而，它终于息怒了。于是一切都平静下来了。森林变成了浩瀚的沙漠，昔日的湖底成了奇形怪状的群山。

后来，谷文昌通过有关人员了解到，史前时期的东山岛曾拥有茂密的植被，沿海潮湿带生长着繁密的红树林，而山林间栖息着许多哺乳动物。就像那一切火山爆发后留下的痕迹一样，在这里，东山县东南部被掩埋的炭化木和泥炭土，是古代森林和沼泽被掩埋所致。火山制造了石山、沙滩，却没有留下生命。就在邑侯郑公封沙惠农功德颂碑立碑之处的地下，就埋藏着炭化的、曾经是郁郁葱葱林木的根系。东山可以种树，东山可以种成树。

谷文昌在苦苦寻找着能够抗风沙、抗干旱、抗盐碱的先锋树种。一天，调研组在白埕村的沙丘旁发现了六棵长势挺拔的木麻黄树，戴着绿色的王冠，轻轻摇曳着树枝，闪射出金色的光华。这是农民林日长清明扫墓路过西山岩时，顺手拔回来种上的。这引起谷文昌的极大关注。他立即把正在县里参加农业工作会议的300多名县、区、乡干部请到这六棵木麻黄前召开现场会。

在一片热烈的掌声中，谷文昌站在会场前，他看着大家一张张红通通的脸，每一个人的身边都放着一顶斗笠，一把锄头，每个人的后背和两肩都带着汗湿的痕迹。他们的年龄不等，个头不同，却都是态度严肃、精神抖擞。谷文昌一只手插在腰间的宽皮带上，一只手拿着一个布皮的本子，随着讲话，在空中有力地挥动着，他用事实告诉大家："我们能不能把树种起来呢？我看能。我们不光是讲我们的愿望，光讲愿望，谁不愿意种成？我还要讲我们有我们的条件，我们的优势。种活要有种活的办法，树不是想活就活的。这几天讨论会上，同志们谈得很多，特别是提出一些新措施，谈得很好。县委准备专门发个文件，把大家的建议归纳成几条推广。总之，同志们讲得很多，很好。咱们东山县要把树种起来，大家要群策群力。今天，我们看到了木麻黄在这里的沙丘能种活，别处的沙丘也一定能种活，这六棵木麻黄给了我们信心，也给了我们希望。"谷文昌越说越激动。句句话打动着每个人的心。最后，他特别要求苗圃负责人立即着手做好木麻黄的育苗。

所有希望都落在同一树种——木麻黄身上。

这种名不见经传的树，到底神奇在哪里呢？

木麻黄生长速度惊人，简直是"见风长"。种植成活后，几个月就能蹿到 3 米多高。抗风固沙，当年见效。成年后，树高可达到三四十米。它们树干通直，枝杈互相紧紧偎依在一起，形成了一堵厚厚的墙壁，这很像一队步伐一致、手持长矛树枝的战士，时时处于戒备状态，静候着冲击、救援、保卫、俘虏敌人的命令。小枝绿色，叶子如同松针，又像马毛。每根针叶分为十几到 30 多节，每节约 1 厘米，这也是木麻黄能抗击台风的关键，叶子细长如针，风雨再大，也只能吹断木麻黄针叶的几节。不像阔叶林，一阵台风就能把叶子捋光。

其实，木麻黄也不是神树。它寿命一般也就四五十年，树本身的经济价值也不高。但它一旦构成防风林后，就可以有效抗击台风，遏制沙荒，从而为其他经济作物、农作物生长创造条件。从这点来说，它是最适合东山岛治沙需要的。

1957 年，接到福建省林业厅的通报，广东省电白县在沿海沙地种植木麻黄成功，中央人民广播电台也做了报道。又是木麻黄，锁定木麻黄。谷文昌怀着激动的心情，立即决定，让县委农工部长靳国富带领林业技术员、农村干部 20 多人到广东省电白县参观取经。

靳国富来到谷文昌的房间前，喊了一声："谷县长在吗？"

随着"请进来"的回答，房门打开了。谷文昌披一件深灰色的衣服，微笑地站在门口，让他进来。谷文昌打量着站在面前、行装整齐的靳国富，关切地说："啊，老靳！怎么，准备停当了？"

"嗯，一切就绪。"靳国富笑着说。

"哈哈！还是保持着军人作风。好！不过也要注意身体啊！"谷文昌称赞地说。他关心地打量着靳国富那由于长期辛勤工作的劳累，而显得有些苍老的脸。在前一时期的共同工作中，他是了解这个农工部长的，工作上认真负责，苦干实干；同时还了解到这个老同志曾经在艰苦的农田水利工地建设中，英勇奋战而扭伤了腰。

"没有什么，我这身板结实得很，什么样的困难也没有啃动它呢！"靳国富抬手轻轻地拍了拍宽阔的胸膛，带着诙谐的口气说。

"哈哈哈！老靳，你真乐观，硬棒就好！"谷文昌高声笑了起来，同时提醒靳国富说，"这是一场不用枪的战斗，可比在战场上艰难得多。你到那里去，一定要多做调查研究，为全县植树造林当好先锋。怎么样，还有什么问题吗？"

"没有了，坚决完成任务！"

……………

靳国富就是这样充满信心，和一行人不仅到电白县进行了认真参观，而且和当地干部群众一块种植木麻黄，还带回了三捆木麻黄，在东山岛的沙滩上开荒种下希望的树苗。他们日日夜夜给小树苗浇水、灭虫。没过多久，木麻黄接上了东山的地气，呼呼地长，长得又粗又高。

一夜之间，似乎百年来东山岛治理沙荒的密码终于被破解了，改变祖祖辈辈命运的先锋树种找到了！谷文昌兴奋不已，干部群众备受鼓舞。县委决定：大种木麻黄。

技术问题解决后，又一道难题横在面前：种苗奇缺！

谷文昌立即决定由县长樊生林直接指挥调种，派出230多人组成采种队，分赴四方，大规模采集树种。那饱含绿色希望的种子，从厦门、永春、平和、南靖等地采来，甚至通过福建省林业厅提请国家林业部，从外交途径引进国外木麻黄种子。全县迅速建立了一批木麻黄苗圃，并组建了53支造林专业队，为大规模种植木麻黄做好准备。

深秋的清晨，天空格外的辽阔澄澈，空气格外的凉爽新鲜。太阳把万道金光投射在海湾上，投射在村庄上，投射在东山沙滩的苗圃上。小树枝条上，一串串晶莹的露珠，闪耀着太阳的光辉。村子里，炊烟袅袅；苗圃里，歌声阵阵。樊生林带领着青年们，正在给小树苗追肥、锄草。一片一片，一行行木麻黄，长得那么茁壮，那么可爱，像一队队准备应征入伍的小战士，怀着自豪和激动的心情，列着整齐的队伍，等待着主人的检验和挑选。

一天，厦门植物园来了一位不速之客，这人脸庞黝黑，看起来像个老农民，他不欣赏植物园的奇花异草，而是抬头看树，好像在寻找什么。当他走到一棵木麻黄跟前时，停了下来，心里发生了几秒钟剧烈斗争，但他看看旁边没人，不顾一切地弯着身子，像猴子一般攀着木麻黄爬了上去，迅速采摘木麻黄树种。

这时，植物园的北边跑过来一个管理人员，高高的个子，宽宽的肩膀，满头白发。他一边跑，一边手遮阳光，挤着眼睛，朝木麻黄树瞧瞧，就喊开了："喂，喂，那是谁呀？喂，树上那个人，我喊你哪！"

树上的那人因为是猫着腰，背冲着白发老汉，老汉看不清是哪个。

白发老汉朝这边跑着，等到离近了，他看清楚这个人正在摘木麻黄种，摘一把，掖到衣兜里，他更急了："喂喂！谁摘木麻黄种哪！大白天，你好大的胆子呀，你还摘呀？"

白发老汉都快跑到树跟前了，那个人好像刚听见，停住手，直起腰，转过脸——是个四十一二岁的中年农民，黑瘦脸，个头瘦高，倒也很结实。他眨巴着眼睛，望着白发老汉走到树下，挺不高兴地从树上下来，被带进值班室，接受批评教育。

"这位同志，你知道爬树是很危险的吗？"白发老汉说话时，带着一副比青石还要青的面孔。

"知道，知道。"那人慢吞吞地回答道。

"你知道你随便采摘树种是违反规定的吗？"

"不知道。噢，知道，知道。"

"你也看到了，植物园里各种各样的树木，都是供游客欣赏的。要都像你这样上树乱摘乱采，那不等于把树毁了？"白发老汉狠狠发了一顿火之后，大概是看这位同志态度诚恳，人又厚道老实，也就罢了。

"知道了就要改正。看你老大不小的，怎么还像个小孩，以后来植物园不许再爬树了。你走吧。"

"那……这树种可以让我带走吗？"

这位忠于职守的管理员怎么也想不到，这位违规爬树，临走还要拿走树种的中年农民，竟然是东山县委书记谷文昌。原来他到厦门来开会，听人说厦门植物园有一棵长得不错的木麻黄，于是满脑子都是木麻黄的谷文昌，利用会议空隙，专程赶到植物园寻找这棵木麻黄。

1958年2月24日，在中共东山县委第一届代表大会第二次会议上，谷文昌结合本县的实际情况，作了一个题为《乘风破浪加速建设社会主义新东山》的激动人心的报告，代表东山县委向全县人民发出"今年绿化光秃山，明年绿化飞沙滩，四年绿化全东山"的号召。他说到党中央、毛主席根据人民群众的要求，根据我国"一穷二白"的落后状态，提出以"大跃进"的速度来建设一个社会主义的强国，也正是表达了东山县人民的愿望。他说到1月《福建日报》发表的《福建省农业建设规划》，也就是在"大跃进"精神的鼓舞下，包括东山县在内的前途美景。他说到"苦战四年，将荒岛勾销，把灾难埋葬海底"的豪言壮语，和省委书记的"大家苦干几年，多流点儿汗，为子孙造福"的号召，也就是广大人民包括东山县人民植树造林在内的热烈呼声。谷文昌的话，没有多少高深的道理，却都充满了激情，充满了奋发向上的豪气，给予东山县要求上进的干部、人民一种燃烧似的力量。

接着，为了全面调动东山人民种树的积极性，经县委研究决定，出台了一项行之有效、深入人心的政策：全县造林，国造国有，社造社有；房前屋后植树归个人所有。集体种植实行包工、包产、包成本、包质量，同工同酬，一亩以上的育苗地可以抵消相应的征购任务。

新政策的出台，立即轰动全县，震撼全省，预示着一次深刻的农村革命的前奏。

1958年3月12日，历史永远不会忘记这一天。东山县全民植树造林的总攻打响了：东山县第一次发动了成千上万名劳动力。全县除了在农田干活劳力外，其他全部的劳动力被派往两个地方，一是到海滩运输淤泥；二是到白埕、湖塘、梧龙和山口四村挖坑、倒泥和植树。

这边海滩上，好多的男女社员都聚到水坑子旁边，坑上坑下满是人。挖淤泥的，装筐的，挑担子的，推车子的，锹飞镐舞，你来我往，非常热闹。青年团员马晓光和民兵副排长万浩生展开了对手赛。在挖淤泥的第一天，马晓光就对万浩生说过，为了战风沙，一定要练出个铁肩膀来。买来的扁担，他嫌软，找来一根山槐木，自己削了一根硬邦邦的扁担；队里的土筐，他嫌小，向万浩生要了些荆条，自己编了一副大筐。半个月来，扁担一直没有离开过他的肩膀。他不用垫肩。肩膀压肿了，又磨破了，鲜血凝成了痂，又压烂了，那条槐木扁担都染红了。他咬着牙，一声不哼，越挑越多，越干越猛。

那边苗圃里，洋溢着紧张欢乐的战斗气氛。民兵排长马开庆带着一帮小子用镐刨、用锹挖，把一棵一棵的树苗起上来，抖落掉树根上的浮土，然后小心翼翼地放在地上。赵启凤、李海兰等一群姑娘，把起上来的树苗按大小粗细分成类，攒成堆，打成捆。刘新成开头跟着一群半大小伙子往工地扛树苗，后来越干越觉得不过瘾，就抄起一把大镐，要学着马开庆的样子刨树苗。赵启凤连忙跑过来，拦住刘新成："你行吗？你能保证不伤根吗？要是把树根都弄伤了，栽到沙滩上，都死了，你说这损失有多大，影响有多坏？"

赵启凤的几句话，把刘新成说得直眨眼睛，拿着大镐的手张开了，镐把从他手里滑落下来。

谷文昌正好从旁边过，他停下来，捡起大镐递给刘新成，对赵启凤说："你把人家新成都吓傻了。一回生，二回熟。来！新成，我教你刨树苗。"

人们在这两支庞大的队伍中可以看到扎白毛巾的老人，可以看到系着红领巾的少先队员，可以看到裹着小脚的妇女，也可以看到怀抱婴儿的母亲。这些母亲，她们边植树边给孩子喂奶，心中渴望着自己的孩子长大后不再受风沙的侵扰。还有那些曾经嘲笑过谷文昌的老农民，今天成了表现最积极的种树人，仿佛要向自己的过去表示歉意。

在红领巾的队伍中，我们可以看到谷文昌的孩子，从大女儿谷哲慧，儿子谷豫闽，到小丫头谷哲芬。

谷文昌和樊生林带着全县干部组成的植树队伍。赵林春、吴志成、蔡海福和林嫩惠，还有林龙光都是现场的指导员。大家按照他们的要求，用泥浆先把树的根部包好，然后将树放入挖好的坑内，再把坑填满，用脚踩实，浇上水。人们很难想象，白埕、湖塘、梧龙和山口这些地方，过去很少有人把脚印留在这里的沙滩上，而今竟然有成千上万的人在这荒沙滩种下生命的理想之树。

这天，本来是晴空朗朗，人们跟着谷文昌在沙滩上热火朝天地干着。可是，将近下午收工时，老天却像孩子脸一样，说翻就翻啦！天阴得像块铅板，低低地压着地面，使人呼吸都感到困难。狂风吹得飞沙昏天黑地，昼夜难分，四至不辨。枯草、树枝、干柴棒被卷起来，在昏暗的低空飞旋、撞击、厮打。地上的小路一瞬间也无影无踪，好像这古老的沙滩上根本就没人来过，给人一种浑浊、阴暗、荒凉、可怖的感觉。

一天的紧张劳动，社员们已经疲劳了。被汗水湿透的衣服经风一吹，变得像冰块儿一样，裹贴在身上，有股说不出的滋味。

谷文昌和女青年造林队员们对这突然卷来的狂风毫不介意。谷文昌、边海兰在用铁镐、铁锹挖树坑；田玲玲、刘敏在往树坑里填淤泥栽树。方来香带着剩下的人到海滩挑淤泥。沙滩上虽然被风沙搅得一片昏暗，但姑娘们的干劲一点儿也没减。

谷文昌挥舞着铁锹，把坑里的沙挖出来，堆成堆。这时，风更猛了，卷起的沙尘，扑打在他的脸上，火辣辣地疼。他想起早上出工时史英萍叮咛的话，忙披上外衣，喊道：

"小方！"

方来香闻声跑过来，调皮地说："谷书记有何吩咐？"

"今天风太大，咱们早点儿收工吧。"

"现在就收工？"方来香正干得起劲，有些恋战，"谷书记，没剩多少树苗了，我看咱们都栽了再收工吧？"

谷文昌看看天，全被黄沙遮住了，沙滩上的光线越来越暗。狂风像千万只巨大的手在摇撼着沙滩，发出震耳的怪叫。

谷文昌果断地下了决心，大声招呼着分散在周围干活的姑娘们："收工啦！收工啦！"

姑娘们听到谷文昌的喊声，一个个恋恋不舍地从周围走过来。

"今天风大，明天再干吧。"谷文昌对姑娘们说。

大家纷纷说："谷书记，这点儿困难挡不住我们，晚收一会儿工吧，栽不完树苗多可惜。"

"比起你带领调查队查风口、探流沙吃的苦算得了什么？再说了，我们早一天绿化东山，也是造福后代呀！"

谷文昌见大家决心这样大，刚要说什么，却被心领神会的方来香，在一旁抢先截了话，说：

"谷书记叫咱早点儿收工，是怕咱吃不了这风沙苦，既然大家的心这样齐，我猜谷书记肯定支持咱。那好，边海兰、田玲玲，咱们来个竞赛，看栽树与挑泥谁干得又快又好。怎么样？"

"好啊！赛就赛！"边海兰和田玲玲毫不示弱地说，"谁输了，刮谁的鼻子！"说着，她们挥舞着铁镐、铁锹大干起来。

"姐妹们，快挑泥去啊，咱们要干到栽树的前头！"方来香大声招呼着，把扁担往肩上一放，迈开大步朝海滩先走了。

这边的姑娘们，顶着风沙，弯着腰，吭哧、吭哧地挖坑、栽树，一种年轻人藐视困难的干劲儿，使她们显得粗犷和灵活。谷文昌在现场除了自己种树，还指导别人种树，他对种树的要求非常严格。他要求每个树坑的深度必须是 1.5 米，宽度必须是 1.5 米，并要求多浇水。他说这里是沙地，水要多，要把根踩实，这样才经得起风沙。那边的姑娘们，冒着风沙，担着满满当当的淤泥，吃力地走着。顶风挑担子是很吃力的，风把她们的衣服吹得鼓鼓囊囊的，像灌满了气，她们只好低着头，以减轻一点儿阻力。扁担压成了月牙形，颤颤悠悠。风越刮越有劲儿，她们的步子也越迈越快。

"加油呀！"方来香在前边呼唤着。

"快呀！撵上啦！……"后边的姑娘说笑着追了上去。

风，更加猛烈地刮着，眼前的荒沙滩，被弥漫的黄沙、尘土填满了，有股呛人的感觉。路边的枯草被狂风卷裹着，在荒沙滩上滚、旋，又撞在沙丘上，被抛向昏暗的空中，在那儿厮打……谷文昌和姑娘们刚刚留下的脚印，转眼便被风沙遮盖，什么也看不清了。

在这个宏大的场面中，东山人民世代积蓄的那种求生存的本能，此刻化作了高涨的热情，海岛东南沿海的茫茫飞沙滩上人山人海，一片沸腾。人们看到的是一个个衣服上打着补丁的人，一个个脚上没有鞋子的人。但一个个都在挥汗如雨。他们找到了希望，他们愿意为此付出一切。

这不仅是东山人的写照，而且是那个时代的真实写照。

这一天共植树 20 万株。

一切进展得很顺利，似乎成功在望。

然而，这回虽然选对了树种，却选错了种植的时机。岂料，北风乍起，气温骤降，持续一个月之久的倒春寒，再一次残酷地揉碎了东山人的绿色之梦。

"惨啊……"面对成片枯死的树苗，东山人眼睛黯然无光，像一群泥塑的人像，半晌再一次发出沉重的叹息，"这沙滩，冬天人站不住脚睁不开眼，夏天烫得可炒花生，怎么能长树呢！""沙滩能长树，鸡蛋能长毛！"人们议论纷纷。白埕村一位老农甚至跟人打赌："这沙滩上要能种成树，我从白埕翻跟头直翻到西埔！"

这群人的带头人，一个30多岁、黑瘦结实得像钢铸一般的农民，打破沉默，问身边一个青年："谷书记是哪天离开咱这儿的？"

"15日。魁叔！"

"明天，刚好满一周了！"魁叔沉着地说。

"他走时说，过10天他还来，全县在咱这儿开植树造林现场会！"青年说着叹了口气。

天还没亮，谷文昌就和陈掌国一起出发，赶到种树现场。

黎明的曙光，把成片成片枯死的木麻黄映得惨红惨红的，像火一般连着天，这"火"在疯狂的风沙中摇曳着，渐渐地熄灭了……出现在人们面前的是一片壮烈的场面。

谷文昌蹲在树下，用手扒开泥土，捧在手里，轻轻地揉着，让泥沙在风中飞散，散落在沙丘上。他的目光落在枯死的树根上，他想把脸贴近这块荒沙地，他似乎在询问着土地，为什么如此这般地对待热心的东山人。对他这样一个为党奋斗了20多年的人来说，党的命运、国家的命运、革命事业的前途，永远在他个人命运之上。目前植树造林的现实状况使他不寒而栗：天啊！刚刚栽下的20万株木麻黄，怎么因了一场倒春寒，说死就死光了呢？群众议论他、埋怨他，他想得通——共产党嘛，怕群众批评还行？可是，这次发动全县干部群众种植木麻黄，每一个环节都是他把关，为什么还是栽不成？树种选对了，可他为什么选错了种植时机呢？这样下去怎么行呢？他嘴里喃喃着："谷文昌呀，你知道不知道，引种木麻黄不能一蹴而就，还应该仔细研究种植的时机呀？眼下，这可是塌天大灾！哪个人见了能不心疼？你心疼，社员们也心疼，他们要抱住你啼哭，你该怎么办？你也跟着大家一起哭吗？——不能，不能，我要把苦恼藏在心里！我得给大家鼓气！……"

想到这里，谷文昌抬眼看了看，和他一同前来的吴志成哭了。他转过身，怕谷文昌看到自己伤心的眼泪。蔡海福也哭了，他对着天空长叹，仿佛在询问苍天，为何如此亏待东山人，亏待这立志改变世界的人。林嫩惠坐在地上，他感到自己有责任，没有把学到的东西应用在工作实践中，为东山县群众解决当务之急，辜负了老百姓的期望……

于是，谷文昌耐心地劝大家，说："够了，同志们！收起你们的眼泪吧，共产党人流血不流泪。植树造林，还远不是我们认输的时候！"

植树造林的挫折，让谷文昌再次承受了巨大的压力。而此时，他正经历着另外一场"倒春寒"。

这天晚上，夜深的时候，谷文昌才回家，他推开外屋门，一股暖烘烘的烟味飘过来，只见锅盖盖得挺严实，四周一圈紧紧地围着屉布，伸手一摸，热的，低头一瞧，灶下的柴火还冒着火星儿。

"回来了？"史英萍从里屋掀起门帘。

"今儿个又晚了。"谷文昌说，话音里有点儿抱歉的意味。

"哪天回来也不比这早。"史英萍下了炕，说，"你坐这儿，我给你端点儿吃的去。"

趁吃饭的工夫，史英萍小心翼翼地问谷文昌："老谷，听说，最近上级给东山县派来了个第一书记，主持全面工作，是真的吗？"

谷文昌淡淡地说："有这回事，是龙溪地区行署的一位领导同志兼任的。"

史英萍满意地看着丈夫吃完了，一边收拾碗筷，一边说："现在你实际上成了二把手，这回大规模种树又失败了，大家担心你工作上不好开展。这下好了，我看你呀，当了这些年一把手，忙得脚后跟朝天，一天闲工夫没有。这回下来了，也该歇两天了。我贵云大叔不是批评你不顾家吗？这回呀，你也该问问咱家的事儿了，好好在家领导领导我们娘儿四个吧！"

谷文昌沉思片刻。他，一个共产党员，一个党的县委书记，在这场大规模植树造林失败的情况下，应该怎么办呢？他想：一个共产党员最基本的党性原则不就是为大多数人民群众谋利益，发展集体经济，建设社会主义新东山吗？他现在完全应该这样做。他知道他正处在全县大规模植树造林的矛盾焦点，一举一动都会影响全局。因此，他在内心中要求自己：要在这最复杂、最困难的时候，尽他的一切力量，为绿化新东山植树造林。想到这里，他对妻子说："有位领导来主持县里全面工作，我正好可以集中精力抓植树造林。英萍，派来第一书记是组织上的决定，你作为我的妻子，注意不要参与议论。"

史英萍点点头："我知道。"

谷文昌点上一根烟，说："英萍，还记得前些天我们见过铜山的古城墙吗？"

史英萍说："记得呀，那是在铜山古城东门外的一段当年抗倭留下的古城墙。当年明太祖朱元璋为了防御倭寇骚扰，派江夏侯周德兴到铜山，选择险要之地，征调民工临海砌石，环山筑城。古城设有东、西、南、北四门。记得那天，咱们是到东门。哎，老谷你怎么突然问起这个？"

谷文昌在吸燃了一口烟以后来回走着。他举起一只张开的手，搅散那些淡淡的烟雾，然后十分沉着地瞅着妻子，说："记得那古城墙上还长着一棵榕树吗？"

史英萍说："怎能不记得，那树冠长得特别茂密，像一把大伞，树根紧紧地吸附在城墙上，有的还深深扎入城墙内壁，与城墙连为一体。"说着说着，她仿佛又一次看到了那棵大榕树，真是太壮阔了。——她感到它的全身，都充满着一种最动人的东西，这就是生命。史英萍喜欢这种绿色世界的平静、雍容、丰盛、满足，像沉默的大山一样巍然屹立。她更喜欢它在风中的时刻。当轻风吹拂的时候，它的叶子就会颤动起来，树上好像千百万绿色的蝴蝶，在一开一合地扇着翅膀。更使她陶醉的是雄风吹动的时刻。此时的榕树，瞬息间从沉默的大山变成了汹涌的大海，波浪在树梢上澎湃着，时时发出拍打蓝天的沙沙的响声。

谷文昌说："是啊，这榕树，扎根石缝中，迎着海风，顽强地生长。这让我们联想到了我们太行山的崖柏，它的躯干就是顽强地从石缝间生长出来，每一寸树衣上都结着伤疤。向上，向上，向上是多么艰难。每生长一寸都要经过几度寒暑，几度春秋。然而它们终于长成了高树，伸展开了繁茂的枝干，团簇着永不凋落的针叶。它们耸立在悬崖断壁上，耸立在高山峻岭的峰巅，一年四季，任凭风吹雨打，不屈不挠。英萍哪，在困难和挫折面前，我们要像榕树、崖柏那样坚强，那样坚韧不拔啊！"

就在翌日，传来消息，白埕沙丘上有9棵木麻黄成活了。这让心情沉重的谷文昌高兴得有半天说不出话来。像珍珠一样的细碎泪珠，从他的黝黑的脸膛上滚下来。这个消息真是太好了！木麻黄在这个时候成活了，让他兴奋极了！他来不及跟妻子打声招呼，就立刻带着林业局的技术员，赶到白埕村那片沙丘。

他蹲在9棵木麻黄跟前，像慈母抚着婴孩，看了又看，摸了又摸。他喜得嘴巴张大了，多大工夫合不上。有一股眼看不见、手捉不住的兴奋感觉，从他头脑里扩散到他强壮身体的每个部位去了。哎呀呀！终于盼到这一天了！他激动地大声喊起来："妙，妙！真是木麻黄成活了！"

它们是留给谷文昌和在场人的一丝丝绿色希望。星星之火，可以燎原。9棵树，仿佛是9颗革命的火种。这9棵顽强地显示出生命迹象的树，似乎也体现出了共产党人不屈不挠、坚韧不拔的性格。

两年多来，谷文昌以寻觅木麻黄植树造林为事业。为了它，他天南地北，风餐露宿，跋涉在茫茫的沙海里，时而是阳光灿烂，时而是疾风暴雨。为了它，他朝朝暮暮，不眠不休。当他经历了大漠孤烟一般的坎坷，在无望的沙海之中突然看到了希望的绿洲——见到木麻黄的成活，他的胸膛里面，是奏起了怎样欢快的乐曲啊！

"这就是希望。"谷文昌对大家说，"有九棵就有九百棵、九千棵、九万棵，就能绿化全东山！"

谷文昌站了起来，挺立的身躯就像傲岸的木麻黄："东山能长树！"一个带着浓重河南口音的坚定声音，回响在东山贫瘠的土地上，激励着一颗颗沉重的心，"将来树长大了，大家抬起头看，帽子会掉下来！"

木麻黄的引进种植不能一蹴而就，也要研究好规律、摸清树性。经受了多次挫折的谷文昌，更加注重科学技术。

又是一个傍晚，暮色逐渐浓重起来，窗外有些不知名的小虫在草丛里鸣叫。谷文昌趁下班的时间，把自行车支在县科委的院子里，随手从车上摘下装着木麻黄标本的挎包，去找金教授夫妇请教。

金教授夫妇立刻就被谷文昌植树造林的那份热心，感动得赞叹不已，相关资料被他们夫妇翻了一册又一册，查找那 9 棵木麻黄能在凛冽寒风中存活下来的原因，也逐步有了头绪。

一个春寒料峭的早上，西埔公社西埔大队组织数千社员在亲营山风沙口植树。在茫茫大漠中人们站下了黑压压一片，他们分成两路大军：有的去海滩挑淤泥，有的去沙滩挖坑植树。下海滩挑淤泥的农民，在满天滚滚的黄尘笼罩下，时隐时现地移动着，远处迎风畔上的人们，挥舞铁锨，把木麻黄树直立着埋进沙里。这时，红彤彤的太阳，从东海彼岸冉冉升起，把人们劳动的身影，投射在明沙梁上。由于来回奔跑，影子飞快地在沙梁、沙坡、沙丘上弯曲、晃动，使得这植树造林的劳动气氛越发地热烈起来！

忙了一上午的第十一生产队队长林坤福为御寒，午间喝了几杯随身带的米糠酒，鞋都没有脱，就躺在沙丘旁，头枕着胳膊，竟昏昏然睡去。等他一觉醒来，才记起今天上午自己种下的木麻黄还没浇水，心想这下糟了，正晌午，蓝蓝的天上没有一丝云彩，挂在天空的太阳猛烈地喷火，沙漠被烧得滚烫，空气灼热。种树不浇水，加上海边的风又这么大，这些树必死无疑。林坤福顿时慌了神，脑子里马上浮起许多可怕想象，他无论怎样拼命摆脱这些幻想，终是不成功，越想叫眼睛只盯在面前峭壁的石面上，眼睛便越往无底深处瞧。他越着急想别再想这些了，他脑子里的念头来得越活跃，也越清楚得可怕。最后幻想到了在万人植树造林的大会上被点名、挨批斗关头上，大凡人到这种情景，都会产生这种幻想的。现刻他觉得这些幻想要变为现实了，一切想象中的恐怖全都挤在他脑子中，有如事实。他觉得两条腿抖颤得厉害，连两耳里都在嗡嗡地叫……

想到这里，他不禁忧心如焚，焦躁起来。他赶紧叫上几个还没离开的青年社员一起给木麻黄浇水。大家在海边沙地的低洼处寻找着淡水。一个社员忽然觉得脚下湿湿的，脸上立即充了血红起来，心上突突跳着。用手一挖，嘿！沙里竟有水。他激动得流出眼泪，嘴唇打着哆嗦喊："快来看，水，有水了！"

大伙高兴极了，一个个争先恐后，抢着把树苗全给浇上水了。

正当大家兴奋之际，一个社员感觉不对劲，掬水一舔，一下子瘫在沙地上，原来是咸水。

林坤福得知给树苗浇的原来是咸水，也傻眼了。他让几个青年社员先回去，自己连夜从几里远的水潭里不停地挑来淡水，给每棵木麻黄树苗一勺一勺地浇。起先，在沙滩上挑担行走，脚踩下去，像踩在雪堆里一样，松软柔和，悄无声息，觉得还挺有趣。走了几个来回，他开始感到小腿肚有点儿僵硬，以为是棉衣在妨碍自己，干脆一把扒下，甩开膀子，快步前进。但过了一会儿，脚下又渐渐不济了，越是想快，后脚越是往后跐溜，体力消耗得越是厉害。后夜，竟连迈步抬腿都有些困难了。他咬紧嘴唇，使出不顾死活的猛劲，把水桶灌得满满的，踩着前头的脚印，挣扎着向前。一个人一口气干到第二天中午。

回家后，林坤福连累带吓，竟得了一场病，卧床不起。然而，奇迹发生了。几天后，谷文昌亲自检查西埔大队植树点，发现其中一片成活率特别高。一打听，才知道是十一队林坤福种的，便兴冲冲来到西埔村，想见见这位生产队长，得知林坤福生病，就登门看望。

谷文昌进了林坤福家，就看到靠着窗口的一张床上，坐得正是林坤福。他身子朝前倾着，手里握着一支钢笔，床边上放着一个摊开的生产队记工本，正在记工本上写着什么。谷文昌不由得放慢了脚步，轻轻地走了过去，在林坤福的背后，站了好一会儿，才把手放在林坤福那裹着白毛巾的头上。

林坤福抬头一看，惊骇地叫起来："谷书记！"接着，又慌乱地和谷文昌握了一下手，把身子往里靠了靠，让谷文昌坐在床边。谷文昌没有立即坐下来，他站在林坤福身边，看着林坤福，流露出一种满意的喜悦。

林坤福根本没有发现谷文昌感情上的变化，他心想这么大的官找上门来，这下事情闹大了。谁让自己作为一队之长，无视集体规章制度，大白天喝醉了酒，影响到生产队按时浇树。后来想要补浇，又错浇了咸水，造成了大队的树苗一棵棵枯死，破坏了全县植树造林，罪责难逃呀！县委书记不找上门来才怪呢！

想到这里，他愈发恐惧起来，说："谷书记，我'狗吃猪肝有罪'，都是我的错，这事跟社员无关。"

什么吃猪肝？看来这生产队长病得还不轻。谷文昌安慰道："老林，你先养好病，病好以后，我要向全县的生产队长说说。"

还要在全县生产队长会上说？林坤福吓坏了，他恳求谷文昌："谷书记，能不能不到会上说？"

谷文昌打气道："要说要说。老林，你不要有什么顾虑，有什么就说什么……"

谷文昌还没说完，林坤福就一头扎在自己的两腿中间，随着双腿"嘚嘚"地颤抖，呜呜地哭开了！又耸肩膀，又捶脑壳，真是好不伤心！接着，骂开了自己："谷书记，你不知道，我该死！我犯下了大罪啦！"

谷文昌反而感到莫名其妙——林坤福植树做出了成绩，全县都要推广，他却抱头痛哭，这是怎么啦？谷文昌连忙伏下身子劝林坤福说："你有话就说来，千万别憋在肚子里，委屈了自己呀！"

经过一番劝说，林坤福终于鼓起勇气说："谷书记，那我就有什么说什么了，我向你检讨。"他把那天因为喝酒误事，摸黑用海水浇树苗，再补浇淡水的经过一五一十全倒了出来。

谷文昌听后，才明白是怎么回事，他笑着说："老林，你这错啊，还歪打正着了，你就别再做检讨啦。这件事给我们一个启示，这木麻黄呀，不仅抗干旱、抗风沙，还真耐盐碱，你看你浇了海水，再兑淡水，这木麻黄居然还活了下来，而且还长得不错。尽管这回遇到'倒春寒'，但木麻黄这先锋树种，我们还是找对了。"

木麻黄作为先锋树种确定无疑。现在关键是要弄清楚在东山的特定环境下，什么温度、什么时段种植最合适。

一个由林业技术员、领导干部、有经验的老农三结合的造林试验小组应运而生，谷文昌亲自担任试验小组的组长。

在那个时候，已经是深夜，成立造林试验小组的会议刚刚结束。两个人从那充满热气腾腾气息的湖塘村大队办公室里走出来。他们一个人手里拿着笔和小本子，一个人手里提着一盏马灯，在街道上行走着，谈论着。清风吹拂着他们滚热的脸，掀动着他们的衣襟。沉睡的街道上，他们脚步轻轻，却又十分有力地响着。

明镜般的月亮悬挂在天空上，白色的光芒，从树干往树梢上升，又筛下花花点点的影子，往街道上、土墙上刷抹着。

谷文昌看着吴志成笑，吴志成看着谷文昌笑。

吴志成问："你笑什么哪？"

谷文昌说："先告诉我，你笑什么？"

吴志成说:"我笑咱们。原来心里一点儿影子没有,说干就干起来了。"

"这叫逼上梁山。不这么干不行啊。"谷文昌说,"咱东山有块屹立在海岸峭壁上的风动石,如果方向不对,方法不对,多少人都推不动它。可一旦找准了角度,一个人就可以推动它。现在,我们就是要找准植树造林的'角度',也就是找出种植木麻黄的最佳时机和技术关键。咱来个试验,每10天种一次木麻黄,就看哪个时段种下的木麻黄成活率最高,就像我当年在太行山老家打石头一样,去掉不合适的,就是合适的。"

试验小组就在那9棵成活的木麻黄附近,按照谷文昌的排除法,实行"旬旬造林"。每隔10天,就种一批树。他们发现,木麻黄有40多个种类。他们就引进来,每次各个种类都试一试。这次种1米以下的小苗,下次种1.5米的大苗,这次早上种,下次下午种;这次晴天种,下次雨天种……

像伺候月子一样呵护树苗!他们在飞沙滩上搭起工棚,大家吃住在现场。每天东方刚一露白,谷文昌就带领人们来到试验田里,除了旬旬造林,就是定时观察木麻黄的生长情况,详细记录气温、风向和风力,对新植木麻黄回青、成活的影响。

入夜,谷文昌和大家一起睡在工棚里。身下是铺得厚厚的苇草和蒲草,一股草的清香扑鼻而来。身子一动弹,草铺就颤,就像睡在沙发上一样,就像躺在小船上一样。联想到船,从草铺中隐隐地透出海的气息:海风的潇洒、爽利,海水的咸味、腥味,一闭眼仿佛望见了海天一色、浩瀚无际的景象,人们心里也像装着万里海涛。

话题不知从哪儿扯起来了,大家谈到木麻黄树种繁多,宜旱宜涝宜碱,抗风固沙,它能逐渐改变东山气候。如果有一天东山岛能普遍种上适宜于当地条件的优良木麻黄品种,那么就能彻底改造这白茫茫的荒沙滩。谈呀,说呀,大家就这么在颤悠悠小船似的草铺上睡着了。

半夜,醒了。不是冻醒的,也不是被吵醒,而是有一缕橘红的光照在脸上,睁眼一看,原来是一线烛光。吴志成看得清楚,谷文昌背冲工棚的门口,静静坐着,身上披一件衣服,他的背和那件衣服像一扇门似的给人们挡住了冷风。蜡烛在他身旁,为怕影响大家睡眠,用立起来的洗脸盆遮着。在摇摇晃晃的蜡烛光下,他弯着身,低着头,手拿一根银针,正在给林嫩惠的脚底板挑水泡呢……

功夫不负有心人。木麻黄的脾气秉性渐渐摸透了。一套适合东山造林的操作指南日渐清晰：改春季植树为夏季植树，改晴天植树为雨天植树，改小苗植树为大苗带土球植树……

谷文昌和植树造林试验小组的同伴高兴得要命！在这无边无际的沙滩上，植树造林的希望开始出现了。这片沙滩开始有了孕育绿色生命的能力，它不再是祖国母亲胸前一块难看的黄色疤斑，它是大片恢复了健康的肌肤！

这是一份极为宝贵的观察分析报告：

> 木麻黄的最佳种植气温为 25 摄氏度，地温为 23 摄氏度。在东山，5 月下旬至 7 月（芒种至夏至），气温较稳定，种下的木麻黄 3 天便足以成活。
>
> 种植木麻黄必须掌握六大技术要点：良种壮苗、适时种植、带土栽种、大穴种栽、适当密植、雨天造林。

谷文昌立即决定把"造林六大技术要点"印成小册子，分发到各大队、生产队，人手一册。这些要点和做法在今天依然具有指导意义。

三

夜深人静。满天星斗，洒下万道光辉。

东山县委大院沉浸在夜色的宁静中……

谷文昌在夜空下舒展了一下胳膊，猛劲儿地呼吸着凉彻心肺的空气朝家里走去。他推开家门，又轻轻掩上。在外屋，喝了几口凉水。进了里屋，点上了煤油灯。

小屋顿时明亮起来。孩子们都睡熟了，床上传来均匀的鼾声。他摆上了小低桌，把煤油灯放在桌子的一角，找了个小方凳，坐下来，开始学习了。那时，在领导干部中有一种学哲学、用哲学的风气。

谷文昌在桌上摊开了毛主席为在延安抗日军事政治大学做过讲演的《矛盾论》《实践论》，金光闪闪的大字跳入眼帘。

"矛盾存在于一切事物发展的过程中，矛盾贯串于每一事物发展过程的始终……由此可知，任何过程如果有多数矛盾存在的话，其中必定有一种是主要的，起着领导的、决定的作用，其他则处于次要和服从的地位。因此研究任何过程，如果是存在着两个以上矛盾的复杂过程的话，就要用全力找出它的主要矛盾。捉住了这个主要矛盾，一切问题就迎刃而解了。"

谷文昌如饥似渴地读着，他那颀长的身子坐在小凳上、俯在小桌上，像一个非常用功的小学生一字一句地用心默念着……几天来，他不知学了多少遍，可是，每学一遍，他就感到像新学一样，感到这光辉的著作一次又一次地向他展示了全新的内容，而且一次比一次深刻，一次比一次丰富。尽管凭他的文化程度读起来还有些吃力，然而，他联系自己的工作实际，悟出了不少道理。他琢磨着，矛盾是到处存在的，那么矛盾就是绕不开、也躲不过的，正确的态度应该是敢于面对矛盾，主动去解决矛盾。矛盾有主要矛盾，有次要矛盾，那就要抓住主要矛盾，抓住问题的关键，就跟自己小时候在山上放牛一样，要牵住牛鼻子而不能揪牛尾巴。当前，牵动东山全局的"牛鼻子"是什么？是植树造林，治服风沙。这个问题解决了，农民的庄稼才能种得起来，水土得到了涵养，干旱才能缓解，老百姓生存环境才能得到改善。也就是说，这个关键问题解决了，其他问题就好办了。

谷文昌想到这里，更加振奋起来，他拿起笔在本子上急速地写下心得体会……

夜更深了。银白的月光洒在地上，到处都有蟋蟀的叫声。夜的香气弥漫在空中，织成一个柔软的网，把所有的景物都罩在里面。眼睛所接触到都是罩上这个柔软的网的东西，任是一草一木，都不是像白天里那样的现实了，它们都有着模糊、空幻的色彩，每一样都隐藏了它的细致之点，都保守着它的秘密，使人有一种如梦如幻的感觉。

谷文昌接着点上一根烟，饶有兴致地一字一句逐段默读着《实践论》，读到中间一页，不禁低声朗读起来："实践、认识，再实践、再认识，这种形式，循环往复以至无穷，而实践和认识之每一循环的内容，都比较地进到了高一级的程度。"他读着读着，只觉得全身热血沸腾，感到浑身都是力量，兴奋得跃身跳起，一边拍打着自己的额角，一边自言自语地说道："这不就是我们植树造林治理风沙的经历吗？这些年来，我们治理风沙，经过了多少挫折，经历了多少失败，走过了多少弯路，积累了多少经验，才好不容易找到了抗风沙、抗盐碱的先锋树种木麻黄。然而，树种找对了，可种树的时机和方法又搞错了，经过'旬旬造林'的试验，现在，终于找到了种植木麻黄的最佳时机和方法。这就是认识的规律啊！"

谷文昌从毛主席著作中吸取了勇气、力量和信心，仿佛在向着苏峰山攀登着，不断地攀登着。他汗流浃背，终于登上了一个平台，眼前豁然开朗。然而，他还要继续向上攀登，因为上面有更宽广的视野、更诱人的风景……

谷文昌回到《实践论》："你要知道梨子的滋味，你就得变革梨子，亲口吃一吃。"

史英萍走了进来，发现丈夫静坐在小桌前："老谷，你一个人在叨咕什么呀？"她心疼地说，"啥时候了，还不睡？"

"我在学哲学呢。"谷文昌答道，眼睛仍注视着毛主席著作。

"你一个打石匠，学什么哲学呀？"

谷文昌来了精神："英萍，来，我跟你讲讲吃梨子的哲学……"

"吃梨子还有哲学？时间不早了，吃梨子的事明天再说吧。对了，说到吃梨子，我倒想起来了，咱河南老家寄来了一箱黄梨，可折腾到这里都摔烂了。"

"老家寄来的黄梨？太好了！没关系，把摔坏的切掉，洗洗还能吃，我都嘴馋了。"

"好了，别再熬了。"史英萍见丈夫偌大的身个，俯在小桌上的模样，不觉笑道，"明天再学吧，别把眼睛瞅花了，腰也罗锅了。"

"瞧你说的，"谷文昌合上了毛主席著作，把脸转向妻子，"党中央的文件，毛主席的著作，越学，腰板越挺；越学，眼睛越亮；越学，对党对人民的一颗心越红！"

1958年12月20日，在东山县再次举行植树造林誓师大会上，县委书记谷文昌的动员报告气吞山河："广东电白县能植树造林，我们难道不行吗？一年不行，两年行不行，三年行不行？四年、五年总可以了吧？现在已经过了两年了，难道真的不行了吗？"崇高的革命理想在激励着东山人，满腔奔腾的热血在冲击着东山人，植树造林，改变农村贫穷落后面貌的宏伟图景在召唤着东山人。他们再也不能等待了。有线广播将县委书记充满革命激情、革命信心的高昂而雄浑的声音，传送到各个生产大队。一时间，千军万马冲上了轰轰烈烈的植树造林工地。

连日来，荒沙滩上，红旗招展，群情激昂。每天清早，用不着干部招呼，工地上早就车来担往，人声鼎沸了。到了天黑，荒沙滩上仍是银锹飞舞，歌声飞扬。俗话说：人心齐，泰山移。大家心中有了明确的奋斗目标，干起来格外有劲。从人们心底升腾起来的一股股暖流，把沙滩冬天的严寒，驱赶得无影无踪。那冲天的劳动热情，使植树造林的进度，一天比一天快。

为了及早完成植树造林任务，参加植树的社员们，在早上出工时，都随身带着冷饭包，谁也不愿意浪费往返吃中午饭的时间。从这个细小的举动里，谷文昌也看到了蕴藏在群众中的极大的社会主义积极性。但是，他也因此产生了不安情绪：眼下正是冷冬寒天，一餐两餐还可以对付，如果天长日久吃冷饭，势必影响社员的身体。

谷文昌找来吴志成、蔡海福、林嫩惠一起商量，蔡海福想出一个点子："从造林队伍中抽几个妇女，每天送饭上工地吧。"

"这个办法好。"吴志成连连点头，"这样，就可以让大家吃到热饭，还能节省时间。"

谷文昌说："如果在工地上搭个临时火灶，抽出一个社员，把大家带去的冷饭蒸热，再顺手烧点开水，是不是更好些？"

汗，为栽树洒下的汗水，为抗风固沙洒下的汗水，全县干部群众的汗水，渗透进东山岛的沙滩里。10万种树大军，一次造林48600亩。这是个伟大的数字，这个数字证明了谷文昌和这个政党的伟大力量。没有这种强大的凝聚力就没有这么宏大的历史场面。

一个月过去了，两个月过去了，木麻黄长大了。它慢慢地挺直了腰杆，不再畏惧那风沙的暴虐，不再会枯萎和倒下。它高昂着绿枝萌发的头颅，在空中随风骄傲地摇动着。它在向世人宣告一个奇迹，一个伟大的奇迹；一个代表着先进的政党及这个党领导下的人民所创造的伟大奇迹。

这片沙滩，曾是荒凉的土地。

这片沙滩，也是肥沃的土地。

这片沙滩，吸收劳动者的汗如海绵吸水。

这片沙滩，报答劳动者的汗慷慨无限。

那是怎样的丰收在望的壮丽画卷啊！树海苍郁，一望无边，波翻浪涌，接天铺地。清晨，红日从树海中跃出。傍晚，夕阳在树海中沉落。

那是多么喜人的树木啊！高高的树干泛着一层淡淡薄薄的银光，繁茂的枝叶上荡漾着翡翠般的嫩绿。连高昂的头颅，也向栽种者显示出诱惑力。

哇！谷文昌笑了，笑出了泪，泪花从布满皱纹的眼角夺眶而出。他把双手叉在腰间，敞开打着补丁的衣襟，用破旧的帽子擦去脸上的汗珠，消瘦的脸上绽开粗糙的笑纹，笑绿了荒山野丘，笑出了东山人的欢乐和幸福。

"快，快去看，听说谷文昌种的树活了……"

"听说谷文昌笑了……"

谷文昌真的笑了，好多人都笑了，说笑的人也笑了！多少年，多少代，多少盼望着的时光，多少生命有了绿色的时空，让生命重新焕发出光芒。

蔡海福伏下身去，两手颤抖地抚摸着一株木麻黄树，眼里闪着激动的泪花，对站在身旁的谷文昌说："谷书记呀！这树，栽得真不易呀！俺们花费了多少心血，盼望了多少年呀！"

谷文昌激动地点着头说："这是大家听党的话，不怕艰难困苦，坚持与风沙斗争的结果。"

"是呀，真不易！"金泉大伯捧起一簇绿叶，深深地吸了一口香气，慨叹地说，"真是毛主席、共产党领导得好哇！"

哦！快乐的谷文昌和谷文昌带领的东山人。

树种成功了。风屈服了，沙屈服了。风把消息传遍整个漳州，整个龙溪地区，整个福建省。

谷文昌看到了建设绿洲的希望，他和县委一班人研究决定：今后只要天一下雨，全县的干部群众就要做好种树的准备，雨一停，那就是命令，大家就要拿起工具种树。

从此，东山有了这样壮观的场面：一到下雨天，有线广播即刻播送造林紧急通知，各级干部率先冲进雨幕，百里沙滩上全是造林大军，到处龙腾虎跃，一片热气腾腾。在那些日子里，谷文昌强忍着胃病、肺病的折磨，和班子成员一起，哪里活儿重他干在哪里。挑淤泥重，数他挑得多。挖树坑缺人手，他又放下担子，抄起铁锨。

这天，雨越落越大，天都落黑了。屋檐水的水柱瀑布似的斜斜往下落。沙滩上、小路上和山坡上，一下子都漫满积水。隆隆的雷声从远而近，由隐而大。忽然间，一道闪电才过去，挨屋顶炸起一声落地雷，把谷文昌震得微微一惊，随即自言自语地说："这雨下得好哇。看这雨落的！今天怕又要多栽树了。"

他扛着铁锨上工地，走到半路，胃病突然发作了，从额角上渗透出来的汗珠像黄豆那么大，他的牙齿紧紧咬着下唇，疼得走不动。社员们看他气色不好，都上前扶住他的身子，劝他说："谷书记，你歇一会儿吧。"

谷文昌摆摆手，说："大家都上工地，我不是来歇着的。"

在造林中，社员们一边铲土，一边看着他强按着腹部在使劲地用铁锨挖着坑。显然是剧烈的胃痛使得他手指发抖，铁锨几次从手掌中掉了下来。周围的群众都眼含热泪，硬要他离开工地。谷文昌却倔强地说："植树造林是全县的当务之急，干部社员都在顶风冒雨大干，我这点儿病算什么？"他是多么舍不得离开植树造林工地啊！他把整个身心，都交给了东山的群众、东山的植树造林。正像一位指挥员在战斗最紧张的时刻离开炮火纷飞的前沿阵地一样，他从心底感到痛苦、内疚和不安。

在沙滩上，在苗圃里，在荒山坡，处处都有谷文昌那披着斗篷、永不疲倦的消瘦身影。东山人从这亲切的身影上，感受到共产党人心系百姓、造福人民的情怀，尊重科学、实事求是的精神，坚韧不拔、百折不挠的意志。他鼓舞、激励着东山人勇敢地与风沙较量，向贫穷落后抗争，用辛劳和智慧去实现绿色的希望。

从1958年到1965年，东山县人民没有停止过这项改天换地的伟大工程。人们养成了一个习惯，清明必种树，雨后必种树，不用通知，不用指示，不用传达，不用命令，他们在改造自然中形成一种惊人的自觉和默契。

天亦为之动容，连降喜雨，种下的木麻黄大面积成活了，在太阳光照射下闪闪发亮。此时，谷文昌想到的是，成活的木麻黄需要管理和保护。他提出：造一片成一片，发展一片巩固一片。县政府专门下发文件，对小树苗要实行"妈妈式"管护：天旱了幼苗不返青，磨破肩膀、冒着烈日、踏着火烫的细沙也要挑水浇树；遇到大风天气，要及时把掩埋幼树的沙土挖开，把被吹歪了的树苗扶正；肥料不足，要到大海捞小鱼虾积肥喂幼树。

广播响起来：管树护林的事儿。

黑板报换上新的：管树护林的事儿。

群众大会召开了：管树护林的事儿。

训练班办起来了：管树护林的事儿。

民校开课了：管树护林的事儿。

屋里，院子，田头，巷尾，到处都有人议论纷纷，都是管树护林的事儿。

谷文昌每次下乡总要带上一把剪刀、一把铁铲，看见歪倒的小树亲手扶起来，看到该剪的枝杈，随手剪掉。他爱树如命，见人就说："谁要伤一棵树，就是伤了他的胳膊；谁折断一根树枝，就是折了他的手指。"他经常告诫基层干部："喊破嗓子，不如干出样子。"在他的带动下，全县管树护林蔚然成风。

时间在慢慢地向前，谷文昌在繁忙中等待着。他像一个慈祥的父亲，关注着幼苗的生长。他常常走在东山县老百姓和自己亲手种的木麻黄树前，静静地看着，用嘴吹去压在枝条上的沙粒，用那把特制的锄头给干旱的树苗松松土……

人们看着一棵棵嫩绿苗壮的树苗生长，也看着谷文昌憔悴。

多少人感动，多少人效仿着这个爱树人的举动，连山口村、白埕村和湖塘村的孩子们也模仿谷文昌，轻轻地抖去枝丫上的沙粒，给饥渴的树苗浇水。

有一次，谷文昌到山口大队检查工作，可巧，碰到几个社员正赶着耕牛从木麻黄树中间穿过。待他一仔细检查，发现几棵幼苗被耕牛踩倒，他心疼极了，也气愤极了，当场把这些人喊了一顿："你们这是干什么！这是全村群众的血汗！看不见这是小树。你们把这些小树都糟蹋了！……"

晚上，谷文昌让支书立即召开全村社员大会，说不放电影你支书也得把人给我召集来。干部们费了九牛二虎之力才把人召集齐。谷文昌在会上好不容易克制住了自己的脾气，他耐心给社员们讲牛踩倒小树的危害，说："今天你叫耕牛踩倒一棵，明天他叫耕牛踩倒一棵，像这样下去，全村的木麻黄还咋长成树？十年树木，百年树人，栽活一棵树多不容易呀！全村群众的血汗还不白流了，啊！我们要教育子孙后代，不仅要种好树，还要管好树、护好树。这是我们赖以生存的绿色屏障啊！……

"往后，咱们大家的心里要多装植树造林的大事，要支持干部搞好木麻黄管理。我想，有两件事，咱们能办到，也应当办到。头一件事儿，咱们要当好村干部的耳目。"

有人说："你讲细致一点儿，怎么当耳目？"

谷文昌说："咱们在山口住着，活动着，要多听、多看、多管；听清了，看准了，发现有人损害树木要立即制止，制止不了的要往上汇报，让上边知道下情，领着大家把树管好。"

社员们都拍手赞成："对！把咱们听到的、看到的、管不了的事情都汇报上去，上边知道了就能进一步采取措施加强管理，就会往咱们心愿上管。"

谷文昌接着说："还有第二件，咱们要想方设法地宣传小树管理，让全村家家户户都能长这个心，留这个神，别再发生这样的问题。这中间，都要立个志，把分到的小树管理好，把致富的日子过好。做到这两步，那就保险不会让人损害。"

社员们最拥护这一条："对，对。全村人就得齐发动，合成劲，绝不能再损害一棵木麻黄啦。"

…………

社员们听明白了道理，又被县委书记的精神所感动，此后，牛踩小树的事再没有发生过。并且，在谷文昌的倡导下，全县村村订立了护林公约，建立了护林队。

到了 20 世纪 60 年代，谷文昌带领全县人民植树造林 82000 亩，全岛 412 座山头披上绿装，34000 多亩的木麻黄防护林在 38 公里长的海岸线上筑起一道"绿色长城"。接着，美国湿地松、澳大利亚银桦、法国梧桐也相继站稳了脚跟，形成第二道绿色屏障。再下来，是漫山遍野的果树，绿荫掩映中的村庄。整个海岛绿化率达到 96%，岛上林带风力减了 41% 至 61%，冬天平均气温提高了 1.5℃，蒸发量减少 22%，相对湿度提高 10% 至 25%。

英勇的东山县人民，高举艰苦奋斗的革命旗帜，战天斗地，发愤图强，终于使东山岛这只土黄的蝴蝶变成了绿色的蝴蝶，在碧波万顷的东海上翩翩起舞了。东山人世世代代遥不可及的梦想，在共产党人的领导下实现了。

第五章　人民至上

一

八尺门渡口，位于东山岛北端，与云霄县隔海相望，是东山岛通往陆地的咽喉，历代兵家必争之要隘。虽然与陆地的最近距离不过五六百米，可是这片海域水深浪高，舟覆人亡的惨剧时有发生。1948 年，这里曾发生"九尸十命"的惨剧，一个腹中的胎儿，还未来得及降临人世，就随母亲被大海吞没。

世世代代的东山人，总盼着有一天出现奇迹，天上的玉皇大帝或哪一路神仙架一座彩桥，把东山与陆地相接。几千年过去了，奇迹没有出现，百姓们依然被困孤岛。当时的东山，人力、财力非常有限，修一座桥谈何容易！

1959 年初夏的一天，谷文昌到后林大队指导工作，看到岛上的居民排着长长的队伍等待渡海，摇橹前进的渔船行驶在风撕浪扯、奔腾咆哮的海面上。三个熟悉的身影，在浪尖上蹿跳。脚下的舢板被浪花遮住，她们像站在水面上。一方红底黄花小手帕，像一团火，燃烧在浑浊咆哮的海面上。岸上，两个细高的姑娘，手卷成喇叭筒，朝海里呼喊：

"明——英——姐！"

"翠——萍！"

在嘶叫的暴风里，山岚、村落、桅樯、林木，不再是静止的，都在动、都在跑。褐色的礁石，头顶着雪白的浪花，一扫过去阴沉的面孔，变得清新、壮观，生气勃勃。勇敢的海燕，仿佛更喜爱风暴的到来，张开坚强的翅膀，搏风击浪，直射长空。

谷文昌看到这个情景，心仿佛停止跳动，"三浪头赛虎口，十个艄手九个愁"。他十分清楚姑娘危险的处境，跟头趔趄，不顾一切地跑着，两只眼紧紧盯着那只舢板，它时而像标杆耸立浪峰，时而像流星坠入海底……

谷文昌又急又痛，终于跑上沙滩。看着人们拽拉小绳，他心如刀绞似的。9年了，多少个日日夜夜，多少个寒冬酷暑，为保护东山渔民，他可以风里走，浪里钻，呕心沥血，但为什么在建设社会主义事业时，竟没有解决百姓们被困孤岛的难题呢？

这日，谷文昌一行来到一户农家。屋里光线很暗，乍进去看不清，只听上边有个小孩在乱嚷嚷。过了一会儿，他们才看清房里有一张大床，床上坐着个男孩，拥着一床破被单，在那儿拣瓜子。他看见来了生人，睁着滴溜圆的眼睛望着。年过六旬的老翁搬了条长凳，吹吹灰说：

"坐吧，家里脏得很。"

"你家里孩子的父母呢？"谷文昌没有坐，走到小家伙面前，拉拉他的手说，"这孩子长得不错！"

老人叹了口气说："三年前的夏天，儿子出海打鱼遇上台风再没回来。儿媳生下孙子不久，搭船到对岸去割草打柴，遇上大风，船翻了，人也没了……"

"孤岛变半岛""天堑变通途"的呼声，让谷文昌吃不香，卧不安。为这事，他常常整夜整夜睡不着觉。心头老问自己：谷文昌啊！你算毛主席的战士吗？你算共产党人吗？可你革的什么命啊！难道就听任海浪给东山人民造成惨剧吗？难道让农民兄弟永远都这么被困孤岛吗？不！不！我们要彻底解决东山人的舟楫之苦，只要对百姓有利的事，哪怕排除万难也要做到！那些日子里，谷文昌走东家串西家，听乡亲们倾诉，还与岛上有经验的老渔民、技术员一起，召开"诸葛亮会"，向他们求计问策。在充分酝酿、广泛讨论的基础上，谷文昌脑海里渐渐形成了一幅崭新的图景。

谷文昌主持召开县委会议认真研究，决定在东山与陆地之间修一条海堤。把海岛与陆地连接起来，这样既能促进海岛发展，扩大对外联系，免除群众舟楫之苦，又能加强战备，巩固海防。将来还可以借堤搞渔业养殖、围垦盐田，沿堤还可以修筑渡槽，引陆地淡水入岛，解决人畜饮水和灌溉用水……

听到这个消息，大多数人欢欣鼓舞，但也有人连连摇头，觉得这是头脑发热、异想天开。还有人建议等将来经济搞上去再修筑长堤。谷文昌坚决地说："同志们，你们必须明白，你们不是农民，是农民的干部，干部就是领头人——领着农民干革命的人！得往远看，得往长想，往高处奔。就是往社会主义的目标看，往社会主义的目标想，往社会主义的目标奔。只有这样，我们的生活才能更幸福。不这样，我们的农民还会时时面临着舟覆人亡的危险。为了人民的需要，为了实现这个目标，我们还有困难没有呢？有！正像同志们说的，还不少。把困难摆出来，能有一堆。我想说的是，困难得分啥性质。比如说，高山顶上尽是宝，我们去取它，就勇敢地往上登，尽管有困难，可是爬一步，距离那宝地就近一步。如果缺少这份勇气，不光让困难吓慌了神，还会从半山腰滚到山涧里去，甚至断送了性命！"

众人笑了。

"同志们，这两种困难是一个样吗？不一样。我们是攀登的困难。要不搞修海堤，我们可能没有眼下的问题。可是同志们啊，我们要是怕困难，躲避困难，就等于往山下滚！我们能这样干吗？"

会场上变得静极了，每个人都直起身子、昂起头，心里如同一锅滚沸的开水！

谷文昌大声说："有了困难怎么办？"他举起双手，"同志们，就是脱皮掉肉，也要把海堤修起来！"

10月，东山县委经过勘察设计，决定海堤从八尺门修至云霄县。这一段海水最深处10.9米，全长569米，外延公路1000米，预计总投资200万元。

对于家底薄弱的东山县来说，要完成这项空前浩大的工程所遇到的困难可谓前所未有。资金从哪里来？技术保障怎么办？原料怎么运输？千头万绪，一股脑儿横在了谷文昌面前。不能等，不能要，也休想靠什么人的施舍。唯一的也是最可靠、最踏实的办法是自力更生。

啊，自力更生，这个从共产党诞生初期就形成的思想，这个我们共产党人反复宣讲了几十年的法宝之一，究竟有多少人真正地理解又有多少人实实在在地照办了呢？

建设社会主义只能靠自力更生。社会主义不可能靠恩赐也不可能依赖谁的支援。输血只能救急而不可能创造一个活灵灵的生命，只有依靠自身的机制增强造血功能才会有新鲜活泼的生命！

谷文昌和县委一班人在带领全县人民大规模植树造林的同时，积极争取福建省委、省政府的大力支持，在八尺门海峡上演另一幕荡气回肠的英雄剧，修建连接大陆的海堤，让孤岛变半岛，让天堑变通途。

1959 年 12 月，八尺门海堤动工了。谷文昌亲自担任建堤领导小组组长，而八尺门海堤工程指挥部总指挥由老县长樊生林担任。

樊生林是一位带有传奇色彩的人物，他出生于河北省邢台县谈话乡大百工村。1941 年 2 月，八路军进至河北省邢台县开展敌后活动，樊生林任游击小组长、联防队长，他有勇有谋，带领游击队剪电线、毁铁路、捉汉奸、端炮楼、打游击，给了日本侵略者沉重的打击。有一次，跨乡远征打一个大恶霸的"家丁队伍"，队伍要走山路一百多里，任务十分艰巨。樊生林亲自做出围歼的周密计划：准备多少枪支，走哪条路线，从哪里进村，以至怎样抓捕等，各个细节都做了具体安排。结果出奇制胜，把那个大恶霸的匪部一举荡平。又派出游击队员，把窜逃外县的大恶霸抓回来审判。

1944 年，樊生林出席邢台县和晋冀鲁豫边区群英会，并获得边区政府颁发的"杀敌英雄"奖章。

樊生林 1949 年 4 月随军一路南下，1955 年 11 月出任东山县县长，成为谷文昌的搭档。在植树造林、落实"兵灾家属"政策、兴修水利、发展生产过程中，与谷文昌密切配合，做出了重要贡献。

这位从硝烟中走来的铮铮铁汉，善于学习，善于思考，敢于直言，有着一股刚正不阿的秉性，在不少场合，对当时的浮夸风"共产风"提出了不同的意见，这导致他"犯了右倾错误"，离开了县长的岗位。而谷文昌也因坚持实事求是，坚决纠正"大跃进"中脱离实际的做法而备受压力。

而今为了修筑八尺门海堤，两位昔日的战友又并肩战斗在一起。谷文昌和樊生林经常吃住在简陋的工棚，召开各种座谈会，访问了许多村民，与施工技术人员一起研究移山填海的筑堤方案。

以东山民工为主的筑堤大军开进了工地。谷文昌亲临前线，既是指挥员又是战斗员。他身穿旧布衣，脚踏旧布鞋，风尘仆仆。哪里出现难攻险段，他就往哪里奔；哪里工程遇到障碍，他就及时出现在哪里。他那以身作则的榜样力量给了筑堤大军多么巨大的鼓舞啊！

移山填海，需要大量的石头。谷文昌要求：艰苦奋斗，自力更生，村村建打石队。康美公社的石头山上，民工们打下 13 米深、表面直径 1.5 米、库室底长宽均为 3 米的大坑，埋下了 10 吨炸药。那是个阴雨天，还没有闪电。只是那隆隆然像载重汽车驶过似的雷声不时响动。樊生林身披草绿色雨衣，亲自来到附近的钱岗大队敲响大锣，警示群众避开危险地带：

"要爆炸啦！为了安全赶快出来！"

一声巨响，地动山摇，石块和泥土喷向空中，一下炸出 13 万立方米的石头！

八尺门水深流急。木船太小，便几只钉在一起，载着石头按桩号往海里填，几船石块下海，溅起一圈水花，犹如精卫填海！然而，精卫也能感动天地：两道小堤填出来了！接着抛沙，抛一层，然后用小石头盖一层，再一边填石，一边填土，要求填得"大一点儿、厚一点儿、牢一点儿"，以确保质量。

天毒地蒸，热浪滚滚。民工们在筑堤工地上，正经受着一场严峻的考验。他们攒足了劲儿一镐刨下去，在铁硬的土地上只出现一道白印印。打过十几镐之后，有的震裂了虎口，鲜血染红了镐把。好容易刨开硬土层，下面却是红胶泥里掺菅草根，一镐只能刨掉拳头大的一块黏土。任务艰巨，工地后勤班也开上来了。

小李宏人小力微，抢了一阵大镐就吃不住劲了，嘴里不停地嚷嚷着："这哪是黏土，分明是钢骨水泥呀！"

一班长王大为瞪了他一眼："加油！钢骨水泥怕啥？别说手里还拿着铁镐，就是用牙啃也得把它啃下来！"

小李宏猛劲刨着，嘴里还叨叨咕咕："谁说怕了？你这个同志！你能用牙啃下来，我就敢吃下去！"

这一边，女民工的劲头更足。赵丽丽领着四班一马当先干在前面，人人不说不笑，个个都出了一身透汗，头发上挂满了汗珠。

小李宏累了，刨一镐长叹一声："唉——十年前的威风哪里去了！"

王大为心急火燎地喊："快快快！干干干！工地就是战场，面对顽固的敌人，哪来那份闲心？"

霎时间，谁也不吱声了。只听着咚咚的镐声，嚓嚓的锹声，唰唰的抬筐的脚步声，工地上笼罩着严肃的气氛。

王大猛一边干一边催促着同伴："加油，加劲！"

赵丽丽一边干一边用眼睛瞄着别的班，生怕被人家超过去。

…………

钢钎、铁镐、铁锹、麻绳、铁丝、独轮车……工地上，用的是简陋的工具。汗水挥洒，谷文昌和大家一起刨土、运石头。

这一天，谷文昌和樊生林登上了八尺门旁边的一座小山。站在高高的山顶上，望着热火朝天的建筑工地，谷文昌感慨地说："咱植树造林是把荒岛变绿岛，修建海堤是把孤岛变半岛。这海堤建成以后，咱东山岛就和大陆连在一起，对东山的海防建设、经济建设、引水进岛和老百姓出行安全都将发挥重大作用啊！"

樊生林听着县委书记的话，心里非常激动。他望着谷文昌的脸，看着他那深沉睿智的眼光，严峻坚定而又乐观的表情，不禁更加敬爱起他来。樊生林全神贯注地听着，他感觉谷文昌的每一句话都是一个火花，每一个声音都像一阵春雷，带着巨大的鼓舞人的力量。听着，听着，他的思想蓦地在什么地方被触动了一下，接着很快又被打断。……

"他真是个了不起的人啊！你看他，多么有眼光，多么有远见。是啊！我们不能只看眼前这一点点，要看到远大的社会主义未来！"随着县委书记的热情和带有鼓动性的话语，樊生林说："老谷，你放心，你是县委书记，要兼顾全县的工作，我就守住这八尺门工地上，一定确保海堤的质量和进度。"

谷文昌说："是呀，老樊，要加劲干！要把民工组织起来，用智慧和双手，改变舟覆人亡的惨剧发生。要发愤图强，不管有多少困难，绝不能向保守思想让步。没有道，也得踩出道来；没有办法，也要想出办法。一定要突飞猛进，尽快把海堤建设好！"说到这里，他若有所思，"老樊，我琢磨着，咱能不能通过加强工程的管理，在保证工程质量的前提下，节省些资金。咱东山穷，省出些钱兴许还能派上其他用场呢。"

樊生林爽快地说："行，老谷，我们一定按照你的指示去做。我马上和副总指挥何荣玉合计合计，进一步优化设计方案，组织科学施工。在确保工程质量的前提下，尽量节约，绝不允许随便丢弃一个铁箍、一根铁钉、一条麻绳。"

谷文昌还要赶往渔业大队调研，临走时，他把带来的一包饼干交给樊生林："老樊，这里海风大，多保重身体。还有，工地上注意安全。"

樊生林说："我是枪林弹雨过来的，命硬着呢。老谷你胃不好，也多注意身体。噢，今天填海堤时，抓到了一条鳗鱼，这战利品让你给赶上了。"他转身对谷文昌的通信员何坤禄说："小何，把这鳗鱼带回去，给谷书记熬汤喝。"

谷文昌伸出两只粗壮有力的大手，紧紧握住樊生林的手，像是想把自己炽热的体温和刚韧的意志传递过去，使樊生林的手和心也变得又热又坚强。对这位忍辱负重的老战友、老搭档，他有许多话要说。然而，此时此刻，已经不用多说，他再次重复着一句话："老伙计，多保重了！"樊生林记着县委的重托，记着自己的承诺，全身心扑在八尺门工地上。人们在工地上经常见到，又黑又瘦的老县长，一边指挥，一边战斗。工地上到处响着他那打雷一样的嗓门儿。他光着膀子，在风里跑，雨里走。打钢钎缺少人手，他立刻拎起大锤，抢起臂膀，照着钢钎打下去。"当"的一声，铁锤敲击在钢钎上发出清脆的响声。他砸得那么准、那么狠，震得民工孟庆文手心都发麻。随着这响声，小青年周三喜高兴地放开嗓子吆喝："哦，大战海堤开始啦！"

孟庆文两眼注视着钢钎，嘴里默数着锤数："一下，两下，三下……"他万万想不到，负过伤的老县长，仍不减当年打游击的威风。

樊生林一连抢了一百下大锤。他的手臂酸麻了，汗珠从额上成串地滚下来，但他咬紧牙关坚持下去，为了战胜困难，鼓舞斗志，他要打好这头一炮。一时，他脑子里想到了十几年前在太行山上，抢铁锤打地道的情景来。那时，是为了战胜日本帝国主义，保卫太行人民的自由和幸福；现在，在祖国的东山岛上，抢锤开石筑海堤，是为了建设社会主义，创造东山人民的幸福生活。因而他觉得自己的每一锤都有着重大的意义。于是，他打一锤就默念一句："打出个新东山呀！""打出个新世界！"他在忘我地工作中，倾注了对党和人民的忠诚，也冲淡了精神上的苦痛。人们对这位公心有勇气、公口有直言的老县长由衷地崇敬，依然亲切地叫他"樊县长"。八尺门海堤工程，原计划投资 200 万元两年完成，结果花费 173 万元，只用了一年多的时间，于 1961 年 6 月胜利竣工。

长长的海堤横跨海峡，蔚为壮观。祖祖辈辈东山人的梦想终于变成了现实，东山岛的男女老少无不热泪盈眶，欢呼雀跃。一些老阿公老阿婆说什么也要来大堤看一看，在儿孙的搀扶下，他们的银发和眼角的泪水一起闪光，很多人喃喃自语："往后可是有好日子过啦！"

当谷文昌和他的老战友樊生林登上了八尺门海堤的时候，心里异常激动起来。看不见头、望不见尾的八尺门海堤上，驶向四面八方的大小车辆，往来穿梭；高 21 米、长 4 公里的雄伟渡槽，从海堤上跨过，清澈的泉水滚滚流入东山。人员流动、物资流通、信息交汇，一条海堤，如一把利剑斩断了东山的贫穷，成为日后东山腾飞的基础。就在八尺门海堤落成之后不久，樊生林就得到平反，重新安排了工作。

谷文昌停住了脚步，看着眼前这动人的美丽场景，深深地吸了一口清凉的空气，心里掀起了一层热潮，他不由得伸展了一下双臂，对樊生林说："干得真快呀！"

而让谷文昌和樊生林当时没想到的是，八尺门海堤的建成促成了另一项民心工程——修建东山南门海堤。

二

南门海堤位于东山南门湾，横卧在铜山古城下，迄今依旧岿然不动，用她厚实的身躯，抵御着狂风巨浪的侵蚀，保护着堤内的民居、工厂、商店、学校。

这里有一座历经风雨、面朝大海的"真君宫"道观，在夕阳中正璀璨地展示着本身的美丽。殿角的铃声响着，晚祷的钟磬也在响着。它见证了南门湾的前世今生。

明洪武二十年 (1387 年)，江夏侯周德兴奉朱元璋之旨，到福建沿海修建防倭城池，铜山城为其中之一。在修建铜山城的过程中，铜山城南门海上阻挡风浪的巨石——乌礁石被打掉，作为建城的条石。面对太平洋的铜山城南门失去了像小山似的乌礁石的屏障，汹涌的海浪无情地冲刷南门海岸，尤其是每次台风来袭时，海潮的声势更大了，好似春雷炸响，轰鸣声不绝于耳，潮水好像凶猛的银龙直扑海塘，像咆哮的雄狮横扫大堤；又恰似威勇的千军凌波争渡，奔腾的万马踏水而至，潮声震耳欲聋，浪头汹涌澎湃，雷霆万钧，气势磅礴。相隔几分钟后，便可看到一阵从南呼啸而来的回头潮，扑向从东边咆哮而来的浪潮头，翻翻滚滚，形成迭起的巨浪。紧接着，先到的潮头撞在南门海岸上，形成一股更为迅猛的回头潮，于是三阵疾速的潮头在海中猛然相互撞击在一起。刹那间，激起十几米高的冲天水柱，发出崩云裂岸的轰然巨响，在斑斑驳驳的峦石周围，溅起了白沫。这些黑色的、淤红的石头，长年长日给咸腥的海水侵蚀，开始一层一层地剥落下来，导致海岸不断后退。

据民国稿本《东山县志》记载："南门海堤到澳角尾海一带，清道光间尚有康庄大道，商店辐辏，民居栉比，有柳家巷、杨家村、颜家台等，今亦浸为大海，桑田沧海……"这里还有翠云宫、义勇祠、大众祠等古建筑。

然而，由于狂风巨浪像激怒的野兽那样狂暴，咆哮着，腾跃着，年复一年地入侵，这些建筑逐步被大海吞噬。而地处东山内海的西门边的破澳岬，同样不断受到风浪的冲刷，使铜山古城的南门和西门之间，仅剩200多米的距离。因此，民国名人、乡贤萧笠云曾引民间诗云："乌礁石破浪翻天，西门南门一水连。玉带石上可垂钓，不是城郊变汪洋。"

早在1952年，时任县委组织部部长的谷文昌，办公地点就在地处铜山古城南门和西门之间，距西北边的东山内海大约50米，距东南边的南门海大约200米。谷文昌身处"两门"之间，头枕汹涌的波涛，耳听巨浪的鸣响，心里也掀起了12级的风暴。他牵挂着古城百姓在波涛侵袭下生命财产的安危。

三天来，他白天开会，坐在台上装作没事人一样，晚上说什么也闭不上眼，与其躺在床上"烙大饼"，瞪着眼珠子数房梁，还不如到东山岛上溜达。人家都说白昼和理智是属于男人的，而他这个五尺汉子却只有在无边的黑暗中才能找到一点儿安静和慰藉。如何阻止海浪的不断侵蚀，使之不至于

"西门南门一水连"，成为谷文昌无法释怀的心结。他心里的风暴卷起了战斗的豪情，激荡着满腔的热血，一团熊熊的烈火在他心里燃烧着……

1962年9月1日，第13号强台风越过西太平洋洋面，夹带狂风暴雨穿越平潭，在福建登陆！短短20个小时，13号台风沿海岸线四进四出，猛袭福建，线路之诡异，强度之大，影响范围之广，在福建历史上均属罕见。受其影响，全省沿海普降大到特大暴雨，东山县过程降水量超660毫米，接着是连续数日的暴雨。

顿时，强风与暴雨控制了世间的一切。

天地为之失声，山川一片混沌。

强风和大暴雨正面袭击东山，暴雨如注，大浪滔天，南门古石墙轰然崩溃，惊涛骇浪由决口涌入，瞬间大树被拔起，大石被掀翻。南门澳沿岸的南门大埕、石鼓街、实验小学、大庙头、大小沙池、水产公司、外贸公司等处在大潮的冲击下垮塌……

台风就是命令！抗灾就是最重要的工作！谷文昌当机立断，取消正在召开的四级干部扩大会，把1000多名干部调出，又从机关抽调一批干部，深入到每个公社、大队，带领群众抗灾。

谷文昌刚部署完抗灾的工作，来到住满灾民的临时安置点，看到一个农民跑出了院子，觉得不对劲，就使劲摆摆手，高声呼喊："嗨，停下，停下！"

那人认出谷文昌，而且看到那里一群人。他猜到，准是县委书记来检查抗灾工作。心想，这下可坏了，他把我喊住了，我家里房子漏了咋办？

谷文昌的呼喊声，又一次传了过去："高仓，高仓，快停下，快停下！"

张高仓看着谷文昌走出院子，追着他边走边喊。他觉着不行，得赶快离开，就一声不吭，继续朝家里跑。

谷文昌已经追了他一截，用更大的力气喊："下这么大雨，你这要干吗去啊？不要跑了！你听见没有？"

大队干部徐振河、赵树仁跑到谷文昌背后，使劲儿把谷文昌扯住，不让他再往前追。

张高仓听准了谷文昌朝他喊的是什么话了。他仍然不搭腔。他心里想，你这县委书记做工作，做得也太不是时机了？这是啥节骨眼儿，你还要拦我?

谷文昌不顾一切,要冲过去拦阻张高仓。

人们扯住他的胳膊不放开,同时朝张高仓喊:

"你聋啦,还不快停住!"

"你听见没有,不要命啦!"

张高仓喘着粗气,抹一把脸上的雨水,终于站住回答说:"谷书记,我老婆孩子都在安置点,我不放心家里,想回去看看,要是房子漏了,窗户吹破了,我还能照应照应。你放心吧,我三岁就下海,什么风浪都见过,我不怕。"

谷文昌说:"这次的台风可不得了。房子坏了我们盖,东西冲走了我们再挣。人没了,可咋办?说啥也不能回去,赶快进屋。"

跟在谷文昌身后的大队干部气得脸暴青筋:"不要命了!昨天动员半天,明明说通了,又要悄悄溜回去!"

这时候,闪电又亮起来了。紧接着,一个带着一串火球的霹雳便在他们的头顶上爆炸了。一刹那间,四处都响起了震耳欲聋的爆炸声,好像整个的山峰都倒塌下来了。

谷文昌冒着倾盆大雨,站在院子里,目送张高仓进了屋,才转身离开。干部们尽管穿着雨衣,但也跟没穿一样,从里到外都湿透了,寒气从脚底向上蹿,手指头都冷得发僵。有人提醒谷文昌:"你还发着烧,要不要休息一下?"谷文昌摆了摆手。特大台风来袭,县里十万老百姓的生命财产都在风雨飘摇中,在这个关键时刻,就是再难受,他也绝不能离开。

谷文昌歪歪倒倒、溜溜滑滑地走在雨雾中,像一团雾似的在风中飘忽。他走得很快,时不时被滑得踉跄几步,但他终究没有摔倒。

他在发烧。雨水打在脸上,冰凉冰凉的,他感到畅快。但是心脏跳得急促,呼吸也很困难,像得了气管炎似的张大着嘴巴。一双脚也不灵便,机械地往前挪动。

在城关公社党委书记李景堂的陪同下,谷文昌在特大暴雨中心火急火燎地赶到受灾最严重的南门澳。

眼前已成一片断壁残垣,海浪翻腾着,水面上漂浮着许多檩木、船板、家具,在狂风暴雨中若隐若现。由于天色朦胧,能见度极低,劲风斜雨扫得人连眼都睁不开，谷文昌和干部们辨认不出方向。而洪水又越涨越快，情况危急。谷文昌面对无家可归的受灾群众，心情越来越沉重，脸色越来越严峻，10万人的生命安全一下子压在了心头上。作为一县之主，责任重于泰山。

他思索着，这里迫切需要建造一道坚固的长堤挡住风浪，从根本上保护老百姓生命财产安全。然而，要修建南门海堤困难重重，上年全县财政收入仅293万元，植树造林、修建红旗水库，已经耗费了巨大的人力物力，哪里有钱建设南门海堤啊！还有，当前国家正处在困难时期，这时候提出建设南门海堤，上级能同意、会支持吗？可是，如果不抓紧修建海堤，每到夏季，东山岛都将面临台风的袭击，南门澳的群众就要遭难。不，不能再等了。无论如何，一定要把海堤建起来。

谷文昌在寻找争取上级领导支持的最好契机。

在这节点上，时任省委书记的叶飞披着霞光，迎着朝阳，来到了东山岛。

1953年东山保卫战，谷文昌给他留下了深刻的印象，如果没有这位执拗的"石匠"组织东山干部群众对守备部队的有力支援，坚守待援的东山公安80团很可能被国民党军队"包了饺子"，增援的大部队也将蒙受重大损失。10年过去了，叶飞仿佛还能从这位石匠身上闻到尚未散去的硝烟味。来到八尺门，他看到了，当年部队冒着枪林弹雨抢渡的海峡已经天堑变通途。他驱车从长堤直接进入了东山岛。

一进海岛，叶飞有点儿发愣，瞧那满坡满岭的树，葱葱茏茏，如烟如云，每一个山洼都是个绿色的宝盆，每一道峡谷都滚动着绿色的长龙。随便朝哪里看一眼，尽是浓酽酽的绿色，简直要绿得流油呢！长堤里面，是一片无垠的碧绿的庄稼，从海上吹来的风，掠过农田，荡起了粼粼的碧绿的波浪。更让他惊喜的是，在海岛的东南部，昔日风沙肆虐的荒沙滩，如今藤蔓锁路，绿荫蔽空。脚下的一丝丝流泉，在穿岩漫草；头上的珍禽怪鸟，发出古磬编钟一样的幽韵。这里的一切，都像刚刚出浴，湿漉漉、润滑滑的。从木麻黄林吹过来的风，清心润肺，令人顿觉气爽神旺。看得出，这位对东山岛有着极深厚的感情，经历了几十年斗争风雨的老革命家心潮难以平静了。东山县，曾经是穷山恶水、荒沙滩，为什么发生这么巨大的变化？除了他们因地制宜贯彻落实了党的社会主义新农村建设的各项方针政策，最主要的是，他们有一个坚强的县委和一个好的县委书记。目前，福建广大的山区和沿海地区虽然逐年实行植树造林并重视解决群众的温饱问题，但仍然存在诸多问题，要真正实现植树造林和解决群众的温饱并逐步摆脱贫困，就要像东山县那样！

叶飞停下来，眯着眼睛远眺葱郁的群山，禁不住赞叹道："如果整个福建都像东山这种干法，那就不能叫东山岛了，得叫花果岛了啊！"

这时，谷文昌领着东山县委、县政府的同志迎上来了。叶飞紧紧握着谷文昌的手，兴奋地说："东山变化实在太大了！种了这么多的树，庄稼长得这么好，我可要感谢你这个领头雁喽！"

谷文昌也很兴奋，他指着周围迎接的人说："都是他们领着大家干的。"

"你这么说就不全面了。"叶飞兴致勃勃，"是你，领着他们，领着东山人民干的。"

"是啊，是啊！"县委、县政府的人都感慨地说，"这些年谷书记带领我们种树治理风沙，苦头可吃多了！"

东山县从根本上发生了变化。这种变化，不仅仅是表面上的，人人都能看到的，都能感觉到的植树造林的变化，也不仅仅是生产上获得了从来没有的好收成；这种变化，是那种内在的、思想意识上和精神面貌上的变化。广大干部群众都已经不是站在他们原来的立足点上了，都大大地向前迈进了——在社会主义的大道上向前迈进了。伟大的毛泽东思想，在东山县这块土地上，在东山县人民群众的心里，深深地扎下了根子。

在湖尾沙滩，叶飞饶有兴致地参观地下水工程，详细了解东山人发明的"沙地过滤水管"的实际效用。他被东山干部群众不畏艰难，植树造林、抗旱救灾的精神和表现出来的聪明才智深深感动了，对眼前这位太行"石匠"更是由衷地赞赏。

谷文昌陪着叶飞来到了南门澳，一边察看被台风巨浪冲倒的民房，进家入户详细了解情况，看望慰问群众；一边抓住机会汇报修建南门海堤的想法。忽然，叶飞看到受灾户孙振江熬得满眼血丝，走过去紧紧握住他的手，心疼地说："灾情严重，大家受苦了！看到你们老百姓安全，我们就放心了！"

"我们实行 24 小时值班，在洪灾到来前及时转移了全体居民！"当地干部汇报道，望着满目疮痍和凌乱的四周，叶飞严峻的目光从在场每位干部的脸上扫过，好像是印证所言似的，他欣慰地笑了一下，因为他看到了他们的满脸倦容，说出的话掷地有声："不错，群众不撤光，我们做干部的就决不后退一步；群众不先吃饱饭，我们也就决不先开伙！"

一句话说得受灾群众极其感动，"噼噼""啪啪"不约而同鼓起了掌。

"基层干部很辛苦，但我们的干部多辛苦一点儿，人民群众的安全就多一份保障！"踩着满地的淤泥，叶飞深有感触，"同时，我们也应该看到，老百姓在这里生活太危险了，这海堤必须抓紧建。"

当领导干部就意味着一种责任。对一省主要决策者来说，最想看到的莫过于工作部署在基层得到了贯彻落实，最高兴的是群众的安全得到了保障。有了叶飞的支持，谷文昌心里踏实了。

午饭的时间到了，主人和客人谈笑风生，走进县政府食堂。这时，外面飘进来阵阵番薯的香味，充满着年节家庭融融的氛围。叶飞忙问："谁家蒸番薯？味道真香啊！"

谷文昌接过了话茬儿："是食堂在蒸番薯。请叶书记尝尝东山海边番薯的味道。"一听这话，站在饭桌旁的接待负责人额头上冒出了汗，脸上一阵尴尬。

叶飞，何许人也？福建省委书记，中国人民解放军上将，福州军区政委。"谷书记，招待那么大的领导，你叫人家吃番薯？"当时接待负责人就急了，"要是招待不好，会犯错误的！"然而，谷文昌依旧是笑，向他挥挥手："叫你去，你就去。再去捞些小鱼小虫，摘点儿青菜。"

"请我吃番薯？"叶飞的脸荡开了笑，"你怎知道我爱吃番薯？我老家南安也是到处种番薯啊！这东西好！老谷啊，我们都是劳动人民的儿子，都是革命战士，吃番薯，心里踏实！"

叶飞一席话，打破了"宴请"上的尴尬场面，接待负责人心里的石头终于落地了。

上饭菜了。一大盆热气腾腾的番薯，红红的皮，黄黄的瓤，散发出诱人的香气，弥漫了整间小屋；还有新鲜的小鱼、红色的小虾在绿色的菜中显得那么可爱。

叶飞吃了第一口番薯，就赞不绝口："这是哪个地方种的？多好的味道啊！"

"是白埕村。"谷文昌向叶飞介绍了白埕村过去的风沙灾害，汇报了这个村子绿化后农民终于能够种上庄稼、生活得到改善的情况。

叶飞乐了："石匠，你请我吃番薯，可见不把我当外人。这就是知人。你带领东山人民种树，绿化全岛，解决东山人民最迫切的问题，这就是善任。不简单啊！"

1962年9月中旬，东山县成立了南门海堤建设指挥部。城关公社党委也召开建设南门海堤动员誓师大会。李景堂那热气腾腾的鼓动的语言，告一个段落之后，顿了一下，对众人发言："我们要不要加快？"

众人不约而同地齐声高喊："要，要！"

他放开喉咙重问："能不能加快？"

众人喊得更响："能！"

"好呀，我们奋勇前进！"李景堂接上说，"为了前进得好，要让各式各样的保守思想在太阳下晒它一晒。同时，应该设想到，前进的路上是会有许多困难的，要有足够的勇气和信心，冲破一切困难！"

修建南门海堤的攻坚战打响了。南门海堤分为南堤和北堤。真君宫以南至壕沟尾下江路为南堤，长720米，真君宫以北至角仔底为北堤，长484米。北堤多为水底作业，投资大难度高。谷文昌决定先修南堤。

南门海堤建设指挥部就设在真君宫内。这里供奉着宋代一位悬壶济世、医德高明、深受民间敬仰名叫吴夲的医生。这位名医去世后，被朝廷追封为大道真人、保生大帝。东山百姓尊称为"先生公"。在指挥部里，谷文昌显得自信、快活，那种不习惯于低声说话的劲头，配合着那副跟他的职位十分相称的外表：结实的胸膛，有力的大手，谁见了他，都觉得这是个精力充沛、办事雷厉风行的实干家。

"这里，供奉着一位古道热肠、为民解除病痛的名医。"谷文昌深有感触地对大家说，"百姓之所以敬仰他、纪念他，是因为他真心为民做好事。今天我们建设南门海堤，也是为保一方平安，为民办好事。我们把指挥部设在这里，真是巧合啊！你们看，这副'保一方平安民众无恙浴甘露，生百业兴旺国家富强承慈云'的对联写得多好呀！我们也可以拿它做勉励，把南门海堤建设好，保一方平安，让民众无恙，让百业兴旺。"

南门海堤设计很快做出来了，然而资金依然是一个大问题。这时，正赶上省水电厅厅长曹玉崑带着一批工程技术人员来视察八尺门海堤，谷文昌再次抓住机遇，请他们到南门海堤"看看"。

这天，谷文昌他们在城关公社食堂匆匆吃完了饭，然后就一起去了南门海堤。

南门海堤在离城关公社不远的地方。全公社集中起的民工，正按照规划设计，在紧张地修建一项高标准的平安工程。

"瞧！前面就是我们的南堤建设工地！"谷文昌伸手朝前方一指。

说实在的，曹玉崑挺喜欢这种自豪的气派，这是一个热爱自己事业并对此充满信心的人才会有的。

谷文昌说完甩开大步，走在自己的建设工地上，他既不避开坑坑洼洼，也不选择落脚点，洗得干净的黑布鞋很快便蒙上一层白白细细的沙土。望着他那副自信、稳重、精力充沛的模样，看得出，今天的谷书记，是一个很知道自己在生活中的地位和价值、有明确奋斗目标的人。

眼前的景象渐渐吸引了大家的注意。谷文昌和曹玉崑他们来到南门海堤南堤建设工地上，到处是红旗飘扬，歌声嘹亮。青壮年组成的"青年突击队"，正喊着号子，勒紧腰带，拼尽全力吭哧吭哧地扛石条；妇女组成的"穆桂英队"，挑着压堤的黄土健步如飞，其中有的竟是孕妇；连系着红领巾的小学生组成的"罗成队"，也憋足了劲一趟一趟地抬着小碎石；老汉组成的"黄忠队"也参加了劳动。

谷文昌正和曹玉崑说着，就见城关大队妇女主任郭先凤领着一帮妇女，一人挑着一担黄土，从黄土堆中走了出来。她们脖子上飘着一色的白毛巾，个个精神抖擞，迈着大步，那扁担闪起来就像是天鹅的翅膀，煞是好看。转眼间走到了面前。郭先凤一见谷文昌他们，便停下来，把肩上那担黄土放在路旁，和谷文昌他们打着招呼，又回头对身后的一个健壮的姑娘说："良芹，你把大伙儿领到一队东边的那片工地去，挑完了再挑西边的那片工地。"

"哎！"那叫良芹的应了一声，领着大伙健步如飞地从谷文昌他们的身旁穿了过去。

谷文昌和曹玉崑看了这帮妇女们的干劲，不禁异口同声地夸道："嗬，真有精神！"

妇女们听到称赞，一边走着，一边咯咯咯地笑起来。

郭先凤一边用毛巾擦着汗，一边笑着对谷文昌他们说："哪有你们有精神！晚上工作得那么晚，早晨又这么早就上工地来！"

谷文昌说："还是你们早，你们都干了好大一会儿了。"

这时，走在后面的一个挑黄土的姑娘，回过头来嚷了一句："我们都挑了三趟啦！"

谷文昌笑着对郭先凤说："是啊，你们这个突击队真是干劲十足呀！"

曹玉崑被这热火朝天的场面深深地震撼了，不等谷文昌开口就说："老谷，按民办公助的性质，南堤这一段我水电厅认了，需要多少钱？"

"10.5万元。"一旁的水电科技术员拿出了事先准备好的设计图纸和预算书。

曹玉崑当场表态："就按这个数，分两年拨付。另外每个工日补助粮票半斤。"

在那个年头，粮票的身价比钞票还高啊！有了资金上的保证，南堤开足了马力，铁锤砸钢钎，叮叮叮，当当当，震撼着大地，鼓舞着人心；车轮飞转，人欢马叫，催快了人们的脚步，工程进度加快了。

宫前大队党支部书记陆双珠挑着尖尖两筐土，正想从大队长余贵忠后面绕过去，余贵忠回头看见了，忙拦住她，着急地说："您怎么又来了？昨天晚上不是定好了吗？"

陆双珠说："我到饲养院去了一趟，青林大伯安排得挺好，根本没有我插手的地方，还是到这儿来有活干。"

余贵忠挠了一下脑袋，说："瞧您那两条老寒腿，还打晃呢！您在工地上走一走，检查一下工程质量吧。"

"不是有技术员吗？"

"您还是看一看吧，这样心里有谱儿。"

"看一看不如干一干。亲手干的活，心里最有谱儿了。"

余贵忠急着说："您千万不能把身体搞垮，再这么干，社员们都要对您有意见了！"

陆双珠笑了，说："露馅了吧？我早看出来你这步棋，你是存心不让我干活呀。"

　　趁着陆双珠和余贵忠说话的工夫，杨丽华偷偷地走过来，抢走了陆双珠的担子，挑起来就跑。

　　余贵忠咧开大嘴笑起来。陆双珠左右看了看：旁边的赵新杰正好装满了一辆手推车。她也来了个突然袭击，推起车来就跑。

　　这时候，谷文昌一边吸着烟，一边在屋里来回踱步，经历思想上痛苦的斗争。他想到了北堤，能不能一鼓作气把北堤也建起来。然而，北堤比起南堤工程量更大，难度也更大，这资金又从何而来？

　　谷文昌想到了修建八尺门海堤节余下来的 27 万元。这在当时来说，已经是不小的数额。然而，如何把八尺门海堤节余下的资金用到南门海堤来呢？他又犯了愁。八尺门海堤资金是从省里的"支前经费"项目拨下来的，专款专用，这是财经纪律，必须坚决遵守。

　　迎面吹来一阵风，谷文昌感到了春天特有的那种温暖气息，不像一月的寒风那么凛冽了。他觉得自己仿佛是走在雷电过后的田野上，在雷声和光耀夺目的闪电过去之后，经过雨水的洗涤，周围的空气也显得更加洁净和清澄了。

　　正在这时，传来一个消息：省委书记叶飞将于 1963 年春节后再次到东山视察。谷文昌眼前一亮，他要求南门海堤建设指挥部用最快的速度把南门海堤的投资预算书拿出来，以便叶飞视察东山时汇报。可事有不巧，时值春节，负责保管工程预算数据的技术员方祖应已回莆田老家探亲，元宵节后才能回来。怎么办？指挥部办公室主任许庆急得团团转。情急之下，他想起了一个人——林武展。

　　林武展曾在省农业厅测绘队当测绘员，现在南门海堤协助技术员搞测量、验收土石方。这小伙子爱学习，平常还喜欢搞些小发明，在修建南堤的时候，曾用蜘蛛丝替代水准仪内断掉的"十字丝"，使工程不致停顿。得知做南门海堤工程预算任务是谷文昌亲自下达的，小伙子二话没说，就把铺盖搬到指挥部。为了计算那些工程预算，他需要时间。为此，他竟然向老家提出推迟婚期。当然，按照当地的习俗，这要征得女方的同意。成不了就成不了吧，为了那既不能吃，也不能喝的工程预算，他把结婚也置之度外。他仍在苦苦计算：工程预算，工程预算，总有一天，我要把你计算出来！林武展的预算果然有了进展。

消息传到老家，女方也表示理解他了。说是根据他的愿望，同意他在计算告一段落，再考虑婚期，让他放心大胆地把工作完成好。女方的支持，让林武展的心情犹如龙入大海、虎归山林。为完成他的工程预算而废寝忘食，通宵达旦。他说："只要能搞出这工程预算，对国家有用，我个人的得失无所谓。"

一个星期过去了，他所期望的成功还没有到来。这时，工地接到他老家来信，说是他母亲病重，召他回去。林武展不知母亲病重到何种地步，但他想象得出一旦半途而废意味着什么。回去，就再也搞不成了！他没有走，仍旧待在工地，继续计算工程预算。为此，父亲大发脾气！说是工作再重要，也不能不回家看看你母亲。世界上哪个儿子不疼爱自己母亲的？可林武展为了国家的事情，没敢把自己的处境告诉组织上，勒紧裤带，坚持继续计算他的工程预算。

唉，林武展，这个面慈目善的年轻人，意志却比铁石还坚硬！

整个春节假期，他日夜都在加班。终于，在春节假期结束前把工程结果测算整理出来：石方20086立方米，其中条石6518立方米，块石5045立方米，乱石2921立方米，片石2347立方米，碎石3255立方米。投入劳力255000工日，其中民工、义务工247902工日。投资额425000元。

过后证明，这个年轻人几天之内加班赶出来的预算竟然与工程竣工的决算基本吻合。

1963年春夏之交，叶飞放下手中的一切工作，带着有关部门负责人再次从福州驱车，火急火燎地往东山赶。强风夹着雨点不断地敲打着车窗，沿途不时闪现塌方和泥石流过后的痕迹，遇到破损路段，还要绕行。七拐八弯，一路颠簸，汽车艰难地行走在崎岖的山路上，原来只需两个多小时的路程走了四个多小时，中午一点多才抵达东山县。

"受灾群众是否安顿好了，灾区的生产生活秩序恢复得怎么样？"一个个心中的疑问盘旋在叶飞心头，他心急如焚，顾不上饥肠辘辘，穿上雨靴，打上雨伞，在谷文昌、省水电厅厅长曹玉崑等陪同下，先是看到在不到一年的时间里就基本建成的南门海堤南堤，他被深深感动了。接着，他又一脚深一脚浅地跋涉在北堤被台风巨浪冲倒的废墟上，看望受灾的群众。

"他就是两度奋勇冲进急流，救出被困群众的大队党支部书记！"一听介绍，叶飞高兴地走过去与那位大队党支部书记握手，赞不绝口："你把群众的生命看得比自己的生命还重，为我们基层干部争了光，为我们党员干部争了光，用实际行动实践了省委、省政府提出的要求，我代表省委、省政府感谢你！"

主政以来，叶飞务实清明的形象已为全省人民所熟知，他很不习惯坐在会议室里听汇报、谈问题，他更喜欢务实苦干。这次在南门海堤检查工作，他看现场，访灾民，对东山抗台风工作十分满意，赞赏的表情在脸上表露无遗。同时也把南门海堤北堤的修建问题沉重地挂在心上。

在会议室内，谷文昌抓住时机向叶飞汇报建设南门海堤有关情况："南门海堤南堤的建设已由省水电厅按'民办公助'的原则，补助 10.5 万元，不用再追加。北堤虽然只有 484 米，但风大浪高，施工难度大，投资量较多，还有资金缺口 32 万元。"

一听说要花这么多钱，随同调研的有关干部就皱起了眉头，心想："又是资金缺口，无奈正赶上国家紧缩资金，计划内的项目都不能上，更甭说计划之外了。当然，通过上级领导给主管部门施加压力的事情也是有的，但毕竟是个案。否则，那国家紧缩资金的严肃性自也不必提了。现在的问题是，前脚有水电厅刚为东山县解决南门海堤南堤建设资金，已是咬紧牙根，今天谷文昌又提出解决海堤建设资金缺口，且数额巨大，就看省委书记怎么说吧。"

众人都把目光唰地一下集中在谷文昌身上，听他接着说："我们体谅国家的困难，为了不增加新的财政负担，请省委、省政府同意我们把八尺门海堤节约下的 27 万元用于南门海堤建设，不足部分我们自筹资金和义务工解决。"

听到这里，叶飞沉重的心情渐渐舒展开来，显得格外高兴，当即表态："好啦！我以为你是要追加八尺门海堤建设经费，没想到还有节余。大海堤带小海堤，一项投资，两处收益，我没意见。"转身又对随行的省有关部门干部说，"同意八尺门海堤节余经费调拨给南门海堤使用，不足 30 万元的，从'支前经费'补足。"关键时刻，叶飞给了谷文昌以有力的支持，也表达了他对英雄海岛人民的一片敬意。

修北堤的资金解决了，这让谷文昌松了一口气，古城群众的生命财产有保障了。这天晚上，他破例地挽起袖子围上围裙，用手指头试着菜刀的锋刃，准备亲自做菜招待全家人："哲慧、豫闽，你们想不想吃爸爸做的饭，我给你们做一桌地道的河南老家特色菜，有饺子、烙饼，还有米粉肉。"史英萍用手背撩了撩头发，又用围裙擦了擦洗菜沾湿的手，看着丈夫和孩子们高兴地笑了。孩子们也开心极了。他们坐在小板凳上一边帮着择豆角，一边嚷着要谷文昌讲故事。

厨房和小客厅通着，谷文昌一边切着菜，一边不时回过头和孩子们说笑着，同时也没忘记和史英萍说一两句诙谐的话。他甚至没忘记猫。当他用肉皮招呼白猫，白猫咪咪地走过来时，他看着白猫的目光就像对调皮孩子一样慈祥，戏谑地逗笑着。

当锅铲叮当一片响过，屋里飘满了油香、肉香和煎辣椒的呛辣味，他们亲亲热热在摆得满满的桌前吃饭时，孩子们更是嚷嚷着非要谷文昌讲故事。平时严肃的谷文昌今天特别开心："今天呀，爸爸就跟你们讲个长工与老财的故事。那年我和你大伯还有村里几位乡亲在山西长治当长工，有家财主特抠门，煮的面汤没几根儿面条，大家老是吃不饱。按规矩，大年三十东家要请长工吃饭，我们几个长工合计好了，那天中午愣是饿着肚子不吃饭，等到大年三十晚上放开肚皮猛吃，搞得那财主心疼得不得了，只见他跺着脚，围着饭桌团团转。看着财主那可笑的样子，我们都乐了。"饭桌上一片哈哈大笑。此时，谷文昌在孩子们心目中成了与巴依老爷斗智的阿凡提了。

南门海堤建设在紧锣密鼓地进行着，为了赶在下一次台风来袭之前建成，谷文昌找到了八尺门海堤副总指挥何荣玉："你抓紧把八尺门海堤扫尾工作处理一下，南门海堤已进入关键时刻，你到那里任副总指挥，无论如何要在明年台风到来之前完成主体工程。"

这是县委的命令。何荣玉毅然地说："我一定提前完工。"工程的艰巨复杂，不仅要求他们必须严于律己，更要求他们必须慎重决策。高度的党性，强烈的事业心，促使他们把这支筑堤队伍带好。夜深了，何荣玉仍然辗转难眠。想想，再想想，还有什么漏洞，可能会出现什么问题，一旦出现怎么处理。"现在面临着背水一战，只能成功，不能失败，也绝不能有五十步和一百步之差。"他在心里千万遍地这样告诫自己。他知道，无数双眼睛在盯着他们，眼下只有一个"拼"字了。全工地300名民工饭在工地吃，觉在工地睡，6个小时一班倒。突击！突击一开始，全工地上下所有带"长"字的人一律取消了星期天。

突击！一线的民工全部上去了，轮班作业。

突击！二三线的同志纷纷组成突击队，开到第一线。

突击！生活的节奏加快了几倍。

有着丰富筑堤经验的何荣玉从八尺门海堤工程指挥部挑选了5名骨干，风尘仆仆地转战南门海堤。经过调查研究，他大胆地提出定额加奖励的管理形式，大大提高了工效，并从八尺门海堤工地调来10多艘专门运载石头的船只，趁风平浪静的空隙抢运石头，解决了工程停工待料的问题。南门海堤终于赶在台风季节来临之前，提前18天，胜利完成了主体工程任务。

1963年6月30日，南门海堤抵御了第一个强台风，为保护古城人民生命财产安全发挥了重要作用。

<h1 style="text-align:center">三</h1>

正当谷文昌满怀雄心壮志，带领全县人民，开始根据东山县"一穷二白"的落后面貌，放手发动群众，建设社会主义新农村的时候，铺天盖地的以高指标、瞎指挥、浮夸风和"共产风"为主要标志的"左"倾错误席卷而来。

正常的经济秩序被破坏，以"大跃进"的群众气势来搞好农业生产的各种油印传单漫天飞舞。生产大队的戏台上、大街两旁白灰粉刷过的墙壁上，到处刷写满了红字大标语。"富社要大跃进，穷社更要大跃进""人定胜天""大搞丰产田，放射大卫星"，这样的声音一浪高过一浪，震荡着村庄。

失去了统一意志，狂热马上出现了真空。现在一切都处于无序状态中。

在那大搞密植、并丘，"人有多大胆，地有多大产"，到处"放卫星"的年代，已被降为二把手的谷文昌处境十分艰难。

从当时一位上级领导在东山的讲话中，我们可以感受到那特殊时期的氛围。

湖北麻城建国一社早稻亩产36956斤9两，"卫星"刚发射不久，安徽繁昌县蛾山乡东方红社中稻43075斤9两，一人可吃86年，又压倒了湖北，跃居世界第一。花生的惊人纪录也不断出现。晋江英湖社1.11亩花生亩产干花生13254斤，南安和平社第三队又以亩产干花生15717斤，压倒了晋江，跃居世界第一，可是不几天，漳浦农冲社又发射了一颗1.04亩花生"特大卫星"，亩产干花生24176斤，成为全国第一，也就是世界第一……我们必须大搞试验田，培育高额丰产田。每个乡要射出亩产5万斤水稻，100万斤地瓜，甘蔗15万斤……达到以丰产带一般，彻底消灭落后田……

要大搞移苗并丘，移苗并丘有三个好处：甲、提高产量；乙、利用地力；丙、消灭落后田。

钢铁生产上，必须继续发动群众，再一次开展找矿、报矿，献售废铜废铁运动。组织劳力向海进军，打捞飞机、兵舰、坦克……

会场上的气氛，一下子从严肃变得紧张了。南方的春天，雨再大，也难得听到雷声，然而这个讲话，比霹雳更加震动人心。坐在会场上的县乡村干部，那些被过渡时期总路线鼓动起来，一心带领群众大办农业社的县乡村干部，不论他们的觉悟程度如何，也不论他们将会采取什么态度，都因为对这个讲话感到意外，而变得目瞪口呆了。

谷文昌是个比较能够沉住气的人，这会儿，也不例外地变得惊恐不安。他没有观察别人的脸色反应，也没有跟旁边的人小声议论，而是强忍着怦怦乱跳的心，支撑着那只拿着钢笔微微抖动的手，认真地听着地委书记的讲话，注意地捕捉每一个字句，尽力地把要点记在本子上。这以后，他那两只一阵一阵发生模糊的眼睛，就紧紧盯在刚写下来的那一页潦草的字句上，仔细地品味起每一句的含意。从昨天晚上起，他耳闻的一切传说，都一宗一件地归并到这些潦草的字句中间来了，他敏感地意识到，一种比洪水还要严重的灾难，朝东山岛，朝奋斗在这里的人们扑了过来。

　　面对盛极一时的浮夸风和"共产风"，谷文昌心情十分纠结……这可是虚夸的啊！那些高产卫星田。但凡有点儿农业知识的谁信呀！亩产3万斤、4万斤，不要说是种在地里长在植株上，就光是一粒粒水稻堆在地里，也得堆它厚厚一层，违反起码的常识！我们是搞农业科学的，科学就得老老实实，为什么也跟着瞎起哄？作为一名党员领导干部，必须贯彻执行上级的指示精神，这也是他一贯以来所坚持的。同样，作为一名党员干部，必须说真话，坚持实事求是，对党和人民的事业负责，这是共产党员的党性原则！当二者发生矛盾时，该怎么办？

　　此时，谷文昌能够做的，就是尽最大的努力，减少折腾，减少损失。他在多种场合强调，一切为了人民。无论办什么事情都要有群众观点，为群众着想，从实际出发，不能随心所欲。

　　那时，盛行水稻密植并丘风。上级要求推行2寸见方的水稻密植法和地瓜深穴密植法。不少地方甚至以"移苗并丘"的方式，把将要抽穗的上百亩水稻集中移植到一亩地里，梦想放射高产卫星，甚至还让小孩站在密不透风的水稻上照相。

　　整个会场变得沉默起来，一点儿响动都没有，只能听到屋檐的滴水声，还有西南风吹刮着窗外杨树枝不停的呼哨声。突然间，地委副书记说一句："大伙发言呀！"这时地委农工部长说一句："都得表个态呀！"但是，那声音，却不是很有力量的。大伙都在熬时间，等待结论，回县好照本宣读，好应付就要出现的混乱。他们都是第一线的。他们最懂得这道地委指示，会给他们县、给他们本身带来什么样的灾难。然而，这种担心，谁又敢说出口？谁又有办法改变就要出现的可怕局面呢？

　　突然间，靠门口的那伙人里发生了吵嚷声。众人回头一看，是东山县委第一书记跟县委书记谷文昌的声音。

　　"咱们都是共产党员，要说真话。"农民出身的谷文昌将信将疑，"一亩地能产万斤稻、万斤薯？"

　　"人家漳浦的花生亩产都过了两万，我们东山的地瓜为什么亩产不能过万？！"激进的县委第一书记说，"你当着地委领导说说，咱们回去办不办？"

　　"服从上级，是党的组织原则。该咋办就咋办。但要实事求是。"谷文昌也不示弱，"要不先搞两亩试试？"谷文昌想到一个办法：先搞试验田，用事实统一干部群众的认识。这既对上面有个交代，同时，又避免造成大面积的损失。

根据谷文昌的布置，在埕英大队和梧龙大队各试种了一亩深穴密植的地瓜。地瓜种下后，谷文昌经常天不亮就去试验田，一天要看两三次。可是尽管精心照料，违背科学的深穴密植，却让地瓜无法生长。埕英大队的试验田薯叶刚盖满地垄，虫害顿生，几天之后，只剩下残败的瓜藤。梧龙大队的试验田藤叶茂盛，但是不结块根，"万斤薯"长成了"万根须"。

"万斤稻"更是泰山压顶。县委常委扩大会上，以地委副专员身份到东山挂职的那位第一书记，往会议桌前一坐，等大家安静下来，说："这两天大家摆了一些困难。对目前存在的困难，是不是都有了足够的估计呢？恐怕还不见得。目前的困难，不是一个县的，也不是一个省的，是全国的，是新中国成立以来没有遇到过的困难局面。而且，从各方面的情况来看，最困难的日子还在后头……"

第一书记讲了半天，谷文昌就听见俩字："困难！"他那笔记本上啥也没记下来。

第一书记继续说："我们今天开这个会，就是要按照上级指示，以革命者勇往直前的精神，坚决要在全县推广水稻密植。"

谷文昌没有表态。

"老谷，你保守！"第一书记猛地拍了桌子，举座惊心，"党分配什么任务，就接受什么任务，不能讨价还价。一个党员应该随时准备为党牺牲自己。特别是在任务紧急的时候，不能临阵退却，当逃兵。问题只在你有没有决心。"他坐了下来。

一片寂静。谷文昌仍然没有表态。

"大家没有意见。那就分工吧。"第一书记环视大家，翻开了自己的笔记本，"分了工，就算是县委决议，大家要拿出党性来保证执行！"

当天晚上，谷文昌带着参会的县社干部乘坐 4 部卡车夜奔广东省饶平县，参观公路两旁移苗并丘的卫星田。

夜色沉沉。一些不知名的小虫，在草丛里嘁嘁地叫。谷文昌引领大家来到一片稻田边。乍一看上去，确实茂密壮观。他挽起裤脚，下到田里，拿手电照着仔细检查那密密匝匝的稻株，一股刺鼻的腐烂味从被拨开的稻秆禾叶中弥漫开来：过度的密植，把稻根捂得发白，眼看要烂了！

"这样搞，将来群众吃什么？"谷文昌一边看，一边摇头。

回来后，谷文昌更是没有响应密植。他向第一书记明确地表态："照这样推广下去，肯定会把咱们这几年辛辛苦苦干出来的成绩都得毁掉。我不赞成这样搞。"

"哎呀，你的胆子可真不小！"第一书记说。

"我得对党和人民负责。"

第一书记连连摆手："不要讲了，文昌同志，地委副书记跟我说过3次。让我转告你，在这次推广水稻密植中，东山县要起带头作用。咱们是老同志，我从心里希望你不要摔跟头。"

"我相信你这个希望是真心话。我很可能又得让你、让王副书记不高兴。这是没有办法的。"谷文昌站起身说，"东山水稻本来就不多，要不先别推广，搞几亩试试？"

于是在宅山大队试验了1亩"卫星田"，计划将60亩水稻并在一起。

那天，人们早早来到农田，谈谈笑笑，热热闹闹，先把已经孕穗的水稻连根挖起，再挑到"卫星田"边，然后七手八脚地密植到水田里。

刚开工不久，起风了，大家停下来。

谷文昌赶来了。他走到刚刚被剥离母土，挤插到"卫星田"里的水稻前，仔细察看：那孕育着谷穗的稻株，叶子耷拉着，稻心开始发白……

"不能再干了！"谷文昌回过头，双眉紧锁，一字一板。他由此得出"东山不适宜搞密植并丘"的科学结论，并用实事教育了干部群众。结果，那种违背自然法则的密植，在东山没有得到推广。浮夸风也在较短的时间内得到纠正，避免造成更大的损失。

在东山，一没铁矿，二缺燃料，"大炼钢铁"无疑是劳民伤财。然而，这股浪潮也不可避免地波及东山。

"谷书记，咱们无论干什么事，最要紧的是看清形势。现在岛外都在大炼钢铁，我们怎么办？"县里的干部焦急地问，"弄不好，赶明儿要吃亏的！"

"老李，"谷文昌苦笑道，"你放心，往后再不会有那种反右的事了。

再说了，东山缺柴火，也没有矿石。"

"什么？"老李不满地瞪了谷文昌一眼，"不会有了？是你说了算，还是我说了算？咱想没有就没有了？这话是咱们改得了的吗？我知道你也是好心，想叫老百姓把日子过好，可也不能硬抗上头呀！"

一番话说得谷文昌心里好不是滋味儿。他不知道怎样才能说服对方，只觉得心里憋闷得慌，说："能不能炼钢，还是先搞两个炉子试试。"

谷文昌沿用搞"试验田"的做法，让人在县委大院里支起了炼钢炉。熊熊的烈火从炉膛里喷出，照亮了天空和大地，也照亮了一张张炼钢人通红的脸，从闪烁不定的火光中，从无声的动作里，显示出一种庄严豪迈的战斗气氛。

这里的"大炼钢铁"用的是再原始不过的小土炉。从烟囱里冒出来漆黑的浓烟，仿佛是从地心冒出来的，在高空化成大堆的烟云，翻腾、旋卷。然而，烟熏火燎几天，炼出的所谓钢铁竟都是废渣。

这时的谷文昌，再也没有了开始的兴奋。他内心深处隐隐作痛，他在惋惜那些被毁的林木。事实胜于雄辩，大炼钢铁因此在东山并没有全面铺开。全省就东山和平潭"大炼钢铁"没有形成气候，被省里点名批评。于是，上级派员到东山督查来了。

这次督查，让两棵与世无争的古榕险遭厄运。

在东山县的西埔中兴街，长着两棵古榕，虬根曲绕，绿荫遮天，已有400年历史。其中一棵长满须根，一棵不长须根，两棵大树相依相伴，老百姓称之为"榕公""榕嬷"。夏日里，两棵榕树如同搭起两座绿色帐篷，成了人们消暑纳凉的好去处。人们不称这里为中兴街，而叫"榕树下"。

这天，赶到东山监督炼钢的领导，专门召开会议讨论炼钢问题。浓烈的烟气缭绕弥漫着，使这场会议更蒙上了深不可测的气氛。那位领导心平气和地说："大家随便谈吧，谈什么都行，看东山怎么能炼成钢。"

还是没人吱声。30多个县乡农村干部坐着的屋子，跟没人一样。

那位领导拍拍身边的一个乡党委书记，问："你看怎么能炼成钢？"

这位乡党委书记憋了半天，憋出两个字来："行吧！"

接着又是长时间的沉默。

"怎么都不说话啊？"那位领导有点儿急了，"我听说，昨天大会以后，大家议论很热烈嘛！嗯，怎么想就怎么说嘛！"

这时，一直闷头抽烟的陈城公社党委书记许吉安抬起头来，冷冷地说了一句："东山缺少煤炭资源，炼不成钢。"

全场的眼光一下子都转到许吉安身上。

那位领导的眼睛跟了过去。只见许吉安两道眉毛平坦舒展，一双黑亮的眼睛微带笑意，看上去是个很随和的人，便急了，态度十分强硬，说："就是砍光山头树木，也要炼出钢来！"

当场有人就提议："中兴街有两棵大榕树，可以先砍下来烧成木炭炼钢。"

这件事传到谷文昌耳朵里，他焦急万分，推开饭碗说："我找他去！"

史英萍拦住他说："文昌，我总觉得你这么顶下去不是办法。"

谷文昌说："问题是我要去说的都是真实情况。"

史英萍说："可目前全党全国范围内发动这一场运动，你我总不应该有什么怀疑吧。"

谷文昌没有吭声。过了好一阵子，他叹了口气。

"唉，怎么对你说好呢？英萍，1942年在延安，当毛主席发动对王明路线进行全面清算的时候，他去中央党校演讲，题了一句话，你听党课时还记得吗？"

史英萍摇摇头。

"我记得，一辈子也忘不了，那句话就是：'实事求是。'"谷文昌说，"这四个字，题在中央党校的大门上，也就是题在我们党的大门上啊！我作为一个党员，从入党那天起，深信自己的事业是正义的，是必然要取得胜利的，而且已经取得了伟大胜利。但党从来没有说过，我们的工作就不要一分为二了。目前，我们明明看到了一些问题，为什么要否认？这不是违背实事求是的原则吗？我认为，只有把问题提出来，加以认真分析，才能防止一些错误的东西出现。"

说到这里，谷文昌头也不回，迈开大步走出了家门。他全然不顾当时的政治氛围和自己的处境，直接找到上级领导：

"听说要砍掉中兴街那两棵大榕树，有这回事吗？"

"是的，你看全国各地都在热火朝天地大炼钢铁，我们省就差东山和平潭没有行动。省里都点名批评了。"那位领导说。

"可是东山绿化不容易啊！这些年全县人民为治服风沙，战胜自然灾害，辛辛苦苦种树，才有今天这个样子，每一棵树，对东山来说都是宝贵财富呀！何况这是两棵有着400年历史的古树呢？"谷文昌回答说。

那位领导没有想到谷文昌这样的豪爽、坦率，被他猛烈地将了一军，嘴巴动了几次，一时无言可答。

"那么炼钢的事怎么办呢？这可是上级的指示。"那位领导反问道，"对上级的指示抱什么态度，是对每一个党员干部的根本性的考验。我强调一点，上级的指示可不是小事！我们党员、干部听谁的？不听党的话，是要犯错误的！"

在这片刻之间，谷文昌的面色好像起了变化。他静静地听着。

那位领导把话停顿一下，接着说："抗拒上级的指示，是要受处分的……我劝你一定要打通思想，紧跟形势，不要在这关键时刻犯错误。对上级的指示，想通了要执行，想不通，也要执行！……"

谷文昌坚定地说："我是一个共产党员，服从上级领导，是必须的。但是我也建议上级领导考虑东山的实际情况，就算砍掉这两棵榕树，又能烧出几斤炭，炼出几斤钢？你说对吧？"

那位领导被谷文昌的真情打动了。他沉思了一会儿说："我这就向地委报告，如实反映情况。"在谷文昌的坚持下，这两棵古榕终于保存下来了。

谷文昌在思索，怎样才能避免折腾，干些有益于百姓的实事，同时又能得到上级的理解和支持呢？说一千道一万，没有水利东山县变不了样儿。要想有水利光靠挑水抗旱是不行的！多少年来，东山县的农民走了一条漫长而坎坷的路，始终没治了一个"旱"字。东山人天生就是受旱的脑袋吗？就活该世世代代喝咸水？

当深刻的痛苦代替了绝望，就能使人的智力变得更加聪悟。思索——谷文昌用自己的全部力量进行思索。这位喜欢开动脑筋的"石匠"，做出了一个充满智慧的决定。

不是要"大跃进"吗？那就因势利导，把群众的热情引导到兴修水利上来。然而，兴修水利也要讲科学，他组织了64人的水利规划勘察队，分赴全县各地进行水利规划，并由有关部门培训了121名水利技术员，为掀起兴修水利的热潮做好了准备。

今天，谷文昌就要用一系列行动，把全体水利建设工作人员的思想引到新的高度。他要用自己独特的工作作风和思想魅力来吸引和感召全体工作人员，用实干家的大动作来加强水利建设的步伐。

事实上，解放以来，东山人在谷文昌的带领下，从没有间断与干旱缺水的抗争。他们大兴水利：整修扩建旧堤防，同时山坑建库、坡地围塘、水沟建闸、平原凿井，统一规划，综合治理，尤其是首创滤沙水管开发地下水工程，取得巨大成绩。1955年和1956年，东山开建西山岩水库、岩丰水库，同时依靠集体力量找水。先是宅山大队，用3根木头支撑起打井木架，打开了第一眼水井。县委书记、县长来到现场。谷文昌亲自下到井底的时候，打井突击队长孟进荣带着两名队员正在清土。

"来，我帮你们清土。"说着，谷文昌就抢起镐头刨起土来。

孟进荣笑着说："不行！地方本来就小，再来你一个，俺们就更施展不开了。"

"那你们就歇一会儿，让我干一阵。"谷文昌放下镐就把孟进荣手里的锹拿了过去往荆筐里铲土。土铲满，孟进荣摇响铃铛，只听"嗖"的一声，井旁的轱辘就吱嘎吱嘎地响起来，盛满了土的荆筐忽忽悠悠地叫大滑车吊上去了。

一连出了五六次土，井底就清除干净。谷文昌累得满头大汗，呼呼地喘着粗气，但是他却越干越有劲。

干部群众一条心。他们硬是用短柄锄头掘出一眼1米多宽、6米深的水井，灌溉周边的农田。这眼井，因为是干部群众齐心挖成，取名"干群井"。挖井能出水！宅山大队11个生产队接踵而上，每队挖了一眼井。望着地下源源不断冒出的清水，群众建议，将水井拓宽成水塘，取水不是更方便？于是，水井被拓宽成8米宽、7米深的水塘，周围砌上石头，留有石阶梯便于取水灌溉周围稻田。

谷文昌抓住这个典型，在宅山大队召开全县社队干部现场会，挖井开塘迅速在全县推开，提出的目标是"十亩一井"。有了目标，有了方向，东山人民奋发图强。岐山大队打大井，5米不见水就挖6米，6米不见水就挖 7 米。开始没有经验，挖了就崩，崩了再挖，有的反复六七次，才把井打成，全村共打井 15 眼。前何大队靠海，党支部依靠群众找到了 40 年前地震时冒出淡水的"咸泉"，顶着刺骨的寒风开挖，钢钎磨钝了一根又一根，畚箕用破了一个又一个。白天奋战在冷水里，一天下来，人从大井里上来都变成了头脸模糊的泥人。到了十冬腊月，人在大井里不觉得怎么冷，一上来，个个上牙敲下牙；夜晚睡在冷水边，月光穿过帐篷的一角，洒在一群像一堆堆破布的人们身上。十几个人睡在一个低矮的帐篷里，他们紧贴着帐篷根部，带着土碱味的潮气浸透了他们的衣服，冷得直打寒战。在实践中，东山人摸索出池塘套大井、大井套小井的水利模式，在一定程度上缓解了旱情。然而，水，依然极大地困扰着东山人。

　　这时，县委号召兴修水利，立即受到东山百姓积极响应。一支支精壮的队伍，扛着一面面绣有"战天斗地兴修水利"八个金色大字的红旗，意气风发地开进了农田水利建设工地，揭开了综合治理山、水、田的序幕。尽管东山人生活依然艰苦，然而他们勒紧裤带，带着锄头、畚箕，争先恐后投入轰轰烈烈的农田水利建设。东山地软沙多，许多地方挖到井底，流沙一冲击，井岸一下崩塌了。人们总结经验，挖井要一气完成，用石头马上加固井壁。于是，他们日夜不停，挑灯夜战。谷文昌做表率，各级党委领导同志奋不顾身，带头跳到井底。他的宽大的胸脯贴着湿淋淋的破旧单衣，就像大热天一样，一点儿不觉寒冷。他一边忘我地挖井，一边用着洪亮的声音关照着别人："衣服湿了的，要换啊，别受凉！"

　　站在上面转泥的恩全大伯，回答说："你早该换啦，谷书记。"

　　谷文昌拍拍自己的胸膛，说："你看，我是铁打的，下雪也冷不坏！"

　　恩全说："你别逞强，真闹下毛病，谁也替不了你，看谁受罪！"

　　谷文昌哈哈大笑："我不会病。"

　　谷文昌工作的认真，完全忘掉自己的无私态度，使井岸上的田丽英很激动。恩全大伯对他的关怀，同时也使她激动。田丽英瞧瞧手上的破棉衣，立刻想到："丈夫林增有一件棉背心，不会冷的。"于是走向前去，要把林增的棉衣递给谷文昌，说："谷书记，你把湿衣服脱下来，穿这件……"

　　谷文昌摆摆手："不要，你给林增。"

　　田丽英说："他有棉背心，不冷。"

谷文昌说："那就给恩全大伯吧，老人家要多穿一点儿。"

"不、不，我可不要。"恩全大伯连忙推辞，瞪着谷文昌，批评似的说，"你仗着身子壮，不要算啦，熬病了，我看你咋办？"转面对田丽英，"你给林增送去，他在前头。"

由于没有河流湖泊，一到雨季，天上的雨水往下落，山上的洪水往下流，东山地面迅即积水成湖。水造了孽，然后哗哗地往海里流走了。如何截住雨水洪水，兴利除害？谷文昌研究了大量资料，亲自召开各种座谈会，听取群众建议，平原地区的小溪沟按地形和落差分级筑坝建闸蓄水，丘陵地区则利用凹形的小山坑拦截流水，积水成山围塘。接着，全县又大举建设龙潭水库、冬古水库等，光是西埔公社，就建设了6座水库。

1958年，别的地方都在忙着"大放卫星""大炼钢铁"，而东山却完成了705个大大小小的水利工程，形成地面库、塘、井、坝、闸、埭星罗棋布，地下沟、渠、管纵横交错的水利格局，有效地缓解了东山的旱情。特别是在修建当时规模最大的西埔坑内水库时，各个公社联合起来，广大农民背上行李，带着工具，从四面八方拥到水库工地安营扎寨，连城关居民和渔民，都赶了十几公里路前来支援。谷文昌和其他县委常委同民工们一起挖土推车，打夯爆破。

隆冬时节，天气寒冷谷文昌劳动着，思想着。在他周围，强大的浩浩荡荡的修库大军正在向前奔跑，未来的远景在他面前展开得更广阔了！

"谷伯伯，你说，冷吗？"乔素芳问道。

"干起活儿来还能觉得冷吗？"谷文昌说着，喘了口气。

"那怎么刚才我说不冷，你好像还不相信呢！"乔素芳说。

"素芳，看你这张嘴，我刚才喊你们休息，错了。"谷文昌说着，笑了。

"素芳这张嘴，可是不饶人呢！"赵德功大爷也笑着说。

周围的人听了，都笑了起来。

笑声过后，便又是紧张地轰轰烈烈地劳动的声音了。

歌声同锨镐起落，和碎石一起飞扬。

是的，他们没有一个人觉得寒冷。他们懂得时间的重要性，劳动起来，总觉得有一种精神在奋发高涨。一个人在这种时候，会感到周身发热，会觉得有用不完的力量。在风雪中，不论是哪个人，抹一把脸上的雪水，都会感到脸上有绵密密的细小的汗珠。

谷文昌感到他和这许多人，和这战斗队伍结成了一个整体，就像鱼儿离不开水一样。这种感觉使他获得巨大的力量，他把帽子摘掉，就连内衣的领口也解开了，欢乐豪迈的心情，充满了胸膛。

新建的西埔坑内水库，集雨面积达 3 平方公里，总库容 329 万立方米，受益地为西埔、樟塘两个公社的 11 个生产大队，有效灌溉 6069 亩，保证灌溉 2650 亩。后来，水库又与岛外引水工程相配套，不仅灌溉农田，还作为县自来水厂的水源基地，为城镇居民、工厂、码头港口提供用水。这座造福东山人民的水库和谷文昌家乡的红旗渠一样，以"红旗"命名，叫红旗水库。

1958 年 11 月，国家水电部副部长钱正英到东山视察水利工程，亲自听取了县委书记谷文昌的汇报，并带头给东山水利建设鼓掌，表扬东山人民干劲大，进度快，质量好。12 月，东山县被国务院授予"农业社会主义建设先进单位"称号。1959 年 1 月 17 日，全省水利现场会在东山召开，总结推广了东山的经验。

一股热流在谷文昌身上涌动着，一种深沉的感情把他的心牵动了。他深深地感觉到，在东山这个广阔的天地里，我们才干了一件应该做的事情。可是，在上面，各级党组织都在关心我们，为我们指路，给我们鼓励；在下面，又有多少基层群众支持我们，给我们壮胆，给我们智慧。这样，风风雨雨又算得了什么？坡坡坎坎又挡得住谁？我们有什么斗争不能胜利，有什么困难不能克服呢？啊！我们的时代真伟大！我们的生活真幸福！

正在农业掀起兴修水利热潮的时候，渔业生产却出现了"反常规"行为，接连发生海难事故。原来，一些领导干部头脑发热，不顾渔民生命安全，一味强调"反常规"对渔业"大跃进"的"巨大作用"，提出改"龙禁日"为"增产日"，渔民必须照常出海生产。所谓"龙禁日"，是海上经常出现风暴的日子，渔民称之为"暴头"（风暴之头）。这种"反常规"的做法，致使从海滨一带不断传来翻船死人的噩耗。在这种情况下，有的领导还肯定渔民这种危险的捕捞行为。

得知这些情况，谷文昌震怒了："简直是不顾群众死活，胡闹至极！"

他现在有的绝不只是对这样一些领导干部的愤怒，也绝不只是对渔民们的疼爱歉疚，而是一种远比这些更深刻更复杂的情绪。渔民们是浑朴率直的，他们的处境则是可怜的。这些善良憨厚的形象比任何成熟人物的言行更强烈地照射出一些角落的愚昧和黑暗。在政治上查处这些人的专横无能，统一全县干部的思想，这原本是他渔业调研之行的目的，但现在不那么强烈地吸引他的注意了。那只是他作为县委书记现实忙忙碌碌时的最直接、最表层的思想和目的性。然而，任何一个人都还有他更深一层、更深两层以至更深三层的思想。

正是在那最深的思想中，一个人才真正表现出他的个性，谷文昌才作为谷文昌存在。或许，现在挤掉这样一些人这样一些脓包的任务已没大困难；或许，更主要是因为刚才听到渔业生产接连发生海难的情景触动了他深处的情感，使他从自己对历史的探求、对社会的理想，也就是使他从自己毕生要为之奋斗的事业来洞察现状。他是很自信自己的干练，那是复杂的社会生活给予他的。但是，如果他只是一个铁腕的谷文昌，他会由衷地憎恶自己。他知道自己的追求。作为这一代人，他既对以往的全部优秀传统有着天然的亲切感和熟悉通晓，又对当代世界科学文明的全部新潮有着敏锐感受和广博借鉴；既有思想家的理智洞察，又有着理想主义的生动激情。他的全部理智和情感凝聚在一起，使他立志为一个尽可能理想的社会而奋斗。

在 1960 年 6 月 7 日召开的四级干部大会上，谷文昌严肃指出："这是为非作歹，破坏党的方针、政策，不是闹革命。"谷文昌在大会上公开严肃的批评，给头脑发热的干部服了"清醒剂"，强迫渔民"反常规"出海的错误行径被纠正了。

这时，又一个敏感而棘手的问题摆在了谷文昌面前。

谷文昌在渔业大队调研时，了解到一个重要情况，东山临解放时，被逃跑的国民党军队抓去当船夫的有 26 人。解放后，渔业大队渔民在海上作业时，被国民党军队在海上"抓靠"后放回来的就有 6 批 34 人。这些渔民回来后，并没有发现任何破坏活动。然而，他们却没完没了地被审查，有的被安排举家内迁，没有安排内迁的也受到歧视，凡是当船夫释放的被称为"回归渔民"，凡是被"抓靠"受审的，都被叫作"回归分子"。

这天，在公社武装部办公室里，李部长又像往常那样，他以"审查小组"一把手可以"当机立断"的神态跨步走向办公桌前，"审查"这个主旋律已经在脑子里鸣奏了。

"胡启明，你要老实点儿！"他声音洪大地首先发出了这个指令，然后非常熟练地审问说，"现在，我们审查小组，根据你的罪行，勒令你老老实实交代你如何跟随国民反动派逃跑当船夫的，其反动目的和企图是什么？"

"说！"

"交代！"

屋里的两个陪审干部"大炮"似的怒吼了。

胡启明苍白的脸上带着冰霜一样的冷峻，平时老爱眯缝的眼睛也睁得滚圆滚圆。他情绪显得很激动，声音出奇地洪亮，说："我不是跟随，是国民党反动派强迫抓我去当船夫的，我更没有你们说的任何目的和企图！你们这样整我，是冤枉好人，是犯罪的……"

"少卖狗皮膏药！"

"老实交代你的问题！"那两个陪审干部怕丧失立场，也把胡启明看成是"中了毒、不可靠的人"，叫喊起来。

在当时，一些干部这样做，既能显示其"革命警惕性高"，又能"确保安全"。然而这简单粗暴的做法却造成严重的负面后果，不仅被"抓靠"的渔民人人自危，其他渔民情绪也不稳定，担心哪一天出海被"抓靠"，侥幸回来了又被内迁，两头担惊受怕。

谷文昌感到这个问题十分严重，他在工作中反复学习了毛主席《关于正确处理人民内部矛盾的问题》，越来越深刻地认识到：在我们的面前有两类性质完全不同的社会矛盾，这就是敌我之间的矛盾和人民内部的矛盾。为了正确地认识这两类不同的社会矛盾，应该首先弄清楚，在建设社会主义时期，一切赞成、拥护和参加社会主义建设的阶级、阶层和社会集团，都属于人民的范围。而人民自己不能向自己专政，不能由一部分人民去压迫另一部分人民。但在东山县一些人则对于敌我之间和人民内部的这两类不同性质的矛盾分辨不清，错误地把被国民党反动派抓去当船夫和被"抓靠"的渔民当成敌人，必须严格执行党的方针政策，分清敌我，错了就要平反。

于是谷文昌立即找到海防部长兼城关区党委书记李景棠，进一步了解情况后，神色凝重地对李景棠说："老李，这样下去不行。毛主席早就告诫我们，要分清敌我之间和人民内部的这两类不同性质的矛盾。应该承认，我们的一些同志在工作中把这两类矛盾混淆在一起，这个问题的性质十分严重。对于被'抓靠'的渔民，我们应该同情他们的不幸遭遇，对他们不得歧视。你们写一个报告给县委，要正确体现党和政府的政策，提出妥善的处理意见和建议。"

很快，一份报告送到县委，报告在分析情况之后，提出建议：

1. 通过形势教育，统一思想认识。渔民被"抓靠"，我们应该视为渔民的不幸遭遇。我们把放回来的人员都一律看成是"中了毒、不可靠的人"，这是不妥当的。

2. 要分清几个界限。凡属临解放时被国民党军队抓去当船夫，在20天、几个月内放回来的和在海上被抓受审2至3个钟头立即放回来的，都不应列为"回归分子"加以看守；凡是被抓捕放回来人员，经审查和长期考察没有问题的，要信任他们，大胆使用他们。如属确有政治问题弄不清的，交给渔业大队出面审查，再审查不清，就放在生产上长期去考察他们。

3. 过去政策界限上划不清，策略上不够好，经审查有打击错了的，要通过谈话、道歉、释疑，消除他们的思想抵触，并在职务上做妥善安置。

4. 要总结经验，接受教训。以后凡是被"抓靠"放回的人员，一律由所在渔业大队出面，热情接待，严禁逼、供、信。

对于海防部长李景棠这个报告，谷文昌仔细看过之后，陷入了深深的思索之中：审查从严，也不能无中生有，肆意诬陷！怎能任意给人戴这么一顶又重又黑的大帽子！更不能逼、供、信，把人推向敌人一边。要这样，我们党一贯坚持的实事求是又到哪里去了呢？一个党、一个国家、一个民族，如果一切从本本出发，思想僵化，迷信盛行，那它就不能前进，它的生机就停止了，就要亡党亡国。如果现在再不彻底纠正过来，我们的社会主义事业就会被葬送。

想到这里，谷文昌代表县委当即给予肯定的批复。

> 各公社党委、政法党支部：现将李景棠同志关于回归渔民情况和处理意见印发给你们参考。处理回归渔民的问题是一件十分复杂的工作，必须十分慎重、讲究策略、分别对待。乱戴帽子，甚至用简单粗暴的方法，都是错误的，今后必须坚决制止。对以前已处理的回归渔民应重新进行一次检查，对错戴帽子和处分错了的，应该严肃认真地加以纠正，以利团结多数人。

这个文件的下发，不仅使那些不幸被国民党军队"抓靠"的渔民，感受到政府的关怀、感受到家的温暖，渔业大队渔民的情绪也很快稳定下来，而且极大地调动了广大渔民的生产积极性，极大地解放了农村的生产力。同时，有力促进了渔业生产，支持了当时的海防斗争。

在三年困难时期，谷文昌高度关注群众的生活。1960年8月16日，谷文昌在《在县委扩大会总结报告》中强调："所有农村干部，要把生活当作主要任务来抓。大胆地抓，一马当先地抓。在生活复杂问题面前，不能低头，不要怕困难。"

1960年8月下旬，田野秋色耀眼。水稻黄了，微风里，金浪叠涌。棉花炸嘴，雪白银亮，宛如银河的繁星。地瓜蔓把地皮都盖严了，碧绿碧绿，如潮似海。

本来是收获的季节，农民应该喜气洋洋的。但在古港大队的一块花生地里，人们有气无力，一会儿蹲着，一会儿站着，一步三挪地刨花生。几个月了，都没有吃到一点儿正经的硬粮。一位腿脚浮肿、眼睛眯成一条细缝的大姐，忽然发现花生地边上，长着一株地瓜秧，根部都被饱满的果实顶开了裂隙。她蹲下用手扯了下，扯不动，就两手抓着，猛地一拉，地瓜秧扯了出来，她也一个屁股蹲儿坐在地上。秧子上带着拳头大的一个红皮地瓜。她眼前一亮，这个地瓜长在花生地里，就算是野生的了，不算集体的财产。想到这里，她拿起地瓜在衣服上蹭了一蹭，塞进嘴里大嚼两下就吞了。旁边的一个年轻的姑娘，看到她在吃东西，心里一急，拿起手边刚挖出的花生，连皮带壳就吃起来。

"队长，有人偷吃集体粮食，挖社会主义墙脚，破坏一大二公，你管不管呀？队长，你要是不管，我也吃了！"

听到这一声喊，吃东西的人吓得呆住了。社员们都好奇地围上来，听孙兆宽报功似的嚷叫着他发现了赵凤芹和胡喜爱偷吃集体粮食，各种猜疑和难听话，各种讽言刺语，就一齐嚷出来了：

"生产队的优越性再大吧，也不能偷着往自己肚里吃吧？"

"我也奇怪，怎么赵凤芹刨花生不刨了坐在花生地里，抓弄什么？"

"咳，偷吃地瓜呗，人饿急了嘛，啥法不会想！"

"真是'人穷志短，马瘦毛长'，她饿，谁不饿，再穷再饿吧，也不能偷吃集体粮食吧！"

"生产队粮食打得再多，还能撑架住这么偷吃！"

…………

人们正这么围在花生地里议论，一个村干部黑着脸赶过来："你们竟敢偷吃粮食，胆子太大了！这是集体的粮食，知道吗？集体的！这些年来，全队社员抗旱打井，风风雨雨，才得到个好年景！你们就这样不是在地里刨花生，而是吃到自己肚里？旁的社员都在地里顶着日头刨花生，你们却在干损公肥私的事！罚款罚款！"

"队长，我不是偷吃。"那个叫赵凤芹的大姐，含着泪水，转身冲着村干部，像表白，又像乞求地说，"你看，这花生地里，长出一个野生的地瓜，我是捡的，不是偷。"

"集体地里的粮食就是集体的，地瓜花生都一样，你这就是偷。不缴罚款，明天就开你的批斗会。"

另一个叫胡喜爱的姑娘，矮小的身体在发抖，细碎的阳光在她手上乱颤。她早就吓坏了，当她被孙兆宽发现嚷叫的时候，刨花生的镢头总是从手上掉下来，弯腰捡了几次都握不住镢头把。她是第一次下地劳动，在这不到两个小时的工夫里，热烈、冷落、慰藉、讽刺，叫她那脆弱的心脏如何承受得了啊！她心慌，慌急了，像被人乱捶的破鼓。她浑身都是冰冷的，两腿软软地几乎撑不住身体，她木讷讷地立着，不知该怎么办……

妈妈在叫她，妈妈早来了，一直站远处瞧着："爱儿，爱儿，怎么啦……"

"妈！……"她扑在妈妈怀里低声地啜泣，"我就吃了几颗花生米，可没有吃地瓜。"

"吃多吃少，性质一样恶劣。这是集体的粮食，是要上缴给国家的，一粒也不能吃。你也要批斗。"村干部仍旧脸色铁青地说。

在那个年代，严重的粮食短缺和极度贫穷正演变出社会矛盾。在难以忍受的饥饿下，不少社员偷吃公家的粮食，或者私自拿取公物回家用。就拿这个古港大队来说，全村 177 户，被罚过不许吃饭的就有 99 户，占村里一半还多。一个社员拾到一块破船板没有上缴，被大队干部发现，全家三口就被罚饿一天。

看着这么多偷吃的群众，村干部也是着急上火。先是罚款，可大家没钱交，后来罚饿，可刚罚了，就又有人偷吃。罚款罚饿都不行，村干部商量半天，就只有开批斗会这一条路了。

一天，第二生产队下田刨地瓜。大队支委许江海妻子因为饿极了，抓起刚刨下的地瓜"咂吧咂吧"吞了两口，闯下了大祸。小队长硬逼她站在地头上向社员们认错。正赶上大队干部检查生产路过二队，许江海发现妻子胡芹苏正在挨批斗，他脑瓜子嗡嗡直响，两眼直冒火星，狠狠地吐出一句："你这该死的女人，丢人现眼，净给我脸上抹黑！"

胡芹苏呼地抬起头来，说："别跟我摆大队支委的架子，我承认我错了。不是我饿得心慌，也不会给你往脸上抹黑！"她的瘦黄脸上，闪过一丝委屈的表情，忽然吞吞吐吐地接下去说，"我正想告诉你，咱家快断顿了。"

"你早起不是还让我喝稀粥、吃苞米面饽饽？"

"可是你哪里知道，因为你是全家的顶梁柱，有一口饭，全家人宁可不吃，也得先尽你吃。"胡芹苏说着，用手捂住脸，大颗大颗的泪珠止不住地像雨点似的，从她脸上滚下来，"家里说没有一点儿苞米是假的，顶多也不过一两升，咱这一秋天的吃粮可咋弄呢？我今天一早过老张家去，想和他借几升苞米，正赶上老张大哥不在家。"

"别，咱咋能向老张大哥借粮呢？"许江海断然地说，"去年他家虽说比咱强点儿，可一家有一家的难处。你要向他开口，他宁可自己不吃，也会借给咱……咱可不能拖累人家呀！"他瞧着撩衣襟擦眼泪的妻子，又接着说，"这样吧，等到家我就去东街找你三哥。"

"你找我三哥做啥？"胡芹苏拦住自己的男人说，"我早就和你说了，我三哥吃了上顿没下顿！我宁肯带孩子跑大街要着吃，也不能找他！"

开批斗会，批评教育了半天，效果也不明显。怎么办？一个年轻人眼睛一转："让他们当众脱衣服，看看他们还敢不敢再偷吃。"队长也正在气头上："就是要狠狠管管这些小偷。"其他干部一听，觉得说不定真能管住偷吃的事，也没有反对。

一年中，古港大队被罚脱衣服的社员就有 16 个，有的社员当场大哭不止。很多在场的群众对这种做法非常不满。

1960 年底的一天，一份县委办公室报送的《关于古港大队干部违法乱纪情况调查》引起了谷文昌的关注：

> 康美公社古港大队前任党支书和大队长在工作中不认真执行党的政策，不顾党和国家的法律，违法乱纪，脱离群众，给党在群众中的威信造成损失。一年来，被脱上衣的群众有 16 个。这些被脱衣服的群众都是因偷一二斤地瓜和少量花生、甘蔗而被处罚的。……群众对此十分不满，社员叶冬珠气愤地说："死无人（闽南话，太过分的意思），太不像样了。"

他托着腮，陷入了沉思。似有一把锋刀利刃在割着他的心。他已经忘记了自己是在晨光照亮的办公室里，只觉着胸中翻涌的浪潮，已同他那大江似的思想波涛融汇成一体……

谷文昌眼里含着泪水，久久没有说话。蒙眬里，小时候的逃荒经历浮现在眼前。那年，谷文昌已经 17 岁，成为私塾里的"大学生"。可是，命运似乎在和他作对。就在这一年，年仅 40 岁的父亲冒着生命危险，攀上峭壁砍木柴，一失足，活活摔死在悬崖下。这突如其来的灾难，让谷家陷入了绝境。谷文昌和哥哥谷程顺含泪卖掉了家里仅有的土地和值钱的农具，埋葬了父亲，还掉了债务。为了生计，他不得不中断了刚读了 4 个月的私塾，和哥哥一起卷起铺盖逃荒到山西长治当长工。

受尽磨难的谷文昌一直在思考，为什么如今在三年困难时期，却让群众挨饿，这首先是我们的责任。党把东山县人民群众交给我们，我们不能领导他们战胜灾荒，应该感到羞耻和痛心……而那些村干部粗暴伤害群众侮辱群众，真是天理难容啊！

县委常委扩大会上，谷文昌让县委办公室以会议文件通报了古港大队干部这一违法乱纪的情况。在总结讲话中，谷文昌严肃地指出："从现在起，在农村除掉一些惯偷外，对一般社员拿公家一些东西的都不准叫小偷，叫作贪小便宜。因为这个现象明明是我们给人家搞出来的，大集体生产搞不好，个人小私有又弄得光光，叫人家不偷才有鬼。这次到会的队长要把矛盾搞清，造成矛盾是我们的错，不是农民的错！……东山这块地方，是革命先烈们用鲜血换来的。先烈们并没有因为东山人穷灾大，就把它让给敌人，难道我们就不能在这里战胜灾害？"

接着，谷文昌在深入调查中进一步了解到，在人民公社化运动中，全国农村建立公共食堂265万多个，在食堂吃饭的人占农村总人口的70%~90%。各家各户的锅碗瓢盆都收归集体，粮食也都集中到大食堂里，"放开肚皮吃饭""鼓足干劲生产"。然而，好景不长。由于连年自然灾害，全国的粮食本来就不足，哪里禁得住这么多张嘴敞开了吃呢！再加上干不干活都一样吃，干多干少都随便吃，也没有按照一年的周期去精打细算，没过多久，集体积蓄的一点儿粮食几乎被吃光了。一些地方甚至连粮种、集体的牛骡都吃得精光。

当时，东山县很多大食堂已是三顿喝汤。汤是地瓜丝煮牛皮菜（一种长在海边礁石上的海菜），黑黑的一钵汤稀得可照见人影。喝上几大碗，胀得走不动路，可转身出了食堂，撒泡尿的工夫，又饿得咕咕叫了。这是社员们一点儿粮食未曾进口的第6天了，因此，事情已经摆在面前：除非他们能吃些食物，否则他们的生命，就很难再延喘下多少时间了。社员们消瘦憔悴成这种样子，谷文昌是从来没有看见过的。假定他在地里遇见他们，看见他们是这样的容貌，他绝不会有丝毫的犹疑，一定说我是毫不认识他们的。他们的容貌整个全变了形状，所以他真不能叫自己相信，这几天以前和他天天在一起的，真的就还是他们。大队党支部书记衰弱得连手都从胸口上拿不起来，但他并不像别的社员那样出格。他以极大的忍耐力，忍受着饥饿，一句抱怨叫苦的话也不说，而且还努力影响他们，用尽他的方法，叫他们打起精神来。谷文昌呢，虽然在下地干活的时候，身体很不好，而且体质一直就是很虚弱的，但是事实上竟比他们哪一个所感到的痛苦都少，四肢的消瘦也比他们来得轻；而且在他们的智力完全麻木，只会用傻笑替代说话，只会表现低能的笑容，只能吞吐几句最荒谬的含混不清的话语的时候，他的神志却也还能保持到清楚得令人吃惊的程度。东山20%的群众患了水肿病，脸色暗黄，四肢无力，老年人脸上的皱纹平展了、腿上一按一个深窝。"只要有地瓜填饱肚皮，上山打老虎都愿去呀！"饿极了的农民哀叹。看到这些，谷文昌心如刀绞。他整天往农村跑，哪里的粮食有困难，哪里的群众体质出现问题，他就到哪里去。

那时，谷文昌在湖尾大队蹲点。当时驻守在湖尾山头上的解放军连队让谷文昌就近到部队上吃饭，谷文昌谢绝了。他一日三餐和社员们一样在大食堂喝地瓜汤，白天除了下地参加劳动，就是到各村调研，晚上熬夜写调研材料。

他本来就患有胃病、肺病，现在又因为饥饿越发严重了。很多人都发现，无论开会、作报告，他经常用左手顶住时时作痛的腹部。日子久了，他棉袄上第三和第四个扣眼上的线，都被磨秃了，秃了缝，缝了又秃。他对自己的病，是从来不在意的。同志们问起来，他才说他对胃痛采取了一种压迫止痛法。县委的同志劝他休息，他笑着说："病是个欺软怕硬的东西，你压住它，它就不欺负你。"谷文昌暗中忍受了多大的痛苦，连他的亲人也不清楚。他真是把自己整个的生命投入到改造东山面貌的斗争去了。

那天，县委组织部的干部林木喜和他一同骑自行车到湖尾大队去。走到半路，谷文昌的胃病发作了，痛得骑不动，两个人只好推着自行车慢慢走。刚到湖尾大队，大家看他气色不好，就猜出是他又发病了。大队的同志说："休息一下吧。"

他说："谈你们的情况吧，我不是来休息的。"

大队的同志一边汇报情况，一边看着谷文昌蹲在椅子上用左手顶住腹部在做笔记。显然是胃痛得使手指发抖，钢笔几次从手指间掉了下来。汇报的同志看到这情形，忍住泪，连话都说不出来了，而他，故意做出神情自若的样子，说："说，往下说吧。"

到了晚上，谷文昌不停地咳嗽。通信员潘进福情急之下，找一同陪谷文昌蹲点的林木喜商量。林木喜出了个主意，让他到县委办公室开一张证明，从县供销社为谷文昌买了一包饼干。

夜深了，屋外狂风怒号，头顶上的瓦缝不时扑进细沙。潘进福轻轻走近还在伏案工作的谷文昌："谷书记，我给您买了一斤饼干……"

"什么？"谷文昌打断潘进福的话，"是谁叫你买的？不行！给我退回去！"

"我看您没日没夜地工作，人都瘦成这样了……"潘进福忍不住委屈地哭了。

是啊，潘进福原来的确是想千方百计把县委书记的身体搞好。不是说，身体是革命的本钱吗？没了身体，谷书记还怎么带领东山人民改变贫穷落后的面貌？假如连这点也否认了，他还能算一个合格的通信员吗？辛辛苦苦地卖了力，流了汗，他都是为了全县人民的主心骨，顶梁柱，也是想为党和人民做点儿事情呀！谁知却让县委书记狠狠批评了一顿，他能不感到难过吗？

桌上的油灯忽明忽暗，谷文昌叹了口气，轻轻地拍着潘进福的肩头，慢慢地说："小潘啊，我承认，刚才是我不对，不应该冲你发脾气。我知道，你是一个忠于党的事业、有着高度革命责任心的好同志。这一点我要向你学习。可你想过没有，东山百姓每天都在吃什么？餐餐都是地瓜丝煮牛皮菜，我这个县委书记对不起东山的父老乡亲啊！如果我们再不能和群众吃一样的饭，受一样的苦，干一样的活，群众还会信任我们吗？因此，你说，这饼干我能吃得下吗？"

过度劳累和营养不良，使谷文昌的肺病、胃病频繁发作。下乡途中，他几次昏倒。有一回，听说坑北大队一些群众吃了食堂的饭菜后腹泻严重，他急忙带着秘书朱炳岩赶去。途中，谷文昌两手使劲捉着自行车把，蹬着蹬着，突然感到心脏咯噔一紧，头顶上立刻像降下一架飞机那样嗡嗡一响，全身就失去了平衡，一头从自行车上栽下来，摔倒在大路边，脸颊耳郭都擦破了皮。

这可把朱炳岩吓坏了！朱炳岩惊呼一声，扑了上去，把他从沙土中扶着坐起。

在附近地里干活的社员都跑过来：

"怎么啦，怎么啦？摔坏哪儿没有？"

"赶快去医院！"

谷文昌清醒过来，镇静了一下，抹去脸上的血珠和沙粒，挣扎地站起来。他那两条腿，软软的像不是属于自己的。他晃了一下，幸好靠在奔过来的生产队长的身上，没有再一次摔倒。他看着大伙儿，用很大气力，声音却很微弱地说："我没事儿。快干活去吧。"

那位生产队长帮他扶着自行车说："你快别管这些了。上车吧，我们推着送你回去。"

谷文昌吃力地接过自行车，对大家说："不用了。"然后跟朱炳岩一起，推着自行车缓缓走到邻近农民家里，要了杯盐开水，喝完骑上车子继续前进。

谷文昌妻子史英萍到石铺大队蹲点，和社员一起吃食堂。炊事员舀碗稠点的粥给她，史英萍倒回锅里；地瓜块送到嘴边了，瞧见农民饥肠辘辘的孩子们在一边贪婪地盯着，就递给他们吃。这小小的一块地瓜，表达了她对饥荒最严重时期的人民多么深的心意！小小的一块地瓜，说明了一个革命干部骨硬心红意志坚。是啊，史英萍没有更大的能耐，她只能以最朴素、最实际的态度，勒紧裤带，从嘴里省出一块块地瓜来，和伟大的祖国一起经受这场严峻的考验。

史英萍帮炊事员天天削地瓜到半夜，一大早又起床蒸地瓜。由于长期饿肚子，有一天抬地瓜上灶台时，史英萍紧锁着两条秀眉，牙也咬得紧紧的，哈着腰两手使劲撑着膝盖，还是抬不上去，突然觉得天旋地转，人倒了下来，地瓜滚了一地……

1960年，粮食短缺和饥荒最严重的时期。东山多数生产队的食堂，一餐保不了每人一两大米，而各家各户社员的粮仓，早已空空荡荡……

怎样看待眼前的革命形势？大食堂该怎么搞下去？当前出现的问题到底有多严重？在县委的讨论中，大家普遍认为总的形势并不乐观，虽然办大食堂解决了社员们的出工问题，但困难也是非常严重的。而要解决粮食短缺，就要继续提高广大社员的政治觉悟，发扬革命加拼命的精神，勒紧裤带发展生产。

谷文昌在讲话中，首先实事求是地分析了当前的形势和任务，然后直言不讳："革命的目的，就是为了群众生活，如果我们不关心群众疾苦，就是没有群众观点，就无所谓革命。"他鲜明地提出，"抓生产就是抓政策，就是抓生产力。"

在县委扩大会议上，谷文昌下了一道死命令："不准在东山饿死一个人！"

谷文昌的态度让许多干部发热的头脑渐渐冷却下来。是啊，人都饿死了，何谈革命呢？

为了让东山百姓渡过难关，确保不饿死一个人，经过调查研究的谷文昌，使出了一系列实招。

首先谷文昌提出，解决东山人民的饥饿，只能靠自力更生。

这是一个没有权威没有上帝的时代。从来就没有什么救世主，也不靠神仙和皇帝。上帝就是我们自己，权威就是我们自己。哪一个"主义"，哪一个国家，哪一个地区，归根结底总是靠自己。自力更生才能自强自胜。可能天上会掉下来一个林妹妹，但天上永远不会掉下来一个丰衣足食的东山。东山人要走的路，不是谁让我们解决的饥饿问题，而是我们自己要吃饭就要自力更生，所以我们不仅要眼睛向下动手苦干，还要积极争取地委、行署向东山调拨 200 万斤粮食。不在编、不"正名"、不给指标也干，只要对东山有利、于人民有益、符合革命的大趋势就坚决地干。缺米缺粮就"横向"联营，把"东西南北"风都借来。没有条件自己创造条件，创造出一个实实在在生气勃勃的东山县。征购任务减少了，群众口粮就增加了。樟塘大队，为了多缴公粮，只给每人留下 80 斤粮食，显然不够一年口粮。谷文昌根据实际情况，将这个大队当年的征购粮由 50 万斤减少到 38 万斤。

其次，要求渔业部门向受灾群众每人出售几十斤鱼，盐业部门向群众供应低价盐。

派出全县卫生院的医生、护士组成巡回医疗队深入农村，采取紧急措施救治水肿病人。例如发药丸给患者，用高炉蒸草药让患者出汗消肿……

面对饥饿的群众，谷文昌提出渡过难关的对策：大种蔬菜，以菜当粮；提出确保活命的底数"三三制"，即各个食堂保证做到每餐至少供应每人 1 两大米、1 两地瓜干、1 斤小白菜。

春夏之交，青黄不接。相较于生长周期较长的稻米和地瓜，蔬菜尤其是小白菜种下十几天二十天就可以收获。

谷文昌蹲点湖尾大队，组织干部群众运肥、犁地、种蔬菜。青壮年劳力大都到水渠、打井工地上去了，田野里，除了为数不多的年老、体弱的男社员，大半是妇女们在干活。在沟南二队的田地里，丁大娘扎着白毛巾，领着妇女在送粪。围着大红色围巾的中学生林芳和蓬乱着头发的小青年崔振江都跟在丁大娘后面。党支部书记的女儿、大队卫生员李中华背着药箱也下了地。那红药箱上鲜红的十字耀眼醒目。远处庄稼地里，还看到许风珍领着一群学生也正在打坷垃。沟北，一队的妇女今天出工是最多了。王桂菊领着妇女们拉着排子车，往地里送粪。工作队员王香芬、刘学公也参加了。40多岁的刘学公，夹杂在一群年轻的妇女中十分突出。他们忙着笑着，拉着排成一大串。

谷文昌看到这一情景，心里很高兴。他知道这是王桂菊和韩爱喜他们结合发放救济粮而进行动员组织的结果。谷文昌想起自己提出渡过难关的对策，感慨地对湖尾大队长说："人是离不了菜的，没有菜，天天喝地瓜汤，太单调，况且现在也保证不了一餐几两地瓜丝。不种菜，社员怎么能吃好吃饱呢？关于种菜问题，表象是种菜，实质上就是种粮，有了菜，生活就好办，也不怕饿肚皮。"

4月27日的县委扩大会上，县委书记谷文昌从加速社会主义建设，讲到如何用"大跃进"的精神，来扭转东山县的穷困面貌，把问题的焦点落在"在全县开展一个人人种'百株瓜、千株豆、三分菜'运动"，强调确保"每人3厘好菜地，一毫不能少"。紧接着，他号召立即行动，进行奋战，要在小满到来之前，打好第一个胜仗。

他的话鼓动性很强，声音很热，首先激发起一些年轻的、单纯的、向上心强的积极分子的热烈响应。他们还没把话听完，就在高声议论着："干得对，一定打胜仗！"其后全场农村干部，都在议论着："把东山搞好，多收大把蔬菜。"

东山是个海岛，群众没有种蔬菜的习惯，为了组织农民抢种蔬菜，东山县干部全部下基层，各个食堂都成立种菜专业队。

谷文昌要求干部下乡"种前抓思想，种时抓面积，种后抓高产，收时抓用量"，同时帮助解决劳动力、种子、肥料、技术等具体问题。

谷文昌甚至大胆提出："食堂还不能供应社员吃菜的，允许社员拥有一定数量的自留地。"

这一政策的推出，给东山县带来了多年来未曾有过的景象。过去生产队长敲大钟，社员装耳聋；强拉拽着走，闲聊到地头。这一政策后，东山人开始勤劳起来，他们把耕地看作财富，把荒地变成了熟地。往年，家庭妇女很少下地，现在，队长的媳妇领着 5 个孩子种稻谷。社员刘景素连自留地的路旁都种上了菜。她高兴地对前来调查的谷文昌说："瞧！我的地界'扩大'了。"一切事实表明，东山县农民从自留地生产的粮食，一度占了全部收成的三分之一。

好心人劝谷文昌小心背黑锅、"拔白旗"，可是为了东山人民，他奋不顾身。他说："农村的中心问题是把农业生产搞好，各级干部、各个部门，都要着眼于发展农业生产。集体经济要巩固、发展，还必须在生产发展的基础上使人民生活不断有所改善。凡是阻碍生产发展的做法和政策都是错误的……为什么有些群众热衷于搞自留地，搞副业，归根结底还是为了过好生活。人要吃粮吃菜，我们没有搞好，他们有后顾之忧……"

在当时的社会环境下，谷文昌敢于这样做，源于他对真理的认识和坚持。

当年 8 月 16 日在县委扩大会上，谷文昌说："'以农业为基础，以粮为纲'的方针，就是要使全国人民丰衣足食……让 63000 个农民吃饱吃好，社员生活有保证，人心就安定，干劲也就足。相应地也就推动了生产。这是一个最通俗、确切、科学、普遍的唯物主义的辩证真理。"

当年 10 月 10 日在县委四级干部会议上，谷文昌说："关心群众疾苦，这是我们党一贯的优良传统作风。临阵退缩想把生活的担子往社员身上推，是错误的，应该勇敢地挑起来！"

东山岛的模样，首先从那些没有播种越冬小麦的地方开始变的。社员们用大车从饲养院拉来牛粪，一堆一堆地扒到地上。大车走后，那些等在地里、帮着卸车的社员就用铁锨，把一堆一堆的牛粪扬撒开。荒凉的土地上，立刻像盖上了一层薄薄的缎子被，盖一块，又一块，大块连上小块，成了很大的一块，花花点点，到处都是变了色的地块。看上一眼，心里痛快，身上长劲。在欢快的忙碌中，苇坑里的冰冻溶解了，田野的泥土也随着松软起来。年轻力壮的人，首先脱掉了捂了一冬一春的棉袄；又是说，又是笑，越干越长劲头。

谷文昌也脱掉小棉袄，一边帮着卸车，一边对宅山大队干部介绍湖尾大队种蔬菜的做法："我对你说，咱们的人力越来越紧张，等到平整好地块，开始选种、浸种、播种，更得紧张。当队长的，光是按部就班地指挥劳动力可不行，得巧干。咱们宅山大队要带头推广这个办法，你们一队又得在村里带头。要不然，别的大队不会学着干。"

一队队长站在大车上，用铁锨往下铲着粪说："你放心，我马上就把一半跟车的留在这儿，剩下的一半儿，转到新修的泄水渠田边，播种一块。"

这个车卸完，满脸倦容的谷文昌又奔到另一辆车的跟前。

"用不开这么多的人，谷书记你歇会吧。"

谷文昌没吭声，把车卸完，帮着顺车的时候，车把式说："哎，谷书记，你的脸色怎么这样难看呀？"

谷文昌笑笑，说声"没事儿"，又奔向另一辆隆隆赶过来的大车。

或许就因为饥饿，全身浮肿，谷文昌却坚持一个大队一个大队地跑，落实各个食堂是否实行"三三制"。加上活计干得太猛，衣服脱得太急，而睡眠和休息太少，他走路的时候，腿发软，看人的时候，头发胀，浑身有一种说不出来的难受味道。

他铲着铲着，感到心脏跳得急促，呼吸也很困难，突然眼前一黑，一头摔倒在大车下边，什么也不知道了。

因饿，因累，他发起高烧，迷糊了好几天，烧一退就问县委办公室副主任宋秋娟："秋娟啊，菜种下去没有？种菜专业队人员落实没有？"

就这么硬顶着，开展种菜运动半个月里，东山人民开荒种地瓜、种菜1115亩；就这么硬顶着，到了1961年，东山县实现种菜2789亩，生产蔬菜930.5万公斤，除保证每人每天足额供菜，还有余菜供应外地；就这么硬顶着，谷文昌带领东山人民一个不落地渡过了难关。

1962年1月11日至2月7日，中共中央召开扩大的中央工作会议，共有代表7000多人参加，因此也被称为"七千人大会"。会议的主要精神是总结经验，统一认识，加强团结，加强民主和法制，切实做好国民经济的"调整、巩固、充实、提高"工作。

谷文昌参加了这个会议，党中央在"七千人大会"上讲的民主作风，让谷文昌很受感动：四年了，东山和他朝夕相处的土地，渗透着他的心血和汗水、忧伤和屈辱、信念和希冀的土地，如今总算结出了饱满的果实——纠正"左"的偏向，改变浮夸风；然而在生活中，他却错过和失去了多少东西。对他个人来说，中央这个会议来得也许太迟太迟；然而他心里毕竟还是感到由衷的高兴。因为党在倡导讲真话，鼓真劲，在努力恢复实事求是的传统，这对他今天正在从事的社会主义革命和建设来说，对整个国家的任何事业来说，太重要了！

一大滴热泪从面颊上滚落下来，滴进脚下的泥土里。

谷文昌觉得完全有必要通过召开班子民主生活会，发扬党内民主，开展批评和自我批评，纠正近年来领导干部作风方面存在的突出问题，使班子成员的思想和工作回到实事求是的轨道。1962 年 4 月 7 日至 10 日，谷文昌主持召开东山县委领导班子民主生活会。他要求："要根据这次中央七千人大会精神来开，不论集体或个人，对事不对人。""畅所欲言，目的在达到更进一步的团结。"

尽管过去有一段时间谷文昌成了二把手，但在这次民主生活会上，谷文昌还是率先代表县委做了检讨，对贯彻民主集中制过程中存在的片面性问题，在"反右倾""拔白旗"中错误地处理了一些人问题，在大办食堂中思想简单化和主观主义作风方面问题，承担了责任，做了深刻的自我批评。并真诚地请大家揭发批评。他说："同志们，我们在摸索着一条路，为了它，我们已经付出了巨大的代价。现在，我们找到了，中国 6 亿农民找到了它！为了在这条路上前进，为了再也不失掉它，我们情愿付出更大的代价！没有退路，只能前进！"

每一个人的心弦都被拨得轰鸣起来，像春水撞开了冰排，像狂飙摇撼着山岳。骤然间，会场上爆发了一片掌声，这声音像堤决坝崩，像海啸山呼，漫过了田野，漫过了重峦……人们的脸上挂着激动的泪……

谷文昌讲完话，大家争着发言讨论，直面问题：

在浮夸风问题上，县委要求公社的产量都是超历史，指标要求过高，"搞大地瓜"，浮夸到亩产 3000 吨，确实脱离实际，但下级不敢说，怕被戴上右倾帽子。

瞎指挥问题，领导要求统一收、种，下级尽管思想不通，有意见又不敢提，只好勉强执行。领导生产存在盲目性，没计算成本，如"大炼钢铁""搞大地瓜"等。

县委有偏见，要了解落后材料就固定到一个公社，了解先进材料就到先进地区去，造成坏的总是坏的，好的总是好的。

工作作风有问题，有的领导把基层干部当作完成任务的工具，工作开展不起来就反干部，把斗争作为搞工作、完成任务的手段，导致干部一个接一个被反下去。会议太多，旧的未贯彻，新的会议又来了……

谷文昌看到大家情绪这么高昂，心里十分激动。他被满屋子热腾腾的气氛烘烤着，被一张张熟悉的面孔激励着，被一句句发自肺腑的语言震动着。现在，他深深地体会到，东山县经过这场运动，路线端正了，人心更齐了，坏事变成了好事。正如省委书记所讲的，这是一场深刻的革命。经过这场革命，干部群众进一步地发动起来了。

谷文昌因为坚持实事求是，有过几次"检讨"，其中一次"检讨"，是为了建东山人民会堂。

石匠出身的谷文昌深知文化的重要，在他的重视下，办起了机关干部学校，建立了全省第一个有线广播网，成立了县潮剧团，还办起了《东山报》。然而，他还有一个心愿，建一座人民会堂，让群众有一个文化活动的中心，让全县有一个开大会的场所。他通过扩大盐业生产，加强核算，终于积累了 40 万元，于 1960 年春季动土兴建东山县人民会堂。

紧张的施工进入高峰期。喧闹而繁忙的夜晚工地上，人声喧嚷。巨大的塔形打柱机架，"吐吐吐"地吼叫着。在高空中工作的电焊工，好像蜻蜓似的叮在楼体周围，正紧张地战斗。为了节省开支，县委还组织机关干部参加会堂建设。谷文昌更是经常盯在工地上，俨然是钢打铁铸一般，时而指挥运输车辆，时而检查施工质量。几个月来，他几乎没有星期天节假日，没有白天黑夜，没有睡过一个囫囵觉。他上了火。牙龈肿胀，舌头上布满了大大小小的血泡儿，就连咽口唾沫都很困难，但他全然不顾……明亮的电灯，汇成道道长廊，连起天上的繁星。那忽闪忽闪的电焊弧光，把千山万岭涂得通明晶亮。车辆人群，变成了一串串活动的剪影，在呼喊，在奔忙……人民会堂建筑面积3715平方米，前立面为三层楼结构，中厅高18米，会议厅高10米，面积1020平方米，座位1794个。这在当时龙溪地区各县中是最好的会议文化场所。

经过一年多的施工，人民会堂的主体工程建成，只剩下最后封顶了。就在这个时候，上级要求减少基本建设投资，停建楼堂馆所。此时，谷文昌想到即将封顶的人民会堂，是停下来还是加快封顶？如果停下来，东山每年夏季都有强台风来袭，前面的施工投入将前功尽弃，国家的财产将遭受重大损失；可如果加快封顶，将冒着"顶风搞基建"的风险。

"文昌，你怎么啦？"史英萍觉得问题有点儿严重，口气不由得严肃起来，"就算你真有道理吧，说话也要注意政治影响，要维护上级指示。别忘了自己是个共产党员！"

"正因为是共产党员，就要说真话，实事求是，这是共产党员的党性原则！"谷文昌越来越激动，"英萍，我觉得，你没有把这个指示精神吃透。上级虽然要求停建楼堂馆所，但对即将封顶的工程这一特殊情况，是否属于停建范围，并没有明确的规定。如果不从实际出发，把上级指示推行下去，把即将封顶的施工停下来，你知道，东山每年夏天都会有强台风袭击，前面的施工投入肯定会毁掉，那样将给国家的财产造成多大的损失？所以，我不赞成这样的认识。毛主席不是经常教导我们，要具体问题具体分析，贯彻上级精神为什么就不能和实际情况相结合呢？"

"哎呀，你的胆子可真不小！"

"我得对党对人民负责任。"

史英萍越息事宁人，谷文昌倒越不肯善罢甘休了。由于激动，他的脸涨得通红，亮得刺人的眼睛直看进人的心里，在灯光下闪烁。

然而，面对两难选择，这个"结合"能得到上级的理解和认可吗？此时此刻，谷文昌深切意识到，实事求是，说起来容易做起来难，许多时候，并不是认识到的问题，而是敢不敢坚持的问题。

没时间再犹豫了，他找到有关负责同志，明确要求，加快人民会堂建设进度，务必赶在台风来袭之前实现封顶。

人民会堂施工紧锣密鼓地进行。结果，打了个时间差，台风与封顶后的会堂"擦肩"而过，人们终于松了一口气。然而，谷文昌却没能松下这口气。过后，东山兴建人民会堂的事受到上级的批评，谷文昌主动承担了责任，多次向地委做检讨，并在县委召开的农村社会主义教育预备会上做了检查。谷文昌坚持实事求是、勇于负责的态度，得到东山干部群众的拥护，最终也得到了组织的理解。

1963 年 3 月 5 日，春光明媚。中共东山县第二次代表大会在新落成的人民会堂召开。在热烈的掌声中，谷文昌代表县委在大会上开始作《关于东山县六年来工作情况和今后工作任务》的报告。他那清瘦的长形脸颊，由于兴奋而涨红了。他眼里跳跃着充满革命激情的火花，他那洪亮的声音强烈地激动着人们的心。

"同志们！六年来，经过全县党员干部和广大群众的共同努力和艰苦奋斗，调整工作取得较好的成效，城乡人民生活开始好转。到 1962 年底，东山县和全国一样，革命形势大好，国民经济最困难的时期已经过去了！……"

大家热烈地鼓起掌来。

"但是这仅仅是胜利的开始，只是万里长征走完了第一步。以后的路程更长，工作更伟大，更艰苦。……"

谷文昌越说越兴奋，越说越激动。他通过 6 年来东山县的斗争现实，来说明斗争的尖锐、复杂和艰苦。他从东山县的经济发展说到了全国的社会主义革命和建设。他用活泼有力、生动形象的语言，说出了现实斗争的艰巨，也说出了光明美好的远景。他的话鼓舞着每一个人，激励着每一个人。会场上鸦雀无声。当谷文昌看到参加会议的全体代表坐在宽敞明亮的会场，聚精会神地听着报告做笔记时，他会心地笑了。

第六章　大雪压青松

一

东山湖塘村农民蔡海福为造林立了大功。20世纪五六十年代，他戴笠荷锄，踏遍海岛，亲手种下的木麻黄不计其数。尤其是由根部包土种瓜的经验，推演出木麻黄带宿土移植的方法，从根本上解决了福建沙荒地区木麻黄防护林成活的问题。

谷文昌和蔡海福的相逢带有戏剧性。一天，谷文昌下乡到湖塘村，路过一片菜地，见棚架上瓜瓞绵绵，青翠欲滴，不禁停下脚步。

"咦，谁家种的瓜？长得真好！"

菜农正是蔡海福，那天恰巧在瓜地里忙活。他抬头一看，是前些天在村头讲话的县委书记，就站了起来。

"嗬，你在忙什么呀？"谷文昌微笑着亲切地问。

"打打瓜杈。"蔡海福笑着答，拍拍泥手，走出了菜地。

"听说你是解放战争时期的老交通员啊，还是那么雄赳赳气昂昂的，真是个英雄呀！"谷文昌拍着蔡海福那双粗硬得像树皮一样的大手，称赞地说。

"过奖啦。"蔡海福谦逊地说。

"可是你的革命精神是很旺呀！值得大伙儿学习！"谷文昌说。

"谷书记，你知道我？"蔡海福有些奇怪地问。

"哈哈，别看湖塘村我来的不多，可是这里的人我都知道！"谷文昌呵呵地笑着说。

"那就太好了。咱湖塘村的事要是你都了解了，那就好办啦！"蔡海福有些激动起来。

"是呀，就是为了植树造林，我想跟你谈一谈。来，蹲下谈。"谷文昌招呼着蔡海福，自己先蹲在菜地头。

蔡海福也蹲了下来。为了表示自己的热情，蔡海福把自己的烟袋嘴擦了擦伸过来，请谷文昌吸烟。谷文昌笑着说："我这里有。"他从衣兜里掏出一个扁方形的小铁盒，打开盖，里面装了一盒子碎烟叶，上面还有一小沓卷烟用的白纸。他拿出一张小纸，又捏了一把碎烟搁在纸上，自己卷起烟来。

蔡海福看着很稀奇，说："你这位领导还抽这个烟？真节约！"

谷文昌笑着说："抽惯了。抽这个方便，也节省。"

蔡海福点头赞许地说："好哇！还是南下干部的作风。"

两个人一边抽着烟，一边说着话，渐渐地谷文昌就把话题引到了植树造林上来。他们谈到怎样才能把这荒沙滩利用起来，使它成为东山县的一个大粮仓；怎样才能植树造林，改造这白茫茫没边没际的荒沙滩。临走时，谷文昌对蔡海福说："用你这种认真的精神搞林业，一定成功。"

这以后，谷文昌到湖塘下乡，就经常去看望蔡海福。

蔡海福的家在湖塘村，这正是明万历三十八年（1610年）立邑侯郑公封沙惠农功德颂碑的地方，是当年风沙肆虐"每秋风一起，十田九压"的重灾区。解放前，蔡海福家里的三亩地被"沙虎"吞掉，为了生存，父亲带着他外出逃荒，流落到了广东的南澳。父亲在漂泊中客死他乡，蔡海福含泪只身回到东山，靠着打杂工艰难度日。解放后，分得了土地，他曾经尝试种树防沙以保住田地，但都没有成功。

1958年，东山县大造林期间，为了育苗护林，湖塘村在勤山后和草山脚搭了草寮，热心的蔡海福常住草寮，而谷文昌是湖塘村的常客，两个人经常在草寮里促膝谈心，切磋造林大计。那时，东山县的几次植树造林都没有成功。谈起这个问题，先是蔡海福说："经过接二连三的打击，我们县里的困难，可能比南下还要大些啦！"

谷文昌说："你不要吓唬我了。你知道吧，我是一个战士，刀山火海都闯过，还能被风沙吓倒啦！"

蔡海福伸手在谷文昌肩上，重重拍了一巴掌，兴奋地站起："好嘛！我告诉你，我是个大老粗，是一个推车汉，扁担长的'一'字都认不得。开始参加革命的时候，是做地下交通员。实际斗争教育了我，从来不知什么叫困难。天塌下来了，也不过多一点儿重量，有啥好怕的。"

谷文昌说："这么说，我们两人在一起植树造林，还可以合得来。我没有怕过困难，也从来不知'困难'两字。"

流动沙丘为害甚烈，如何才能治服？他俩一起做试验：挖深1米、宽1米的大坑，下红土、杂肥，种了几株木麻黄。过不多久，木麻黄活了一棵，蔡海福兴冲冲向谷文昌报喜，谷文昌高兴得一把抱住他。

"共产党办事没有错！人家都能制造飞机上天，我们为什么不能在沙荒上造林！"受谷文昌的影响，在沙荒上造林成了蔡海福最大的理想，他整天琢磨着种树，失败了不气馁，受人嘲笑憋了一口气，反而更加激励斗志。

蔡海福天天奔波在坑坑洼洼的沙石小路上，穿过一个个大大小小的沙丘，忍受着尖利山风的刺骨寒冷，意气风发地转到试验田里。为了解决木麻黄在荒沙滩成活的问题，一冬一春的时间里，他可以给人帮工，挣下许多工分，他心里明白这笔账，毅然做出了牺牲。他第一次受到那么多村里、乡里、县里父老兄弟的委托和信赖，心里简直承受不住了。人需要别人的信任。被别人尤其是被众多的人所信任、所拥戴，会产生一股强大的心理力量，催发人为了公众的某种要求、某种愿望、某种事业而不辞艰辛地奔走，忍受许多难以忍受的苦难，甚至做出以生命为代价的牺牲，也在所不惜，心甘情愿。这种强烈的心理力量，帮助他克服了隐藏在心底的重大障碍。他曾经暗暗下决心，就是拼上自己的后半生，也要造好全县的树林。冬日的冷风，即使在晌午，也仍然是尖利的，他的脸颊和耳朵冻得火辣辣地疼。

俗话说，踏破铁鞋无觅处，得来全不费工夫。谁也没有料到，沙荒造林技术的重大突破，竟来自老农种瓜的经验。说不上是哪一天了，蔡海福突然灵机一动：瓜要种得好，栽下地前得先将瓜苗的根部包一层土。如果种木麻黄也这样做，会不会更容易成活呢？他尝试用这样的方法栽培了十几棵木麻黄，结果全活了。

　　"根部带宿土移植"的经验被写入了《沙地木麻黄种植六大技术要点》，成为沙地种植木麻黄最重要的技术保障。

　　由于摸索出经验，木麻黄越种越多，成活率越来越高。春天的太阳无私地普照着连绵不断的山冈，嫩绿的小树苗在阳光中显得那么茁壮，那么可爱。谷文昌和蔡海福经常并行在茫茫沙丘上巡护树苗。

　　谷文昌巡林，总是带着一种特制的小锄头，一看到被风吹刮或者被牲口践踏的树苗，就及时扶正培土。有一次巡林中，他们发现有好几棵树苗被耕牛踩倒了。谷文昌皱起眉头，一边心疼地扶正树苗，一边对蔡海福说："在咱东山，栽活一棵树多不容易！老蔡啊，看着踩伤一棵树就像踩伤我的腿，折断一根树枝就像折断我的一个手指啊！……唉，树苗不懂人言，只能活活受罪……"

　　蔡海福忍不住鼻子一酸。他眼窝热辣辣地走到了谷文昌面前。

　　原来县委书记是在对那些已经被耕牛踩倒的树苗说话！

　　人啊……

　　蔡海福也弯下腰，去帮谷文昌扶树苗，说："谷书记，我知道你心里难过。东山岛的树苗你带领全县人民栽种了好多年，有了感情，舍不得离开它们。石头在怀里揣三年都热哩，更不要说树苗了。你不要担心，庄稼人谁不看重树苗？分到各大队，都会精心管理的。"这事以后，他逢人就讲："谷书记是北方人，为了种树这么拼命，图的是什么？还不是为了大家好！我们大家都要参加造林，都要爱护树木。不管是谁，损坏了树木，就得受处罚！"

　　蔡海福说到做到。有一天，蔡海福的独生女儿蔡凤娥和侄女蔡细娥，拾草时捡了一些木麻黄枝丫，被他发现了。

　　"谁叫你们偷折树枝？破坏植树造林？啊！"蔡海福怒气冲冲，冲着蔡凤娥和蔡细娥大喊起来。

　　"爸爸！""叔叔！"两人从草筐里抓起树枝，哭得语不成声。蔡凤娥辩解道："给，您好好看看，我们真是从树下捡的，根本不可能是偷折的，不信你去前边看看，树下还有我们捡剩的树枝……"

　　"别嘴硬，我说你们是偷折，就是偷折！"

　　"您不讲理，也不能诬赖人。"

"混账东西，你们办了犯法的事，还说我不讲理？"

"哪您说咋办吧？"

"咋办？罚！"蔡海福大巴掌有力地一挥，"我这会儿就去叫大队干部，非罚不可，反了你们！"

"您去叫吧，大队干部来了，也不能跟您一样不讲理，明明是捡的，您非仗着您是家长，不叫别人说话，非逼俺俩承认，这是啥事？"

……………

盛怒之下，蔡海福把她俩痛骂了一顿，还叫来湖塘大队的干部，硬逼着她俩按照村规民约以每斤五角钱处罚。

谷文昌了解事情的经过后，在佩服蔡海福不徇私情的同时，也批评蔡海福工作方法简单，态度粗暴，冤枉了这两个女孩，他们捡的树枝是护林队从木麻黄树上修剪下来的，不用罚。

可是性格耿直的蔡海福却坚持自己的观点："你说她们的草筐中有绿树枝，谁知道这是偷折来的还是捡到的？说得清吗？更何况我是护林员，别人怎么理解这事？不处罚，我怎么去教育别人呢？"

蔡海福脾气暴躁是人所共知的。谷文昌生怕把他惹翻了，就没有再说什么。可他的话却大大震动了谷文昌。坦率地说，也许比起党、团员和积极分子，蔡海福不一定算第一流，可是他有代表性，能代表经过社会主义革命和建设锻炼的普通社员，特别是从旧社会熬过来的老年一代。你看看这一类型人的思想变化和提高，就能更深一步地理解社会主义革命和建设的伟大精神成果。

蔡海福爱林如命，敢抓敢管的精神很让谷文昌感动，他在全县林业会上表扬了这位护林员："蔡海福在湖塘村辈分很高，乡亲们大多称他'叔公'。然而，为了绿化，他六亲不认，村里人敬而远之，抱怨的人对这位'铁面包公'渐渐改口直接叫他蔡海福。这说明什么？说明蔡海福大公无私，我们要向他学习。"

县委书记的话，从头至尾，都像火一样地透进东山人的心灵，使他们感到自己有更加充沛的热力。他们对东山县植树造林从来没有失望过，从来都相信它的绿化一定会成功。现在有了爱林如命的蔡海福为榜样，他们的信心更强了。

在蔡海福那间低矮潮湿的小瓦房里，谷文昌与这位护林员一起卷着喇叭烟，促膝谈心。谷文昌深深地吸了一口旱烟，又慢慢地吐出来，语重心长地说："海福，你为造林护林付出了很多，是有功之臣，我谷文昌感谢你这位老哥啊！"

蔡海福感动地说："谷书记，我们湖塘村祖祖辈辈吃尽了风沙的苦头，治服风沙是我们多少年来的梦想。你是外乡人，带着大家植树造林，操尽了心，我们是看在眼里，记在心里呀！我是本地人，不尽点儿力能对得起你、对得起子子孙孙后代吗？"

诚然，这些年，谷文昌顶着风沙，不畏艰险，带领东山人民在植树造林上取得了成功，但是，这并不意味着全县植树造林并不存在任何问题了。谷文昌想起毛主席在《矛盾论》中所指出的那样："如果是存在着两个以上矛盾的复杂过程的话，就要全力找出它的主要矛盾。捉住了这个主要矛盾，一切问题就迎刃而解了。"什么是当前植树造林的主要矛盾呢？他同意昨晚县委一班人的分析。当前植树造林的主要矛盾，仍然是木麻黄种植的成活率问题。特别是按照常规在春天植树造林的成活率还不是很高，这是为什么呢？想到这里，他再一次用赞赏的眼光，注视着蔡海福质朴而带有喜色的脸，说："你亲手种下了那么多的木麻黄，经验丰富，能跟我说说种木麻黄怎样才能提高成活率呢？"

蔡海福沉思片刻，说："过去我们总认为春天最合适种木麻黄，经过'倒春寒'，现在明白了，夏季雨天种木麻黄最容易活。但是，也不是夏季的所有雨天都适合种木麻黄。"

谷文昌一边细心地听着，一边饶有兴趣地问："噢，海福你说下去。"

蔡海福说："比如，遇到北风天，即使是下雨天，也不适合种植木麻黄，这种天气种下的木麻黄会'枯梢'。"

谷文昌问道："哪什么天气种才合适呢？"

蔡海福说："根据我的体验，下雨时的南风天种下的木麻黄最容易成活。"

"那太好了！"谷文昌高兴地说，"海福，你是名副其实的植树造林土专家呀！我以后要多向你讨教。"

蔡海福在炕沿上磕掉了灭了很久的烟灰，又重新装上了一锅烟，憨笑着说："没什么，树种多了，自然就悟出来了。"

这是一个明月生辉的夜晚。东山县的一个县委书记，一个护林员，正在心碰心地交谈着，由衷的话语，共同的理想，把他俩的心拉得更近，贴得更紧了。他们完全沉浸在对植树造林的美好憧憬里去了。他们既充满了信心，又有些战战兢兢，不知道前面的水是深是浅，脚步应当怎样去迈。这是一种怎样复杂的心境啊！

小瓦房外，东山河里，清澈的河水不息地奔流着。河岸上，舒柔的柳条绽出了鹅黄花，挺拔的木麻黄树枝钻出了犄角。草地上，刚出卵的昆虫在温暖的土壤里翻着身子，梳理着翅膀；一株刚刚破土的迎春花，承受着早春的甘露，绽开了一朵黄澄澄的小花……

在这寂静的东山岛，在这深沉的夜晚，有多少生命在悄悄地诞生，有多少活力在蓬勃向上啊！

1959 年 7 月，国营东山县赤山林场建场初期，急需一批育苗造林技术员。谷文昌亲自拉起蔡海福，奔到赤山林场高场长的跟前，推荐他为林场技术员。蔡海福那只撸锄杠的手，立刻被夹紧在两只铁钳般的大手里了。

高场长笑呵呵地望着蔡海福那涨得像七月高粱穗子似的脸，说："噢，你呀，认识，认识！"

蔡海福激动地说："你到我们大队去过吗？"

高场长看看谷文昌，又对蔡海福说："奇怪吗？哈哈，告诉你吧，我看过县里编发你的造林先进人物的事迹材料。你讲的话，字字句句都应该是从心里发出的声音，是代表着翻身农民说的呀！"

可是当时，也有人不理解蔡海福，说："这样的大老粗能行吗？"

谷文昌却忍不住笑了："别看他文化程度不高，可他有一颗爱树的心，是有丰富实践经验的'土专家'！"

1963 年，东山绿化工作成绩斐然，《福建日报》记者慕名前来采访谷文昌。谷文昌谦虚又很中肯地对记者说："植树造林好比打一场人民战争，光靠指挥员，不能打仗。你们要宣传，就多宣传蔡海福这样第一线造林大军的事迹。……"

听着他的浅显详细的生动解说，望着他那慈祥中带着刚毅而坚定的表情，记者感到一股热流通过全身。他的朴素的话语流露出对蔡海福和东山人民的热爱，他的恳切的表情显示出对东山岛绿化的信心。他不倦地谈着，越谈下去，这一切越是明显；越谈下去，记者越感到温暖，越充满对植树造林模范的敬佩。记者的整个心被他的话吸引去了，记者忘记了周围的一切，记者忘记了时间的早晚……只看见眼前的这一个人，他镇静、安详，而且那么坚定。他忽然发出了快乐的笑声，这时候，记者觉得他就是植树造林胜利的化身，全县人民完全可以放心地把一切交给他，甚至自己的生命。

不久，《福建日报》在头版显要位置刊登了蔡海福的先进事迹，还配发了他戴笠荷锄在林地工作的照片。后来，东山岛成为全省乃至华东区林业战线一面旗帜，谷文昌又推荐蔡海福为福建省劳动模范和华东区造林模范。

1964年初夏，谷文昌接到周恩来总理签发的任命书，到福建省林业厅担任副厅长。就要阔别工作生活14年的东山岛了，谷文昌心情难以平静。

在蔡海福的陪同下，谷文昌一登上位于赤山林场山丘上一座小小的八角楼，眼睛就被满沟满坡满野郁郁葱葱的木麻黄树照亮了，是"雨后复斜阳"的大森林。树叶上亿万颗水珠，被夕阳一照，每颗水珠都变成了巨大的钻石，迸射出夺目的光彩。微风拂树，水珠在枝头转动，由橙黄变橘绿，由亮蓝变靛青色，由姹紫变嫣红，还有些天知道该用什么字眼来形容的光彩，真叫人眼花缭乱啊！一阵强风撼树，无数带着阳光的水珠从树梢上层层滴下，宛如万点彩色的流星陨落。

看得出，这位县委书记对东山岛有着极深厚的感情，虽然，他已经记不清自己多少回在这里观测木麻黄林，可今天，他有着与往常不一样的感受。东山岛，曾是荒凉的穷滩恶水，为什么在短短的十几年发生这么巨大的变化？除了他们因地制宜，防风固沙，植树造林，探索出一条生态经济发展之路，最主要的是，东山县人民在毛主席和共产党的领导下，经过自力更生，艰苦奋斗而取得的！他深情地眺望着无垠的林海，聆听着从乌礁湾传来的涛声，心潮澎湃，14年的栉风沐雨，14年的艰苦创业，14年的海岛巨变，一切历历在目。

此时此刻，他想到了可亲可敬的东山人民，想到了英雄的驻岛部队官兵，想到了当年南下进入东山岛的长江支队战友们和当地成长的干部，是他们为保卫和建设东山呕心沥血做出了无私的奉献，是他们共同见证了东山岛的巨变。

再会了，英雄的海岛，英雄的人民。再会了，我心中的木麻黄林。我会常来看你们的。谷文昌的眼里再次蓄满了泪水。

蔡海福，站在谷文昌的身边，半晌没有说话，他心里也很不平静。十几年了，他在东山岛，亲眼看到了谷文昌带领全县人民植树造林、修筑八尺门海堤……他深深体会到，干那么大的事业，遇到了那么复杂的斗争，担着那么大的风险，需要多么大的气魄啊！需要花费多少心血和汗水啊！

想到这里，他又看了一眼谷文昌。谷文昌瘦多了，黝黑的脸上突出了两块高高的颧骨，眼睛里布满了血丝，眼角刻上了几条细细的鱼尾纹。蔡海福禁不住说了一句："谷书记，你为东山做了那么多的好事，东山老百姓永远忘不了你。"蔡海福的话打断了谷文昌的沉思。

谷文昌摇了摇头，轻轻笑了笑，说："我一个人就算浑身是铁，能打几根钉？东山的老百姓才是真正的英雄，你海福也是其中一个呀！你看，咱们东山从植树造林到修建八尺门海堤、南门海堤，还有湖尾地下水、红旗水库，那么多水利工程，投入那么多的人力物力，哪一项不是东山老百姓付出了巨大劳动？"

蔡海福点了点头："我明白了。谷书记，你就要离开东山了，有什么交代吗？"

谷文昌向蔡海福身边站了站，眼睛里放射出了火一样的光芒。接着，他推心置腹地说："我们是经历了无数次失败，经历了千辛万苦，才种成了这片木麻黄树林，一定要保护好啊！"

谷文昌说的这火一样的话语，把蔡海福震动了。他怎么能够忘记呢？在他和谷文昌共同战斗的岁月里，谷文昌高举着社会主义革命和建设的大旗，和东山人民一道，在漫漫大风沙中不畏艰险，勇敢地奋战在植树造林第一线……一时，蔡海福抑制不住内心的激动，紧紧地抓住县委书记的手说："谷书记，你放心，木麻黄就是我们东山人的命根子，就是砍了我的手，也不允许砍掉木麻黄。"

蔡海福没有忘记自己的承诺。1968年11月间，蔡海福贫病交加，粗重地喘息，干咳，奄奄一息了。唾涎粘腻在下巴上。他的眼膜前，出现着零星的泡沫，他晕眩了。他对身边的亲人交代："我要是活不成，你们有机会见到谷书记，就告诉他，东山的树，长得很好，叫他放心……"

亲属以为他快断气了，便为他料理后事，但因没钱买不起棺材，只好含泪锯下他家老式床铺的顶篷和屏风，加上门板，准备钉一副简单的棺材。没想到，吃了女儿摸黑上山采来的草药，蔡海福像一棵尚未枯萎的木麻黄，竟然活了！这几乎是一个奇迹。以蔡海福平日惨遭迫害的身体，又突然遭到这样一场大病的袭击，几乎濒于死亡的边缘，最后竟能活了过来，全家人都感到惊异和庆幸。

这天，上工的钟声响了。钟声从高台阶那边传过来，一下一下撞击着蔡海福的心。接着，他听到大街上传来社员们的呼喊声、车轮声，相互地应和着，又一块儿撞击蔡海福的心胸。作为一个护林员，在春耕大忙就要开始的紧要关头，他再也躺不住了，一咬牙，坐了起来。他那两只软弱无力的手，抖动地抓过衣服；喘一口气，伸上一只衣袖，再喘口气，又伸上一只衣袖。他同样艰难地穿了裤子，蹬上鞋子，倚坐在床沿上，稳了稳神，站了起来；几乎是扑到了门口，抓住门框。他又略停片刻，便扶着墙，挪了两步，又按着锅台，挪到另一个通向院子的门口；随手抓起一根长长的烧火根子，拄起来，试试探探地迈下台阶。此后，这位倔强的造林模范，再也不能参加体力劳动了，但他仍然支撑着病体坚持守护木麻黄林。寒冷的冬天，他常披着一件民政部门救济他的棉袄，头戴他侄儿复员回来送给他的棉军帽，整夜整夜瞪着警惕的眼睛，巡护那维系着海岛人民身家性命的木麻黄林……

此时，蔡海福没有想到，他日夜思念的谷文昌"文革"中也受到冲击，在福州被打成"走资派"，处境同样十分艰难，身体每况愈下。

这件事被东山县的乡亲们知道了。他们千方百计从省林业厅将谷文昌带回东山后，藏在顶西村。

有一天，一位瞎眼张大娘在傻儿子黑娃的搀扶下，提着一小篮鸡蛋来到谷文昌的住处。"谷书记，"张大娘颤巍巍又朝前挪了一步，冲着谷文昌伸出手，那仅有的一只眼受坏眼的牵累，视力早就减退，再加上被泪水糊住，什么也看不清，嘴唇抖动，"听说你是'走资派'，什么是'走资派'我老婆子不懂，我只知道你是天底下最好的人，是俺张家的大恩人，大娘谢谢你！"

张大娘说着忽然双膝一软跪了下去。

谷文昌慌了，赶忙也双膝跪下："大娘这是干什么？您老人家这是折我的寿啊！"

黑娃先扶起张大娘，谷文昌才敢站起来。他恼怒地瞪着黑娃，有大娘在场他的口气却不敢太硬："黑娃，你这演的是哪一出啊？"

黑娃今儿个不二乎了，咧咧嘴很不好意思地说："谷书记，要不是你领着东山人植树造林，发展水利，凭我张黑娃一家还不知到哪里逃荒要饭。"

一边说，张大娘一边指使儿子双手捧着篮里的鸡蛋，往谷文昌手里塞。

谷文昌心里清楚，那年下乡，在张大娘家吃派饭就知道，他们家里贫困，儿子又犯傻，张大娘是每月靠着一篮鸡蛋在赶集时卖点儿钱贴补生活的呀！

"不行。"谷文昌惊得连连打着倒退说，"大娘，组织上有规定，当干部的不许收群众一分钱的礼！"

谷文昌无论如何不肯收张大娘送来的鸡蛋。这下，可把张大娘急坏了。为了不伤张大娘的心，他只好违心地从篮子中拿出两个鸡蛋放在口袋里。

望着黑娃搀扶张大娘颤巍巍的背影，谷文昌百感交集："多好的东山百姓啊！只要组织上认定我是好人，不论吃多少苦，我都值了。"

随着时间的推移，谷文昌最终被真正的造反派发现了。有一天，谷文昌和东山县的其他几位领导被带到陈城接受批斗，他们头上戴着纸糊的高帽子，胸前挂着名字上打红×的黑牌子，被拳打脚踢拥到了台上，并排站在一起。在湖塘村路边等车返回时，一些不懂事的小孩盯住谷文昌胸口挂的大牌子，大声喊着："谷文昌，走资派！"这时，飞来一颗树种，谷文昌低头一看，是他熟悉的木麻黄。他慢慢弯下腰，用颤抖着的手捡起了那颗树种。他抬头看着扔树种的小孩，轻轻摇了摇头，眼神中透着几分伤痛：孩子，你还小啊……

这时，传来一阵狂暴的吼声："滚！你们这些死猴子！"

其他孩子都被喊声吓跑了。唯有一个男孩子不甘示弱："凭什么叫我们滚？谷文昌不是走资派吗？"

"给我闭嘴，混账东西！要是没有谷文昌，你们赡等着喝西北风吧！

还不快滚！"

谷文昌觉得这声音好熟悉，循声望去，正是他日夜思念的好兄弟蔡海福。他的眼睛里充满了狂怒，胸脯子都要气炸了。没想到，多年不见竟是在这样的场合下见面的。

蔡海福以老叔公的辈分说服那些戴红袖章的后生，让谷文昌到他家吃顿午饭。

还是在那间低矮潮湿的小屋里，他妻子头上顶着自己织成的棉线布巾，拉着风箱，锅盖的边沿有白色的水汽冒出来。蔡海福搂着儿子，蹲在灶锅前，装满一锅旱烟。他妻子从灶门里点燃一根柴枝条，笑着递到他手上时，他儿子却一把夺走了，逞能地把冒着烟的柴枝按到他和谷文昌的烟锅上。蔡海福吸着了，生烟叶子又苦又辣的气味呛得他儿子和妻子咳嗽起来了……一家人生活得并不富裕，却也和和睦睦。

开饭了。还是那热气腾腾的地瓜粥，还是熟悉的小鱼、咸菜，却有别样的心情。谷文昌为了赶时间，埋头稀里呼噜地喝着地瓜粥。蔡海福看着曾经指挥千军万马植树造林的老书记，头上已多了许多白发，由于憔悴，没有血色的脸上颧骨越发突出了。他心里不由一阵酸楚。

谷文昌吃完饭，划着火柴，把烟点着，吸了一口，正准备和蔡海福话别，蔡海福忽然想起一件事情，对他说："谷书记，你稍等会儿，我出去一下，马上回来。"他来到离家不远的代销店。蔡海福要给谷文昌买包烟，才想起身上没带钱。

蔡海福嗫嚅着对店主说："能……赊给我一包烟吗？谷……谷……"

店主是本村人，明白了蔡海福的意思，他从柜台上拿了两包"大前门"递给蔡海福："是谷书记来了吗？好人积德啊，他领导我们植树造林，我们至死也忘不了！赶快把烟送过去，还赊什么。"

蔡海福回到家里，将两包香烟塞给谷文昌，说："谷书记，这两包烟你带着抽。"

谷文昌推辞不过，从衣袋里掏出两元钱硬塞给蔡海福："你们从早干到晚，一天工分只有两三毛钱，你不收钱我不收烟！"

蔡海福接过钱后，谷文昌握住他的手，动情地说："老哥，多保重。有机会，我会来看你的。"

蔡海福问："谷书记，你还有什么交代吗？"

谷文昌沉吟片刻，说："有件事情一直搁在我心上，我老是担心木麻黄受到破坏，种下这片林子不容易啊！"

"谷书记！"蔡海福又喊了一声，他的嗓音在颤抖。他有千千万万的肺腑之言要向敬爱的谷书记尽情倾诉，但一时却又找不到适当的语言。他目不转睛地望着谷文昌那两只明亮的眼睛，那双眼睛像明镜般亮晶晶，闪烁着异彩。他仿佛从这明镜中又看到了谷文昌当年的音容笑貌，看到了当年谷文昌来到湖塘村，和他一起试种木麻黄……半晌，他才哽咽着说："谷书记，到现在你还惦记着木麻黄，你放心，木麻黄好好的，谁想破坏木麻黄，我蔡海福第一个不答应，乡亲们也不会答应。"

1972年，任龙溪地区林业局局长的谷文昌因公出差回到东山岛，他忘不了到湖塘村看望蔡海福一家，当见到蔡海福一家三代人仍蜗居在狭小潮湿、被柴草熏得四壁漆黑的破旧小屋时，谷文昌紧紧抱住蔡海福，两颗泪珠从他眼睛里涌出来了，从黝黑消瘦的脸颊上淌下来，滴在了蔡海福的肩膀上。

一阵呜咽从他胸脯里升起，哽在了喉眼上。他不能放出声来！他又把这呜咽咽回到肚里去了。他青筋暴突的手抚摸着蔡海福的背，说："海福，你是植树护林的功臣，现在却成了湖塘村的贫困户，你身体还好吗？"

"活不成啦，自从那年肋骨被造反派打断几根，闹了一场大病，到这会儿都没有好利落，现在又加重了……"见到日夜思念的谷文昌，铁老汉老泪纵横，泣不成声。

谷文昌鼻子一酸，带着呜咽的声音问："……那……谁给你治疗……哩……"

"唉，治个啥？咱是挨过斗的，大医院不好好给治，再说也花不起那钱，满过村里有个赤脚医生吧，因为家庭成分高，大队干部也不教人家干了……"

蔡海福的肩头剧烈地耸动着，泪水像断了线的珠子在那张白蜡一样的脸上滚淌。在那"文革"十年中，有一批挨批斗的人就是这样生存的。他们和家庭共同承受着巨大的社会压力，在担心和惊怕中度日如年。

谷文昌的心像刀绞一般痛楚。他想说几句安慰蔡海福的话，但他又说什么呢？他的手只是轻轻抚摸着蔡海福的肩膀，说："别哭了，海福。咱们去漳州医院。"

谷文昌泪如雨下。他搀扶着蔡海福，一步一趔地走出小屋，带着这位老功臣到漳州治病，为他交付了全部的医药费。同时，谷文昌建议地、县民政部门救济蔡海福200元修缮房屋。

1978年9月，蔡海福去世，噩耗传来，这位有泪不轻弹的"石匠"，顿时陷入极大的悲痛之中，像孩子一样失声痛哭。从不动用一棵树的谷文昌，破例地批了0.35立方米的杉木给蔡海福做了一副棺木，为这位植树造林的功臣送行。

一个县委书记，一个普通护林员，一段刻骨铭心的"树缘"，一段辉煌而坎坷的人生经历，让我们看到了一个党员干部心系百姓的情怀，并从中悟出一个道理：谁心里揣着百姓，百姓就把他放在心坎。

二

1969年的冬天，一股股寒气像千百条冷蛇缠绕在身上，使人的筋骨僵硬，血脉也都在凝固。

这一天，55岁的谷文昌带着一家人，提着一只旧皮箱，还有两罐史英萍亲手腌制的咸菜，从福州下放到三明地区宁化县禾口公社红旗大队当社员。

卵石和沙砾在他们脚下咯咯作响，而田野上、荒滩上，全是一片坦荡而毫无保留的透明光泽。方圆十几里阒无一人，只有他们一家在荒滩上昂首阔步。洪水从山上下来，冲出一条条深沟，又像是向山坡蜿蜒而上的卵石路。大大小小的印石在阳光下散发着钢青色的辉光。略微向平原倾斜的荒滩，景物的色调是坚毅而严峻的。一切都岿然不动，只有一种土色的小蜥蜴，见他们过来，或是摇着小尾巴拼命地跑，沿途丢下一连串慌慌张张的小脚印，或是挑战似的仰着头，用小眼睛瞪人。那样子真可笑！

"你们来啦。"大队党支部书记王定乾迎上去，尴尬地笑着。他知道，下放在自己大队里的这一家，曾是省城的大干部。

"我叫谷文昌，就叫我老谷好了。"走在头里的长者停了下来，向王定乾伸出手。

昏暗的小楼，没有床，草席铺在楼板上。入夜，邻家年轻的母亲，反反复复为怀里的孩子唱着催眠曲，旋律婉转，韵味凄清。谷文昌屏息、凝神，似乎听明白了，那曲子唱的是："禾口淮土，荒山秃土。宁当尼姑，不嫁淮土。糠菜当饭饱，火笼当棉袄……"

在山村的第一夜，谷文昌辗转反侧，怎么也睡不着。对他这样一个为党奋斗了20多年的人来说，党的命运、国家的命运、人民群众的疾苦，永远在他个人命运之上。目前社会现实状况使他不寒而栗：天啊！农民生活这么困苦，一些人还要造反？当然了，群众批他、斗他，他想得通——共产党员嘛，怕群众批评还行？可是农民缺吃少穿，这样下去怎么行呢？……

"你还没有睡吗？"史英萍低声问。她听见他不断翻身，而且嘴里喃喃着什么。

"英萍啊，这地方穷，咱们有责任改变它呀！"谷文昌说。

当时，有个说法，下放三年后停发工资，取消干部身份。这突如其来的命运转折让史英萍一时难以接受："我们为党的事业忠心耿耿，一路南下，历尽千辛万苦，到头来还被下放劳动。现在咱们是来改造的，你就别再折腾了。"她紧挨谷文昌躺着，说了这两句话，半天合不住发颤的嘴唇，明亮的大眼睛里泪光点点——这是一个感情激荡的年代，谁没有溢流过这感情的液汁呢？

她等待着谷文昌回答。她相信他比她想得更远更深一些。

"英萍，千万不要这样想。"谷文昌转过身去，看着她说，"党最终是不会丢弃我们这些人的。到任何时候都应该坚定不移地相信这一点。咱们应该自觉地把眼前的这一切都看成是党对咱们共产党人的考验。"

谷文昌完全清醒了。他估摸再也难以入眠了，于是翻身起来，点着灯，坐在床边抽着烟，继续用平缓的口气对妻子说："下放劳动改造又怎么啦？我们入党时不就是农民吗？我们当初南下，也不是为了当官呀！咱们这些人，在民主革命时期经过大的考验。历史证明，咱们经受住了。社会主义革命时期能不能经受住考验呢？"他望着妻子，"十几年来有过一些考验。但这次也许是一次根本性的考验，考验我们能不能把社会主义革命坚持到底……"

谷文昌的一番话深深感染了史英萍，她意识到，在身处逆境的时候，自己不应该给谷文昌增加思想压力，而应该和他一起承担。史英萍把自己那双手放在谷文昌的腿上，轻轻地摩挲着。她对着谷文昌，说："老谷，我理解你这些话了，我们应该多检查自己的错误，任何时候都不能让不正常的情绪搅乱了正常的思考。不管我们受了多大的委屈，都不能失掉共产党员的觉悟。你的话都很对，我们应该自觉地把眼前的一切看成是党对我们的考验。"她调整了自己的情绪，用轻松的口气说："是啊，在太行山，咱们什么苦没吃过？老谷你会打石、种田，我会纺纱线，咱们重新兄妹开荒吧。"

谷文昌深情地看着妻子，他感受到妻子在这个非常时期给予自己的支持，这个时候，他是多么需要得到这份支持的呀！

谷文昌神情忽然严肃起来："英萍哪，咱们这是来当农民，我不再是省林业厅副厅长，你也不再是省林业厅设计院办公室主任了。咱领导干部的身份变了，但共产党员的身份没有变，我们的信仰不能变，任何时候都要记住，我们是在党旗下举过拳头的。"

是啊，在共产党人心中，何谓人民？人民群众是我们力量的源泉，是共和国的坚实根基，是我们执政的最大底气。而在人民眼中，什么是共产党人？就是自己有一条被子，也要剪下半条给老百姓的人。这个以人民利益为出发点和落脚点的政党深刻懂得，心中常思百姓疾苦，脑中常谋富民之策，我们党才能永远赢得人民群众的信任和拥护，我们的事业才能拥有不竭的力量源泉。

"我记住了，我们是举过拳头的。"史英萍认真地说，"可是，当地领导都在，不是咱能插手的啊！"

"这哪里是插手？看着群众受苦，只要是共产党人，都有责任！如果我们不关心群众的利益，我们还叫什么共产党？"谷文昌沉思了片刻说，"我想起毛主席的一段话——'我们共产党人好比种子，人民好比土地。我们到了一个地方，就要同那里的人民结合起来，在人民中间生根、开花'。我们下放的地方是红色的土地，我们在这里，就要融入当地人民，和他们一起谈心，和他们一起谋划坝在什么地方打，水库在什么地方修……在他们中间生根、开花。"

谷文昌说得没错，这是一方红色的土地。

随着新道路的开辟，中国革命形势越来越好，1929年中国共产党领导的红军主力东征，建立了闽西革命根据地。那时，毛泽东曾率领红军三次进入宁化，并写下光辉辞章《如梦令·元旦》：

> 宁化、清流、归化，路隘林深苔滑。今日向何方？
> 直指武夷山下。山下山下，风展红旗如画。

朱德、彭德怀、陈毅、叶剑英、张闻天、胡耀邦等许多老一辈无产阶级革命家也都曾在这里留下光辉的战斗足迹。土地革命战争时期，宁化是中央苏区兵源、粮源、财源保障最有力、为中央政府和红军提供支持最大的县。全县有革命基点村204个，13700多人参加红军，约占当年中央主力红军总兵力的十分之一，被称为红军的故乡。当年宁化的禾口和淮土是参加红军最踊跃的地区，有一首《禾口、淮土比扩红》的歌谣真实反映了当时的情况：

> 保卫苏区有责任，禾口淮土比参军。禾口扩红一千个，淮土
> 一千多两人。

第二天一早，谷文昌就找到了党支部书记王定乾："老王啊，你能不能叫几个大队干部，带我四处转悠转悠？"

"行，只是山区没什么好看的。"王定乾回答得很干脆。

于是，谷文昌在王定乾等人陪同下，带着锄头上了山。一路上，他们一边看着地里的景象，一边谈着红旗大队的生产情况。王定乾毫无保留地把自己所掌握和想到的都谈了。他说："全村9个生产队，最近出勤率都大大降低了，劳动效率也不高，社员们懒懒散散，严重影响生产的进度和质量；许多生产队长不负责任，大队支委也没有抓紧，工作安排没有很好落实，情况有些混乱。"说到这里，他咳嗽一声，又接着说，"当然喽，我们也想最近召开个会，就是要谈如何加强生产队的领导，调动社员的劳动积极性，支部要起保证和监督作用，党员要起带头作用，大家分工负责。"

　　他的谈话使谷文昌很沉重。很多情况，和谷文昌昨天看到的大体相同。这样，在王定乾的全面介绍下，再加上谷文昌昨晚接触群众所听到的，以及跟生产队干部的分析，现在他已经把红旗大队整个生产情况基本上了解了。

　　红旗大队的层层梯田散落在大山之间。谷文昌一边听着王定乾的介绍，一边想着这些事，不知不觉爬到最高的梯田处，一会儿看看水渠中淙淙流去的溪水，一会儿走到稻田中拾起一个稻穗端详。大伙你看看我，我看看你，不明其意。谷文昌又蹲下身子，伸出拇指和中指量水稻的株距和行距，还挥起锄头，在田间刨刨，再用手捏捏泥土。这回，随行的人看明白了，谷文昌这是在做农田调查，便开玩笑道："老谷啊，咱红旗大队，红旗倒是挺红，可山田却是白瘦的。"

　　转了一个上午，大家都觉得倦了。两腿软弱得不能支持，就坐在田埂上。谷文昌对王定乾说："老王啊，什么时候开村干部会议，也让我参加参加，行吗？"

　　红旗大队党支部书记王定乾性情耿直，但文化程度较低。当时，农户杀猪必须经过大队批准，每回他总在申请的字条上签上"同意杀王定乾"。有人提醒他，在"同意杀"后面要加上个句号，"王定乾"的签名要写在下面一行，他不耐烦地说："没那么讲究，就这么写，谁敢杀我？"别看王定乾是个大老粗，还经常和群众"吵口"，可他很懂得重视人才。今天和谷文昌接触，他感觉到这位从省直机关下放的老同志有能力有水平。此刻，这位粗中有细的支部书记做出一个正确的决定，高兴地说："这太好了，今晚就开！请您给我们大队上的工作指示指示！"

　　谷文昌笑着说："指示是没有，我是来向你们学习的。"他看着王定乾那铁塔一般的身体，和一张英气开朗的脸膛，心里非常喜爱。

　　正是这个决定，为谷文昌提供了参与决策的平台，为改变红旗大队贫穷落后面貌发挥了重要作用。

　　当晚，天刚黑下来，王定乾就在大队部里忙开了。他扫好屋地，又从对襟旧棉衣口袋里，掏出一盒火柴，蹲在靠墙角的一只落地火炉旁，往炉膛内放进一把干柴，点上火，再搁上一些木炭，扇几下，火苗便蹿上了，把他那张黝黑的脸庞映得红光闪亮。蕴藏在他胸中的那发展农业生产的火种，也在炽烈地燃烧着，越烧越旺。

这时，门外响起了李金凤和靳宗梅银铃般的笑声。这两个年龄相差近一倍的女将，一坐下来，就见缝插针地搞起"副业"来了。李金凤从千层鞋底上抽出一枚针来，在头发上篦了篦，笑嘻嘻地对正在织毛线衣的靳宗梅说："宗梅，我看你天天上山下田的，忙都忙不过来，怎么有心思织这种复杂的花样？又是梭形格子，又是桂花针脚。噢，对了，是在为你对象赵锋强做的吧？"

"我是……自己穿的。"

"还想瞒我？宗梅，这种男式毛线衣，你穿在身上不就变成女扮男装了？"

"我的妇女大队支委同志！你再说，我非把你的嘴唇皮缝牢不可。"

说笑声中，王定乾见人已到齐，便关好门，宣布开会了："今天，我们开个党支部扩大会，主要是请省城来的谷文昌同志给我们讲讲如何发展农业生产、改变我们大队贫穷落后的面貌。大家欢迎了！"

在一片热烈的鼓掌声过后，经过充分调查研究的谷文昌，开始胸有成竹地发表着自己的意见："今天上午，我和大家看了咱大队的 500 多亩土地，其中有 400 多亩为冷水山垄田，是靠天吃饭的一季旱地，年均亩产只有二三百斤。如遇旱灾，亩产只有 100 多斤。下午我看了咱大队收支账簿、肥料和农药的使用数量，知道咱大队每人一年的口粮分配 200 多斤稻谷，最低工分值只有 7 厘钱。我还深入农户，召开座谈会，寻找造成咱大队贫穷的原因。在我看来，咱大队，红旗虽红，生产问题却挺大，群众的温饱问题还没有解决。"

大家没想到，谷文昌才来了一天就把大队的情况摸得这么清楚、这么准确，都很吃惊。

"咱在村里待了一辈子，也看不出个门道。人家才来一天，就看得透透的。真是不一样！"

"咱是个大老粗，怎么能跟省里来的大干部比？"

"你说得对，"又一个人说，"咱就别想那么多了，也没那个脑瓜儿。干脆，干好咱的活就行了。"

　　…………

"哎，哎，大家先别忙着讨论。"王定乾站在会场上，伸出两手往下压，制止大家说，"先让谷文昌同志给我们指示指示。等他讲完了，咱们大家再讨论也不迟啊。"

人们静了下来。谷文昌点燃一支香烟，剑眉紧锁，越讲越洪亮："粮食不够吃，原因在哪里？问题出在水稻产量低。水稻产量低，原因又在哪里？我认为，第一是地力有问题。我们这里的土地普遍板结，这样的土地怎能种好庄稼呢？我建议发动社员积肥，改良土壤，提高地力。第二是灌溉方式有问题。我们现在采用的是串灌，这样必然导致肥料的流失，我建议改串灌为轮灌。第三是水稻的品种有问题。我们现在普遍种植的是高秆水稻，容易倒伏，造成减产。我建议改种'珍珠矮'。据我了解，这个品种抗倒伏，而且结穗饱满，完全可以在我们红旗大队全面推广。第四是种植的方式有问题。我们现在采用的是水稻疏植，8×10，植株少，当然结穗也少。我的意见是改疏植为合理密植，当然也不是越密越好，种植过密会影响通风，造成烂根。同时，我建议改单季稻为双季稻，大幅度提高产量。"

这发人深思的一席话，重重地敲击着人们的心，大队部里发出一阵阵激动的回音：

"对！对！"

"对！你说的都是实话！"

一连 20 多个"对"，像一块块石头投进水塘，激起朵朵浪花。

与会的大队支委和全体党员都非常佩服谷文昌，对他提出的"四改"意见一致赞同。支部书记王定乾来了精神："老谷，还有什么好点子，再跟我们说道说道。"

谷文昌接着说："刚才我们说的都是水稻种植方面的问题，我想再说一说人的因素，关键要想办法调动社员的劳动生产积极性。"

有支委插话："就是嘛，现在社员'出工像拖拉机，收工像坐飞机'，'出工一窝蜂，干活磨洋工'。一些男社员在劳动时，借吸烟偷懒，一些女社员解一次手来回半个时辰，也不好管。"

谷文昌摇摇头："这不能怪社员，我们现在采取的是按出勤计工分，干好干坏一个样，挫伤了社员的积极性。"说到这里，他抽了一口烟，浓重的烟雾，从嘴角喷出，"这些年，只讲'风格'，讲'觉悟'，讲'优越性'，就是不讲实际。结果呢？正像有人说的，'党是妈，队是家，没花的和妈要，没吃的从家拿'。"

人们笑了起来。谷文昌接着说："怠工难道不比罢工更可怕吗？甚至有人怀疑我们的社会制度，怀疑我们党的能力——这大概就是所说的什么'危机'吧？我们想：必须把劳动和分配直接联系起来，干多少活给多少钱，少说漂亮话比什么都强。"

"哎呀，那怎么联系呀？"有人提出了疑问。

"不是叫咱们从实际情况出发吗？我看老谷说的都有道理。要不从实际情况出发，想出再高明的办法，也是瞎胡扯！"

会场乱了，人们不由自主地戗戗起来。

"我看老谷说的有道理，这些年社会上尽瞎吹胡捧，谁也不承认事实。我倒不是说社员们自私落后，人家该得的还是应该叫人家得到啊。"

"就是呀，要不啥叫按劳分配？干脆叫按觉悟分配，按风格分配得了呗。"

王定乾摆了摆手，提高声音说："静一静，静一静，叫老谷讲完。"

等人们静下来，谷文昌接着说："我想起在东山植树造林的时候，县委制定了集体种植实行包工、包产、包成本、包质量的'四包'政策，调动了群众植树造林的积极性，百姓形象地说'做计件，拼性命'。我们可以借鉴这一做法，与社员商量实行'包工分'制，把效率、质量、报酬统一起来，实行功效挂钩，定额管理。"

有支委担忧："你这套办法，我们觉得好是好，可就是太危险了啊！弯拐得太急！你琢磨琢磨，会不会被人当作'搞工分挂帅，不突出思想政治工作'？"

谷文昌语气坚定地说："我们这样做是为了调动群众生产的积极性，解决好群众温饱问题。什么是讲政治？关心群众生活就是讲政治。"

性格爽快的王定乾一挥手："老谷说得对，就这么干。"

散会的时候，已经小半夜了。人们兴奋地谈论着，慢慢分散，各回各家了。

谷文昌一个人沿着月光朦胧的街道走着，脑子里还没有摆脱刚才会场上那种热烈活跃的气氛。他在心里对自己说："经过宣传鼓动，红旗大队社员的积极性都发动起来了，困难再大也能克服，生产任务再重也能完成，奋斗目标就一定能够提早实现。"

　　他推开了自己家那虚掩着的小排子门，忽见自己住的那间屋的窗户上身影闪动。他马上加快了脚步。

　　史英萍在屋里把什么碰倒了，咣当地响了一下，门帘子呼啦一声，从里间出来，打开了堂屋的独扇木板门。月光像流水一样，静静地泻进屋里，洒在妻子的身上；两只刚摆脱困倦的眼睛，深情地望着这个好不容易才盼回来的丈夫。他们面对面地站着，你看着我，我看着你，好像都不知道第一句话应该说什么了。

　　史英萍神秘地笑笑："我先给你烧水，一会儿再告诉你一个喜信儿。"她说着，就到外间屋去了。

　　水烧热了。谷文昌坐在小凳上，洗着脚，心里猜着，妻子说的"喜信儿"是什么。

　　史英萍把锅台上收拾干净，关了屋门，放下布帘，这才倚在炕沿上，小声地说起一件谷文昌没有想到的事儿："老谷，今天大队决定让我当副保管员，大队干部说了，我是下放干部，没有沾亲带故，钥匙交给我，放心。"

　　谷文昌调侃道："好呀，你还有个职务，比我强。你这保管员可得负起责任哟，别让集体的财产受损失。对了，我还要给你再加上个职务。"

　　史英萍有些诧异："给我加什么职务？"

　　谷文昌说："积肥员。"

　　史英萍乐了："老谷你今天怎么啦？我从来没有听说过有'积肥员'这个职务呢。"

　　谷文昌说道："今天大队开支委扩大会，要发动全村社员积农家肥，家家户户都有任务，咱们可得起带头作用啊！"

　　从此，每天天刚蒙蒙亮，在红旗大队的田头路口便会出现谷文昌高高瘦瘦的身影，他穿着一件老棉袄，肩上挎着一个粪筐，右手拿着粪叉，一边专心致志拾捡零落于各处的猪牛粪，一边向前走。

　　闽西山区冬天的早晨特别冷。这会儿，谷文昌，停停捡捡，上得山来，早已天色大亮。究竟是 54 岁的人了，背着几十斤重的粪筐，登高爬坡，确也够他累的。这时，初升的朝阳被山岭挡在东边，但那泛起的万道霞光，却映得满山绚丽多彩；翠绿的松柏，抹上了浓霜，闪亮闪亮的，绿得更加可爱了；碧绿的竹林，在晨风吹拂下，发出瑟瑟声响，特别动听诱人。山脚下，上下红旗大队里，缕缕炊烟袅袅上升，化成淡淡的烟云，在山间飘荡，犹如轻纱，把青山点缀得越发生机盎然。

然而，谷文昌却无心观赏这画一般的景色。拾粪归来，他的头发上、眉毛上经常挂着洁白的霜花。史英萍也不甘落后，利用早晚时间去拾粪积肥。当时生产队里，每人每天拾多少粪都过秤。根据当时的统计，在红旗大队的那段时间里，谷文昌夫妻俩为集体拾粪一万六千多斤。这会儿不是"兄妹开荒"，而是"夫妻积肥"了。

零零星星捡拾起来的猪牛粪仍然不够使用，谷文昌便想方设法扩大肥源。他利用到宁化城关开会的机会，四处打听，了解肥源，联系了县直机关一些单位和宁化县畜牧场作为红旗大队的积肥点，并组织了一支运肥队伍。每隔几天，社员们就开着拖拉机，碾着村街上皎洁的月光，迎着早春冻脸的山间小风，载着十几名威风八面的红旗大队的英武斗士，朝着通往县城的大道，奔驰而去。

谷文昌还以一个普通农民身份参加生产劳动。插秧时节，他头顶烈日，双脚踩在稀泥中，稻田里的脏水像蒸笼一样蒸烤着他，褂子和裤腰都被汗水浸得湿透了，湿漉漉地贴在背上。而他几乎忘却了自己，分秧的左手和插秧的右手，一上一下，灵活异常，正像蜻蜓点水一样，巧妙而快捷在水面上浮动。耘田时节，和农业技术员一道拿着放大镜沿着田埂巡视，观察病虫害情况。人们经常看见他手持一根竹竿，挽起裤脚走下田埂，轻轻拨开稻叶，仔细查看水稻的根部有没有虫害，发现问题及时与公社的农业技术员以及生产队的干部、老农等讨论和寻找处理办法。"双抢"时节，天不亮他就起床敲大锣，组织群众出工……

谷文昌的"四改一包"举措取得了显著成效。1970 年，红旗大队的稻谷长势喜人。

这天，谷文昌在王定乾的陪同下，走进百亩良种田间。一阵风过，道旁的稻海顿时翻腾起伏，肥水饱满的稻穗互相碰撞，发出沙沙响声，不一会儿，又恢复平静了，挺着腰杆，轻轻地摇晃着沉甸甸的脑袋。谷文昌随手掠下一个大穗子，两手合起来一揉，扔掉梗子，放到嘴边一吹，稻皮子飞跑了，剩下肥壮壮的稻粒儿，像是珍珠。捏住几粒，放进嘴里一咬，冒出香甜的浆，真饱满。他望着满地的稻子，好像看到新品种稻谷突破了千斤大关……

这一年，红旗大队有史以来，在全公社第一个实现"农业发展跨纲要"。红旗大队的社员留足了口粮，还卖给国家8万斤征购粮。秋收后的山村，一派火红的景象。粮食充足的社员，有的盖新房，有的娶媳妇，好不热闹。村里建了许多粮仓，望着满囤满仓黄澄澄金灿灿的稻谷，不知哪个村民脱口而出："谷文昌给我们带来了谷满仓。"从此，"谷满仓"的名字在禾口群众中传开了。

…………

也正是在这丰收的日子里，金秋时节的天边上，升起一种浓烈的、带着水分的铅灰的气氛，从点缀着各色野花的山坡那边扑过来，从长着青苗留着稻茬的田野那边扑过来，从弥漫着烟尘稻香的场院那边扑过来。这样，夜晚就又一次在这里降临了。

月亮，如同照明弹一样停滞在空中；繁星，就是那不息的胜利的礼花。礼花般的繁星，嵌满了巨大无边的天空之上。它们又好似浩瀚的湖水上，跳动着的细小波浪。

这会儿，下乡干部谷文昌在繁星投下来的光辉中走着。他被照亮了，他变成了明亮的人。他是战士，又是获胜者。他的心里如同千军万马在欢腾。他把一天里要想的事情都想过了。他又想到很远很远的战斗和胜利。他把一天里要做的事情都做过了。他又做了许许多多关系到很远的战斗和胜利的事情。他很平静地朝前走，考虑着社员的吃饭问题解决了，又该如何增加他们的收入呢？谷文昌了解到，实行劳动定额管理以后，社员的工效提高了，出现了不少剩余劳动力。他还了解到，红旗大队有不少社员是"移民"过来的，其中不乏能工巧匠。于是，他在支委会上提出建议："农活由种地能手去干，把能工巧匠组织起来发展副业生产，增加个人和集体收入。"在谷文昌的倡议下，村里组织了建筑队、耕山队、粮食加工站、面条加工小组、缝纫小组、畜牧场、食用菌场、砖瓦厂、陶瓷厂。副业的发展带动了集体收入，红旗大队的工分值由每10个工分2至3角增加到1元多，年人均收入达到700多元，是其他大队的4倍。红旗大队的经济活了，集体的收入增加了，社员的日子殷实了。原先因为穷，外村女子不愿意嫁到红旗大队来，现在，外村女子都争着嫁到红旗大队。

这一天晚上，红旗大队又出了一件喜事儿。一个曾经遭受过万分不幸的农家，新刷了白灰的屋子里，挤满了男男女女，欢乐的笑声冲出窗子，跳出门儿。墙壁上贴着鲜红的对联，写的是："祝贺新婚之喜，建立幸福家庭。"主婚人带头开起玩笑，一定要新郎官赵聚平和刚用生产队的拖拉机从邻村接来的新娘子，给大家谈谈他们的"恋爱经过"。赵聚平脸红得像一盏灯。红灯把他的心照得亮堂堂。他说："我们可有啥经过呢？我们是一块从苦海里爬出来的。我们要永远跟着党！"

原本寂静、贫穷的山村有了欢笑声，到处充满了生气。

在下放红旗大队期间，谷文昌始终铭记着流传在宁化苏区的一首歌谣："苏区干部好作风，自带干粮来办公。日着草鞋闹革命，夜打火把访贫农。"他以苏区干部的好传统、好作风勉励自己，经常深入群众家里，关心群众疾苦，哪家哪户有什么困难，他心里有一本"明细账"。

在走访中，妇女干部刘军凤向谷文昌介绍说，一位叫全姑姊的烈属，儿子当红军牺牲了，老人靠着队里照顾口粮和政府救济金生活，日子过得很艰难。这天，他们来到全姑姊家里，兴许这僻静的院子很少有客人踏进来，全姑姊很拘谨。在接待客人的时候，脸色有些不自然。说话间，谷文昌不住打量院子。对面有两间正房，都很破烂。右厢房更糟，房梁大部分已腐了，时不时有虫屎面面掉下来。因为漏雨，猪圈靠外边那堵墙，垮了一个大缺口，使得房顶都倾斜了。

"唉！这怎能住人！"谷文昌说。

"不碍事，大队对俺可不孬哩！有吃有盖的，还叫上级挂着……"全姑姊说。

谷文昌默默想："她生活得太苦了。"不觉深深起了同情，说："全姑姊，你找床烂晒席来趁这会儿空，我们帮你把墙洞补一补。"又转向妇女干部征求意见："军凤，你说好不好？"

妇女干部说："那就马上动手！全姑姊，你把弯刀拿出来，我去砍竹子。"说着，他们就挽起衣袖干起来。在刘军凤的帮助下，经过大半个时辰的紧张劳动，活儿干完了，谷文昌心里非常高兴。同时他也想，这么弄一弄，毕竟不是长远之计，等过几天应该找几个人来，给她重新筑道土墙。房顶也要翻盖翻盖。不然，一旦下起暴雨，会漏得住不下人的。还有，上半天见过的一位叫塘妹的红军遗孀，也不能住在那样又黑又湿的草棚里，应该另给她寻个好房子。将来，大队有力量的时候，要建一批像样的住房，首先让全姑姊她们搬进去——贫困的烈军属，这是共产党员心上常要记住的人哩！从此，谷文昌把照顾全姑姊当作自己的分内事，经常上门看望并送上钱和食品。逢生产队杀猪分肉，谷文昌总是掏钱帮她支付。谷文昌带给全姑姊的不仅仅是钱物，更是精神上的慰藉。

红旗村的乡亲们至今都还记得，当时，一些困难户领到布票却没钱扯布，谷文昌知道后，总是帮助他们把扯布的钱付上。他究竟帮助多少困难户扯上布，让多少孩子逢年过节穿上了新衣，已经无法算清。红旗大队的乡亲们从谷文昌身上，看到了当年苏区干部的身影，深切感受到一名共产党员的崇高境界和为民情怀。

1970年金秋的一天，谷文昌和史英萍被乡亲们请到家中喝擂茶。当他们一块走来的时候，孩子们仿佛看什么热闹似的，呼啦一下子都拥来了。住在东厢房下屋的曹梅林和刘振海，听见谷文昌夫妇在街门口说话，都从院子里迎了出来。女人们连忙放下手里的针线活，把还不会走的孩子架在胳膊上，笑盈盈地走出房门，从高高的石头台阶上，走到院子当中。谷文昌夫妇亲切地和孟庆国、曹梅林和刘振海握手问好，随后就在孩子们的簇拥下——有的拉手，有的挽住胳膊，有的扯住他们的衣服——迈步走进院子，微笑地向女主人打招呼，向老人们问好。大家都一齐拥上来，把谷文昌夫妇围个水泄不通；这个拉，那个请，闹闹吵吵，嚷个不停。大队党支部书记王定乾本想把谷文昌夫妇让到自己家里去坐，见大家这么热火，就转过头，问谷文昌：

"怎么样？老谷，你到底进谁家的屋里坐呢？"他用闪亮的大眼睛看了看大伙，又举起头看了看太阳，然后建议，"我看这么样吧，今天太阳好，咱们别进屋了，就搬些凳子，在院里坐吧！"

"行，好，在院子里也好。"谷文昌微笑地回答说。

大家一听，都很高兴，这就都跑回屋搬凳子。王定乾让自己媳妇烧火制作擂茶，还特地把土改时分的红漆八仙桌搬出来，摆在院子当中，又吩咐儿子去拿茶壶茶碗。

　　请喝擂茶是客家人热情待客的传统礼节，当年，他们用客家擂茶接待苏区干部，今天，他们用客家擂茶争着接待他们心中可亲可敬的老哥、老嫂。女主人取一把好茶叶、一把芝麻、几片甘草，置入擂钵，手握擂杵在擂钵内有规律地旋磨，间或在钵中间擂击，将其研碎，用捞子滤出渣，钵内留下糊状的茶泥，再冲入沸水，搅拌后，佐以炒米、花生米、豆瓣、米果、烫皮等，一缸香气诱人的擂茶制成了。

　　谷文昌夫妇坐下以后，一边和大家喝着擂茶，一边唠着家常，畅谈着红旗大队的变化，憧憬山村美好的未来。一位老乡很自然地从谷文昌口袋掏出"乘风"牌香烟，抽出一根，再把烟盒塞回谷文昌口袋，问谷文昌：

　　"老谷，你说咱们粮食丰收了，副业发展了，下一步该怎么走？"

　　谷文昌想起，去年一冬都没有一场像样的降水。加上十冬腊月，连连刮起干冷的西北风，把地面上积存的一些水分都吹干了。今年红旗大队的春耕春种是多么需要水啊！尤其是那些娇嫩的稻苗，更是需要水！救苗如救火！如果当时不是全村干部群众战胜了严重的干旱，那么整个大队今年又怎么能完成国家的征购粮任务？拿什么来支援祖国的社会主义建设和世界人民的革命？于是他说："水，得想办法解决水的问题。有了水，才能消灭'望天田'，粮食增产才有保障。有了水，各行各业才能兴旺发展。有了干净的水源，乡亲们的身体才会健康，家庭也不会受拖累。也正因为这样，毛主席他老人家很早就说过：'水利是农业的命脉！'"

　　"对呀！"大家异口同声地说，"老谷说得在理，我们现在就是缺水、盼水啊！"

第七章　英雄的阵地上

一

　　宁化县委组织部部长刘高隆随着谷文昌到了茅棚跟前。谷文昌开了锁，推开门，一股暖烘烘的气息扑面而来。靠里墙的屋角里，那只用几块石头砌成的落地火炉内，炭火还旺着，坐在上面的一把小铁壶，正在冒着热气，壶里的水，早已沸滚了。

　　谷文昌提下小铁壶，现现成成地泡了两杯浓茶。刘高隆像在自己家里一样，不推不让，接过一杯，捧在手里。刚刚烧开的山泉泡的浓茶，热腾腾，甜津津，香喷喷，刘高隆喝在嘴里，暖在心里。

　　谷文昌安然地从裤兜里掏出一个信封撕下一小条，又从烟盒倒出一点儿烟末，两只粗大的手指头特别灵巧地一转动，就卷成了一支纸烟，然后凑到火炉里点着，连吸两口，朝正在添水喝茶的刘高隆望望："刘部长，是不是商量农业发展的事？毛主席关心贫下中农，他老人家传下的话，交下的事，我们就是要照着办！"

　　几句话说得刘高隆浑身热腾腾的："老谷，你说得太好了。我今天是受县委书记刘桂江的委托，专程为这事来找你商量的，给你一说就中！"接着，刘高隆把兴建隆陂水利工程的大事摊了开来："在我们山区要打农业翻身仗，就要抓牢水利这一关。你知道，我们禾口、淮土是宁化地区西部的两个大公社。境内多光山秃岭，水土流失严重。耕地多属紫泥田和黄泥田，由于地理环境的恶化和缺乏水利设施，一直是一个旱情严重的地区。年初，县委提出上马隆陂水库，由县水电局和省九龙江水利规划队完成勘测设计工作，批复的坝顶海拔高程为 417.2 米，正常蓄水 1614 万立方米，国家补助 145 万元包干使用，一旦建成，禾口、淮土两个公社 1.71 万亩缺水的农田将旱涝保收，人民世世代代盼水的愿望，将成为现实。经过半年的准备，进库公路已经建成，坝基已基本清理好，3000 人居住的工棚也已搭好，土料施工路及土料场地也整理完毕。可是，水库施工进展缓慢，一直都无法上土。为了抢在 1971 年汛前完成坝体工程，县委决定加强指挥部领导班子。"

伴随着刘高隆滔滔不绝的讲述，谷文昌跟前渐渐地浮现出山区农村缺水干旱的情形：山，是癞头岩皮山。地，是乱石荒草地。一阵大雨白茫茫，三天无雨地冒烟。而今要在地理环境极其恶劣的山区，上马隆陂水库，困难重重。禾口、淮土那地方，全是悬岩绝壁，要建一座宏大的水利工程，讲讲容易做做难啊！没有 3000 名民工，10000 立方米的石头，就不用想动手。还有一个难题，动工以后，一大半劳力都要开炮打石，挑不出像样的石工，这许多石工到哪里去找？如此看来，这巨大的水利工程要抢在 1971 年汛前完成，更是比登天还难！

是啊，好事不好办，修建隆陂水库是一场硬仗、恶仗。水库工程太大，需要 3000 名民工上阵。在当时那个年代，要把几千人组织起来投入繁重的工程建设，绝非易事，选一位合适的干部担任总指挥更是难题。

但作为一个真正的共产党员，谷文昌有着充分的思想准备，他牢牢记住这么一条真理：任何新生事物的成长，都不会是一帆风顺的。此刻，他充满信心地想：事情都是人干的。舒舒服服改变不了旧面貌，轻轻松松干不了社会主义！上马隆陂水库，困难固然很多。但他认为，问题不在有没有困难，重要的是看你采取什么态度。要鼓足勇气向各色各样的困难作斗争。想到这里，谷文昌热诚地对刘高隆说："刘部长，有什么任务你就直说吧！"

刘高隆笑着点了点头说："老谷，县委了解到，你下放到红旗大队后，为改变大队的面貌做出了很大的贡献，在干部群众中口碑好，威望高。县委还了解到，你在担任东山县委书记的时候，曾经带领东山干部群众修建水库、兴建地下水工程，在水利建设方面有着丰富的领导经验。所以，想请你担任隆陂水库工程总指挥。但是……县委也顾及你的年龄比较大，而且身体不是很好，所以让我先来和你商量，听听你的意见，然后再做决定。"说罢，一双深沉的眼睛，就紧紧地盯着谷文昌，显出了无限信任和希望的神情。

谷文昌能有什么意见呢？当前的情况异常清楚地摆在面前，他激动地接过刘高隆的话头，说："到红旗大队这段时间，我也了解到，长期以来，由于缺水，群众的生产生活受到很大影响。县委决定要修建隆陂水库，是件好事，这是关系到老区人民切身利益的幸福工程。既然县委信得过我，我老谷就豁出去干！"

这天中午，史英萍走回自己的家门的时候，谷文昌正在动手烧火。这个活路，他其实很外行，以为柴多火就大，从院门口的柴堆上，抱进几大抱，不分干湿，不分禾秆树棒，更不分先后主次，胡乱塞满一灶洞。熄了又点，点燃又熄，空耗费了半盒火柴，全院子烟雾腾腾，呛得他咳嗽连天，眼泪花儿直滚。他用手帕捂着鼻子嘴巴，往外就逃。

史英萍进来，看见谷文昌在小院里，一边捶打胸口，一边又跳又咳，忙问："怎么啦？"

谷文昌好一阵才叫出声来："哎哟！要命，要命！呛死我啦！"没听完，又接连打干呕。

史英萍当下明白，笑说："你没整对。"

大步过来，把柴全部掏出来，重新弄好灶膛，燃烧。但谷文昌觉得自己连连"撞笨"，更加丧气，怪怨说："这灶火糟糕！"

史英萍笑着说："你是不会撑船怪河湾。看，这阵不是燃得很好吗？"

在史英萍的操作下，火的确燃得很猛。火一猛，院子里的烟便没有了。谷文昌站在院子里空闲，又过去坐上燃火板凳。史英萍便到灶边，淘米，洗菜。

做饭的时候，史英萍、谷文昌交谈间，自然而然地提起了上午刘高隆找谷文昌的事情。听到谷文昌要到隆陂水库工地当总指挥，史英萍急得吃不下饭，她对谷文昌念叨着："老谷，你这事怎么事先不和我商量呢？隆陂水库距离红旗大队十几里，你有胃病和肺病，左腿还经常发生痉挛，吃住在工地，这叫我怎么放心得下？我知道你到了工地肯定闲不住，跟着民工一起干重活，你今年都 56 岁了，我真担心你身体扛不住啊。"

谷文昌一边烧着火，一边笑着说："组织上征求我意见，我说，等一等，让我回去和老婆商量下，这像话吗？"被谷文昌这么一说，史英萍忍不住笑了。

谷文昌接着开导道："情况其实没你说的那么严重。你跟我这么多年，还不了解我吗？我这人啊，是越忙精神头越好，说不定到了工地，身板还更硬朗呢。你刚才的话倒提醒了我，我今年 56 岁了，现在不多做点儿事，以后就没机会做了。咱们要经常问自己，入党为什么？任上干什么？身后留什么？不能到老了再空留遗憾啊！"深深理解谷文昌的史英萍还是选择了支持。

灶膛里的火，旺盛地燃烧着，毕毕剥剥地吐着火舌头，舔着灶门；火光红彤彤的，烤着史英萍兴奋的面孔，也烤着史英萍激动的内心。

转眼之间，锅里的水开了。史英萍直起身，打开锅盖，在咕咕冒泡的水上吹一吹，看看里边的水多少；又盖上锅盖，在上边压了个盆子，沿着锅盖边又围了一圈儿抹布，为的是不让里边透出气来。随后，她把铁锅刷干净了，又在灶里点着了火，往锅里倒上油。就像变戏法儿那么快当，眨眼的工夫，就把一大碗菜炒好了。菜好了，饭也熟了，还是倭瓜米粥，锅边再贴上喷香的玉米饼子，菜饭的香味飘散开，立刻代替了刚才的烟雾。

史英萍先给谷文昌盛了一碗饭，又给两个孩子和自己盛了饭。这时候，她才透了口气。一面擦脸上的汗珠，一面小心地朝谷文昌的脸上扫一眼。她想在那张脸上找一点儿什么，可是她没有找到。那张看一眼就会让人感到亲切，就会获得力量和信心的脸上，依然是那样温和，那样平静。

谷文昌捧着碗边吃边对妻子说："咱小女儿哲英在这里上初中，二女儿哲芬也在这里上山下乡，你既要当大队的保管员，又要照顾孩子，让你多操心了。"史英萍说："你自己照顾好自己要紧，家里这边你尽管放心，乡亲们对我们都很好，还经常给咱送菜呢。"谷文昌说："说到这事，我倒要交代你，咱尽量不要接受老乡送来的东西，实在推不掉，记得过后买点儿用得着的东西回赠给他们，这样我们心里才踏实。对了，我到工地后，不可能经常回家，你要经常去看望烈属全姑姊和塘妹，给她们生活上多接济。还有，廖仕根是解放初入党的老党员，他患有慢性疾病，家里生活很困难，你也经常过去看看，给他带些大米和面粉。还有那个张新桂，哦，就是大队的民兵营长、治保主任，这家伙工作积极，生孩子也积极，一口气生了八九个小孩，吃饭满桌都是小手，睡觉满床都是小脚丫，发了一大堆布票又没钱扯布，小孩越来越大了，还光着身子满街跑。你把咱家孩子小时候穿的衣服整理一下，给他送过去，还有帮他把布票用上，扯上些布，给小孩做几件新衣服。"

史英萍满意地看着丈夫吃完了，一边收拾碗筷，一边笑着说："知道啦，你一口气给我布置那么多任务，就不怕我记不住呀。"

史英萍一句话，把谷文昌说笑了，他摸出烟袋装上一袋烟，又想起大儿子谷豫闽。1964年，谷豫闽要上大学时，谷文昌特地送他一套毛主席著作，作为父亲祝贺儿子上大学的礼物。叮嘱他一定要认真学习毛主席著作和科学文化知识，树立正确的世界观、人生观。他告诉谷豫闽："我只读了四个月的私塾，参加革命后又上了几个月的冬学，以后只能在实践当中学习。你是我们家第一个大学生，一定要好好珍惜啊！"

谷豫闽双手捧起父亲送的《毛泽东选集》，心里感到特别亲切。从马克思、恩格斯发表《共产党宣言》到现在，100多年了。今天，自己这红旗下长大的娃娃，也成为社会主义革命和建设的一员。他满怀激情地听着父亲的教诲："你不是总在向往激烈的战斗生活，立志要当一个战斗英雄吗？豫闽，照我看，仗是有得打的。作为一个共青团员，上了战场当然应该像解放军战士那样英勇战斗，不怕牺牲——这个，我相信你能够做到。"谷文昌加重了语气说："可是更重要的是在社会主义革命和建设的今天。你想想，我们要反对帝国主义，要反对现代修正主义，就要发扬艰苦奋斗的革命精神建设好社会主义祖国！所有这些，都需要我们站得稳，认得清，首先在自己的思想里打个胜仗。这个战斗可不比战场上平和呀！"

谷豫闽说："您经常和我们讲，和一切违背人民利益的思想、作风、习惯势力做斗争，就是激烈的战斗！"

"对，是激烈的战斗！"谷文昌指着儿子手中的《毛泽东选集》说，"指导我们进行这一系列战斗的胜利法宝，就是马列主义、毛泽东思想。一个同志，只要他时时牢记住革命导师的光辉实践，处处为党和人民的利益着想，勤勤恳恳为建设社会主义服务，并且说得到、做得到，那他就是今天的战斗英雄。我们学习战斗英雄，不能只看他们立过多少次功，挂过多少枚奖章，首先是学他们为了革命事业敢于粉身碎骨的崇高思想。长征老红军张思德，不声不响地为党工作着。尽管他是由于炭窑崩塌而牺牲的，党中央、毛主席同样认为他的死比泰山还重。因为一个革命者身上最可贵的东西，不只是他的贡献大小和获得荣誉的多少，而首先是他全心全意为人民服务的品质。"

1970 年，谷豫闽大学毕业，按当时要求，知识青年要响应毛主席的伟大号召，到工厂去、到农村去接受锻炼。他要求分配到宁化县禾口公社红旗大队，希望能够照顾下放在这里的父母亲。谷文昌得知后告诉谷豫闽："我这里交通较方便，宁化有很多山区，你还是到更艰苦的地方去锻炼吧。"谷豫闽听了父亲的话，主动向宁化县"四面向"办公室提出要求，分配到最艰苦的偏远山区去。于是，谷豫闽打起背包，去了山高路远、只有 80 余户人家的安远公社安家寨。锣鼓敲得更响了，震得耳膜发胀。人们顿时欢腾起来，口号声此起彼伏："热烈欢迎上山下乡知识青年！""农村是一个广阔的天地，知识青年在那里是大有作为的！""向宁化县城知识青年学习！"知识青年谷豫闽和战友们终于来到了。人们像潮水般涌上前去。大队党支部书记激动得说不出话来。阳光下，是那一张张挂满汗珠、朝气蓬勃和充满坚定信念的脸庞，还有那整齐有力的步伐，那欢快响亮的歌声……

他沉思片刻，对史英萍说："豫闽这孩子现在还在安远公社安家寨上山下乡，那地方山高水冷，生活比较艰苦，他如果回来，你给他做点儿好吃的。对了，他从小喜欢吃你做的手擀面，记得给他做碗手擀热汤面，还有咱河南老家的烙饼……"说到这里，谷文昌眼角闪着晶莹的泪花。

1970 年初冬，海风逼着人们躲进破烂的茅屋里。这天，谷文昌在隆陂水库工程指挥部副总指挥黄新桃和禾口公社领导的陪同下，来到了隆陂水库指挥部。

工地临时搭盖的工棚墙上还写着大幅的标语"坚持走社会主义道路"。

工棚里一切都显得简陋，一排干草铺成的地铺，对应着的是土砖排列成的架子，用于民工们摆放生活用品。在架子的另一面是两张木桌，这是工程指挥人员使用的。土坯砌成的墙上挂着几盏油灯，灯下靠墙放着测量用的竹竿和仪器。另一面的墙上挂着毛泽东主席的画像，像的两旁挂着党旗和国旗。

时任工程技术主管的王瑞枝对这位新来的总指挥第一印象是：瘦高的身材，头发有点儿花白，黝黑消瘦的脸颊布满深深的皱纹，有一双青筋暴突的大手掌，身穿打着补丁的中山装，是个平易近人、艰苦朴素的老干部。

"我们没有想到你会来。"王瑞枝看着稻草铺成的地铺对谷文昌解释，"要知道你来，我们也准备一床被子。"

"你想赶我走？"谷文昌给王瑞枝开了个玩笑，"我们什么地方没睡过？那年在东山霞美区公所时，大家不都睡在地上嘛！只要人民需要我，我谷文昌还会像20年前一样，冒着敌人的炮火硝烟，冲锋向前……"

王瑞枝借着窗口射进的阳光，看到眼前这位共产党员的内心世界，写满着伟大的忠诚。一个普普通通的共产党员把自己的政治生命交付给自己的信仰，交付给人民。

人世间最有力量的，都和"真"有关系，真实、真诚、真情、真理……所有认识谷文昌的、与他共过事的人都异口同声地说：谷文昌对事业、对人民、对同志的真情是最让他们感动的。他每到一地，所以能够迅速改变那里的面貌，创造非凡的业绩，最重要的就是他感动了大家，也感召了大家。谷文昌犹如磁石，以自己的真情和激情构成强大的磁场，亲密无间地吸引、团结和带动周围各个同志和他共同战斗。

是的，只要是为人民的利益、为党的事业，他就立即出发、立即行动，他的带头作用、突前行为、牺牲精神就如同战争年代弹痕累累的旗帜冲锋在前、飞飘在前、火红在前。这在他已经不是一种自律、一种选择、一种追求，而是一种自觉、一种真情、一种渴望！

谷文昌提出到工地走走。天气干煞煞得冷，西北风飞卷着、旋转着，像牛顶架似的呜呜吼叫。于是在这没拦没遮的荒山野岭上，谷文昌拄着木棍，拖着有阵发性痉挛症的左腿，和陪同的人们，侧着身，顶着风，顽强地攀上了海拔400多米的武夷山脉。

烟雾茫茫，一片草莽。阴毒的银环蛇在脚下爬行，号为"黄鸡姆"的大蚊子在耳边飞荡。每当月黑风高，野山羊满山叫唤，嗷嗷声凄厉而绵长。前不久，山上还传来老虎伤人的消息……

可是，当他来到工地，看到的却是一片荒凉。

靠河滩最宽阔的地方，许多小红旗已经竖在那里。有好几百男男女女，在那里抬石头、挑土，也有人在打号子。号子声低沉压抑，跟河水的奔腾声互相呼应。干活的人，穿得都很破，男人有的已经脱掉上衣，精赤着上身；妇女、姑娘们也把裤脚卷到大腿。他们流着汗，哼唧哼唧在那里修筑巨大的水库工程，没有一丝欢乐的表情，这景象给谷文昌一种说不出的很痛楚的感觉。

陪同的禾口公社一位领导在旁边说："各路民工上场，一天三班连着倒，生活艰苦，劳动繁重，出工一天只补贴一毛七。没多久，3000多个来自不同村落的民工跑了三分之一。老谷，你要注意这里面有没有阶级斗争新动向。"

谷文昌摇摇头说："先不要做这个定论，我们还是从调查研究入手，有什么问题就解决什么问题。"

当天晚上，在位于距离坝头1公里多的张氏祠堂，召开指挥部全体人员和各队负责人会议。人很多，把个墙上贴满各种各样画片的办公室几乎要胀破。因为大家路上都有些寒气，进屋后，老汉家全把巴掌长的叶子烟杆儿咬在嘴里，中年一辈的，则提起烟杆，在桌面上、板凳上敲得乒乒乓乓。有了这批大大小小的"烟囱"，屋里本来就不算亮的煤油灯，变得更加昏暗，望去，但见烟雾弥漫，点点星火，人影晃动。张会芹躲在窗下，皱起两条清秀的小眉毛，连连咳嗽，光景很是难过；季桂华、李金亮映着灯光，同看谷文昌从县上带回来的那本加快建设水库工程的导报，不时抬手在脸边扇一扇，好像也不怎么习惯。真正的庄稼汉，特别是那些"烟哥儿"们，在这充满烟雾的空气里，仿佛鱼跳进了清水池塘，反倒越发活跃起来。

谷文昌见人已到齐，便关好门，宣布开会了："今天晚上，我们开个见面会。我刚来，情况不了解，现在水库工程进展缓慢，请大家找找原因，畅所欲言，说错没关系，说对了照你的办。我想，只要大家一起开动脑筋，没有解决不了的难题。"

谷文昌话音刚落，大家就踊跃发言。

"现在施工卡在了涵管铺设上。技术人员提出铺设涵管的地方发现地质断层，担心铺上涵管今后会有隐患。但是，涵管没有铺设，填土就无法进行。这事一直没人敢拍板。"

"工棚虽然已经搭建好了，但相关的生活保障没跟上，民工都分散居住在1公里以外的附近村子里，指挥部也不在工地上，大量的时间耗在路上，管理也很松散。"

"现在民工士气低、工效低，主要是只看出勤、不看工效，'干好干坏一个样、干多干少一个样'，挫伤了大家的积极性。有的大队派出弱劳力来应付。还有，指挥部对民工生活上的关心做得不够，思想工作也没跟上。"

已经是夜里1点钟了才散会，谷文昌的小本子上记得密密麻麻的。月亮早下山去了。墨蓝墨蓝的天，像经清澈的水洗涤过，水灵灵、洁净净，既柔和，又庄严。万里一碧的苍穹，只有闪闪烁烁的星星，宛如无边的蓝缎上洒印着数不清的碎玉的小花儿。他们走出堂门，浸浴在神秘的微光里。高度激动之后，大家都不想睡。彼此之间，似乎还有点儿惜别之情。

接下来几天，谷文昌走访了民工、技术员、省水利厅的专家、指挥部的工作人员，充分听取了他们的意见和建议。他还拄着木棍，一步一跛地下山，走进离水库工地最近的官坑大队。这个大队的民工因忙着采集眼下成熟的油茶，无心上工地劳动。谷文昌召集全村社员前来开会，苦口婆心地开导大家："咱禾口吃亏在什么地方？在一个'水'字上，毛主席说'水利是农业的命脉'，这恰巧是我们的致命弱点。平常年景，山田旱地的用水就很吃紧，今年秋天一旱，就吃了大亏。我们要拔掉这千年苦根，建水库是唯一出路。咱苦干三年，子孙能幸福万年哪！"他来到离库区最远的陈塘大队。村子倒是一色瓦房，可大都已经残破了。有的缺了角，有的歪了墙，用几根木条撑着。院墙也倒塌了不少，露出院子里的石板。有几处还有月季花和石榴树，那娇艳的月季，正在盛开，和这里的残破景象显得很不协调。村里巷道上，杂草、碎砖、碎瓦到处都是，有几头牛和猪睡在那里，还有一些鸡，在草里用爪子扒着土，一只雄鸡正引颈长鸣，给这里增添了一些生气。这个大队的群众不相信将来水库的水能流到自家门口，有些干部还拍着胸脯说："水能流到，我能把它全喝了！"谷文昌笑着对围拢前来的群众摊开水库设计图：瞧这渠道，是这么走的呀……

只见一条小小的渠道环抱着村庄，那玩具似的两排小房子，分明是陈塘大队的前街后街。哎哟，那不是荒草滩吗，怎么变成大片大片的水稻田了？四四方方，一格一格的，多整齐！那金黄色的稻穗儿还在飘呢，还在闪光呢！在这一望无际的丰收的庄稼地里，人们陆续有了新的发现。

"这渠边的小屋子干啥使的？"

"水泵房。"二根俨然以解说员的架势出现，说话不多，字字珍贵。

"水泵房管啥用的？"听的人哪能放过。

"把低处的渠水往高处抽啊！"二根还想拿一手，已经管不住自己的嘴，说了开来，"那玩意儿可厉害呢，电闸一开，哗啦啦，哗啦啦，那水呀，比大海碗碗口还粗，一个劲儿往高处地里奔哪！"

谷文昌挨家挨户做库区移民的工作："这是大局需要啊，淹了这里，能够造福禾口、淮土 30 多个大队，大家的日子都会好起来的！"

民工们陆陆续续回来了。谷文昌召开民工大会，会上，他看着一张张兴奋异常的面孔，看着一双双闪着光芒的眼睛，看着男女庄稼人都浑身是劲、信心百倍的神态，亮着嗓门讲："禾口、淮土缺水，每年到了 6 月，水稻就旱死了，辛辛苦苦，有种无收，大家一年只吃半年粮。建起了水库，有了水，将来不但可以种一季水稻，还可以种两季水稻。有水浇地，大家还可以开荒，扩大土地种庄稼，粮食丰收，子子孙孙就都能吃饱肚子！我们今天的辛苦，值得！"

随着水库工程总指挥的热情和带有鼓动性的话语，禾口、淮土人民的思想像长了翅膀，飞翔起来了。他们的眼前闪现出一道光辉灿烂的彩虹——他们仿佛看到了拖拉机和收割机奔驰在广阔的大地上；他们仿佛看到了隆陂那里已经筑起一座高高的水库，风从那里传来了渠水哗哗的响声；他们似乎也闻到了稻花的清香，多么沁人心脾的稻花香啊！

谷文昌心中有数了，他在指挥部领导成员会议上，一连讲了两个小时，会场上人人聚精会神，个个屏声敛息。这在隆陂水库工程指挥部是从来未有的。这些天来不少人已习惯于大会睡大觉，小会睡小觉了。经常是台下的声音压倒台上的声音，除睡觉外，人们是各得其所：或交头接耳小声诉说心腹话；或对着报纸，纵谈天下事；或看画报以赏心悦目……可这次却不然。人们发现这个既不十分高大，也不威严，朴朴实实的工地新总指挥，居然会针对工地存在的问题，做出这样果断的部署。你听：

"我们要采纳地质专家的建议，停止无休止地开挖断层，采用钢筋混凝土补强造基。由后勤组迅速组织车辆往三明、永安购运钢材和水泥，木工组抓紧组织板材及方木制作，确保在五天内完成浇筑任务，然后铺设涵管。"

讲得真有劲，这能是隆陂水库工地的声音？

"为改变民工分散居住的状况，要抓紧入住工棚，集中管理。指挥部也要从张氏祠堂搬到工棚。民工劳动强度大，指挥部要以民工为本，搞好服务。库区风大，所有工棚要加上挡风遮雨的油布毡。为充分调动民工的劳动积极性，方便民工生活，在工地上要办好医疗室、小百货店、缝纫店、义务理发店。每个大队每月宰一头猪慰问民工，不定期在工地上放映电影，活跃民工文化生活。后勤组要认真解决工地食堂、厕所、饮水卫生问题，保证民工身体健康，精力充沛，投入紧张的劳动……"

听众瞠目结舌，如在梦中：新总指挥在发高烧、说胡话吧？

可是，谷文昌却继续坚定地说："施工技术组要制定各种工种的劳动定额。根据各工段的劳动强度，制定合理的劳动定额，变考核各队每天出勤人数为考核完成任务的数量和质量。"

这三项举措的实施，极大地调动了民工的积极性，工程进度大大加快了。特别是实施劳动定额后，各大队撤回了弱小劳力，调集强壮劳力上场，争先恐后地完成定额任务。隆陂水库工地沸腾了。

十冬腊月，大冷天。灰蒙蒙暗沉沉的日子，一堆堆重叠叠的阴云，一层层密团团的雾气，把天空都挤得矮了半截，满世界的山川树木更都给压得要喘不过气来。

不过，在这里，在隆陂水库工地上，人们可根本没把云雾放在眼里。他们几个月来都在日夜加鞭地修建水库。白天红旗招展，夜晚灯火通明。"改变禾口、淮土穷山恶水""苦干三年幸福万年"的标语，一个字一米高，用石灰水刷在山坡上；专栏、广播、简报、评比、劳动竞赛……各种激励方式，把几千民工的劲头鼓得足足的，来自35个村庄的33个民工连你追我赶，力争上游。他们那农具挥动的劲儿和声响，那牲口和人喷吐出来的白气，那流星般快速运土的队伍所摆开的阵势，那人群中蒸发出来的热汗味儿——他们所有这些声、气、味，汇成了一股所向无敌的力量，冲开了浓重的云雾，在自己的头上升起了一片烈火，创造了另一个太阳。他们干活的时候都脱下了大袄，有的甚至连小袄和绒衣也都想脱下。

红旗民工连的民工们，天不明就上了工地，不喝水、不抽烟，领下工程地段和质量要求，拉开架势就干。连里第一个动手的，照例是连长赵聚海。这是个 20 多岁的猛将。他抡起镐头，一上来就像机器开动一般，耍闹水流星似的就往冻土上刨了二三十下。等人们都干开了的时候，他才喘口气，伸直腰，一边指着工地中央插的老高的一杆红旗，给大家说："喂，那红旗还得让咱们包下来喽！"那是工地指挥部插的红旗。哪个民工连干得质量第一，就扛走红旗。红旗民工连在这几个月的水库工程上远征了三次，三次都夺得红旗。现在这是第四次。赵聚海在连里发过再夺红旗的号召，民工们纷纷响应。工地上人头攒动，汗水飞流，夯歌震撼着沉寂千年的山谷，男声雄浑，女声清亮："打起夯来大家要齐心哟！出力哟，打高哟……"

谷文昌在深入调查研究的基础上，经过技术人员认真计算、科学论证后，提出在确保大坝安全的前提下，坝高在原有设计高程再加高两米，土体迎水面坝脚再延伸 10 米，以增加蓄水量，发挥水库的更大效益，这个建议得到了水利部门的认可。

谷文昌从张氏祠堂搬出，住进了工棚，跟民工一道睡通铺，14 人一排，80 人一个工棚。山风呼啸，虫豸横行。那由木头、土坯、稻草、泥巴、油毛毡五料拼凑的工棚，夏天热得像闷罐，盖顶的油毛毡直往下滴油；冬天冷得像冰窟。总指挥住进工棚，带动了工地上的 60 多名省市下放干部和 20 多名福建水利电力学校毕业的知识青年，他们两两一组住进工棚，和民工打成了一片。

谷文昌跟民工吃一样的饭菜。缺油的芋子、青菜、海带、萝卜干，一月吃不上半斤猪肉。他每天早上四点多钟就起床，从工棚巡到大坝，从大坝巡到涵洞口，一天的工程进度、民工出勤、运输工具情况如何，他了然于胸。

　　远处的雄鸡叫出了第一声，工地上不断有人起来，马灯也越点越多，锹镐声和风箱声混成了一片。天气也终于给千万人一天一夜翻山倒海的劳动最后全部冲开了，昨天的阴云和浓雾逃跑得没了影，天空也显得比昨天高。天上的星星也密密麻麻地挤得不行，好像要跟地上的人群比比谁多谁少；星星们又不停歇地忽闪着眼儿，好像是要跟地下的灯火比比谁亮谁暗。这时候的隆陂水库工地，真个是处在天上的灯火和人间的灯火共同照射的美好幻景之中。

　　红旗民工连的工地又是滚水似的沸腾着。赵聚海不知怎么却还记着，李爱果的脚脖子不小心在黑夜崴了一下，几次叫她别干活，又故意吆喝远处的医生来给人家看脚。李爱果便也故意使担筐撞了他一家伙，并且一边飞跑一边号喊，好像是叫人家注意注意她那双脚到底有没有毛病。这工夫，大坝已垒了一大截。她和冯素敏抬土爬坡，气都不喘就一股劲儿冲了上去……

　　方圆几十里的工地上，到处都可以看到谷文昌的身影：哪里工效低，他就在哪里做思想动员工作；哪里出现问题，他就把问题解决在哪里；哪里有困难、有危险，哪里是关系大局的地方，他就出现在哪里。

　　打隆陂水库干渠上的荷树岭隧道，石头坚硬，民工用手工敲打，干一班次只掘进二三十厘米。隧道全长460米，如此速度将掘到哪年哪月？谷文昌深入隧道指挥，见大伙儿都把目光转向他，心里知道他们是把希望寄托在自己身上了。可是，他觉得只有启发大伙儿开动脑筋，集中群众的智慧，才能想出好办法。刚才赵三强的发言，给了他很大的启示：群众有丰富的与自然界做斗争的经验，只是这种经验和智慧的大门没有打开，需要一把万能的钥匙。这钥匙，就是毛主席的《矛盾论》《实践论》。

　　想到这里，他用平静的语调说："刚才赵三强的发言，给我们提出了一个值得思考的问题。毛主席说：'每一事物运动都和它的周围其他事物互相联系着和互相影响着。'根据毛主席的教导，结合实际，加以科学地分析，我们能不能正确地判断一下我们所碰到的情况呢？在这里的大多数青年，都参加了学习小组，我想建议你们用毛主席哲学思想来分析解决这个问题，怎么样？"

　　"哎呀，太好了！"傅五魁高兴地拍着脑袋说，"好！好！"

李保明笑着点着头。他佩服谷文昌在任何时候都能运用毛泽东哲学思想来解决问题，而且走到哪里，就把毛泽东思想宣传到哪里。

谷文昌用毛泽东思想把人们心里的明灯点亮了，大伙儿越讨论越热烈，越讨论越有信心。最终好办法找出来了，工效提高到一个班次掘进 1 米。

接着谷文昌又到建设兵团借来风钻机，买来 9 立方米空压机，隧道一头人工开挖，一头机械掘进，解决了进度问题。

一天下午，荷树岭隧道在掘进过程中塌方冒顶，十几米深的大黑洞，巉岩像死神的獠牙，张开在民工们的头顶上。谷文昌二话不说，戴上安全帽，弯腰钻进潮湿的洞中，从容地指挥大家战斗，说："同志们，要注意安全！"

塌方现场十分危险，洞顶泥块石子哗哗往下掉，工作面狭小，空气浑浊，地上满是冰冷的积水。民工和技术员极力劝谷文昌离开，他却说："我不进来怎么了解情况？"

有人劝他："你是领导，年纪又大，工作又那么多，不用整天跑工地。"

谷文昌反驳说："发号召容易，真正干成一件事并不是那么容易。事业要成功，领导是关键，指挥不在第一线，等于空头指挥。"

现在建设隆陂水库，虽然这里条件艰苦，路途坎坷，沙石遍地，狂风怒号，气候恶劣，要和自然和各种人为的障碍做斗争，但是，他认为，这就是建设者的生活，乐趣也就在这里。

"干革命要听党的话，搞建设四海为家。"这是他的一句响亮的口号。

建设者，哪里需要哪里去！一处建设工程刚刚完成了，交出去，马上又到新的工地，开始新的劳动，和新的困难进行斗争，去夺取新的胜利。

当他了解到开炸石头赶不上筑坝速度，就找来技术员一起下炸石连商量。原来用打中炮的办法，一个炮眼放一公斤炸药，一天炸石不到五六百立方米。谷文昌介绍了当年建八尺门海峡时搞大爆破的办法，请来闽南的专家，在料场挖了一个 20 米深井，装上 1 吨的炸药。这一炮打下，就听身后轰隆隆一声，犹如天崩地裂一般，一股烟尘冲天而起，炸下石头 3800 多立方米，包括松动的有 1 万多立方米，从而保证了工程进度。石料解决后，又遇到砌石技术工不够的问题。谷文昌就组织一批砌石师傅传帮带，实地培训砌石技术工，他还手把手传授砌石技艺。

在整个隆陂水库建设过程中，谷文昌高度重视工程的质量，他常常强调："百年大计，质量第一。水库的质量不能有万一，一旦万一变成现实，那就是百分之百。"当时料场的土层比较薄，草根、树枝、树皮多，他要求技术人员要在料场上把好土质关。他自己每天都亲临现场检查，绝不让含有草皮、树根、腐殖土、小石块的土料进入坝内，同时要求严格按规定的厚度层层压实土层。

那时，正值冬天，山里的冷风钻入人的骨头，哈出的热气立刻就在眼前凝成了白霜。可拉车人头顶上总是蒸着一团热气。他们拉一车土，都要从两三公里外往大坝运。道路陡且长。一个个都呼哧呼哧地喘着气，套在肩上的拉袢扯得紧绷绷的。有时候，他们的下巴都快要挨着地面了，两条腿扣住地上的石头，拼命往前拉，汗水顺着脸颊下巴淌了下来，滴湿了弯曲、狭窄、崎岖的山路……

有一天，一个民工拉回一车土重 300 多公斤，要往坝基上卸，被施工员张瑞栋发现了，板车运的是腐殖土，掺杂了不少草根树皮。他赶紧拦住说："你这车土不能往坝基上卸，要倒到一边去。"

"那怎么行？我都拉到了！"那个民工十分着急，瞪着眼睛大喊，"咋啦，这车土咋啦？"

"这土是腐殖土，掺杂不少草根树皮。"张瑞栋耐心解释说。

"你真是站着说话不腰疼，你拉拉试试！好家伙，从两三公里外的地方拉来，加上路又陡，我费了九牛二虎之力，你一句话，说不沾就不沾了。谁不知道，吃饭还挡不住落个米粒，这么个大坝，拉车土带几个草根又咋啦？你也太较真了吧。"那个民工满腹牢骚地说。

"甭管你说出个大天来，这车土就是不能往大坝上卸，你不是说我较真吗？我还就是要较真。"张瑞栋也不示弱。

两个人越吵越上劲。

谷文昌了解缘由后做民工的工作："的确，山地运输也真是不容易，况且一个民工一天定额 6 车。可是，你再静下心来从全局想想，这建大坝是千年大计，填的土里如果掺杂草根树皮，以后有可能长白蚂蚁。工地要求连一个草根都不能有，这车土不倒掉怎么行呢？"

民工嘟着嘴："很辛苦啊，完不成任务啦！"

"那票给你。"谷文昌给了民工工票。

随着隆陂水库工程的进展，1970年国庆节前夕，宁化县委、县革委会下达命令：要求大干快上，10月1日提前上坝填土，向国庆献礼。指挥部会议上，技术主管李金亮直言："坝下涵管清基工作尚未达到设计要求，此时强行灌上混凝土涵管可能断裂！"

于是宁化县革委会副主任石万安气呼呼地说："拖延工期是有人搞破坏，这是阶级斗争的新动向，我们要一抓到底！"

谷文昌看出石万安的态度，便语重心长地说："万安同志，我觉得对待指挥部技术主管的意见，应该是对事不对人才好，先不忙下结论。首先应该考虑它是否有道理。……"

石万安觉得再也无法忍耐了。他两眼盯着谷文昌的脸，颤抖着嘴唇，压低了声音，严厉地问："谷文昌同志，你相信这个发言吗？"

谷文昌冷静地答道："我还需要深入地调查了解……"

"不！"石万安打断了谷文昌的回答，进一步逼问，"我问你，你现在相信这个发言吗？"

石万安的态度，使谷文昌觉得应该严肃对待了。共产党人是从来不隐瞒自己的观点。他郑重地答道："现在简单地说'相信'或'不相信'都为时过早，的确需要做进一步的调查了解。但我认为刚才李金亮提出的技术问题关系到工程质量，我们不能掉以轻心，要对人民负责啊！"谷文昌的真诚最终说服了他们，上坝填土日期延长了三个月。

在推进水库工程建设的同时，谷文昌时刻关心着民工。春节前，县里送来三头大肥猪慰问水库工地的民工和工作人员。分管后勤工作的副指挥邵子原出于对指挥部工作人员的关照，多割了十几斤肉给指挥部食堂，谷文昌知道后坚决制止了："指挥部的工作人员和民工要一视同仁，还是按统一标准分配。指挥部工作人员辛苦，民工难道不辛苦？别看多分了十几斤猪肉，这关系到办事是不是公道的问题，民工会说咱指挥部的人多吃多占搞特殊，今后怎么开展工作？"谷文昌的话，像重锤一样，敲打着每个人的心弦。邵子原的心猛地动了一下。是啊，我现在说的是什么话，办的是什么事呀？这事传到工地，民工们深有感触地说："老谷办事公道，他心里想的是我们民工。"

广大民工的根本利益在谷文昌心里绝不是空洞的概念，而是很具体、很切实、很细微的一桩桩冷暖疾苦——始终是他所思所想的出发点和落脚点，是他如火激情和真情的唯一源泉！也因此，谷文昌经常向工地干部强调："我们抓水库建设，最终目的就是为了提高老百姓的生活水平！"群众利益无小事，除了紧紧抓住修建水库的大事要事和急事，对于那些看起来只关系一人一事一家的细微琐事，谷文昌也从不放过。只要事关群众疾苦，他的心总是满怀深情，总是容易激动……

1971 年 3 月中旬的一天，水库施工员张瑞栋的同事，气喘吁吁地跑来嚷着："快！快！张……张瑞栋！你爸爸……重病……"

"啊？！"张瑞栋突然像被雷电击中，脸上顿时失去了血色，钢尺落在了地上！他的两手冰冷，瑟瑟发抖，慌乱地抓住那同事的胳膊，"怎么……怎么……"

"详细情况……我也没来得及问……电话很急，是你爸爸机关里打来的……"

"我爸爸……现在在哪儿？"

"已经送到当地医院了！"工地负责人当机立断，"张瑞栋，你赶快去吧！不管出了什么事儿，一定要挺住……"

张瑞栋不顾一切地离开工地，向指挥部跑去。重病？爸爸怎么会得了重病呢？是心肌梗死？脑血栓？他想到父亲只身在 50 公里外的泉上公社工作，生病没人照顾……他连想都不敢想下去，会发生什么情况呢？……啊，一切都有可能，命运从来不怜惜任何人！可是，他不能失去爸爸啊，爸爸是全家的顶梁柱……啊，爸爸，爸爸！此时此刻，他恨不得立即赶到父亲身旁。可他又想起，指挥部要求，在大坝即将合龙紧要关头，一个萝卜一个坑，一人顶一个班，一律不能请假，这可怎么办呢？张瑞栋犹豫半天，最后还是鼓起勇气找了谷文昌。谷文昌听了情况后，一阵沉默。张瑞栋后悔不该给领导出难题，在这关键时刻，工地就是战场。自己作为一个技术员，要对这个即将完成的水库大坝工程负责，像一个指挥员那样，屹立在受敌人炮火袭击的阵地上，从容地指挥战士们进行战斗。他不能在民工们离开工地之前走下战场啊！

这时，谷文昌说话了："你是个孝子，我为你父亲有你这样的孝子而高兴。父亲生病，情况特殊，你还是抓紧去照顾，你的班我想办法找人顶。"

张瑞栋既感动又内疚。他鼻头一酸，泪水像抑制不住的泉水涌了出来。

他赶到泉上公社见了父亲，得知老人家得的是急性胆囊炎，在同事的照顾下，已经有所恢复好转。于是，他当天晚上就告别父亲，匆匆忙忙返回水库工地。谷文昌见到张瑞栋，关切地问："小张，你父亲的病怎样了？怎么这么快就赶回来？"

张瑞栋说："我父亲病好些了，有组织照应，我也就放心了。现在咱们工地正处在关键时候，我能遇到这点儿困难就收兵吗？不，不能收兵，咱们要继续干！今天的水库是咱劳动人民的水库，咱们不干谁来干？"

谷文昌舒了口气，拍着张瑞栋的肩膀说："对！咱们干！干到底！"

张瑞栋把谷文昌的关怀铭记在心上，工作更投入了，因为表现突出，后来转了干，还当上了隆陂水库管理处主任。

在采访中，当时在隆陂水库当政工组工作人员的刘茂云回忆了一段难忘的往事。在大坝围堰合龙的关键时刻，几台抽水机水轮泵突然停止运转，在这千钧一发的时刻，刘茂云和几个队员"唰"地脱下大袄往水库边上一掷，衣袖一挽，眨眼之间纵身一跃，"扑通"跳下了深不可测的水库。

他们的双手，如同两把船桨，急速地划动着，两条腿使着所有的力气，把水波向后拍击。全库人屏住呼吸眼睛瞪圆，拳头攥得咯嘣嘣响，静悄悄、静悄悄，直盯着深水库中那几个轻捷的身影。谁也不敢喘气儿，仿佛一呼一吸会妨碍他们深潜水底。但那座水库深不见底，潜下去时他们耳鼓疼痛难忍，只好从水里钻出来，大口大口地喘着粗气，喷出嘴里的污水。

全库人都替他们使劲，却使不上劲；都想帮他们，却大多自己又不会游泳；都想喝水令水库水变浅，可又怎么能办得到呢！不知是谁默默地背诵着：下定决心，不怕牺牲……这时，全库人也轰然一声喊起来：下定决心，不怕牺牲，排除万难，去争取胜利。

似乎有一股热浪，一股排山倒海的巨大力量注入他们心田，青年民工在波涛里探出半截身子举臂向大家招手。随着他们又几次深潜，才清除水底塞住水轮泵的杂物，使水泵恢复运转。当细心的谷文昌得知刘茂云的手表被水浸坏了，个人花了20元修理时，特地交代财务为他报销了修理费。

由于刘茂云在水库建设中表现突出，当年被指挥部评为先进工作者。

刘茂云原是禾口税务所的助征员，转正时需要隆陂水库建设指挥部提出意见。指挥部通过民主评议，一致同意上报刘茂云转为正式工。可是就在这个时候，刘茂云怎么也想不到，因有人诬告，一场横祸会突然落到他的头上。县劳动局根据禾口税务所的意见，做出辞退刘茂云的决定，并下文通知到禾口公社革委会。

在这关系到刘茂云命运的关键时刻，谷文昌最了解刘茂云，了解他对党对人民的忠诚和热爱。那么在他的全部所作所为中，究竟有什么能和别人对他的诬告联系起来呢？又为什么要被扣上那种莫须有的重得可怕的罪名？怒火把谷文昌眼泪都灼干了！他整宿整宿地睡不着党，为刘茂云抱不平和对往事的回忆，咬啮着他的心。在他的脑海中，映现出刘茂云在冰冷的水库中清除水底塞住水轮泵的杂物的身影。刘茂云是无辜的！他正直、善良，热爱自己的工作，怀抱着美好的信念，他把自己的生活和共产主义理想结合在一起，然而他的命运却是如此严酷！这是为什么呀！

想到这里，谷文昌态度十分明确："指挥部有责任对刘茂云本人在水库的表现及职工的评议结果做出客观公正、实事求是的鉴定，并上报县劳动局。"过后，谷文昌还为这事找到当时的县委书记刘桂江。经过重新考察，刘茂云转为正式职工。这次转正，成为刘茂云人生的拐点，他更加忘我地工作，加入了中国共产党，当上了国家干部。

大龄未婚青年黄炳光是建瓯人，1968年毕业于省水利学校，带薪到宁化上山下乡，赶上水库开工，他被调到工地当技术员，负责勘察设计。当时流传，再过一段时间，像他这种情况，户口都要变成农村户口了，带薪也要取消，要按照生产队记工分了。黄炳光听说后思想产生了波动。

这天收工了。人们都三五成群，说说笑笑地朝工棚走去。谷文昌和黄炳光坐在半山坡，亲密地交谈着。隆陂水库工地结束了一天热火朝天的战斗，变得安静极了。谷文昌和黄炳光交谈了很长时间。黄炳光哭了起来。停了一会儿，谷文昌一字一句地说："小黄，你想过没有，老一辈的革命者为了无产阶级打天下，牺牲了多少生命。你刚才不是说过吗？你的爷爷和伯父都被国民党反动派杀害了，你的父亲也是被八路军救出来才参加革命的。现在，革命轮到你们年轻一代接班了，你应该怎么办呢，你可不能拿着父母的功劳簿当成享受的资本，同时要相信上级会处理好你的户口和带薪问题。你应该发扬老一辈艰苦奋斗的光荣传统，接过革命的重担。特别是你现在要用学到的知识和特长，在水库工地实践中积极发挥作用。党和人民永远需要你们这样有专长的年轻人。"谷文昌的一番话，让黄炳光放下了思想包袱，振作了精神。

在工地上，黄炳光和上山下乡知识青年、水库工地仓库保管员刘文芳恋爱了。夜深人静，幽静的小路上，响着黄炳光和刘文芳的脚步声，一个稳重，一个柔和。刘文芳平生还是第一次独自跟一个小伙子散步，这双双起落的脚步声，在静夜里听起来，竟比她平时独自一个人的还要整齐，它是那样和谐，那么美妙、悦耳……已经走到女工宿舍门口了。刘文芳真有说不出的遗憾，多么想再听他说下去，但没有办法。她稀里糊涂地伸出手，准备告别，而他呢，拉着她的手，却再也没有放开。他们彼此注视着，听得见自己心跳的声音。在月光下，黄炳光的眼睛闪闪发光。"再走一会儿，好吗？"黄炳光轻声地问刘文芳。于是他们又在工地上走起来，手拉着手，忘了时间，忘了困倦，忘了一切。就在这个晚上，他们都明白，他们谁也离不开谁，将来要在一起工作，一起生活！

谷文昌知道了，努力促成这段姻缘，经常在刘文芳面前夸奖黄炳光，在黄炳光面前表扬刘文芳。春节快到了，谷文昌笑眯眯地问黄炳光："什么时候办喜事呀？"黄炳光说："想趁春节办了，可水库事太忙，还来不及告诉家里呢。"谷文昌抽了口烟，想了想，对黄炳光说："这样吧，工地上正缺钻头，我让采购员将风钻机的钻头调购单交给你，你出趟公差去南平采购，南平离你老家建瓯很近，顺便回家跟父母亲商量一下，春节把喜事办了。"黄炳光和刘文芳这对工地恋人，终于在这年春节完婚了。谷文昌的关怀激励着黄炳光，由于工作表现突出，隆陂水库建成后，黄炳光正式调到县水电局工作，还入了党，第一批被评为工程师。

谷文昌深知，一项大事业需要成千上万人共同为之奋斗方能成功。因此，他十分注意维护群众的自尊，保护群众的积极性，发现缺点，便耐心地帮助教育，从不摆架子训人。

石壁村初中刚毕业的张元合只有18岁，来到工地当推土机手。他生得身材瘦小，却有一双总是在探究的大眼睛，聪明、执拗而沉着；他的一举一动，都表现出一副朝气蓬勃、沉稳有力的模样。这是一个志向远大、精力充沛的年轻人，在学校的时候，他既是优等生，又是运动场上出色的选手；自从离开学校，他便把一股新鲜的热风，带给水库工地。在他的身边，是推土机手李明生。

"小鬼，累不累啊？"对张元合，谷文昌疼爱有加。他反复交代李师傅要多关心张元合，多教张元合些技术。

工地的推土机手，夜间12点交替班后，回来吃不上夜宵。谷文昌得知情况后，马上通知食堂，从第二天起，每晚送夜宵上工地。

"你给我多压几遍，压实点儿啊。"谷文昌要求张元合。

一天夜里，张元合操纵着推土机压土，进进退退。他觉得，他是用他的车灯的光亮，在黑沉沉的湖底钻一个洞，黑暗在不住地退却，又像捉迷藏似的，从推土机两旁抄上来。星星却像冻结在昏暗的穹隆上，温存地闪烁着清冽的光，忠实地陪伴着他和推土机，像过去陪伴着他和菜园里的草棚那样，像在遥远的童年陪伴着在场边柿子树下纳凉的他和不住地用芭蕉扇为他驱赶蚊虫的老爷爷那样。那时候，绵延天边的宁化山是静止不动的，像一群疲惫的老牛静卧在漫长的旅途上，温顺地接受着星光的问讯和山风的抚慰，眼下的宁化山，却在星光下缓缓移动，像牛群去寻找鲜嫩的青草。张元合和他的推土机正向牛群驰去，他没有鸣笛惊扰它们，他觉着这是他的牛群。

这时，公社水利工作站的一位干部，在一边看了好久，不禁手痒，要求张元合让他也开开推土机。

"我是小鬼，你是干部，要开当然可以。"张元合想都没想就把驾驶座让给他，并提醒那位干部，"工地背后是深潭，小心别掉下去啊！"然后教他挂挡、刹车、加油门。

"突突突突！"推土机挂了最低挡进进退退。退到潭边，车轮刺溜溜地直打空转，那干部刹了几刹都没刹住，还一步一步往下倒。庞大的推土机眼看就要沿着40度的陡坡滑下深潭。

张云合忽然朝那干部大喝一声："你赶快下来！"说着就拉着那干部往外跳。那干部吓得面如土色，跳下车，定睛一看，不由得打了个哆嗦，这可真不是闹着玩的。原来这工地背后都是深潭。推土机再后倒，非掉进潭里不可！

就在这千钧一发之际，张元合冒着生命危险，猛扑上去，使出全身的力气踩住刹车片，推土机后面一个 150 公斤的柴油桶压爆了，油漏了一地……

这是深夜 2 点钟的事。谷文昌 4 点就来到事故现场，把张元合叫下推土机，狠狠地批评了他，说："你怎么可以这么没有责任心？车出问题人出问题，工程完不成怎么办？"

谷文昌燃起一支香烟，眉尖耸动着，有意让胸中汹涌的感情波涛，能集中到理智的闸门，顺合理的渠道奔流出去，化为强劲有力的行动，来执行自己这总指挥的职责。

夜风吹动着一直拖到他背上来的柳丝，身上落下了一些随风旋转而来的干榆钱，在看不见的地方，几株松树针叶飘来沁人心脾的芳馥气息。

同张元合本人的初步接触，竟将谷文昌心弦中的爱弦和恨弦拨动得如此剧烈，颤动得他竟难以控制自己。他恨不能立时召集全工地民工，来这柳树前开个班会。他有许多深刻而动人的想法，有许多诚挚而严峻的意念，有许多倾心而深刻的嘱托、批评和引导，就在这个时候，能以最奔放的感情，最有感染力的方式，淋漓尽致地表达出来……

批评过后，谷文昌和张元合一起坐在大坝上，谈了一个多小时。谷文昌疼爱张元合，如同医生疼爱一个不幸撞伤的健壮孩子；他相信，凭着张元合那正直的品格和朴实的感情，只要倾注全力加以治疗，伤口是一定能够愈合的。

张元合坐在谷文昌的对面，把胳膊支在腿上，用拳头托着下巴，静静地听着，默默地沉思起来……

"那个晚上很冷，"张元合回忆说，"我掉了眼泪。但我心服口服。因为他把利害关系讲得清清楚楚。"

细微之处见精神。正是谷文昌这一份份体贴入微的关爱和对劳动者人格的尊重，深深地触动了人们心底最柔软的部位，让人们为之感动，为之信服，为之受益终身。

二

1971 年的春节前，为了加快施工进度，抢在汛期之前合龙大坝，指挥部提出："坚守水库过春节，汛期抢过 408 米高程，安全度过拦洪关！"全体指挥部人员与几千民工响应工程指挥部的号召，不顾天寒地冻，斗志昂扬地日夜加班施工。他们推车填土，夯歌阵阵，欢声不绝，到处春意盎然。

这是 1971 年 1 月 26 日，大年三十，谷文昌和民工一起在水库工地度过。一阵夜风吹来，欢腾的锣鼓声、鞭炮声、欢笑声迎面而来。黝黑的天空里，那冲天炮的美丽火花在跳跃、飞舞。每逢佳节倍思亲。这天晚上，谷文昌彻夜未眠，一个人静静地吸着烟。

他长久地凝视着池水，如今黑魆魆的，可是在微风吹动之下依然隐约可见；他凝视着微微摇曳的树影；他凝视着工棚的灯光，灯光照在池塘水面上，又在远处消失了。接着，他又不由自主地向前走去，眼睛越过工地，望了一下笼罩在温暖白雾中的大坝，这时候，一只不知名的山鸟扑棱着翅膀，在他头顶上空飞过。

他从工地的这一头徘徊到那一头，怅然若失，好比那些找不到出口的流水，永远在通不过的石墙之间深情地激荡。

有什么东西在咬着他的心。不是哀愁，也不是憧憬的感觉。他的眼睛里燃烧着一种枯涩的红光。他想到了远在东山当临时工的大女儿谷哲慧，她孤身一人留在东山，已经好长时间没见到她了，工作生活还好吗？他想到了此时远在河南老家的小儿子谷豫东。这是出生在东山古港村一个普通农民家庭的孩子，谷文昌和史英萍在下乡调研中，了解到这户农民家境十分困难，孩子又特别多，在征得家长同意后，谷文昌和史英萍收养了这个满脸污垢的小孩。"文化大革命"开始后，为了让年纪尚小的谷豫东有个安宁的环境，谷文昌和史英萍商量后，忍痛把他送到老家林县的石板岩乡。老家和东山的气候反差很大，孩子受得了吗？他想到了小女儿谷哲英。这是 1957 年他和史英萍响应省妇联的倡议，从福州保育院领回的孤儿，小女孩的生身父母到现在都不知道是谁。谷文昌和史英萍一直把她带在身边，尽可能多地给她一份温馨的父爱和母爱。这回，小女儿谷哲英和二女儿谷哲芬随同他和史英萍一道"下放"到红旗大队，这个年她们过得好吗？过年了，在安远大队安家寨的大儿子谷豫闽也该回禾口和母亲、妹妹团聚了……

谷文昌吸燃一支烟卷以后，一面吐出口里的烟，他的嘴唇在吸烟的时候原是紧闭着的，这时候，忽然有一股青烟从嘴唇中央一个小小圆窟窿里直往外跑，随即散开，又向空中疏疏落落慢慢地挥发，变成了许多不整齐的灰色线条，一层透明淡薄的雾气，一些极像蜘蛛丝样的气体。偶然间，他举起一只张开的手，搅散那些轻淡而又最静止的余痕；随后，他又伸起食指突然一下去划开它，然后十分沉着地望着那两段慢慢消散不可捉摸的气体。

此时，谷文昌多想亲手为孩子们做上一道可口的河南家乡菜啊。可是，他不能。水库大坝填土正处在关键时刻，指挥部号召民工在工地过年，自己作为总指挥，必须以身作则，几千双眼睛正看着自己呢！孩子呀，你们想念爸爸，爸爸也想念着你们。可是，你们能够理解爸爸吗？也许，现在还不理解，以后，会理解的，一定会的。

大年初一，谷文昌的小女儿谷哲英端着一牙缸饺子，顶风冒雪，翻山越岭送上工地，只见谷文昌手扶竹杠，正和青年民工一起抬石条，沿着凹凸不平的斜坡向上移动。

他双腿颤抖，还在支撑着，还在艰难地朝斜坡上迈步。抬前杠的青年民工，他每往上迈一步，石条便沿着光滑的竹杠，往后滑一点儿，因此，还没爬到一半路程，石条的重量几乎都转移到谷文昌的肩头上，谷文昌咬着牙，两腿像筛糠一样哆嗦。

"饭吃了没有？"女儿连问几声，两鬓苍苍的谷文昌正咬紧牙关拼命抬石头，七八米高的斜坡，爬到五米高的地段，地上的泥，粘掉他右脚上的布鞋，他赤着一只光脚板，继续向上迈步。他双手推着不断下滑的条石，竟说不出话。

看着谷文昌这样在工地上苦干，谷哲英泪流满面。等到谷文昌把条石抬到目的地放下，他刚一转身却又被人叫走了，自始至终，顾不上和女儿说一句话。

谷哲英心痛父亲。可是过后谷文昌对女儿说："大家都在拼命干，我怎能光指挥不干呢？"

那一年的春节，天气寒冷。大年初二，洁白洁白的鹅毛大雪，悄然无声地来了，一点儿也不惊扰庄稼人的梦境，轻轻地落下来，飘飘洒洒，纷纷扬扬。那些黑色的屋顶，泥泞的田坎，长满松草的山坡，光溜溜的井台，落了叶的白杨树……不多一会儿，全被无私的飞雪打扮起来了，庞大的水库工地穿上了洁白的素装，变得格外美丽，像一个白衣的少妇，静静地站立在宁化山下，默默地注视着幽邈的苍穹。

谷文昌一阵咳嗽，他披上大衣，走出工棚，天已蒙蒙亮。他发现，整个水库工地一片白茫茫，坝上积了半尺厚的雪。那雾气沾挂的树木，变得冰枝玉干，晶莹的冰枝上，怒放着累累银花。一团团、一簇簇，亮晶晶的，似冰雕玉琢；毛嘟嘟的，如白云叠絮。这是他在福建碰到的第一场大雪。来自北方的谷文昌意识到，太阳出来后，道路上的积雪一融化，将会影响到施工，坝面上、土料场的积雪，融化后的积雪会渗入土中，将严重影响工程质量。此时，工地上一片寂静。

他转身回到工棚，拿了一把铁锹独自一人清除着路上的积雪。刺骨的朔风吹着他斑白的头发，严寒穿透了他身上的棉衣，飞扬的雪粒扑打着他那布满皱纹的脸颊。就连那逶迤伸延的河堤，似乎都在寒风中颤抖起来。可是，谷文昌的头上却布满了晶莹的汗珠，汗珠滚落在下巴上，结成了一串串洁白的、坚硬的冰珠儿。他那条左腿剧烈地痉挛着。两个膝关节像包着无数钢针，浑身上下的每一根神经都被牵动起来……

从睡梦中醒来的人们走出工棚，惊奇地看到新年迎接他们的是银装素裹的世界。一个头发灰白的老人，穿着旧大衣，拿着铁锹忍受着病痛的折磨，一铲一铲地清除路上的积雪。从老人熟悉的背影，人们一眼就认出正是他们的总指挥谷文昌。大家明白了，什么也没有说，什么也不用说，民工、技术员、炊事员、医务人员、干部一个个拿上工具，跟着谷文昌一起铲雪，从十几个人，到100多人，到1000多人，大坝、道路和土料场上布满铲雪大军。

风渐渐地平息下来，天气显得更冷了。工程副指挥黄新桃走到谷文昌身旁笑着说："我看了半天，以为从工地里出来的是一员虎将呢，闹了半天是你个老将呀！"

谷文昌直起疲惫的身子，擦一把被热汗沾湿的鬓发，说："你看，我这把老骨头还能折腾折腾吧！"

"嘿，老谷，你身体不好，这天寒地冻的，我们来就行了，你歇着吧。"

"老黄啊，你说哪有打仗时指挥员躲在后面休息的。在急难险重关头，党员领导干部在场不在场是不一样的。我们领着干，对大家就是一种无声的鼓励啊！"

谷文昌的话，回荡在寂静的工地上，像火似的烧着黄新桃的心。是啊，不管在哪里搞建设，谷文昌总是出现在工地上。他已经养成了这种习惯，如果每天不和民工们一起参加劳动，好像这一天就过不去似的。他最喜欢在劳动的时候观看工地的变化。自从建设水库来到工地，已经建起了大坝根基。当然，他看到的不仅是工地大坝根基的建设，主要的，他是看到了在这里劳动的建设者。随着工地建设的变化，他对建设者的认识又加深了许多。他们在创造、发明，在努力劳动，把生产效率不断提高。虽然他们中每个人都有自己的习惯和性格，但是他们在一块儿组成了一个集体，形成了一股强大的力量。在祖国辽阔的土地上，他们劳动着，奋斗着。马列主义、毛泽东思想把他们武装起来，团结起来；这种思想渗透在他们的生活中、劳动中，在他们的血肉中，扎根、发芽和成长；这种思想照耀着他们奋斗的前程。

由于及时清除了积雪，道路、坝面和土料被太阳一晒又干了，技术人员做了检测，含水量为 18%~23%，符合填土要求。第二天，3000 名民工立即投入紧张的填土劳动。

水库大坝的填土紧张而又有条不紊地进行着，到了 3 月上旬，2/3 的坝段已上升到海拔 408 米。此时，谷文昌在指挥部会议上提出一个至关重要的议题：现在，就大坝什么时间节点合龙？请大家充分发表意见。

"我来开头一炮！"工程指挥部成员吕志诚迫不及待地说，"据现在水库施工初步归总看，我觉得去冬以来少雨，这一方面让我们赢得了填土的宝贵时机，另一方面也预示着今年汛期雨量偏强，合龙后，如果集中降雨超过 200 毫米，可能造成坝体全面过水，将前功尽弃。"

吕志诚神气活现地讲着，越讲越带劲儿。谷文昌坐在吕志诚的旁边，正在一个红皮笔记本上写着什么。黄新桃靠着窗台，坐在吕志诚的对面，静静地听着他讲话。今天是指挥部扩大会，除了指挥部成员以外，还有各个施工作业组的组长，满满地坐了一屋子。

吕志诚讲着，看到大伙儿都被他的话吸引住了，又猛地抬高了声调，挥了一下手，说："所以嘛，我认为大坝应该推后合龙。"

吕志诚说完，不少人随着投了赞成票。

黄新桃没有表态。他侧身靠在窗台上，一只手摸着脖颈儿，抬头看了一眼会场，又低下头去。刚才吕志诚这一番话，使他感觉到很不对味儿。更使他感到奇怪的是，吕志诚的观点明显地存在着很大问题，他自己却丝毫没有察觉，还那么自信，怎么这么糊涂呢？黄新桃想到这里，不由自主地看了一眼总指挥谷文昌。

谷文昌停下笔，微微地摇一下头，问了一声："志诚，假如推迟合龙，来个200毫米的雨量，这个缺口被洪水撕开怎么办？"诚然，这么大的洪水，肯定会把后面的堆石体冲走，失去堆石体的大坝土体将会塌下，后果不堪设想。想到这里，大家不寒而栗。

吕志诚听了，好像当头炸了个闷雷。他用劲压着从心口窝向上拱着的火，声音颤抖地对谷文昌说："我也说了不少了，让黄新桃讲讲看。"

黄新桃把手放下来，坐直了身子，看了看谷文昌。谷文昌说："好吧，新桃说说你的想法。"

黄新桃把脸转向大伙儿，说："我不同意吕志诚的意见。"

指挥部成员赵清江听了一惊："不同意？哪点不同意？"

黄新桃平静地说："说心里话，我基本上都不同意。"

赵清江头上像浇了一瓢冷水，红着脸说："怎么？怎么？哪能都不同意呀？"

谷文昌向赵清江摆了一下手，说："你呀，着什么急呀，灯不拨不明，理不辩不清。让新桃把话讲出来嘛。"

黄新桃又沉思了一会儿，说："在我以为应该马上合龙。因为从当前的天气态势判断，3、4月份少雨，按现在的施工进度，左右两侧的坝段将很快达到408米，这样就可以集中强壮劳力从两头进土，一鼓作气实现合龙，从而摆脱汛期洪水的威胁。"

吕志诚听了黄新桃的话，脸涨得通红，说："你讲的道理我明白。可你想一想，要是3、4月份多雨了怎么办？你有科学依据吗？"

谷文昌站了起来，发表了自己的看法："根据工程技术人员分析，宁化4月份进入汛期，到时合龙将无法度过拦洪关，而根据气象部门预报，3月中下旬雨水多，合龙没有把握，只有3月上旬可以选择，如果错过这个时间节点，大坝合龙就要整整延后一年。"谷文昌稍做停顿，发现与会人员的眼光都注视着他，此时，作为总指挥需要做出决策，并承担起决策的风险和责任。谷文昌果断地说："我的意见，3月10日大坝开始合龙。我们要精心组织，确保大坝合龙一次成功。也就是说，只许成功，不许失败。理由很简单，我们失败不起。"

3月10日早晨，指挥部一声令下，导流渠道立即堵水，小断面抢上填土。8台抽水机安置在围堰内抽水，千余名民工紧张地运土、抛石，合龙口填土一层层增高，从395米高程填到402米高程。

在这关键时刻，天公不作美。一道耀眼的闪电，刺溜溜撕裂了那黑咕隆咚的天穹，嘎啦啦摔下一个焦雷。接着，四处响起了噼噼啪啪的声音，仿佛江河倾泻。风魔喘息一会儿以后，重又挥起了肆虐的长鞭，抽打起世间的万物。天公使出了看家本事，讨伐着多灾多难的宁化沟。

傍晚时分，大坝险情迭出：水位骤然升高，围堰出现严重渗水，装了片石用来围水的笼圈倒了几个，新充填的土随时可能坍塌。而此时，"屋漏偏逢连夜雨"，因杂物堵住了水轮泵，8台抽水机居然6台停止了运转。库内的水位与合龙口的土层，两者增高的速度齐头并进。到深夜1点，围堰仅差50厘米，大坝就要过水。如果围堰垮了，几千民工用血汗筑成的大坝合龙将宣告失败，大坝要抢过拦洪关也将成为泡影。更为急人的是，水库下游还有100多户人家的村庄。

围堰告急！合龙告急！大坝告急！成千上万人民的生命安全危在旦夕！

正发着高烧的谷文昌挣扎着从病榻上站起来，凑到窗前，鼻尖顶在工棚的窗户中间唯一的一小块玻璃上往外张望。这玻璃好似一块不透明的钢板，什么也看不见，只能感到雨点不住地抽打在上面。突然，墨黑的世界闪开一道锯齿狼牙般的裂缝，喷出一片电光，淹没在黑暗中的大坝、树木骤然显现出来。瞬间，被驱散开的墨汁般的黑暗又闭合了。他不禁大喊一声："不好，大坝危险！"立刻穿上蓑衣，拿着手电筒，和工作人员一道冲出工棚。

风雨压得人喘不过气，一路上泥泞发滑。抢险队的人们扛着器材，提着马灯，叫喊着都朝水库大坝奔跑。大家见总指挥来了，忙往两边让路。谷文昌好不容易登上了水库大坝，身上已分不出是雨水还是汗水。

宁化吞里，一片汪洋。那咆哮的山洪，好像脱缰的野马，折断树木，卷起草根，夹带大量泥沙，飞落陡壁，涌入水库内；它的一条支流，穿过山脊，沿着斜坡，闯进了新开的盘山渠道，几经弯折，也汇入库内。库内的水位涨得快要齐坝了。

就在这危急的时刻，谷文昌站在坝上正指挥着人们。他背对着大家，看不见他脸上的表情，但从他的动作和说话的声音中，可以感觉到他没有一点儿惊慌，反而显得更加沉着，更加冷静。

指挥部工作人员立即与县委办公室联系。县里正开党代会。谷文昌十万火急的电话打到会场上。"需要1000条麻袋！需要20台抽水机！"

接过电话，县委书记刘桂江斩钉截铁地回答："需要什么支援什么！"

下半夜2时下班的民工继续留下来，和前来接班的民工一道投入抢险。

后勤保障的工作人员准备姜汤、"谷烧"。医务人员做好遇险人员的抢救准备工作。

黑夜沉沉，大块大块的乌云，把天空压得很低很低，像要塌下来的破墙。迎面的寒风，呼呼地吹着。谷文昌全身是水，扶病伫立在大坝上，发烫的手紧握铁皮卷的喇叭筒。寒风阵阵，传送着他那苍凉而沙哑的嗓音："同志们，现在到了最危急的时刻了，水库能不能建成，全靠大家今晚的努力了。为了子孙后代的幸福，大家一定要坚持住……"

六位青年奋不顾身跳进围堰内，潜入水底争分夺秒地清除水泵上的杂物，使抽水机恢复正常运转……

二十几位青年跳到围堰外，在冰冷的水中，手挽着手围起了一道护堰的人墙。湍急的流水，在他们胸前翻起一长串白沫的水泡。

"大叔，吃得消吗？"

金泉叔答非所问地说："海平，把脚跟往后稍微移一步，身子向前俯一些，手不要用力过猛，这围堰危险，小心扳倒。"

"知道了，大叔，你年纪大了，为啥要跟我们这些年轻人一起跳到围堰外……"

金泉叔打断孙海平的话："别看你大叔这副老骨头，放心，顶得住！"

孙海平不再说什么了。他知道，护住眼前的围堰，保住脚下的大坝，就是保卫大家的战斗成果！自己身边有金泉叔这样的人，凭它浊浪排空也不怕！"只要人不倒，大坝冲不掉。"这隆陂水库的新老两辈人，充满了胜利的豪情，他们始终站稳脚跟，搏击洪水，岿然不动……

大坝合龙填土加速进行着，民工们挥锹舞镐，有的上身只穿一件夹衣，还有的干脆就光着脊背，却浑身冒着热气。

这就是战斗！漫天大雨，好像是为他们盛开的朵朵银花；大风的呼啸，好像是为他们助威呐喊。

雨越大，民工们的斗志越加昂扬；风越猛，越能激发民工们无穷的力量……

看着在围堰前面用血肉之躯挡住冰冷洪水的青年，谷文昌脑海里浮现出当年湘江战役中为掩护红军主力转移而殿后，最后英勇牺牲的宁化籍红军战士们。一样的血性，一样的顽强！

谷文昌眼里涌出热泪，他的心情骤然沉重起来，这英烈的后代、苏区的后生万一在激战洪流中牺牲，将是他无法承受之痛。然而，不挡住洪水的渗透，合龙失败，大坝被冲垮，不但水库建不成，泥水还将冲击下游的田地和村庄，将是他无法承受之重。

怎么办呢？谷文昌顿时觉得千斤担子一下压在了自己的肩上。说老实话，他对如何战胜眼前的困难心里也没底。忽然间，他想起毛主席的一句话，"群众是真正的英雄"。我何不走群众路线呢？想到这里，他便立刻在大坝上召集技术人员紧急商量对策。谷文昌说："现在的问题是我们怎样来克服这道难关，战胜这个拦路虎。俗话说，'三个臭皮匠，赛过一个诸葛亮'嘛！"

"清楷，你说怎么样？"黎文祥接过话头问李清楷。

李清楷正拧着眉头蹲在那里思索呢，被大伙儿的干劲触动了，抬起头说："只要大伙儿有决心，咱们就商量商量吧！"

"那就太好了！"谷文昌高兴地说。

随即，大伙儿分析了水库大坝为什么挡不住洪水渗透的真正原因，越讨论越热烈，越讨论越有信心。这时，施工技术组长李清楷建议："在围堰内五米处用装着石头的笭筐再填起一道小堤，也就是筑起第二道围堰，在两道围堰之间的槽内迅速填土，使围堰加宽加厚，挡住洪水的渗漏。"

谷文昌眼睛一亮："中，就这么干！"

这是一个不眠之夜，这是一个惊心动魄、令人揪心之夜。县委书记刘桂江亲自组织劳力、调配物资，并和县革委会主任刘大兴率领县直机关180多名干部，携带着麻袋和抽水机，急行军10多公里，连夜赶到水库工地。一见谷文昌和黄新桃站在水里用装着石头的笭筐填小堤，便急急忙忙也跳下水去，跟在后面的几个机关干部也纷纷跳下水，像是钉下了一排牢固的桩子。

"快提装着石头的笭筐！"这是谷文昌短促的声音。

"快！快！"刘桂江也跟着大声吆喝。

扛着泥袋、提着笭筐的机关干部和民工争先恐后奔来。

大坝上电筒光和马灯光东一群、西一簇地交相映射。尽管看不清人们的一举一动，但山坡上大声的吆喝，繁忙的步伐声和农具碰击声，交织成一个战斗的、紧张的风雨之夜！

经过一天一夜的奋战，大坝终于胜利合龙了。

隆陂水库指挥部的全体干部立即迎了上去，一双双热情的大手紧紧地握住满身泥浆的下水民工们的手，向他们表示慰问："大家辛苦了！大家辛苦了！"

谷文昌更是含着满眼热泪亲自将一碗碗姜汤送到他们手里，连连说："谢谢大家！谢谢大家！"

民工们双手颤抖地接过姜汤。一位民工望着双眼布满血丝的谷文昌，感动地说："老谷，你这么大年纪，为建设隆陂水库操这么多的心，我们应该感谢你啊！"

大坝合龙成功后，谷文昌指挥民工一鼓作气，加快大坝填土。在4月底抢过拦洪高程，8月，大坝顺利建成。这时，谷文昌又将目光投到了溢洪道、渠首、电站工地、干渠上的荷树岭隧洞……

　　1971年9月的一天傍晚，夜深了，山野静悄悄的，只有远处的溪流的淙淙声，谷文昌还在指挥部召开全体工作人员会议。谷文昌和参会人员都没有想到，这是他在隆陂水库指挥部召开的最后一次会议。

　　谷文昌先布置了坝区扫尾工作，而后告诉大家："省委通知我到福州开会，我不在的时候由黄新桃副指挥主持工作，由李清楷、黎祥文为技术负责人。"接着，谷文昌对技术员张瑞栋说："小张，这段时间，你抓紧为主干渠定线放样测量，根据受益土地和人口分配长度，等到11月冬收结束，全公社15个大队集中劳力上场开挖渠道，确保一个冬春完成渠道开挖任务，尽快发挥水库效益。"布置完工作，谷文昌笑着对大家说："等我开会回来，我们在渠道上见。"

　　夜更静了，星光更加明亮，繁星出现得更多。银河像雾气一样横在湖水似的天空中。北斗星已经沉没在天边，有几颗星不见了。一只虫儿在附近什么地方叫起来，引起周围各种虫类的喧闹。跟着青蛙也打起呱呱来。黑夜是安静而又热闹的。他们沉默地在坝区工地上徘徊，看着美丽的高远星空，看着四周沉睡的隆陂水库，觉得自己今天仍然站在坝区建设的前列，心里感到愉快和幸福。

　　会议结束后，张瑞栋记着谷文昌布置的任务，立即带着5个助手奔赴渠线，放样测量到哪里就住到哪里，加班加点工作，爱人生孩子也没能顾及。崎岖山路宛如一条羊肠，紧缠在山腰上，一边是峭壁，一边是悬崖。太疲惫了，一名队员在下撤途中，一不小心，背上沉重的经纬仪撞上了峭壁，立刻重心不稳，连人带仪器向悬崖边滑去。这时，走在后面的张瑞栋一个箭步冲上去，用双手托住下滑的人员，使出全身力气将队员往上推。队友和仪器安全了。张瑞栋却险些丧生。他们终于如期完成了32公里干渠的绘图计算。

　　这时，张瑞栋想，总指挥知道我们圆满完成了任务，该有多高兴啊！他把图纸和土石方计算表交给施工技术组长李清楷。李清楷说："你们这次任务完成得很及时，两天后公社将开会，咱们按老谷临走时的交代，把各大队挖渠的任务分解下去。"

　　张瑞栋问："老谷回来了吗？"

李清楷充满眷念地说："老谷被省委安排去龙溪工作了。"

听说谷文昌调走了，张瑞栋捧着图纸和土石方计算表，思潮像大海里奔腾的波涛，翻滚不停：谷总指挥啊！你走了，你用你的行动给我一生上了一堂最深刻的党课。你给我一生留下了学不完、用不尽的东西。一个革命者，一个共产党员，就应该像你这样。今天我们在建设着社会主义，哪一个岗位上都需要你这样的好干部、好党员——抛弃一切个人的私念，胸怀宽阔，无私无畏，一心一意地为党和人民工作，永不停步，永不满足。这样的同志，哪怕他胸前没有奖章，那他也是一个真正的英雄。

这个时候，工程技术主管王瑞枝接到了谷文昌的电话："小王，组织上已经找我谈话，我就要到龙溪地区林业局工作了。我想，隆陂水库建成后，后续工作要跟上。一是要抓紧把渠道修好。我已经让张瑞栋同志带人放样测量了，要利用冬闲让禾口公社集中劳力抓紧开挖。二是渠道通水后，用水一定要分配好。我们要言而有信，科学用水，先保证水尾田的用水。三是渠道沿途比较高的田，要设法建抽水机站抽水灌田。这三点我已向县委领导汇报过，请你向水电局局长汇报，推动落实。"多么负责、多么有抱负的领导啊！

王瑞枝紧握话筒，再也无法控制自己的情绪，鼻子一酸，几乎哭出声来。他带着泪哽咽着说："老谷，你放心，我们会尽快让水库发挥效益的。你……多保重，我们会找时间去龙溪看你的。"

从谷文昌身上，我们看到了信仰的力量。正如一位哲人所说："能够激发一颗灵魂的高贵、伟大的，只有虔诚的信仰。"因为有了坚定的信仰，使谷文昌在逆境中不消沉，不抱怨，始终相信党，相信组织，始终保持对党对人民的忠诚。他在困难和挫折中总是带领着人们前进。为了党和人民的利益，他尽量设法减少困难，但当困难真的来临时，就像有什么呼唤起他心中沸腾的血液，它变成一种光、一种火，他精神抖擞，向困难宣战，一直到彻底地克服它、战胜它为止。因为他不仅仅看见貌似强大的困难，比起这，更吸引着他的是战胜困难后的雪亮的明天。

三

1976年，谷豫东高中毕业，最大的愿望就是到工厂当一名工人。当时谷文昌和史英萍已进入花甲之年，体弱多病，大姐已经出嫁，大哥和二姐不在身边，三姐上山下乡，身边特别需要有个孩子照应，谷豫东就向时任龙溪地区革委会副主任的父亲提出留下来当个工人。谷文昌沉默了很久，最后还是动员谷豫东上山下乡，跟大家一起接受贫下中农再教育。

谷豫东忍不住和父亲争了起来："爸爸！您这种做法，完全不符合政府的文件精神！"

谷文昌说："怎么就不符合政府的文件精神？"

父亲居然不接受，谷豫东更加不舒服，说："按规定，老人身边没有子女的可以照顾一个留城的名额，我们又没有违反政策，为什么一个也不留呢？"

谷文昌心头也上了火，极力忍住说："根据实际情况，就只能这样，谈不上符不符合政府的文件精神。我是领导干部，如果自身不带头，接下来的工作要怎么做呢？"

"什么叫实际情况？"谷豫东最不喜欢人家，哪怕是他父亲说他不懂实际，截住说，"爸爸！什么实际不实际，都得从政府的政策来考虑。您这么做，结果只能违背政府规定！"

见谷豫东说了这话以后，谷文昌心头再也按捺不住，说："照你的说法，一味要组织照顾，那只好不上山下乡了！"

听父亲的话很重，素来讨厌别人甚至是父亲批驳自己话的谷豫东，不觉眉毛尖上都是火，便说："爸爸，别拿上山下乡来说事。"声音不大，意思却很透，"我知道，共产党人办事情，顶重要的是公正。"

现在，谷文昌深切觉得必须从思想上彻底解决儿子对政府规定的片面认识。而谷豫东却认为父亲不坚持原则，只一味压制自己，才造成眼前的局面。唉，一个大包袱，给他这个知识青年背上了！想起来就满腹的怨气。他思忖：不行！一定要纠正爸爸。

两个人各怀想法，观点立场完全相反，话当然讲不到一块儿。没说上几句，双方就气冲冲地又激烈争辩起来了。

谷豫东几乎像喊嚷似的冲着父亲："上山下乡，上山下乡！爸爸，我请您注意这个严重的说法，注意不要拿家长压制自己的儿子！"

谷豫东听见父亲一再讲知识青年要上山下乡，强调领导干部的子弟带头。话语里，还明显地透露着对他——一个知识青年的批评意味。所以他气炸了：怎么只讲上山下乡，接受贫下中农的再教育，不讲政府对知识青年照顾的具体规定呢？真是没有半点儿政策观念啊！

谷豫东心浮气躁。谷文昌沉默了一阵才说："不错。按规定你可以留在父母身边当工人。可是儿子，你想过没有，你虽然出身好，根子正，父母亲都是国家干部。但是你生长在城里，又加上父母亲对你娇生惯养，没有经过艰苦的磨炼，思想改造的任务还很大。这可不是你一个人的问题。这是关系到我们革命事业是不是后继有人、社会主义江山会不会改变颜色的大事。毛主席号召知识青年上山下乡，是培养千百万无产阶级革命事业接班人的最好途径。社会主义制度的建立给知识青年开辟了一条到达理想境界的道路，而理想境界的实现还要靠你们的辛勤劳动啊！"

谷豫东知道拗不过父亲，只好退一步，要求到东山县当知青。不料，谷文昌还是坚决反对："到了东山，大家知道你是谷文昌的儿子，都会想办法照顾你，那你就得不到应有的锻炼。"

谷豫东当时特别失望，觉得父亲怎么就这样绝情。他为此赌气，有半个月没跟父亲说过一句话。那年6月下旬，谷豫东被组织安排到南靖县偏远的山村朱坑知青点落户。临行前几天，谷文昌请来一位朋友拍了一张谷豫东和父母的合影，这是谷豫东第一次单独与父母合影。现在从照片上还可以看出谷豫东不太乐意的情绪。

6月底的一个晚上，谷文昌帮谷豫东整理第二天的行装。按照惯例，谷文昌每一次出差，都是史英萍替他收拾行李，可是这一次谷文昌坚持要亲自帮谷豫东打点。上了年纪的父亲，手脚已不利索了，可他还是不停地忙上忙下……"

望着谷文昌蹒跚的身影，谷豫东忽然发现，老父亲一边帮他收拾着行李，一边悄悄地擦着眼泪。那一刻，谷豫东心里顿时掀起一层热浪。这滚烫的浪头越掀越猛，像万顷波涛在他那起伏的胸膛里奔腾着，涌动着。一种翻江倒海的感情冲击着他，他喉咙哽咽了，眼睛模糊了。谷豫东猛地站起来，他仿佛听到了父亲那坚定的声音："到农村去，一定要闯过一道一道的难关！"

谷文昌顶着满头白发，披着酷热，蹲在地上，一把一把地打着背包。谷豫东心里怦怦地跳着，浑身的热血涌上了他的胸口，撞击着他的心弦：多好的爸爸啊！他把自己满腔的心血和温暖，不但倾注在自己儿子的身上，而且倾注在上山下乡的旗帜上。谷豫东看着父亲，感到对这样的好爸爸该有多少话要讲啊！千言万语在谷豫东的心窝里翻腾着。可是，这个不善于表达自己感情的青年人，只是轻轻地喊了一声："爸爸——"

第二天，谷文昌正好要到南靖县出差，他破例地让谷豫东顺路搭坐了他那辆旧吉普车。车以60公里的时速疾驰着，在父亲的带领下，他走向广阔世界的第一段旅程。山野是那样深沉而静谧，不住向车后旋转、移动的村庄没有一丝声音，车窗外飘来了稻谷的淡淡的清香和潮湿的、刚刚夏灌过的泥土气息。这是谷豫东懂事以来第一次沾父亲的光。本以为父亲会送他到朱坑知青点，可是，车开到县林业局，父亲就把他的行李卸了下来，将背包给他放上脊梁，打掉背包上的细沙，整理好他身上的军装。

"爸爸！您对我还有什么话嘱咐？"谷豫东激动地望着父亲说。

谷文昌拍拍谷豫东的肩膀，深情地说："话说得不少了。我只盼你不要有优越感，路只有自己走才会越走越宽。"说完，谷文昌从口袋里取出前几天拍的那张照片，塞在谷豫东手中。他毅然地转回身，大步向前迈去。

谷文昌紧望着他那在闪光的水面上迅速前去的背影，渐渐地，越走越远，隐没在荒山野岭里。谷文昌依然睁大眼睛伫立在公路边。烈日下，谷文昌两鬓的丝丝白发特别耀眼，他的眼窝深深地陷了进去。父亲真的老了……"

在采访中，谷豫东拿出当年和父母的合影照，手在发抖，嘴也在发抖，哽咽地说："我是一个出生在东山普通农民家庭的孩子，在那困难时期，是谷文昌爸爸、史英萍妈妈收养了我，抚育我成长。我真后悔当时不理解父亲的苦心，还跟他赌气，这让他老人家多伤心啊！事实上，父亲当时已经患上食道癌了。我真想对父亲说，爸爸，对不起，我错了。可是爸爸他再也听不到了……"

这年 10 月，谷文昌感觉咽喉很难受，利用到上海出差的机会，去医院做了检查，检查结果是恶性肿瘤。谷文昌返回漳州，向龙溪地委做了汇报，在地委的关心下，他到上海肿瘤医院做手术。这时候，谷文昌无论内心怎样的疾风暴雨惊涛骇浪，面对亲人和同事都出奇地平静，他又一次展示了强烈的、隐含着深刻痛楚的乐观精神："没事儿，我身体底子好，怎么也能再活个三年五年的……"

三年五年？是的是的，他已经开始给自己的生命倒计时了。病榻上静静躺着一个疲惫而虚弱的身躯，内心深处却挣扎着燃烧着一个不肯安静也从未安静过的伟大灵魂！听墙壁上的时钟滴滴嗒嗒，他在感觉时间，其实是在感觉生命。谁说时间是看不到的？此刻他就清晰、尖锐而痛苦地看见了有形有色有味的时间，他的鲜血和生命正在时间的缝隙里飞快地流逝并且可怕地渗漏！三年五年？太短暂了，还有多少事情要做啊！他急不可耐地要求医生，漳州那边还有许多事情要做。医生被感动了。谷文昌做完手术返回漳州，立即又投入紧张的工作。如果说，他过去是在与时间赛跑，那么，现在是在与生命赛跑，他必须珍惜分分秒秒。

1978 年，谷文昌任龙溪地区副专员，分管侨务工作。当时，正是共和国拨乱反正的关键年头。谷文昌呕心沥血，奋不顾身地落实归侨政策。他出了那么多的力，流了那么多的汗，食量一天天减少，身体一天天消瘦。他坚强地支撑着，从不诉苦，从不抱怨。在他的精心协调下，两年间，龙溪地区安置了两万名越南归侨，解决了一大批长期以来被视为老大难的侨房归属问题。

1979 年，谷文昌病情复发，再次做了手术，但手术效果很差。他是那样疲惫、虚弱、枯黄，像一片秋风中经霜凋零的叶子。地委书记关心地找到了史英萍："谷文昌的身体越来越不行了，你快陪他去看看吧！"史英萍才意识到问题的严重。1980 年 9 月，她陪丈夫再次来到上海肿瘤医院接受治疗，但已经到了食道癌晚期，谷文昌也意识到属于自己的时间已经不多了。

夜深了。急诊观察室的窗口，还亮着灯光。

电镀金属支架上挂着盐水瓶，一根胶皮管垂下来，中间的玻璃观察管里，药水以比时钟的秒针慢得多的节奏，不慌不忙地掉下一滴，一滴，又

谷文昌：人民至上

一滴……

胶皮管连着谷文昌的手臂，这只手臂静静地搁在床沿上，五指无力地半张着，苍白衰弱，一动也不动。

输氧的胶皮管连着他的鼻腔，他的上半身仰靠在半支起的床上，脸侧向一边，面部的青紫已经有所减退了，呼吸也已经均匀，他像是安详地睡着了。

史英萍坐在丈夫的床前，眼睛紧盯着玻璃观察管里的水滴，那每一次无声的滴落，仿佛都打在她的心上。

此时，谷文昌仰靠在病床上，端详着陪伴在身旁、面容憔悴的妻子，心里充满了愧疚。

史英萍和自己一样，有着苦难的家世。早年，她在家乡河南济源参加革命。之后，她参加长江支队南下福建。从此，史英萍作为妻子加战友，与自己风雨同舟，从东山到福州，从福州到宁化，从宁化到漳州，历尽了艰辛。在自己最困难的时候，她总是陪伴在身旁，给予自己特有的理解和宝贵的支持。她是一位伟大的母亲。五个子女来自四个家庭。三年困难时期，那是怎样的艰难困苦啊！白天，屋里屋外人都饿得吱哇乱叫；入夜，炕上死睡着一大群瘦骨伶仃的娃娃。是她用柔弱而坚强的双肩，担起这个家，也让自己能够集中精力投入工作。她处处严格要求自己，甘于清苦，甘于寂寞，从不搞特殊。她不论走到哪里，总是和当地群众在一起，用她的言行，默默支持着自己。而现在，她已是满头白发，依然静静地守候在自己的身旁。

他觉得自己对妻子关心得太少了，然而，他能为妻子做点儿什么呢？

谷文昌用平缓的口气对妻子说："英萍，明天你陪我去一趟南京路。"

第二天，谷文昌在史英萍的陪伴下来到南京路一家服装店。店门刚开，人们便像开了闸的潮水一样，把服装店灌得满满堂堂的。售货员，从衣架上拿这又拿那，手脚忙个不停。谷文昌亲自为史英萍挑选了一件衣服："你穿上试试，合身不合身，这是我特意给你挑来的。"

史英萍强忍住泪水，默默地接过谷文昌买给她的衣服，穿在身上，对着镜子，照了又照。谷文昌站在她身后，从镜子里看着。他好像第一次发现自己的妻子并不是难看的女人。她原来也有一种秀气和俊俏的姿态呀！"人靠衣裳马靠鞍，这话真不假呀！"谷文昌在心里赞叹地说。

史英萍在镜子里端详着自己，又看了看丈夫，她的眼睛里，闪出了泪花：她和谷文昌结婚这么多年，还是第一次穿这样的衣服啊！……

"算了，算了，你这是怎么啦？"谷文昌正高高兴兴地欣赏着妻子的新装，看她哭了，他的心像被刺了一下似的，不知所措了。他低声地劝慰她说："好好儿地买衣服，你为啥哭呢？……叫别人看见，多不好！这么大一个人……"

史英萍连忙用手擦干眼泪，不好意思地笑着解释说："我，我，我也不知道是咋的了，我没哭。我这是……高兴呀！"

这是谷文昌第一次也是最后一次给史英萍买衣服。他动情地对妻子说："记得那一年在东山，你扯了几尺花布给自己做了一件衬衫，还挨了我的批评。当时我答应过你，等将来大家日子都好过了，我一定给你买一件新衣服。这件衣服你就留着做个纪念吧。这辈子亏了你啊！"

死神一步步向这位坚强的共产党人逼近。

上海肿瘤医院把谷文昌转回漳州医院。在这位钢铁般的无产阶级战士面前，医生们为他和食道疼痛做斗争的顽强性格感到惊异。他们带着崇敬的心情站在病床前诊察，最后很多人含着眼泪离开。

那是多么令人悲恸的日子啊！回漳州后，谷文昌的病情不断恶化，吞咽越来越困难，血管日渐萎缩。护士前来打针，一连戳了好几次都扎不进，紧张得手发颤。谷文昌笑着，轻声安慰："没关系，不痛，你大胆扎。"

无情的癌细胞已在他全身扩散。他咬紧牙关，默默忍受着巨大的痛苦，实在忍不住了，才让注射一支杜冷丁。他面色苍白，全身瘦得只剩一把骨头。为了能增加一点儿抵抗力，医生提出给他注射人血球蛋白，可一听说这种针剂一支值200元，他断然拒绝了：

"不必了。像我这样的病，好不了了，留给别人吧，不要给国家造成浪费。"

输液管中的药水，一滴，一滴……

医护人员密切注视着谷文昌；史英萍默默地守护着谷文昌。

护士送来一杯牛奶。史英萍接过来，轻轻地问谷文昌："吃一点儿，好吗？"

谷文昌没有丝毫的食欲，但他仍然对妻子点点头。

史英萍用小勺盛了牛奶，送到他的嘴边，那干燥的嘴唇微微张开，洁白而温暖的汁液流进他的口腔，他嚅动着嘴，吞咽下去，一股暖流缓缓地注入他的体内，像春水滋润着干渴的麦田。

史英萍目不转睛地注视他，送过去一勺，又一勺……

谷文昌咽下了最后一口奶汁，舔了舔嘴唇。他闪动着粗黑的睫毛，向妻子报以一个感激的微笑。

"英萍……"他的嘴发出了声音，他真高兴，有力气和她说话了！

"文昌！"史英萍激动地叫着他，这是她从早晨到现在听到丈夫说的第一句话，是丈夫苏醒之后的第一句话，他可以说话了，有希望了！

在生命行将结束的最后时日，谷文昌魂牵梦萦的，依然是和他的命运紧紧相连的东山。

"我真喜欢那个地方，我真想再看看那个地方……老家回不去了，东山就是我的家。我想到那里活几天，就死在那里，埋在那里。这样，我能够看到东山的人民、东山的土地、东山的大树，心里感到安慰……"

他向组织上请求。可是，由于病情日益严重，去东山没有成行。

谷文昌病危的消息传到东山后，县上不少同志和人民群众曾去漳州看望他。县上有人来看他，他总是不谈自己的病，先问县里的工作情况，他问东山岛的木麻黄树长得怎样，问东山新添了什么树种……

"谷书记，我们好想你呀……"东山人民越过海峡，也带来了木麻黄的醉人的清香，带来了一颗颗火热的心。

病痛的折磨使谷文昌经常处于半昏迷状态，清醒的时候，他说话也非常吃力。一次谷文昌清醒过来，他对守护在身边的谷豫闽、谷豫东说："你们一个叫豫闽，一个豫东，就是要你们时刻不要忘记咱河南太行山的故乡，同时要时刻记住福建、记住东山的父老乡亲，更不能忘记共产党的养育之恩。"

他交代大女儿谷哲慧、大儿子谷豫闽："你们要好好照顾弟弟妹妹。要孝敬母亲。我走后，要把机关为我配备的东西清理清理……不能公私不分。要永远记住：清清白白做人，认认真真做事……永远跟党走。"

1980 年 12 月初，谷文昌的病情进一步恶化。在这种情况下，他在东山时的通信员朱财茂匆匆赶到漳州探望他。当谷文昌用他那骨瘦如柴的手握着他的手，两只失神的眼睛充满深情地望着他时，朱财茂的泪珠禁不住一颗颗滚了下来。谷文昌反倒安慰他："别难过，我的情况还好。"他让史英萍在背后垫了一个枕头，支撑着坐起来，吃力地叮嘱朱财茂："我这次到上海看病，得知木麻黄寿命最长只有七八十年。"

这时候，朱财茂看到谷文昌在全力克制自己剧烈的食道疼痛，一粒粒黄豆大的冷汗从他额头上浸出来。他勉强擦了擦，半晌又说道："你回东山后一定要让林业部门想办法，抓好木麻黄的更新换代，否则将来东山百姓要再受风沙之苦了。"

朱财茂听了这句话，再也无法忍住自己的悲痛，他望着谷文昌，鼻子一酸，赶紧捂着脸，跑出病房，心里本想说一些安慰谷文昌的话，可自己先泪水纵横、哽咽不止了。

1981年1月30日晚，史英萍接到一个电话，是龙溪地委办公室打来的，办公室的同志询问了谷文昌的病情，并告诉史英萍，省委常务副书记项南在东山调研，下午将由东山返回漳州，要专程到医院探望谷文昌。此时的谷文昌高烧不退，已经一个星期说不出话来。他仿佛在一个陌生的地方漫游。天是黑的，地也是黑的，或者说根本没有天，也没有地，没有日月星辰，没有高山大河，没有花草树木，没有鸟兽虫鱼，没有任何声音；这是一个混沌虚无的世界，一切都不存在，因为他什么也看不见，什么也听不见。只觉得自己在向下坠落，不知道自己是从哪里落下来，又落到哪里去。但他毕竟还要挣扎，他意识到自己并没有死去，他还活着，他要活着逃离这个黑暗的世界。他尝试着翻动身体，遍体鳞伤，哪儿都疼得刺骨。他艰难地前行，绝不能中断，绝不能！他朝着黑沉沉的前方爬去，前方有人在等着他。终于，一线灰白的光亮出现在面前。他缓缓地睁开眼睛，那朦胧的光斑渐渐清晰了，他看见了一张熟悉的脸，正亲切慈祥地看着他，这是史英萍！

"啊，他醒过来了！"病榻边，史英萍将项南要来探望的消息告诉他，谷文昌灰暗的眼睛放出光彩，点了点头，哼了一声。

东山到漳州120多公里，项南到达漳州市区，夜幕已经降临。他连夜要上医院，史英萍犹豫了一下，告诉地委办公室的同志："老谷今晚病情还比较稳定，项书记赶路辛苦，又下着雨，建议明天再来吧。"

项南为什么要连夜从东山赶到漳州看望谷文昌呢？

原来，这天，项南一行轻车简从，来到了东山岛。映入他眼帘的是绿色的山峦、绿色的海岸、绿色的原野。公路两旁的木麻黄树组成的林带，仿佛是一条静静流淌的绿色的长河，汽车像一条鱼儿，在碧波绿浪间轻轻游弋。车子行驶到西（埔）陈（城）公路7公里处向东拐，来到了赤山林场。

在工作人员引领下，项南一行走进了东山林场。星星还在放出锐利而清冷的光辉，但是东方已经开始发白了。树木逐渐从黑暗中现出来。忽然有一阵强风掠过树顶，森林立刻苏醒了，清脆响亮地喧哗起来。20多年的木麻黄用惊惶的、带着嗦嗦声的低语互相呼应了一阵，于是露珠就带着柔和的簌簌声从被骚扰的树枝上洒下来。风像刮来时那样突然静止了。立刻就可以听见破晓前树林里种种的声响：附近林中空地上狐狸小心的吠叫声和醒来的啄木鸟的初次的、还没有把握的啄木声，这种声音在林间的静谧中那样美妙悦耳地鸣响着，仿佛它啄的不是木质的树干，而是小提琴空心的琴身。风又在木麻黄树梢上浓密的针叶丛中猛烈地喧哗了一阵。最后的几颗星星在发白的天空中悄悄地熄灭了。

他们登上林场东北角小山冈那木麻黄树环抱的八角楼观林台。眺望着茫茫的林海，碧波滚滚，无边无际；聆听着林海和大海交响的波涛声，项南心情十分激动，一腔殷切敬仰的感情从心底冲出脏腑，他向县委领导详细了解当年植树造林的情况，县委领导介绍了当年谷文昌带领东山人民历尽艰辛，把风沙肆虐的海岛变成了东海绿洲的事迹。

项南听到了，直奔主题地对谷文昌这位功业卓著、深得人心的共产党员由衷感到敬佩，感叹道："搞四化建设需要这样有事业心的好干部！"这是项南再一次对龙溪领导人耳提面命，言之殷殷，语重心长，令同行的省市领导胸臆间刹那充满了神圣的使命感，地委书记更是勇气倍增，斗志益坚。

他顿了一下，又询问："谷文昌同志现在在哪里？"

陪同的地委领导回答道："谷文昌是龙溪行署副专员，患癌症正在地区医院住院。"

项南当即说："今晚就赶回漳州，我要到医院去看望谷文昌。"

当项南赶到漳州时，听说谷文昌病情稳定，于是同意史英萍的建议，准备第二天一早到医院探望谷文昌。

就在这天晚上9点多钟，谷文昌的呼吸越来越微弱，心跳越来越缓慢，像是一条丝线般的细流，在沙漠中艰难地流淌，马上就要干涸了！但那一线细流还是不肯干涸，还没有流尽最后一滴。当家人俯在谷文昌耳旁问他还有什么交代时，他眼里噙着热泪，断断续续地说："我想……回东山……"

一道道长长宽宽的闪电划破了整个夜空，接着就是一响暴烈的雷声，它几乎要把整个的宇宙震碎了似的，要来的暴风雨终于到来了，大雨和着风旋，哗啦啦，似银河倒泻。海峡对岸，东山岛141公里的海岸线上，参天的木麻黄在闪电雷鸣中战栗，在狂风暴雨中呜咽。

雷雨中，一颗忧国忧民的心脏，突然停止了跳动。

泪水打湿了丁大夫的眼睛，他深深地叹息着，收起了听诊器，拔下抢救器械的皮管，伸出慈爱的手，给谷文昌合上那半睁着的眼睛，尽一个医生的最后一项职责。

洁白的床单在护士的手中抖开，覆盖在谷文昌的身体，覆盖上他的脸。

"爸爸！爸爸！"谷豫闽扑在床上，抱住他不能离开的父亲，但是，谷文昌已经听不见他的呼唤了！

身穿白大褂的护士眼含热泪，拉起他，轻轻地抬起谷文昌的遗体，慢慢地推动四轮病床，要把谷文昌送进太平间。

"老谷！人……怎么会死？怎么……能死？"霎时失去了往日冷静的史英萍，疯狂地扑过去，把护士一把推开，扑在丈夫的身上，发出撕心裂肺的呼喊，"老谷！老谷啊！"

医生和护士都没有阻拦她，他们眼里也都含着泪水……

噩耗传来，东山人哭了，他们为一个种树人哭了，为一个兢兢业业的共产党人远去哭了；宁化人哭了，他们为一个造水库人哭了，为一个业绩辉煌的人离去而悲痛欲绝……

啊，悲伤的一月，流泪的一月，痛心的一月！在闽南的每一个山村，每一条街道，每一块田野，数以万计的干部群众顿时陷入极大的悲痛之中，谁不失声痛哭？阴风在吹，心潮在涌，人们从来没有流过这样多的眼泪，从来没有这样悲伤过啊！

第二天一早，项南带着遗憾和沉痛的心情来到地区医院，向谷文昌遗体告别。眼望着安放在鲜花丛中的谷文昌的遗体，千头万绪涌上心头，滚滚热泪流不尽他心中的无限悲痛，千言万语说不完他心中的无限哀思。他一遍遍地拭去腮边的泪水，对史英萍说："这次我们到东山调研，看到了谷文昌在东山留下的功绩，我们都很感动。谷文昌同志南下福建，把自己的精力全部献给东山人民和福建人民，人民会永远怀念他的。搞'四化'建设需要这样有事业心的好干部。"

我们敬爱的谷文昌书记，一生就是这样忠实地、坚定不移地奋战在社会主义革命和建设的第一线，风尘仆仆，不畏艰险，不知疲倦。巍巍东山到处留下了他的足迹。他的逝世，不仅是福建人民的重大损失，也是全国人民的重大损失。

啊，日月不灭，苍穹不老，山河不死，生命不已……他把心脏的每次跳动，都献给了人民；他踏出的每一个足迹，都紧紧跟随党中央。他不许我们为他写一篇传记，他的生命却写进历史的每一页里；他不许我们为他谱一支颂歌，对他的传颂却响彻神州大地；他没有陵墓，没有碑文，他的名字却镌刻在人民的心中。

离开医院，项南郑重地叮嘱《福建日报》副总编徐明新："谷文昌同志逝世要发消息，要写他带领人民改变东山恶劣自然环境的功绩，稿件要放在第一版。"

1981年2月2日，《福建日报》在头版左中的位置刊了一条消息，主标题是"为东山人民造福的谷文昌同志去世"，副题为"省委领导同志亲切慰问他的家属"。这篇报道把全省宣传谷文昌造福东山的事迹推向高潮，一时间福建撒满春的消息，春风荡漾，春雷激荡，鼓舞人心。

谷文昌去世时，身边只留下700元钱。去世之后，史英萍一周内就拆除了家中的电话，连同自行车一并上交："这是老谷生前的交代。"

有一种人，虽已离去，却永被铭记。有一种精神，穿越时空，却历久弥新。

1987年7月，中共东山县委、东山县人民政府按照谷文昌生前的遗愿和东山百姓的要求，将谷文昌的骨灰接回东山，安放在赤山林场东北角的小山冈上，这是当年他带领东山人民植树造林锁住风口的地方。同时，东山县还自发捐资6.8万元，建造了一座谷文昌的半身雕像。不是什么名贵的石料，也没有多余的装饰，就像他的为人一样。

雕像揭幕时，人们从四面八方赶来，个个含泪参加仪式。主持仪式的是县委书记杨琼。他站在一块岩石上宣布揭幕仪式开始，本来就很严肃的神情显得更严肃了，两只黑亮的大眼就像汪着两颗眼泪要夺眶而出！接着是高唱《国际歌》。县团委书记从人群中走出来，她给大伙起了个调，两只胳膊在空中有力地挥动着；随着，庄严的歌声就像涨潮的海水，向四野扩散开来：

　　起来，饥寒交迫的奴隶！
　　起来，全世界受苦的人！
　　满腔的热血已经沸腾，
　　要为真理而斗争！
　　…………

尾　声

　　谷文昌去世40多年了，东山县的全体党员、全体人民，在这个英雄的海岛上用改革和热血不断书写着新的篇章。从隐藏在每个人心头的"生存焦虑"，到浮现在无数人脸上的"幸福指数"……通过历史深处的一个个闪光记忆，也许更能体味这部时代变奏曲的力量和深度——难以忘怀惊雷般的"发展才是硬道理"，难以忘怀让人热血沸腾的"团结起来，振兴中华"，难以忘怀豪气干云的"冲出亚洲，走向世界"，难以忘怀激荡寰宇的"同一个世界，同一个梦想"……大河奔流开新路，层峦竦峙争高峰。30多年前谷文昌倡导制定的改造东山大自然的蓝图的深刻变革，重塑了东山人民的面貌，重塑了社会主义东山的面貌，让科学社会主义在21世纪的东山焕发出强大生机活力。覆盖全岛的"三维生态网络"建设，使东山成为国家生态县、国家可持续发展实验区、全国生态保护和建设示范区、全国首批海洋生态文明示范区、全国十大美丽海岛、中国深呼吸小城一百佳、全域化旅游试点县。连续8年，东山进入全省县域经济发展十佳县，农民人均收入位居全市第一……

　　展现在人们面前的，是一个充满魅力的东山，是一个生机勃勃的东山，是一个和谐幸福的东山，是一颗冉冉升起在海峡西岸的璀璨明珠。

　　海岛的东南部，马銮湾、金銮湾、乌礁湾、澳角湾，一个个月牙形海湾，湾湾相连。海湾里，缓缓的海浪犹如少女的百褶裙，波连着波，由远而近，涌上沙滩。海面上，龙屿、虎屿、狮屿、象屿四兽惟妙惟肖，栩栩如生，蹲卧在万顷碧波之中。沿着海岸，是一片接着一片，连绵起伏的木麻黄林，无数高大的木麻黄树矗立在地面上，笔直地指向云天。虽然每一棵与每一棵间都有一定的距离，但是它们顶上的绿叶连着绿叶，绿叶覆盖着绿叶，织成了一片无尽的绿荫，使整个海岛充满勃勃的生机。人们在这样的林子里行走，只能从叶隙中窥见狭小的天空。阳光也变成了野菊花那样细碎，一会儿开放，一会儿凋残了。走进林子的深处，树木就越苍翠，越矫健。空气清新得像蜜水一样，深深吸下一口，简直甜到心底里。海岛的东北部，是美丽的铜山古城。繁忙的港湾，岸边数不清的货物堆积如山，长板拖车来往如梭，一条条的钢铁巨臂上上下下，一艘艘飘着各色旗帜的货船进进出出，一支支运输队忙忙碌碌。机器的轰鸣声，人们的欢笑声与雄壮的劳动号子交织在一起，谱写了一曲海港之歌。海上丝绸之路正在这里续航。东门屿、对面屿在烟波中若隐若现，宛似海上仙山，令人心旷神怡……

40 多年间，一处处边陲小镇、荒滩渔村，崛起为高楼林立、人流如织的繁华街市；一个个普通人凭着双手打拼，创造了"几乎不可能"的创业传奇……一串串"超乎想象"的奇迹横空出世、辉耀星空，全民族的想象力和创造潜能得到极大激发。

毛泽东曾经说过，中国的命运一经操在人民自己手里，中国就将如太阳升起在东方那样，以自己的辉煌的光焰普照大地。

改革开放，正是让东山的命运，牢牢掌握在了人民自己的手中。

而今，谷文昌虽然离开了，但他那不带私心搞革命，一心一意为人民的高贵品德，不仅成为东山县干部群众宝贵的精神财富，而且成为全国人民宝贵的精神财富，并已化为强大的物质力量，推动着 14 亿中国人民在改革开放的伟大事业中砥砺奋进！

一座山，辉映历史；

一种精神，照耀未来。

跋

　　伟大的时代呼唤伟大的精神，崇高的事业需要榜样引领。县委书记谷文昌虽然已经离开我们 40 年了，他当年战斗过的不毛之地，已经变成了一片绿洲，但他坚定的理想信念、诚挚的为民情怀、高尚的奉献精神，却永远鼓舞着广大党员干部和人民群众继续走好新时代的长征路。

　　为了大力弘扬谷文昌英雄模范精神，激发更多的人奋勇向前的精神力量，写一部完整、全面再现谷文昌事迹的报告文学，一直是我的心愿。习近平总书记曾经指出："焦裕禄、杨善洲、谷文昌等同志是县委书记的好榜样，县委书记要以他们为榜样，始终做到心中有党、心中有民、心中有责、心中有戒，努力成为党和人民信赖的好干部。"谷文昌的精神正穿越时空，化作催人奋进的能量。

　　那么在作品中，怎样才能将谷文昌的形象极其突出而感人地刻画出来呢？我们知道，谷文昌是一个体现着社会主义革命和建设时代典型性格的、具有社会意义的典型人物。谷文昌性格中最主要的东西是他对共产主义理想的无限忠诚和他为实现这一信仰而百折不挠的拼命精神。对谷文昌来说，生命的全部意义就在于为人民、为社会尽可能地奉献自己。为了突出这一主题，首先我在创作中采用革命现实主义的手法，注重真实地、历史地再现生活。其实，求真实，忌虚浮，一直是中国文学的重要传统。"实录精神"或称"直笔精神"，一直是我国历史叙事和文学写作的重要法则。班固在《汉书·司马迁传》中引刘向、扬雄之言，赞扬《史记》"其文直，其事核，不虚美，不隐恶，故谓之实录"。所谓"实录精神"就是尊重事实的精神，就是追求真理的精神。作品没有回避东山这个闽南小县的贫困真相，没有掩饰千百年来，东山人民被风、沙、旱、涝压得抬不起头、喘不过气。"春夏苦旱灾，秋冬风沙害。一年四季里，季季都有灾。""微风三寸土，风大石头飞。"据解放时的记载，东山一年中刮6级以上大风的时间长达150多天，在全岛194平方公里的土地上森林覆盖率仅为0.12%。解放前的近百年间，风沙吞没了13个村庄，1000多座房屋，3万多亩耕地。1949年全岛6万多人，有2000人死于天花，外出当苦力、当乞丐的占1/10。地处风口的山口村共900多人，讨饭的就有600多人。山口、湖塘两村的1600人中因风沙为害而患红眼病、烂眼病的400多人，失明或半失明的90多人。海岛东南部横亘着30多公里长的沙滩，茫茫一片，寸草不生，还有40多个流动沙丘，沙随风势不断向人们进逼。有田无法种，种了无收成。粮囤空空，锅里煮着青菜，一年到头缺吃缺烧，许多人扶老携幼，拿着空篮破碗外出讨饭，乘船过海到大陆上割草砍柴。加之新中国成立之初，国民党特务潜伏在东山，残杀革命干部，发动武装暴乱。而作为刚到任的县委书记谷文昌，正是置身于如此艰险的环境并展开了改变东山面貌的伟大斗争，这就奠定了这部作品直面现实的品格。

其次，我始终把谷文昌放到尖锐的、严峻的矛盾冲突中加以刻画。一是，坚持实事求是，一切向人民负责。东山解放后，面临一个非常特殊的"壮丁"家属问题。蒋军溃退时从岛上抓走的"壮丁"4700多人被迫当了国民党兵。他们的家属、姻亲关系遍及全岛。能不能为他们摘掉"敌伪家属"这顶帽子呢？谷文昌想到了入岛的那一天，既有欢腾的锣鼓，又有哭诉的群众："亲人哪！你们怎么不早来一天？"谷文昌向县委提出建议："共产党人要敢于面对实际，对人民负责。国民党造灾，共产党要救灾。"县委决定：把"敌伪家属"改为"兵灾家属"。对他们政治上不歧视，经济上平等相待，困难户予以救济，孤寡老人由乡村照顾。这两个字的改变，是一项多么重大的政策！又需要多么大的勇气和胆量啊！谷文昌在县委书记的任上，做出了唯大公才敢冒天下大不韪的事情！在当年，仅此举，也担得起百姓尊称他为"谷公"了。若非甘心为百姓之"仆"者，在当年，在中国，想来断无那第一等的敢作敢为的勇气也，令其为官的人格，高且大矣！一项德政，十万民心。这些家属对国民党恨之入骨，对共产党亲上加亲。他们说："国民党抓走亲人，共产党却把我们当作亲人，哪怕死了做鬼，也愿为共产党守岛。"1958 年，当"大办食堂敞开肚皮吃饱饭"的时候，食堂的大锅里却没有饭吃，有些人还得了水肿病。谷文昌面对现实，直言不讳："革命的目的，就是为了群众生活，如果我们不关心群众疾苦，就是没有群众观点，就无所谓革命。"他鲜明地提出，"抓生活就是抓政策，就是抓生产力。"他建议渔业部门向灾区群众每人出售几十斤杂鱼，盐业部门供应低价盐，向地委、专署报告实际情况……县委做出决定："不准在东山饿死一个人！"谷文昌和县委办公室、组织部的同志到困难较大的樟塘村蹲点，住在农民的柴草间里，一日三餐与群众吃在一起，白天和群众一起劳动，晚上与群众一起座谈，共商抗灾和恢复发展生产大计。当时谷文昌身患胃病、肺病，常常头昏、咳嗽、出冷汗。随行的同志找医生开了证明买来一斤饼干，他当即严肃批评并让退掉。他说："我们要和群众吃一样的饭，受一样的苦，干一样的活，群众才会信任我们。"经过几个月的艰苦奋斗，终于带领全县人民度过了最为困难的日子。这样的县委书记，怎能不赢得群众的信任呢？二是，百折不挠，一心让人民过上好日子。在东山这样一个世代受苦的地方，谁不想改变面貌呢？但是，怎么改？怎么变？很多人感到无能为力。谷文昌动情地说："共产党人，不能做自然的奴隶，不能听天由命，不能在困难面前退缩！""要向风沙宣战，条件再差也要建设社会主义！"经过多次讨论，县委、县政府的思想统一了："挖掉东山穷根，必先治服风沙。"他们带领群众踏上了治理风沙的漫漫征途。在一个飞沙走石的冬天，谷文昌率领林业技术员吴志成等同志，探风口，查沙丘，在风沙扑打中前进，用血肉之躯，感受狂风的力度，飞沙的流向。从苏峰山到澳角山，从亲营山到南门湾，谷文昌走遍了东山的大小山头，把一个个风口的风力，一座座沙丘的位置详细记录下来。他走村串户，和村干部、老农民促膝长谈，制定了"筑堤拦沙、种草固沙、造林防沙"的方案。从计划到实践、从实践到成功，是一个多么艰难的历程啊！县委、县政府统一指挥，千万人上阵，花了几十万个劳动日，在风口地带筑起了 2 米高 10 米宽的拦沙堤 39 条、22000 多米。但是，好景不长，仅仅过了一年，无情的风沙就摧垮了长堤。种草固沙，谈何容易！草籽播下，不是随风沙搬家就是被掩埋沙底，勉强出土的幼苗，一经风吹沙打随即奄奄一息。县委、县政府领导群众植树造林，先后种过10多个树种，几十万株苗木，一次也没有成功，灾荒和贫困依然笼罩着东山。许多人摇头叹息："东山这个鬼地方，神仙也治不住风沙！"失败和挫折，没有压垮谷文昌。他指天发誓："不治服风沙，就让风沙把我埋掉！"他和县委的同志一道认真总结经验教训，重新制定方案。1958年东山县第一届第二次党代会还就全面实现绿化、根治风沙通过决议。谷文昌号召全县人民："苦干几年，将荒岛勾销，把灾难埋葬海底！"他还描绘了一幅宏伟蓝图："要把东山建设成美丽幸福富裕的海岛。"60多年过去了，经过全县人民的不懈努力，目前全县林地面积已达12万亩，森林覆盖率达36%，绿化率达96%。三是，殚精竭虑，一刻不停地为人民造福。东山岛地处福建东南海域，与大陆的最近距离只不过五六百米，但水深浪高，给群众的生产生活带来很大困难。千百年来，舟覆人亡的惨剧时有发生。世世代代的海岛人，总想有一天奇迹出现，天上的玉皇或哪一路神仙修一条海堤，架一座彩桥，把东山与大陆相接，使孤岛变成半岛。几百年、几千年过去了，奇迹没有出现，人们面对滚滚怒涛，无不望而生畏，"精卫填海"只不过是千古神话。当时的东山，人力、财力都非常有限，修一条海堤谈何容易！"把海岛变半岛"是人民群众的愿望。谷文昌说："人民的需要就是我们的工作。我们要敢闯新路，勇往直前！"他反复听取群众和技术人员的意见，与县委、县政府的同志酝酿讨论，毅然拍板：修一条海堤！谷文昌亲自担任建堤领导小组组长，老县长樊生林亲任指挥。经过勘察设计，海堤从东山县八尺门至云霄县。这一段海水最深处10.9米，全长569米，外延公路1000米。大堤高出水面5米，底宽110米，顶宽13米，防浪墙高6.25米。初步测算需投入普遍工、船工、技工100万个工日，土、石、沙料近50万立方米，总投资200万元。真可谓工程浩大！1960年初工程动工，老县长樊生林吃住在工地，全力以赴，具体指挥。谷文昌经常到工地检查指导，参加劳动。经过一年多的艰苦奋战，到1961年6月海堤竣工，天堑变通途，海岛变半岛的美梦终于成了现实。

最后，我重点在对谷文昌人民至上的精神刻画上，突出谷文昌的精神信念。他几经磨砺，矢志不渝。"文革"期间，全家被下放到三明地区宁化县禾口公社红旗大队当社员。谷文昌把自己的厄运置之度外，千方百计帮助生产队发展生产，手不闲、腿不闲、口不闲，使红旗大队亩产跃上千斤。群众看着黄澄澄、金灿灿的稻谷满囤满仓，把谷文昌亲切地称为"谷满仓"。1970 年，谷文昌被任命为隆陂水库总指挥，他和民工一起，吃住在工地。经过一年奋战，水库建成了，禾口人民结束了缺水、缺电的时代。50 多年来，水库在防洪、抗旱、发电、改变生态环境、群众饮水等方面，发挥了重大效益，至今人们对他念念不忘。这一切都源于谷文昌早年入党时的坚定信念：人民至上——全心全意为人民服务、把人民放在心中最高位置。第七章后半部分写主人公与病魔做斗争。谷文昌在病重弥留之际深情地说："我真喜欢那个地方，我真想再看看那个地方……老家回不去了，东山就是我的家。我想到那里活几天，就死在那里，埋在那里。这样，我能够看到东山的人民、东山的土地、东山的大树……"由于谷文昌面对这一切，表现出高度的律己和奉献精神，鞠躬尽瘁，死而后已，便有了感天动地的效果。

时过境迁，谷文昌所处的年代距今已过去 40 年，而谷文昌精神却依然被人们怀念着、呼唤着、追寻着，就因为谷文昌的那种坚定理想、敢于担当和无私奉献的精神，仍是我们时代需求的。

2021 年 3 月 31 日于石家庄